燕子花

龚鹏飞 著

一部对乡村生活的回眸和献礼之作
历史札记钩沉时代记忆
方言俚语展现资水下游风土人情

周立波《山乡巨变》情景再现

百花洲文艺出版社

图书在版编目(CIP)数据

燕子花 / 龚鹏飞著. -- 南昌 : 百花洲文艺出版社, 2021.10
ISBN 978-7-5500-4371-8

Ⅰ. ①燕… Ⅱ. ①龚… Ⅲ. ①长篇小说-中国-当代 Ⅳ. ①I247.5

中国版本图书馆 CIP 数据核字(2021)第 164447 号

燕子花　龚鹏飞　著
Yanzihua

责任编辑　杨　旭
特约编辑　张立云
装帧设计　潇湘悦读
出 版 者　百花洲文艺出版社
社　　址　南昌市红谷滩新区世贸路 898 号博能中心一期 A 座 20 楼
电　　话　0791-86895108(发行热线)0791-86894717(编辑热线)
邮　　编　330038
经　　销　全国新华书店
印　　刷　长沙市精宏印务有限公司
开　　本　889 毫米×1194 毫米　1/16
印　　张　20
版　　次　2021 年 10 月第 1 版第 1 次印刷
字　　数　320 千字
书　　号　ISBN 978-7-5500-4371-8
定　　价　98.00 元

赣版权登字　05-2021-310

网　　址　http://www.bhzwy.com

目录

目录

第一章 老屋

少年想展翅高飞，老年要倦鸟归巢。

坐在从省城到银城的大巴上，吕怀远有如释重负的感觉。《农民必读》杂志社已从农业厅划出，划到省期刊集团去了，省期刊集团是企业，这是文化体制改革的必然结果。按照省里的文件，还是采取了灵活的“530”政策，工龄满三十年或离退休年龄还有五年的，可以提前退休。吕怀远因为身体缘故，更考虑到杂志社的现状——杂志社只有十来个正式编辑岗位，每个月出两本刊物，只好在外面请人做临时编辑。他们有的在这里工作六七年，也都只有三四千元一月，如果能成为正式编辑就可以加到六七千元一月。杂志社里的小窦是山东人，研究生毕业后一直在这里干，前一阵子，家里的母亲还出了车祸，考虑到这些因素，55 岁的吕怀远就申请提前退休了。同时退休的还有 58 岁的老刘。吕怀远没有鸿鹄之志，早些年采访时经历过一次药物中毒，一直没有担任过行政职务，干一辈子也就是个资深编辑。昨天，他把编辑完的最后一篇稿子交给编辑部李主任，把钥匙交给杂志社办公室罗主任，就算结束了职业生涯。这次杂志社的一二把手都在忙着与省期刊集团办交接，大家都很忙，现在聚餐也不合时宜，因此没有欢送会，领导们只简单与他和老刘聊了几句，就算告别过了。吕怀远离开杂志社，到厅离退休管理办报到。他问管理办的老马，有什么要他配合做。老马说，你只要把农业银行的卡提供给我们就行，以后我们会组织一些活动，比如钓鱼、爬山，你能够参加就参加，不能够参加也没关系。说着，老马就把吕怀远拖进农业厅退休干部微信群。

老马说，我们以后有什么事情，都会在群里发通知。进到群里面，吕怀远看到已经有一百多人了，群成员那里看见小图像排了好多行，因为采取实名制，一看名字，这些人他大多数都认识。他刚参加工作那会儿，就已经有人退休，转眼三十多年了，微信群里年纪最大的都九十多岁了。他听说其中的一位每天从住宅七楼走到一楼，又从一楼爬上七楼，来来回回走两趟，越活越精神，真正颐养天年。《农民必读》杂志是农业厅的事业单位，虽不在机关大院里办公，但农业厅的干部他大都认识，每一年都会有人退休，没想到吕怀远能早早加入到这个队伍里来。老马把他拖进去后，就在群里说：各位老领导，介绍新加入的，是《农民必读》杂志的吕怀远老师。吕怀远就发了个抱拳的符号，说：各位老领导，有幸加入这个大家庭，承蒙各位前辈多多教导。群里马上有人接话：小吕，你就退休了？没有吧！你就六十岁了？看看我这记性。吕怀远就说，杂志社改制，提前退休。群里就接二连三有人发鲜花和欢迎吕编辑加入群的字样。吕怀远边一一回复，边慢慢回到家。吕怀远的老婆是市青少年中心的会计，早几天与几个同事一起到非洲旅游去了，家里只他一个人，于是吕怀远决定回故乡住几天。昨天退休，今天就在回银城的高速公路上了。吕怀远一直没有学开车，像他这种年龄的同行一般都有私家车，到哪里去都特别方便，气定神闲地握着方向盘就到了。吕怀远只有挤公交车和坐班车的命。有一次，他与一群小学生一起挤公交车，他对车上的小朋友说，你们现在挤车，你们将来都能开车，不要像我一辈子都挤车，那语气像一个老考不中的老童生。

这条路平素有点堵车，就说有次过年吧，大巴车堵了七个小时，今天还算顺利。车子疾驶而过，车窗外风景如画。高高大大的楼房、绿毯似的秧田，刚退下去一波，又涌上来一片，接连不断。吕怀远看到，满座的人都是低头族，都在看手机。有的看微信朋友圈，有的看百度，有的看今日头条，有的看直播，有的在看电影或者电视连续剧，有的在玩游戏，满座的人没有谁不玩手机。吕怀远拿出自己手机看看，就看一个朋友发来的视频，叫《房租婆》，好像是模仿了哪部电影里的段子，但里面说的话全改成了银城话，很好笑。一个帅哥正在洗头发，忽然停水了，他柔声细气在楼房下面喊，老板娘，老板娘，怎么无胶麻事（无胶麻事：资水下游方言，意思是“没有理由”）停水了。老板娘嘴上叼着一根烟，心急火燎从楼房上走下来，那小伙子见老板娘，说，我洗脑壳洗了一半，你把水关掉啦。老板娘说，老子爱关就关，关你个屁事，从明天起，一三五关水，二四六看心情。水费又不交，你们这些贼日的家伙，这个月房租交了吗？还这么多废话，长得个歪痨瘪痨（歪痨瘪痨：资水下游方言为“不端庄”的意思），叫叫了糊（叫叫了糊：资水下游方言为“叫个不停”的意思），没有一个长得像人的。小伙子就笑，老板娘说，笑么子鬼喽，你这么有劲，做一料世（一料世：资水下游方言为“一辈子”的意思），房租都交不起，昨天见了我理都不理，老子一耳巴砍死你这个家伙。那小伙子就站着不动。老板娘就走得他面前，给了他一个耳光，说，长得蛮嬲腮（嬲腮：资水下游方言为“好看”的意思），顿得（顿得：资水下游方言为“站在”的意思）老子门口。吕怀远有故乡情结，他觉得银城话好听，所以这样无厘头的段子他也看得很开心。早些年，他陪农业部机关报的记者到银城采访一个星期，临走前，这位记者说，你们这里有两句话我没听懂，一句是章子裤，什么是章子裤？吕怀远解释说是短裤。这位记者又问，什么是麻鬼凳几？吕怀远笑着解释，资水下游方言把青蛙叫作麻鬼，麻鬼凳几，倒不是说是青蛙木凳，而是一种比喻。这种凳很小，很矮，贴在地面，就像青蛙贴在地面一样。另外吕怀远还给那位记者说，资水下游方言把裤子叫作小衣。后来，这位记者再给他打电话，第一句话必是要说说章子裤、麻鬼凳几、小衣之类的话，两人哈哈大笑之后，才进入正题。

银城位于资水下游，但离省城不算远，不堵车只要七十分钟就能抵达。在汽车北站下车后，吕怀远才做了个决定。母亲已经故去十七年，父亲也故去六年。父亲过世后，他每次回来都居住在哥哥吕晖远家里，一般是住一晚就走，但这次他想住十天半个月，好好休养一下。而且他想住在老屋里，所以他就给吕晖远打了个电话，说了自己的打算。吕晖远说，不要紧啊，你嫂子到茜妹子家带人去了，只有我一个人在家，我现在在王邵坤家做事，他起屋，我做小工。吕怀远说，我就是想一个人清净一下。吕晖远说，随你。吕怀远去超市买了一铺凉席和一床毛巾被，还买了一卷蚊香，然后提着它们走到街边，他招手喊了一台的士，说打表计费吧，我到王家坪的白沙。吕怀远想，米啊油盐啊，到白沙随便买点就行。

车子停在老屋门口，吕怀远把行李袋以及买的东西搬下来，的士师傅收了二十五元钱。父亲的老屋是单家脱里（单家脱里：资水下游方言为“独门独户”的意思）几间平房，老屋的门是虚掩的，堂屋里堆满了吕晖远的一些农具，可以说放烂一四散（放烂一四散：资水下游方言为“一片狼藉”的意思）。哥哥结婚的第二年就分家拆户了，哥哥后来在旁边盖起三间楼房，所以老屋几年时间没人住，太久没人打扫了，吕怀远感到住不下去。他打了退堂鼓，心想干脆还是住在哥哥家算了。但他再一想，几十年前自己是个孩子的时候，那条件更差啊，不也是过来了，后来自己每年都要回来几次，都可以住得下来，从来没有嫌弃过，现在主要是房子好久没人住了，但搞搞卫生照样可以住。

老屋是三间平房一间偏房，这是现在白沙村很少见的平房了。二十世纪八十年代初，白沙村没有一栋楼房，后来到银城街上贩鱼的堤上生产队有人赚了钱就起了楼房，楼房慢慢就多了起来。白沙学校刘校长的女儿在东莞的电信部门，她拿五十万元资助家里盖了一栋别墅，那时候好稀奇，但后来别墅在白沙也常见了。父亲在世的时候，吕怀远想拿点钱帮父亲把这房子修一修，父亲一直不同意，说，我还活得好久，住平房好，习惯了，起了楼房，我也不会上去住，浪费。父亲执意不让起楼房，吕怀远只好作罢。哥哥家紧紧邻着老屋，三间楼房，二十世纪九十年代初起的，现在用红砖砌了小院子，并且上了锁，几只大雄鸡在院子里昂首阔步。其他邻舍也都是大门紧闭，现在村里连溜达的狗都没看见一条，猫也没见一只，到处一片静寂。

吕怀远把自己从前回家住的那间房子门推开，里面更是一片狼藉。吕怀远想，现在是考验细心的时候了。他拿个桶子到月塘里提了一桶水上来，边收拾整理边用抹布抹，灰尘在水的作用下，混成污泥浊水，吕怀远费了很久的时间才把房子收拾洁净。他又抄起扫帚把堂屋也打扫了一遍。他看到堂屋的中央挂着父母的遗像。他想，父母过去是这房子的主人，现在他们的名字，他们的业绩，都湮没在历史的风霜之中了。吕怀远向父母像鞠了一躬，在心中说，你们生我养我，我没有尽到一个人子的责任，你们临终去世时我都不在你们身边。想着，他又拿干净抹布把两个镜框擦了好几遍，父母的像一下子焕发了光彩。

他走进厨房，看到锅台还在，水缸还在，碗柜还在，也就是说炉罐锅火都在，煤气灶也还在，只是煤气罐不见了，那这几天怎么煮饭呢？吕怀远看到父亲在世时砍的柴还在灶台前工工整整码放着，他想这几天就烧火煮饭算了，于是他又把厨房打扫抹洗了一遍，特别是锅已经生锈，他就用有点发乌的竹刷把将锅刷了几遍，锅子才渐渐泛光闪亮了。

他又走进父母生前住的那间房，六十多年前父母大婚时的那张床还在。吕怀远小时候它还保持着原貌，当时可以挂冷布帐子。床的正面，雕了龙画了凤，当时做这张床的木匠师傅真的是匠心独运，确实花了功夫。蚊帐里面有落板，床前还有踏板，有两个座柜。后来这个床就只有一个床架子了，不知那些雕龙画凤的床顶饰物到哪去了，那些落板踏板和座柜也不见了。是父母嫌它们太累赘，劈柴烧了，还是怎么的？房子里也还摆着母亲当年的嫁妆。一个装衣服的柜子，一个装茶水用的壶，书桌红漆脱落破旧不堪。墙上挂着父亲去世前几年在省城照的一张全家福，那是父亲七十九岁生日时照的。乡里一般兴在整生的先一年作寿。那年，吕怀远在省城一家酒店定了一张大桌子，父亲膝下的亲人都来了，他请服务员拍了这张相片，花二百元请照相馆洗了这张大的。父亲去世六年了，照片有点发黄。

大致搞一下清扫也费了不少时间，吕怀远休息了一下，才到大脑壳的店子去买了五斤米，两斤面，十个鸡蛋，砍了半斤肉，加上一瓶油和一包盐。至于酱油、醋和味精这些调味品他没有买，他觉得吃这些东西对身体没有好处。当然他特别买了个打火机，因为他不抽烟，所以身上没有打火机。回到家，他就着手搞饭吃。他打开后门，走到哥哥的菜园里，摘了一把辣椒，还有一根丝瓜，然后他就生火做饭。一阵手忙脚乱之后饭菜就熟了，只可惜煎荷包蛋的时候他接了个电话，所以荷包蛋烧得乌焦麻公（乌焦麻公：资水下游方言为“烧焦”的意思），他试了试，还吃得，就没有倒掉。他特别爱吃辣椒，过去往往吃得脸火辣辣的。穷人的孩子早当家，他从很小就会做饭菜，后来工作了，闲的时候也做做饭菜。其实，他认为做饭菜是最简单的，但要搞烹饪就复杂了，刀工、火候、调料等，要勤学苦练好几年才能成精，但那是另外一个层次的问题。而解决填肚子则不需要那么精湛的技艺。饭菜搞好以后，他就热在锅里，等吕晖远回家一起吃。

一顿饭做下来，吕怀远被烟熏火燎得视线模糊，流了好几次泪，额头上，下巴上、背上都是汗只拱（汗只拱：资水下游方言为“汗直冒”的意思），他拿了毛巾擦了好几遍。以前像这样的月份，吕怀远很少回老家。自一九八二年离开故乡，吕怀远最喜欢的是过年时回家，那风里有木柴被烧的味儿飘散，有烟熏火燎的味道，有竹篙上吊着的腊肉的味道，有坛子里甜酒的味道，还有菜园里白菜苔子的味道，都互相交融又互相让道。慢慢地寒冷少些了，有几只鸟从远处飞到屋檐下，天空好像褪去了白内障，如同少年瞳孔那样晴朗。这样的故乡是春之蓬勃的故乡啊，是诗意淋漓的故乡啊。当然，过年回家，他也看了到处都是酒瓶子，不管是打工回来的，还是原本就在家的，都要一醉方休，还到处是哗啦啦的麻将声，烟蒂满地都是，有短有长，好像丢了一地的逗号、问号和感叹号。也就在这个时候，吕怀远喜欢一个人到田野里走走。从记事起，春之故乡的视野里涌入的就是漫无边际的燕子花。燕子花，学名叫紫云英。在一丘一丘的田野上，密密匝匝的像波浪，又一株一株地高举紫色的花瓣，一株有一株的姿态。风起了，一卷一卷腾起绿色的波浪，一卷有一卷的雅致。燕子花过去是给猪吃的，小时候，吕怀远经常拿着镰刀，到田里割一篮子，放到锅里煮烂，和着糠倒进猪食桶里，一瓢瓢舀给猪吃。正月里来是春风。日历一天天翻过，田野里燕子花的香气更加浓郁，特别是天气晴朗的日子，燕子花就越长越肥大，越长越妖娆。油菜花也长起来了，金灿灿的一片，与燕子花互相映射。这边厢是绿色的裙裾，那边厢是金色的流苏，凌波舞动，相互献殷勤，相互唱赞歌。那些蜜蜂，成群结队地飞舞，所有的花蕾，所有的根茎都醉了，直到燕子花做了肥料，直到牛把田翻耕一遍，那些青蛙就浮游在白水之上，泅渡在树荫之下……以至后来有一段时间，吕怀远每次回家都冒出早点退休的想法。他在心中说，这片土地一直在召唤我回去，它好像说，现在土地荒芜了，缺乏劳动力，土地上的人都从它这里突围，要逃离它，土地上的人都嫌贫爱富，都向城市抛媚眼，它喊我回去，它说它缺乏劳动力。胡不归，田园将芜。他好像看到每一座坟墓里，祖先齐刷刷站出来，白胡子翘翘里，在痛骂，他好像听到他们的骂声，你们抛弃土地和家园，跑到别的地方享福去，你们也不羞愧吗？你们难道不痛苦吗？有一段时间，他对故乡有点失望。这几年，他感到乡村又有了活力，他感到乡村又在演一幕大戏。因此，这次回家，他准备好好地体验一番，虽然这样的季节乡里不好住，天气炙热，蚊子叮咬，他还是准备在这里住一段时间，谁叫我吕怀远是大地之子、故乡之子呢！吕怀远对自己做出拔高和风趣的评价。

稼妹出现在地坪里，他看到吕怀远，就打招呼说，你来了啊，你还是毛主席在的时候来过的吧？

吕怀远笑了笑，早两年他就听说稼妹得了老年痴呆症，嘴巴尽讲信货（信货：资水下游方言为“胡话”的意思），现在看来，他的病越来越严重了。

吕怀远就说，你晓得我是何只个（何只个：资水下游方言为“谁”的意思），稼妹摇了摇头。吕怀远就说，我是吕怀远。

稼妹说，我是田进林。吕怀远情不自禁笑了，田进林是稼妹的大儿子，稼妹连自己的名字都不记得，把自己说成儿子的名字。看到如此，吕怀远就掏出一百元钱递给他，稼妹收了钱，嘿嘿嘿地笑着，走了。

吕怀远每次回家，都要给稼妹一百元钱，乡里乡亲，左邻右舍，人又老了，赚不到钱，吕怀远表达一点心意。

大家都叫他稼妹。资水下游，特别是银城这地方，经常喊男人妹啊、婆子之类的，这是他们小时候就被喊起的，就像稼妹，这名字被喊了七十多年。看到稼妹这个样子，吕怀远觉得伤感。岁月太无情了，过去稼妹在生产队是何等聪明的人物，口才好，又会算数，在生产队不是当政治队长，就是当生产队长，或者会计，甚至还有当大队干部的打算。早两年，稼妹的堂客罗玉莲就想带稼妹去省城的康雅医院就诊，可嫩几的儿子说不要去省城，他这是打农药中毒的后遗症，中枢神经受损，导致记忆力受损。这个病没有药吃。自从白沙的赤脚医生可嫩几死后，他的儿子子承父业也当上乡村医生。白沙人认为可嫩几的儿子比可嫩几更厉害，不只是会开丸子和打针，还能够说出些道理，大家都对他很信服。听可嫩几这么一说，稼妹的堂客也就只能听之任之了。

去年整整一年，稼妹与堂客一起在光家坪照顾岳母。岳母九十岁，中了风需要人照顾。稼妹的舅子罗跃威是银城一家建筑公司的老总，就说自己每月出三千元请姐姐和姐夫两口子照顾母亲。罗玉莲说，要你出什么钱呢，她也是我的娘啊。罗跃威说，我还有好多业务，不能天天在娘的身边，只好麻烦你们。稼妹原来虽说聪明，但家里是老贫农，底子太薄，住过好多年的茅屋。责任制以后，舅子当上建筑小包工头，他就在舅子包的工程里干活，后来舅子越来越发达，当上总经理，稼妹就被舅子请去看工地。每天晚上他都不睡觉，他觉得那些冷冰冰的钢筋，那些灰蒙蒙的水泥袋，就是工地的金子，他就是守护金子的人。他这一辈子衷心感谢舅子，所以他家也起了楼房，帮两个儿子把媳妇娶进来。要是没有舅子的关照，这是万万不可能的。因此舅子要他与堂客去照顾岳母，每月还给三千元，这是天大的好事啊。他开始是有点懵懵懂懂，堂客反复给他讲此行的重要性，他也明白，有了这笔钱，应付人情南北（人情南北：资水下游方言为“人情往来”的意思）的开支足够了。

在光家坪，稼妹总是丢失，他就是不记得路。按照银城话来说，他是出不得湖，归不得原。有一次，他一个人早晨出去到中午都没有回来，罗玉莲就给罗跃威打电话，说你稼哥又不见了。罗玉莲还不能去寻，因为病人离不开片刻，罗跃威就只好发动所有的亲戚去找，找了一夜都没找到，罗跃威就只好给外甥打电话，问你爸爸是否回白沙了，明确得知没有，罗跃威就写了张寻人启事，把稼妹的照片与启事放在一起拍成图片，然后拜托大家在朋友圈里转发。后来，大家还是在金银山一个一九六九年修的防空洞里找到了他。

去年八月的一天，罗跃威开车送稼妹和罗玉莲回来过一趟。村里要给所有六十岁以上的人办补助，每人每月一百二十元，要统一照相。稼妹的满崽给罗玉莲打电话说必须要本人回来，这样稼妹的岳母只能让罗跃威的老婆照顾一天。稼妹回来后，看到邻居就说，我现在走路不得丢失了，我罗跃威给我写了一张条子放在身上。开始大家还不知道怎么回事，罗玉莲就告诉大家，那次稼妹走丢后，罗跃威就在一张纸上写上他的姓名、住址和罗跃威的电话号码，并对他说，你要是不知道怎么走，就把这张条子给别人看，就会有人给你指路。稼妹就说，好，你是菩萨给我施法了。果然有一次他不记得路，就拿出这张条子，一个戴着红领巾的学生把他送到了家门口。听到罗玉莲的解释，大家哈哈大笑。

稼妹的岳母一天天巴骨瘦丹（巴骨瘦丹：资水下游方言为“瘦成皮包骨头”的意思），终于在今年清明节的前一天去世了。办完丧事以后，稼妹和罗玉莲就回家了。俗话说，秤不离砣，公不离婆。回来以后，稼妹与罗玉莲形影不离。罗玉莲到厨房，稼妹跟到厨房；罗玉莲到田里去扯草，稼妹就跟到田里去扯草。不过，稼妹往往把秧苗和草一起扯掉了。罗玉莲要上厕所，稼妹就会跟着到厕所，罗玉莲就笑着骂，你跟我来吃屎啊，稼妹老老实实回答说，我没看到过人吃屎，只看到过狗吃屎。罗玉莲蹲下，他也跟着蹲下；罗玉莲站起，他也跟站起来。吕怀远不多会儿就弄清楚了，原来稼妹和罗玉莲两个刚都在阶基上，但稼妹打了个呵欠就没看到罗玉莲了，他刚刚是出来寻罗玉莲，所以他走到月塘边碰到了吕怀远。

罗玉莲出来了，她说怀先生，你次次几礼信巴巴（礼信巴巴：资水下游方言为“很讲礼貌”的意思）里，鸡又不生蛋白，下次你回来，再给你累（累：资水下游方言为“积累”的意思）些蛋白。吕怀远说，不要客气。

一会儿，吕晖远回来了。这一向他都在堤上王邵坤家起屋，每天可以赚两百元，早出晚归，包中饭。吕晖远就要开煤气灶搞饭吃，吕怀远说，我已经搞了，在你园里摘的菜，我还没吃，一起吃点吧。于是，两兄弟一起吃饭，吕晖远不怎么吃菜，边吃饭边盯着手机看，原来他是吃饭盯着书看，现在换成了手机，习惯一直没改。

晚上，这一屋场台子的人听说吕怀远回来了，就都来坐。屋子里没有那么多凳子，就都去吕晖远家坐。大堂兄介胡子拿出旱烟卷起喇叭筒抽，大家就说，你怎么还是那么细谋（细谋：资水下游方言为“节约”的意思）。跟着，杨立生和九木匠过来了，稼妹与罗玉莲也过来了。三堂兄连生和堂客到深圳崽家去了，他崽在深圳炒房发了财，把一套房子记在他的名下，大家都说他享福去了。现在乡里晚上一般不开电视机，显得很寂静。月塘里有几只萤火虫在飞，闪着绿光，稼妹的记忆力忽然之间复活，他说，你们还记得那棵陈杨树吗？大家说，记得，吕怀远就想起那陈杨树真的很大，树枝丫顶上有个鸟窝，杨立生和老九都爬上陈杨树去掏过鸟蛋。吕怀远记得，他读小学三年级的时候陈杨树就被砍了，因为大队要搞农田水利基本建设，这棵树挡了道。树不知是哪朝哪代哪人栽的，但砍树是永新生产队为主，当时稼妹是政治队长，他主导了这次砍树。吕怀远当时看到，好大一棵树倒在月塘里，几个人在挖盘根错节的树根，听说当时树根下有几条大蛇到处跑，稼妹怕它们祸害人，就要大家拿锄头把蛇打死。

现在稼妹绘声绘色地讲当时的情景，连月猛子的脚趾头出了血他都记得。稼妹说，当时砍树的时候，老班子不同意，他们说陈杨树里面有一个美女，每天半夜穿着绿衣服坐在树上面梳头，有人还看见过。稼妹说，世界上哪里有鬼，你们如果还造谣，破坏水利建设，我就报告陈指导员把你们抓去，这才让他们不说了。当然反对得最厉害的就是我爷老子（爷老子：资水下游方言为“父亲”的意思）超老倌，我好多天都不理他。稼妹说。

大家就感到很惊异，稼妹近边的事大都不记得，谈起几十年前的事却记得那么清楚，思维和表述都很得体。罗玉莲就问，你叫什么名字。稼妹说，我叫田进林。大家就哄堂大笑，稼妹又补充了一句，我叫田进中。田进中是稼妹的小儿子。罗玉莲就拧住稼妹的脸，说，我告诉你，你这个老家伙，你的名字叫田稼普。稼妹就指着罗玉莲说，你的名字叫田稼普。大家又笑起来，罗玉莲就说，你两只手有多少手指头？稼妹说，三只。罗玉莲就怒眼看着他。他忙说，八个。大家笑得更响了。罗玉莲也来火了，对大家说，笑什么笑，人人都有这一天的。说完就拉起稼妹的手说，跟我回去，你真的是一只活宝，被别个当笑话。于是大家就站起身，也不反驳罗玉莲，陆陆续续都回家去了。

吕怀远就有点怕，特别是稼妹说陈杨树上面有一个美女，每天半夜穿着绿衣服在树上面梳头，有人还看见过。虽然他不相信有这样的事，但是他还是有点怕。他对吕晖远说，哥哥，你能够给我打伴（打伴：资水下游方言为“做伴”的意思）不。吕晖远说，你有点怕吧！干脆你睡到我家的楼上来。

吕怀远就锁了门，把行李搬到吕晖远家，两兄弟睡在一个床上。吕怀远问起一件事，我一九九六年阿托品中毒的时候，父亲接我回家准备住半个月，我当时以为自己会死，就把我大学时写的一些没有发表的故乡札记带回来看看。这是我大四那个寒假在家写的，我一直保存着，多次的搬家我都舍不得丢掉，特别是大学毕业那次，好多教科书和听课笔记我都丢了，但这些札记舍不得丢。特别有味的是，那次搬入三室一厅的房子，老婆清理东西的时候把它们都卷起一团，准备放入废旧书报里去送给收废品的，幸亏被我发现了。我夺过来，还给老婆严正警告，说这些都是我乡村生活的回忆，是一个村庄一段历史的记录，是我的心灵史，敝帚自珍，以后绝对不能丢掉。老婆说，什么破玩意儿，讨厌。我就把它们装进一个黄色的公文袋里，写上“重要稿件，勿动”，然后放在了柜子里放存折的地方。那年我顺便带回了家。后来，杂志社汪总给我打来扩机，要我回话，父亲陪我到大队部去回。汪总说，他与一位朋友聊起我在出差途中被白云县人民医院的护士打错了针，导致严重的阿托品中毒，那朋友说我必须马上住院，这样的病不赶紧治好，耽误了就是一辈子的事，所以汪总要我赶紧回。他已要办公室的人为我在省人民医院留了床位，如果当天赶不回，床位就留不住了。所以我就在大队部等，父亲赶到家提了我一些行李，租了一个摩托车把我送到银城。父亲要陪我去省城，我没要他陪，只是喊了一台合租车到了省城。到了省城我才想起那些稿子放在书桌中间的抽屉里，没要父亲帮我带上。八月洪水后，我回家，问妈妈我那些稿子哪里去了，妈妈说，不知道放哪里去了。刚刚稼叔回忆起了砍陈杨树的事，我又想起了那些稿子，那里头真实地记录了白沙在七十年代的一些事情，包括你给我说过的修烂泥湖的事情，大约有二十篇，全部是写实，真的好可惜。吕晖远听了就说，你问过父亲吗？吕怀远说，我当时问母亲时，父亲抓鱼去了，后来他回来我又没问。吕晖远说，房子的夹楼里，父亲把他当干部的一些文件放在一个麻布袋子里，还把一些不用的农具也放在那里了。有一次，我去取一些农具，看到了那个麻布袋子用一根绳子捆着，我打开看了。面上有一些活页册子，里面的就没看，说不定父亲收在那里呢，我们明天早晨一起去看看。

吕怀远要睡了，故乡白沙在纯洁的月光下也进入了休眠状态。这时他突然听到一声狗叫，接着全村的狗都叫了起来。这真是好听的乡音啊。几回回梦里回故乡，就是为了听一狗叫百狗迎的乡音！那些守门的狗叫得卖力，叫得真诚，叫得好听。有谁能够翻译一下它们具体叫些什么呢？他想，很多次在梦里，他回到了白沙。在梦里，他不是骑着马回来的，不是坐着小车回来的，而是挑着箢箕，或手里拿着扁担回来的，只有一次，他梦见是从手扶拖拉机上跳下来走进家门的。今天晚上，他的梦中会出现回到故乡的情景吗？

第二天早晨，吕晖远打着手电上了老屋那个夹层，把一个麻布袋子提下来。经过二十多年，麻布袋子充满了霉味。吕怀远把那麻绳解开，把那一大堆纸倒在地下，在大堆的二十世纪六十年代、七十年代的印刷品中，吕怀远突然眼睛一亮——他看到了他大学时写的那些札记的手稿。真是太高兴了。他数了数，一篇也没少。这些失而复得的东西，是不是预示着什么呢？吕怀远马上拿起札记读了起来。

第二章 札记1：自画像

这是我进入大学的第四个寒假，过几个月就要大学毕业了。踏在故乡的土地上，我感到城市盛大的乐队已经远去，我又站在了这片相对安静的土地上。我看到炊烟呢，像少女挥舞的纱巾，或者像恭候主人的狗翘起的尾巴！我看到草在摇曳，我想还过些时候，土地会击鼓传花，很多的花就会传到这里。此时，黑夜降临了，叽叽喳喳的声音，在空气里浮动！此时牛睡着了，打着鼾，那鼾声像人的鼾声。狗与猫，蹲在阶基上，相互看着，相看两不厌。

刚到家的时候，风一阵阵地旋，一只黑狗在前面走，好像是带路，视野中的树都没有了叶子，干枯地竖立着，但树的骨架和气势犹在，有的树向上伸展着，无数枝干，露出疏影横斜的醉态，那夏日荷塘的风韵不见了，荷杆呈现垂死的状态，耷拉着脑袋。鸡在地坪里认认真真在走，三三两两地走，当然走时鸡眼并没迷离，时刻不忘觅食。那些鸡婆站着打盹，它们做梦，梦前世今生，然后就去下蛋。故乡的这些堂客们，都把衣服晒到了篱笆上，黄色的上衣，绿色的军服，黑色的紧身裤挂在衣架上，衣架又挂在篱笆边拉扯起的尼龙绳上，风一吹，衣服左右摇摆，有时候给人的幻觉是那些衣服像人在爬城墙，在跳高，根本不像小说里面描写的衣袂飘飘呢！我提着袋子，回到了家中，妈我回来了，我推开门，妈正在扎火（扎火：资水下游方言为“烤火”的意思），妈妈说我的崽啊，你回来了，是的，我回来了。

从今天起，我想记下我一九八二年读大学之前故乡的一些事。我是农民的儿子，我想为土地的主人树碑立传，就把它称为札记吧！

就从我发蒙读书的时候写起吧！写我是怎样以儿童的视角，观察这片乡土发生的各种各样的事情，并且也要写我作为这片土地上曾经的一员，怎样迈出自己的歪歪斜斜的人生脚印。

我发蒙到邢家湾学校读书的时候是七岁。妈妈还编了首歌：“怀先咯先，舒湘咯田，你到何海（何海：资水下游方言为“哪里”的意思）读书喽，我到邢家湾读书呢！”舒湘田，曾经的公社干部，母亲认为我将来也能当他那样的干部。我读一年级，哥哥读五年级，我的学费是两元，哥哥的学费是两元五角。

第一天报了到以后，田老师分配我与薛电华坐。田老师说，要自己带凳子，我就跟薛电华商量，一个带一个月凳子的转，我是第一个月带。第二天，我肩上扛着板凳，哥哥的肩上也扛着板凳，来到了学校。我们家只有四条板凳，两条搬到了学校，有时候来客吃饭，都只能到邻居家去借。

我们发了语文、数学两本书。还发了石板、石笔，当时写字用石笔写在石板上，现在还能想起石板石笔的那种味道。那是一种独特的香味，现在闻不到那种香味了。

班上五十个人，教语文的是四十多岁的田老师，教数学的也是他，教体育也是他，教音乐也是他。田老师是民办老师，嗓门很高，他自己的二女儿田桂英也在我们班。有一次田老师说，五加六等于几，田桂英说，等于十二，田老师让她伸出手，狠狠地抽了几教鞭，田桂英一声尖叫，后来她的凳子下，全部湿了，她吓得尿了裤子，她赶紧跑去上厕所。

我们上学时的厕所，是一排泥砖屋。靠槐树的那一边，写着个男字，当然我不认识字，只记得那棵槐树。哥哥带我报名的时候，就说上厕所在这里。厕所里，用水泥砌成了一个个坑，靠墙边砌成了一个个水槽。女厕所里面是一个什么样子，当时男同学讨论过这个问题，大家说不知道，后来，学校拆了的时候，我经过厕所，看到女厕所那个位置，坑与男厕所相同，没有靠墙边的那个槽。

上课，我们吓得汗毛倒竖，大气都不敢出一声，只有下课，听到别的班传出的一首首儿歌，绷紧的神经才舒展一下。

“癞子壳，扁担戳，戳出油来我有药。么子（么子：资水下游方言为‘什么’的意思）药？糖嘛鸡屎（糖嘛鸡屎：资水下游方言为‘鸡屎’的意思）撇膏药。”

“董存瑞，十八岁，参加革命游击队，牺牲了，光荣的任务完成了。”

"上山打老虎，老虎不在家，恶霸地主就是他！"

"唐僧走路屁直冲，后背跟扎（扎：资水下游方言为'个'的意思）孙悟空。孙悟空，走得快，后面跟扎猪八戒。猪八戒，走得慢，后背跟扎沙和尚。沙和尚，挑担子，躲得山里屙下屎，屙下屎，冇带纸，后背跟哒小粒子。"

我不明白为什么到了这个年龄硬要上学。当时我们家里只有一双深桶子套鞋，那是大人穿的。春天的雨水很大，我戴着斗笠，打着赤脚去上学。学校离家两里路。不知是谁用小路两边的两缕青草打个结，我走过去就绊倒了，我经常绊倒在白水田里。

我的口袋经常被老鼠咬了洞，装在里面的一串串螺螺，一串串算盘子经常掉了，有人就喊，吕怀远，你掉了东西。我回头一看，有人赶快拣了，我就问他要，他甩出一句，天上滴（滴：资水下游方言为"掉"的意思）的，地下拣的，金子银子赎不转的。我就抓住了他的肩膀，他也抱住我，用间脚，有人对我说，我就真的用间脚，右腿使劲地把他的腿压住，他摔倒了，我把那串螺螺抢过来了。

我一直琢磨打耍架子的事，后来，我发明了黑狗精当，说是什么意思，也没有什么意思，就是打架时，像黑狗子一样快速攻击，抱住人家的腰，然后猛地用间脚，就把人家绊倒了。一般人打架，是慢慢进入，先互相抱住，彼此熟悉，试探，用笑呵呵的眼睛或发怒的眼睛望着对方，看着对方流出绿鼻涕，然后才试着用间脚，我却打闪电战，以迅雷不及掩耳之势，先发制人，出奇制胜。后来，我与这个屋场的同龄人打，与生产队的同龄人打，与班上的人打，与高我一个年级的人打，竟无敌手，我赢得了"打架大王"的美名。让我有挫败感的一次是我到我的二舅父家拜年，他的邻居，有个叫秋满的，他比我小一岁，长得白白净净，眼睛特别亮，我就挑战说，打一架啵，他说，要得，我就把我舅娘给我的一根兰花根（兰花根：资水下游方言为"一种副食品"的意思）放在麻鬼凳几上，试图以黑狗精当取胜，哪料，间脚怎么也绊不倒他，反而被他一间脚把我绊倒了，我不服，说再来。第二架，我又失败了，我还是不服，第三架还是摔倒了，他以胜利者的姿态对我笑笑，哪料，我赔了夫人又折兵，我的那根放在麻鬼凳几上的兰花根，被一个狗崽子叼走了。我发誓再不打架了，以后，再没打架了。

我从小就喜欢听白（白：资水下游方言为"故事"的意思），我见了人，就要人给我讲白，金鸭婆，田螺姑娘，马三保打汉口，我都听烂了。后来，我就借连环画看，《小兵张嘎》《渔岛怒潮》《地道战》《平原枪声》，我也翻烂了，不知不觉，我喜欢上了看书和画画。我找来白沙大队能够找到的书，田家湾田联方家的《民间故事》借不出来，我每天黄昏到他家去看。我照着连环画上的图画，我画日本鬼子，画黄世仁带着穆仁智和家丁，提着灯笼，去追白毛女。有一次，我还找了一张报纸，报纸上是整版的毛主席像，我用一张白纸蒙在上头，蒙出了轮廓，我就用铅笔，慢慢地涂，涂出的毛主席像，惟妙惟肖。我把它贴在家里的墙壁上，每当有外人来，妈妈必不无自豪地炫耀。我上课也画，被田老师发现了。田老师给我说，毛主席说，没有文化的军队，是愚蠢的军队，愚蠢的军队是消灭不了敌人的。你上文化课，不好好学习，将来就是愚蠢的人。田老师还到我父亲那里告状，说我上课不认真听讲，写作文不认真，说我上课专门画菩萨，田老师要我家里督促我不要画菩萨了，为此，我父亲抓住我，要我跪下，专门抽了我几楠竹丫子。

这大致是我十岁以前的“自画像”，我懵懵懂懂地，跌跌撞撞地，在这片叫白沙的土地上野蛮生长。

我们白沙大队塘坝多，水系特别发达。我家门口就是一口月亮型的塘，叫月塘，嘴上有痣的翁妈经常在塘边的一块大石头上洗衣，她把衣服放在水下面一件件打湿，然后铺在石头上面，用捣衣板使劲地捶，再在水里面漂洗干净，然后放进桶子里，提到屋檐下的竹篙上晾晒。翁妈是裹脚，她走路不快，但显得利索。翁妈洗衣从没用过肥皂。父亲从窑山口供销社买回的两块黄色的肥皂，也只有我们过端午节和中秋节洗澡时候用，两块肥皂还用了几年。我家屋后不到两百米就是牛角涴塘。牛角涴从老抽水站起，一直到黄华勋屋门口，是一口弯弯的塘，但比较宽，如果你从塘的这边向塘的那边扔一块瓦片子，纵使力气大的劳动力，也扔不过去。夏天的时候，塘里的植物伸枝发叶的能力特别强。荷杆一天天变粗，荷叶一天天变大变绿，荷花开始含着苞，然后慢慢地几瓣几瓣地开放了，露出一个金色的小盘，不久小盘变绿了，成为莲蓬，莲蓬清香袭人，后来莲蓬就变黑了，黑莲蓬嚼起来虽有一点苦涩，但是余香满口。塘里还有浮萍，到处扩展，哪里有空白水域，它们就漂浮到哪里，它们顽强地生存。鸡林杆杆，长满了密密麻麻的刺，结出了长满刺的鸡林坨，鸡林坨还是一味药呢！叫芡实吧！到七八月的时候，塘里还长满了菱角，水绿色的叫水菱角，红色的当然叫红菱角。红菱角变成暗红，壳就非常坚硬，必须用菜刀削掉壳。八月十五中秋节，和着芋头蒸肉吃，别有一番风味。

对我们乡里伢几来说，就不要碰上落水鬼了。我上二年级的时候，就看到一年级的罗练生洗冷水澡紊死（紊死：资水下游方言为“淹死”的意思）了，他的尸体直挺挺地躺在门板上，他的亲人们都板天板地哭，不得眼泪干。有人拿了一双新布鞋给他穿上，他就被抬进了一口小棺材。我们生产队的女孩子胀满子也紊死了，她才十二岁。她坐着脚盆去摘菱角，当时摘菱角一般是两个脚盆，屁股坐在一个脚盆里，双脚放在前面一个脚盆里，然后，倾下身子，用手划着水面，她划呀，划呀，不知怎么的脚盆翻了，她落入水里，被人看到了就大声喊叫，她父亲邢海堂因为手臂长了瘤子，在医院锯掉了一只手臂，当时正在家休养。他就朝屋门口后面喊，救命啊，大家都来啊，生产队二十多个劳动力都在邢家后背出工，闻声都跑来，脱掉外衣裤，朝塘里跳去，塘太大，脚盆又漂去很远了，二十多个劳动力都习水性，他们一次次扎猛子下去都不见人。地坪里，哇呼嘻喊（哇呼嘻喊：资水下游方言为“一片喊叫”的意思），人们都屏住呼吸，等待结果，捞了两个多小时，才把胀满子捞上来，她全身肿胀，脸色惨白，永远活不转来了。乡村的孩子最悲惨的就是这样的碰到落水鬼啊。尽管紊死的人屡见不鲜，但我们这些乡里伢几仍然热衷于洗冷水澡。我们站在塘边，打着赤膊，闭着眼睛，双手合在一起，向有水的下前方扎下去，一波一波的水漾过以后，我们在很远的地方先伸出一只手，然后露出湿漉漉的头。我九岁那年在寺山塘洗冷水澡，当时不知这里的水的深浅，一头沉下去，同学王小平在水里将我使劲地拖到塘边，我命中注定不该死。

银城街上，是我们向往的世界。乡里伢几上街，嘴巴都念歪。是的，是的。当时的银城街，黑色和青色的建筑居多，显得古色古香。一排排的店铺，都是二层，是青砖砌的，盖着青色的瓦，屋檐伸出，像展翅欲飞的黑鸟。当然也有三层、四层的房子，是红砖起的，房子当然气派些，有的外墙还做了粉刷，呈现灰白色。当时街上一律是青砖铺的，街外边有拆卸的城墙的残迹，那些烟火味的城墙留下小小的一段，好像是一个未完工的工地，也好像标志着“砸烂一个旧世界、建设一个新世界”还不彻底。进入银城街，可以走清水潭宝塔那条路，也可以走白马山那条路。都是直接进入东门口，从东门口起，经过学校门口，到汽车路，到大码头，再到大水坪，大约十里长。一家家的小铺子里面应有尽有。油纸伞、气球、玩具手枪，我们小孩子喜欢这些。竹器店有刷把和叟箕，但没有唧水筒。我不记得第一次到银城街上是哪一年。但我记得三岁的那年去银城街的一件事。我头顶长了一个疱，父亲在沅江鹿湖参加“四清”工作队，母亲就一只箩筐放着我，另一只箩筐里放着一块泥砖，挑着我往街上赶，我家那条狗一直跟着我们到了东门口的卫生院。后来，我们上学了，老师组织我们去银城看电影，我们排着队，走七八上十里路到了银城电影院，电影院首先放加演，放新闻纪录片，然后，再放正片，放《小螺号，嗒嗒吹》。我想，为什么都是人，电影里面的声音就那么好听，而我们的声音就那么难听，杨立生的声音和我的声音都差不多，像敲破锣，尤其是田杰安，坐在我前面，电影散场了，他讲话声气很小，像猫叫一样。电影院不远，还有一个银城花鼓戏剧院。我去看过一次，放《辕门斩子》。舞台上的人都是穿着花花绿绿的衣服，带着兵器和宝刀，随时有五颜六色的光，打来打去，追来追去，还有五颜六色的雾喷出来，五彩缤纷，样样叫我们好奇。虽然外面的人穿的都是清一色的白衬衫、蓝裤子，连女孩子穿花裙子都很少，但我们在花鼓戏剧院里面看到了世界的五彩缤纷。我现在才想明白，古代哪有那么金碧辉煌，是我们后人善于给前人制造神秘光环，善于给前人镀金，把所有的调色盘都汇聚到舞台上。后来，我们就变着法儿到街上去。我们晚上提着煤油灯，在秧田里用鳝鱼夹子捉了十几条鳝鱼，或者捉了石灰泥鳅，我们也提到街上去卖，有时卖七八角钱，那些银毫子闪闪发光，掉在地上叮当作响，但用它们就可以买到绿豆冰棒、白糖冰棒、汽水，还可以到东门口的小吃店买两分钱一个的麻圈，三分钱一个的白糖饺子和油条，光头面也只有八分钱一碗。有一次，我到鹞子湖去割鸡林杆杆，身上划出了道道伤痕。第二天一早，就挑到银城街上去卖，才卖了四角三分钱。那一次，我连两分钱一个的麻圈也舍不得买，紧紧地攥着那些角票和银毫子，不敢放到袋里，生怕掉到地上或者被人偷去，然后就晕脑耷颈地回家了。

第三章 醉酒者

吕怀远看了第一篇，就放下了稿子，那些用钢笔写的文字，潦草且带有那个年龄段的青涩，纸张发黄，看得眼睛有点吃力。他觉得他那酒瓶底般的眼镜内，藏着的是蜗牛般的眼睛，爬起文字有些费劲了，于是他下了一碗面吃后，就开始在白沙村漫游了。他走到了抽水机站，经过了大脑壳的店子，慢慢向邢家后背走去，他想到湖里去看看。

邢家后背，是一马平川的田亩。记得六岁那年，他碰了人都要求讲个白听。一下子几十年了，一切都历历在目。有一次，他正好也走到这里，松友几、溃眼珠、糖粑粑、月猛子四个人坐在水车上车水。现在水车已在乡村销声匿迹，那些乡村博物馆陈列的，基本上是散架了的次品，很难有当年那种气势沉稳的水车。看看那些陈列的水车，一般也没有完整的车轱辘和车叶子，只有短短的几节。当时那水车，安在塘坝与田野的交界处，长长的车槽，连着小轮轴，尾部沉在水里，头部喷向田野。他们四个壮劳力，手搭在水车架的一根横木上，屁股坐在搁在水车架的一块木板上，用左脚和右脚轮番使劲地踩动拐木，让大轮轴转动，带动车槽的板页刮水上行。车水的时候，也就是南风吹起的时候，松友几等四人一个个脸放亮的。松友几在讲《薛仁贵征东》，他说薛仁贵有一龙九牛二虎之力。他讲李世民碰了敌人鬼子唱，“谁要救得我李世民，打了江山平半分，谁要救得我唐天子，他为君来我为臣”，讲完以后，他们又讲起了素腔（素腔：资水下游方言为“黄色笑话”的意思）。当时他们看到吕怀远，让他去偷可嫩几屋里的菜瓜吃。吕怀远说，我怕去得，我怕狗咬。溃眼珠说，冇得甲用(冇得甲用：资水下游方言为“没有用”的意思)。然后，又说，先生的胡子敌不得后生的须。莫看哒怀先生胆子小，发额子还蛮高，将来可以调到公社兽医站去阉猪阉鸡。突然，天上乌云翻滚，马上下起大雨，雷攻电闪。月猛子说，没得什么预兆，就来哒风暴。他们就跑到连翁妈屋里去躲雨。看那奔跑的架势，都是娘只顾娘，爷只顾爷。他们脚杆子长，吕怀远也跟着跑去，淋得一身浃湿的。连翁妈给每人都筛了一把碗茶。她屋里那只黑包壶好大八大（好大八大：资水下游方言为“很大”的意思)。吕怀远早几天跟着表姐，到了二舅父家里，他站在书桌上，提个包壶做红灯，唱：“手提红灯四下看”，包壶啪哒一响，打得稀烂的，二舅娘气得脸都变了色。回来，吕怀远的妈妈就骂他老实人做结巴子事。他说，我长大了要当李玉和。妈妈说，崽啊，吃不成胖子，想不成财主，要看了菩萨点颜料。妈妈那天讲的与松友几今朝讲的薛仁贵的故事，不晓得哪个讲得有道理。当时的想法，都刻在吕怀远的童心深处。他还清楚地记得，连翁妈客气不过了，又剖了一条菜瓜给他们吃，吃完后，他跑到茅厕屋里去，看到好多蛆婆子在那里奔涌。那也是一个世界，只是我们不懂它们。这当然是吕怀远后来的思想。现在，那些水车在乡村再也见不到了。吕怀远突然想起了这么一句话：风生水起，细数一圈圈的轮回。他记得这是看过一篇《水车赋》里的两句。那篇赋，他具体记不清楚了，好像写了水车是汉朝一个人造的，三国时诸葛亮还在蜀国时使用过，到隋唐开始已广泛用于水利灌溉。吕怀远十几岁时买了姚雪垠的《李自成》，他看到第一卷二十七章里面写到了水车。“几年前我们在和州滁州一带，那儿水多，可是庄稼人常常用水车给庄稼浇水”。现在，乡村到处都是农用水泵，水车已经退出了历史舞台，就像一个人退休一样。不过水车运行了近两千年，不像人，从工作到退休，只有几十年。想到这一点，吕怀远不由得对水车有了一番敬意。

湖里，是白沙村最偏的地方，这里连着四合村的崔家湖，所以白沙人把这里叫湖里。湖里有几户人家，分属两个村民小组，在过去是分属两个生产队。这里离人群聚集地有三里地。过去这里有一个黑壳子大瓦屋，是地主夏尧阶的家，后来，讨米的潘劳先来到白沙，在湖里不远的地方搭了一个茅棚子，土改时，工作队就把夏尧阶的家一分为二，他一家住东边厢屋里，潘劳先一家就住西边厢屋里。早两年听说，夏尧阶的几个儿子，都搬上来了，湖里只住着潘劳先的两个崽——关菩萨和月猛子，一晃两兄弟都上了八十岁了。

吕怀远到了湖里，他看到了月猛子，躺在一个睡椅上，根本不是昔日那个红光满面的样子，但那慈眉善目还在，吕怀远就去打招呼。月猛子睁开眼睛，望着他，他说，你认得我不？月猛子摇了摇头，吕怀远说，我是吕怀远，月猛子好像惊醒过来，猛地一下坐起，抓住吕怀远的手，说，你来了啊？我们是一个生产队的，我这记性，老了，人不行了，要死了。说着他又喊他老婆桂枝筛茶，桂枝好像还很清醒，说，大学生回来了啊，接着又问，你有四十岁没有，吕怀远笑了笑，我都退休了，桂枝搬来一条凳子，吕怀远坐下。

这时，隔壁屋里传来骂骂咧咧声。你偷偷……偷得何海（何海：资水下游方言为“哪里”的意思）去了，统统……统统，给我还来，那些筛米……米的筛子，那些月口里的弄……弄鱼的壕几，给我还……还来，那些风车，给我还……还来，那些水……水车，给我还还来，那放了粗茶叶的包……壶，你偷得何海去……去了？统统给我还……还来？

月猛子说，关菩萨早晨又喝了酒，他骂驾了糊（骂驾了糊：资水下游方言为“骂骂咧咧”的意思）。

接着又是那些现话子：“你偷偷……偷得何海去了，统统……统统，给我还来，那些筛米……米的筛子，那些月口里的弄……弄鱼的壕几，给我还……还来，那些风车，给我还……还来，那些水……水车，给我还还来，那放了粗茶叶的包……壶，你偷得何海去……去了？统统给我还……还来？”

桂枝也说，他癫里癫气，装宝装素。他是个龙猪肚，不晓得何什吃得那么多东西？喝了酒，就天上的晓得一半，地下的都晓得。

吕怀远觉得关菩萨骂得有意思，就用手机录下了他骂的这段话。

他走过去，看到关菩萨打着赤膊，举着酒杯，桌子上放着猪脚、猪耳朵和花生米，然后，他又举起手说，给我还来，就又说，那件蓑……蓑衣呢？那个斗……斗笠呢？都冇看……看见了。给我还……还来。

月猛子也走过来了，对关菩萨说，你尽讲胡话，你要何只个给你还来？关菩萨就对月猛子说，我是驼子伢几劈直的呢，他看了一眼月猛子说，来，喝点酒，添客不添菜，只加一双筷子。

关菩萨又咕咯咕咯喝了几大口酒，说，我只是心……心里……苦，现在，是好了，但一比起来，人比人，比……比死人，定……定矮子，肩不能挑、手不能提的人，当……当老师，退休了，拿得四千多块钱一月，我，我，我，也做了贡献，交了公粮，才……一百二十元钱一月？

这时，关菩萨的崽潘腾翔出来了，吕怀远就跟他打招呼，潘腾翔说，不好意思，老驾（老驾：资水下游方言为“父亲”的意思）喝多了，在讲信货。吕怀远就问他，现在哪里做事？潘腾翔说，我还在乡企业办呢！这时，潘腾翔的堂客陈美娃也出来了，与吕怀远打了招呼，并搬了一条凳子出来坐。吕怀远知道，陈美娃是国家正式干部，是二十世纪九十年代村里的妇女主任，后来因为表现突出，办了农转非，解决了编制，成为王家坪乡的计生专干。过去说丈夫有志妻有志，白沙的人说妻子有福夫有福。潘腾翔这些年也过得相当体面。吕怀远有次回家，看到潘腾翔从裤带子里拿出个鼓鼓囊囊的皮包来，里面是一叠厚厚的红票子，他“嗖”地从中抽出一张百元大钞，朝卫跛子面前一甩，给我拿包芙蓉王，当时，让吕怀远感觉到他混得不错。

关菩萨脸喝得越来越像关公，越喝，越硬起颈根，这时月猛子五岁的外孙几站在门旁边，伸长脖子看着他在吃一坨糜死烂溶的猪脚，关菩萨就对他说，你这个欠食佬，来吃粒花生米，小孩说，不，就跑开了，关菩萨就大声说，好吃佬，家家跑，一跑跑得后门口，碰哒一个阉猪佬，阉哒咯个好吃佬。

陈美娃和潘腾翔都笑了起来，潘腾翔走近去，说，你一天到晚，喝喝喝，喝死了咯条命都没人埋。关菩萨一听，就大骂，牛耕田，马吃谷，爷做工，崽享福，我送得你高中毕业，你读那么多书，塞牛屁股啊！蓑衣文章都不会做。哪个要你回来？你今朝回来做么子？你亏一身的账，前天，白满几回来问我，哥哥借我的钱么子时节还？你还跟你万老表借了钱，你以为老子不晓得？

陈美娃走到她身边，说，老驾，你少喝点，好不好？

关菩萨说，我心里不舒服啊，我也交了公粮，才一百二十元一月，定矮子拿四千多元一月。

陈美娃说，老驾，你这个观点就有问题，你说你心里不舒服什么意思？你旧社会住的什么屋，现在住的什么屋？

关菩萨一听，马上就唱起了歌：“天上布满星，月牙亮晶晶，生产队里开大会。诉苦把冤伸，那万恶的旧社会，穷人的血泪仇……”

等他唱完了、歇口气的时候，陈美娃又说，上面对我们农民太好了啊。几千年哪朝哪代农民不要交皇粮国税，现在农民硬是不要交了，你问满满（满满：资水下游方言为“叔叔”的意思），种田都还有补贴，政府还给农村的老人家养老补助，现在是少一点，慢慢地就升了啊。

关菩萨就开始唱：“社会主义好，社会主义好，社会主义好，社会主义国家人民地位高，反动派，被打倒，帝国主义夹着尾巴逃跑了，全国人民大团结，掀起了社会主义建设新高潮。”

桂枝在旁边说，老小老小，你老驾像个细伢子。

陈美娃对关菩萨说，你知道有个柳亚子吗？新中国成立以后，他就在毛主席面前发牢骚，毛主席给他写了一首诗，“牢骚太盛防肠断，风物长宜放眼量。”你老是跟定矮子比，人家是人民教师，是国家干部，他们没有田没有土了，他拿那份退休金是应该的，他培养了那么多大学生，你呢？你只会敬老爷（敬老爷：资水下游方言为“敬菩萨”的意思）。

关菩萨一听，酒醒了，他马上站起来，说，你不要看不起我，谁看不起我，谁就给我走，我不管你是多大的官。我又不是个戳烂事子的人，我年轻时也是共青团员，修南门桥湖，冬天冷得要死，我打赤脚跳进水里，我是敬老爷，南岳庙里那么多人敬，敬的人都是坏分子吗？

陈美娃一看家爷（家爷：资水下游方言为“公公”的意思）怒发冲冠，就有点慌张了。桂枝在旁边说，平常谁的话都不听，只听媳妇的话，现在媳妇的话都不灵了。潘腾翔就抱住父亲的肩膀，说，你还发脾气，我们就喊王新田来。

王新田是原来公社的特派员，其实早已经死了，关菩萨一听，就不说话了，他说，我不喝酒了，我脑壳有点晕，去睡阵觉去。陈美娃也说，我们也回去吧！我还要赶个材料，潘腾翔就发车。他对吕怀远说，坐我们的车到王家坪玩去吧！现在那里修得蛮漂亮了。吕怀远说，不，以后再去吧！我也走了。

吕怀远就回家。一路上，他想起关菩萨和月猛子两兄弟。两兄弟都是崽男崽女一大路，但都只有一个儿子。关菩萨有四个女儿，月猛子有五个女儿，他们还有一个姐姐，一个妹妹，也都是生了五个女儿。关菩萨到处说，天底下还有单身人讨堂客不到，就怪不得我屋里了。这使吕怀远想起了小时候在生产队出工时，大家看到个子矮小的桂枝，说，矮子矮，一肚子崽。桂枝生了这么多崽女，确实如此啊。关菩萨一直以来没做那么多重活，年轻时吃过一些亏，后来田到了每家每户了，他那几个女又相继出嫁，负担减轻了。潘腾翔高中毕业，没考上大学，一表人才，能说会道，人家都说他会钓妹儿（钓妹儿：资水下游方言为“追女孩子”的意思），果然二十一岁时把一个长得乖嫩嫩里的妹儿带到了家。陈美娃也是高中毕业，也没考上大学，应该比潘腾翔低两届，在她刚上高中不久，潘腾翔就给她递了纸条子，因此潘腾翔高中毕业两年了，才等来陈美娃高中毕业，她没过筛考这一关，因此就不存在复读。关菩萨两公婆看到儿媳妇长得乖乖洁洁（乖乖洁洁：资水下游方言为“漂亮”的意思），笑在眉头喜在心。两人结婚以后，潘腾翔为了让陈美娃过上好日子，到处推荐自己的老婆，后来大队老班子的妇女主任退出班子，陈美娃就进了班子，她显示出了当领导的才干，抓妇女工作非常有艺术。原来妇女去结扎，一般要通过拆屋、抬柜子等过激手段，才能逼得上手术台，陈美娃主动到人家家里，帮人家晒尿片，晒扑辣椒，喊姐姐，嘴巴亲热巴巴（亲热巴巴：资水下游方言为“很甜”的意思），然后就给人家讲道理，讲国家的难处，讲家里如果吃衣禄茶饭的不多，日子就会好过多了，竟然轻轻松松让人家去结了扎。当时计划生育是一票否决，陈美娃年年在区上的会议上戴大红花，没两年，区里给了一个指标，让陈美娃转了干。开始，潘腾翔是骑单车送陈美娃去乡里上班，然后是骑摩托送，后来，乡里为干部建了一栋集资楼，陈美娃就搬进去住，住在五楼。潘腾翔就接关菩萨去住，关菩萨一上楼就脑壳晕，他要潘腾翔拿了一条洗脸手巾蒙了他的脸才上去坐了一会儿，吃了几片西瓜就要求回去。他说，我不是吃伴甑饭的人，以后就再也没有上过潘腾翔乡里的家了。回来以后，他就像到了美国联合国一样，在月猛子门口吹，我崽屋里住五层楼高，厕所里是瓷砖，地上全部是木地板，还包了门，估计《说唐书》里的李世民皇帝当年住的也就是这样范。月猛子说，现在屋里都是这样子呢，我崽安伢儿搞装修的，你天天喝酒，没见过世面。再说潘腾翔的堂客是正式的国家干部，潘腾翔就有了压力，他也是吃四方饭的人，到处找生意，成日成夜想着赚钱，也赚了点钱，就都放在那皮包里，经常有一百多张百元票子，人家向他借，他从来不借，他就是为了向人显示，我不比堂客差，堂客有权，我有钱。这样显摆了没多久，他就不拿那皮钱包出来了，原来是陈美娃严重地批评了他，陈美娃怕他在社会上被带坏，就找了乡里，安排潘腾翔到了乡社队办当了合同工。这里钱确实十分少，潘腾翔过不惯，两口子就有了矛盾，关菩萨知道以后，就想起了电视里说的一句话，钱不是万能的，但没有钱是万万不行的，于是，他就跟了一个盖匠师傅，到处敬起了老爷。哪个人病了，请他去，他就去。他穿着黑色的法衣，口中念念有词，在一张张黄纸上用一大碗水画符，他要病人把黄纸烧了，纸灰泡水喝了。有时候，他师公子冲锣，戴着一个烂斗笠，披着蓑衣，拿着一把扫帚，在屋里转来转去，直到把鬼赶走。这样敬老爷一两个小时，请他的人家好酒好菜伺候，还给一个包封，有时候是二十元，有时候是五十元，随着物价上涨，水涨船高，后来到了一百元，两百元，这些钱就都给崽潘腾翔了。他对儿子说，陈美娃现在是干部，你们要是离婚了，我没面子。潘腾翔也对陈美娃好，他为此专门买了一部车，瞒着家里，给很多亲戚都借了钱，亏了一身的账，陈美娃到哪里去，他就当专职司机。关菩萨这几年就天天喝酒，喝了酒就讲信货，越来越起劲。堂客与他过不得，就到几个女儿屋里轮流住。关菩萨吃得酒醉饭饱以后，就在村里到处去诨信货。关菩萨存话不住，就把听到的都讲出来，有一次把月猛子给他讲的一件事讲了出来，月猛子后来知道了对他说，你把我顶到壁上了，桂枝也对他说，你还不是沾阎王势，你有个好媳妇啦！听到这里，关菩萨就打着尿蜜子笑（尿蜜子笑：资水下游方言为"甜蜜的笑"的意思）。

月猛子虽与关菩萨是一个娘肚子里生出来的，性格截然不同。因为屋里吃茶饭的人多，他不晓得天光日夜做事。白天在生产队做工，夜晚扳鱼。承包制以后，他对人说，锄头握得稳，作田还是本。他把湖里的茅草全部割掉，又一把锄头把一个湖里的泥巴全部挖转过来，他要在湖里种一季稻。当时的支书王乐成说，月猛子摁哒石头鼓打浮泅（摁哒石头鼓打浮泅：资水下游方言为"老实人做扎实事"的意思），他一个人就相当于干了当时整个白沙一个大队的冬修工程，活一辈子，累一辈子。但是月猛子开垦的那些水田，根本就不结谷，他在这里挥舞锄头锄草，越锄，草越多。尽管如此，他家还是起了楼房，哥哥关菩萨说他住不得楼房，还是住在平房里。

回到家以后，已经快中午时分了。吕怀远做完中饭吃，就睡了一觉，当他醒来的时候，就听介胡子在传一个消息，关菩萨在水里紊死了。吕怀远感到一惊，上午关菩萨还是好好的，喝了酒说头晕去睡觉去了，怎么突然淹死了。介胡子说，中午边上，关菩萨醒来，就走到养鱼的水池子边喂鱼食，就四脚朝天倒在鱼池子里了，是桂枝在地坪里赶鸡婆时看见的，她吆喝"呃嘻，呃嘻"，眼睛尖，看到水池子里，倒了一个人，就喊月猛子，上前一看，是关菩萨。月猛子脚肿，动不得，正好茅屋湾黄永年的崽在田里踩草，忙把黄永年的崽喊过来，黄永年的崽跳进水池子里，把关菩萨抱上来，看鼻孔，已经没有气了，月猛子不知道潘腾翔的手机号码，他找出一张纸，上面写着自己的崽安伢几的电话，他要黄永年的崽给自己的崽安伢几打电话，让安伢几给潘腾翔打电话。介胡子当时正坐在大脑壳的店子里吃烟，听到黄永年的崽在那里喊，关嗲走了呢，于是就赶到关菩萨屋里，帮忙换掉衣服，这时潘腾翔才驾着车回来，陈美娃伤心伤意地哭。

人生真的变幻莫测啊，吕怀远打开手机，把他上午录的关菩萨的那段话放出来：“你偷偷……偷得何海去了，统统……统统，给我还来，那些筛米……米的筛子，那些月口里的弄……弄鱼的壕儿，给我还……还来，那些风车，给我还……还来，那些水……水车，给我还还来，那放了粗茶叶的包……壶，你偷得何海去……去了？统统给我还……还来？”吕怀远当时为什么要录下来，难道这段话说到自己的心坎上了？难道自己与这段话有缘？

吕怀远突发灵感，前几年诗坛流行什么羊羔体和梨花体，关菩萨的这段话，稍微改动一下，不就是一首羊羔体诗或者梨花体诗？吕怀远拿出笔，把关菩萨的这段话写成了一首诗：

你偷得哪里去了
你要统统给我还来
那些筛米的筛子
那些月口里弄鱼的竹壕
你要给我还来
那些风车
那些水车
那放了粗茶叶的包壶
…… ……
你偷得哪里去了
你要统统给我还来

吕怀远看到墙上，一只蜘蛛正在吐丝，画它自己的圆。那么，眼前的这个圆，是它自己画的，还是别人帮它画的？

一直到天黑，吕怀远都平静不了自己的心绪。这是关菩萨的临终遗言，又何尝不是他想再见一见过去的这些心爱的器物的心思呢？这些年，他说的这些器物都不见了，过几十年，也将从人们的生活或记忆里完全消失。月亮照在大地上，吕怀远想起自己儿时唱的一首童谣：

月亮粑粑，肚里坐个爹爹
爹爹出来买菜，肚里坐个奶奶
奶奶出来绣花，绣个糍粑

糍粑跌得井里，变个蛤蟆
蛤蟆撑脚，变个喜鹊
喜鹊上树，变个斑鸠
斑鸠咕咕咕，和尚呷豆腐
豆腐一蒲渣，和尚呷粑粑
粑粑一蒲壳，和尚呷菱角
菱角溜溜尖，和尚望哒天
天上四个字，和尚犯哒事
事又犯得恶，抓哒和尚砍脑壳

吕怀远他们小时候，都会唱很多这样的儿歌，现在这样的儿歌，乡村孩子大都不会唱了，他们看电视里面的机器猫之类的卡通片，课外读物大都是关于猫啊狗啊之类的。岁月悠悠，这几十年过去，很多东西都被无情地淘汰了。关菩萨也许是预感到他生命将要走向终点，他下意识地喊出了要让过去的东西回来。它们渐行渐远，它们能够回来吗？现在越来越多的东西回不来了。就说乡村的手艺人吧，就面临着失传，吕怀远陷入了冥想。

从春秋战国时的鲁班起，就有无数的乡村工匠，他们或子承父业，或徒弟拜师傅，学会了各种各样的技术。像木匠、篾匠、织布的、弹棉花的，他们把日常生活打理得有声有色。现在都是机械加工，过去的靠手艺，靠金刚钻化为绕指柔的手艺，现在好多手艺都快失传了。

楠竹村的篾匠，过去可是众人羡慕，现在这个手艺无人问津了。过去伐倒一片楠竹之后，首先就是斩枝去桠，然后用锯子把它锯成一根根竹条，然后就是考验篾匠师傅的水平了。那破篾的刀自然要短小精悍，要寒光闪闪，要锋利快捷，根据各种器物的形状，破成各种各样的原材料。水篾凉席的原材料，竹条要破得光滑柔韧，自然要有极高的手感。当然刷锅的竹刷把、扫地的竹扫把就不需要那么精细的功夫了。问题是现在城市睡水篾凉席的几乎没有了，一年四季床上铺的都是棉布，天气太热，空调帮忙，那凉沁的竹凉席无用武之地了。

乡村的织布匠，更是早已绝技。当年黄道婆织布，传了千余年。吕怀远小时候看到过织布机，是一个木制机架，线的织面与滚筒成六度的斜面。薛电华的妈妈是织布的，她坐上去，手掷飞梭，手脚并用，织出的就是土布，也叫家织布，我们小时候大抵是穿那种家织布衣服。现在的织布机突飞猛进，圆纬机，还用电脑控制，电子提花。薛电华妈妈五十多岁得了脑血管综合症，生活都难以自理，六十多岁时就谢世，织布在白沙就画上了句号。那个木制机架，也被薛电华的父亲用开山子（开山子：资水下游方言为“斧头”的意思）劈了，作了冬天的柴火。

弹棉花的，也是凤毛麟角。弹棉花需要两人配合，棉花铺在桌子的胶丝线上，一人抱弓，作射箭状，弓连着胶丝，一人用锤子狠劲地敲桌上的棉花，一床被窝，两个人要弹一天。过去可以赚几块钱，现在无利可图，与其去弹，不如到超市买一床机械压出的棉被更省事。

演皮影戏的，也没有了，过去乡村是有的，但本地人都不会耍，一般是很远很远的地方来的，当时管制得很严，不知道那些外地来的演皮影戏的，还有耍猴把戏的，是怎么千里辗转卖艺的？

当然现在还是有手艺人的，比如木匠、泥水匠。由于这些年城市化进程加快，加上房子装修都能派上用场，一些四五十岁的木匠和泥水匠还有不少，但是二十多岁的木匠和泥水匠已经找不到了。

手机响了，把吕怀远的思路打断，是表弟夏婆子来的电话。夏婆子是问一个农作物方面的问题，吕怀远解答了。吕怀远告诉夏婆子，自己已经退休，现在住在白沙。夏婆子说，那你到我家来玩，我今年把那承包的河土全部改种了西瓜，西瓜又大又甜。吕怀远就问，你有人守西瓜吗？夏婆子说，搞手脚不赢，晚上是我自己去守。吕怀远说，那我帮你守西瓜。夏婆子说，表哥，你讲相声吧？你来吃西瓜吧！吕怀远说，是真的呢！我反正现在退休了，没事了，我不要你的工钱。夏婆子一听，就说，你什么时候来？吕怀远说，我明天就来帮你守十几天吧！夏婆子说，那我明天早晨来接你。

吕怀远就站起来，走到吕晖远家里。吕晖远刚去关菩萨家探忧（探忧：资水下游方言为“慰问家属”的意思）回来，两人谈了一阵关菩萨。谈完以后，吕怀远说，我明天去夏婆子家去，看看嫡爷嫡妈，另外，我帮夏婆子守十几天西瓜。吕晖远说，你去守西瓜，太阳晒死人，你受不了，不过他搭了一个棚子，你平时可以待在棚子里。吕怀远说，明天他开车来接，我在那待十几天后，回来还住几天。吕晖远说，你还怕不？你今晚还是睡在我家里吧！吕怀远说，都要在野地荒郊守西瓜了，还怕什么？我今晚一个人睡，看看自己有没有这个胆量。

第四章 守西瓜

早晨，吕怀远刚醒来，就听见地坪里有车子的声音，他打开门，看见夏婆子喊的面的车停在地坪里。夏婆子也四十好几了，脸微胖，显得五大三粗，红头花色，根本就不像个农民，倒像个乡长之类。夏婆子本名叫赵子夏，银城一带往往把小男孩叫作婆子，所以夏婆子从他小时起就叫开，叫了四十多年。

吕怀远提了行李，锁了门，上了车。他特别把那叠发黄了的札记带上，他要认认真真看一遍。夏婆子说，我那西瓜地值钱了，一个农学院毕业的大学生，一个记者，帮我守西瓜，我这西瓜要多卖五毛钱一斤。吕怀远说，贼牯子如果来偷瓜，我打不赢，我就咬，确保你的瓜的安全。夏婆子说，表哥，我看到好多大学生大都都里（大都都里：资水下游方言为“傲慢”的意思），你还是过去的样子，没变，好小易（小易：资水下游方言为“平易近人”的意思）的。吕怀远说，我本来就是一个乡里人，只不过在外混了几十年。夏婆子说，表哥这样的性格我喜欢。

白沙村和夏婆子家南门桥村，都在王家坪乡，不过，白沙村在王家坪的最南面，南门桥在白沙村的最北面，相距有十五公里左右。面的出了门，朝抽水机站飞奔。这一条土路是全新的。去年六月，哥哥说几户邻舍想把这条路拉通，村里打算出一些钱，其他就要自筹。哥哥说，其他人每人出五百元，你出五千元可以不，吕怀远虽然手头并不宽裕，还是痛快地拿出了五千元，托人带给了哥哥。吕怀远无权无势，不能拨款来修这样一条路，吕怀远更不是腰缠万贯的大款，他没有实力一个人就包揽一条路的修建，他只能出这样的微薄之力了。过了抽水机站，经过孙发初家门口，车子很快就进入了土窑马路。土窑马路，不再是破破烂烂，坑坑洼洼，卵石上面铺了一层水泥，路显得平整多了。过了土窑马路，车子很快进入了又一条马路，那是通往南门桥的路。

南门桥，三十多年前，是王家坪公社的一个渔场。现在嫡爷嫡妈都九十岁了，住在大堤下的一个小洲子上。这个小洲子只有两三亩地大，原来四面环水，从家里出来，都要划船十来米去陆地，现在一条路修得直通到了家里。夏婆子则住在堤上，新建了五间的楼房，家里总共有十间房子。吕怀远到了，先见了嫡爷嫡妈，给了嫡妈四百元钱，嫡妈很高兴地放到了袋子里。嫡妈一遍遍地摸着吕怀远的手，说你今年五十五岁了啊，都退休了啊，好快。她边说边流泪，说，你妈妈死早了啊，死了十七年了。嫡妈说，跑西山那年（指1944年日本鬼子侵占银城），你外公外婆带我们逃跑，当时你妈还只有九岁，远处传来一声枪响，擦着了我的腰皮，幸好没伤着，现在都眼门口（眼门口：资水下游方言为“刚过去”的意思）一样。夏婆子堂客忙着准备饭。吕怀远与嫡爷嫡妈寒暄了一会儿，就对夏婆子说，你先带我去西瓜地看看。夏婆子说，你真的要守西瓜啊。吕怀远说，是真的。我也累了几十年，守守西瓜清静清静。夏婆子就带吕怀远到了河边，他对吕怀远说：乡里就是乡里样，荷包吊到屁股上，你莫嫌弃啊。吕怀远说，我也是乡里人啊。站在堤上，看着这条资水河蜿蜒流去。昔日这条河里有大轮船，当时这里还叫洋船，那激昂的航笛一响，那些轮船就浮了出来，让人眼前一亮，让人对外面的世界，对远方，有一种向往和憧憬。昔日的河面上，还有机帆船，有撩划子，那鼓足干劲、有时候是逆风而上的饱满白帆，一面面的，向远方飘去，时过境迁，也许永远看不到了。小时候，吕怀远到嫡妈家来，都是与同生产队的庭婆的崽卫狗婆一起结伴来的，卫狗婆的外婆家住在南门桥不远的曹家渡，他们当时走到这里，都要坐在堤上的草地上歇一口气，看各种各样南来北往的船从这儿经过，歇一会儿了，才站起来分道扬镳，各走各的亲戚。四十多年过去，物是人非，不应有恨，时间过得太匆忙。现在他跟着夏婆子，走到堤下的河土里。这里是一大片西瓜地，一个个虎纹形的西瓜扎扎实实地躺着，躺了一地，难怪要人守西瓜。夏婆子就领着他到了瓜棚前，用钥匙打开瓜棚的门，里面有一个床铺，架着蚊帐，还有一个小桌子，放着一个电热水壶。夏婆子说，白天你在瓜棚守着，晚上我来守。吕怀远说，晚上，我也在这里吧，我喜欢这样的清静。

夏婆子就到瓜地里随手摘了一个西瓜，放到瓜棚的桌子上，然后用一把水果刀把它切成几块，递了一块递给吕怀远，吕怀远尝了，好鲜，好甜，吕怀远说，你这西瓜味道太好了。

夏婆子这几年什么都做。他开了一个店，不但卖百货，连生资、农药、化肥什么都卖。他的舅子在省城砂石场做老总，他在那砂石场入了股，还在省城买了一套一百七十平方米的房子。他承包几百亩稻田，调摆得井井有条。他看到南门桥的十五亩河土是荒芜的，就跟村上签合同承包了河土。开始，他全部是种菜，冬瓜、辣椒、茄子、西红柿，长势良好。凌晨时分，两口子去采摘，一边采摘，一边用水龙头清洗，洗得清清爽爽，青翠欲滴，再按每把五百克捆扎装筐，然后他联系的超市和集贸市场的货车就来了。早几年银城街上的蔬菜供应都是从农民到批发商，再到供应商，再到超市四个环节。这两年这些商家精明，采取直购的方式，抛开中间商，从蔬菜基地和农户直接采购。尽管如此，这一年他累得个半死，也只赚了三万元。有人说，沙地种西瓜最好，卖得起价钱，所以今年他就改种西瓜。

夏婆子还真的小有才情，什么他都能编成押韵的顺口溜，还经常在朋友圈发这些顺口溜。“弃旧换新来不及，请哒师傅来剖篾。秧盘地膜全换新，还要换掉秧田弓。人工一百五一天，随便又是八九千。响应号召来种秧，口袋里面精哒光。”“堤边西瓜半里长，只是长势还不强。趁着麻雨化肥追，拔苗助长把苗催。开天喷施除草剂，亩产争取做第一。”

吃完西瓜以后，他们来到河边站了一会儿。过去，河边到处都是那些横七竖八躺着的麻石，现在那些麻石基本看不到了。夏婆子说，这些麻石都交给了石匠师傅。夏婆子若有所思地说，同样是一块石头，一半做成了佛像，一半做成了台阶。台阶不服气，问佛，我们本是同一块石头，凭什么人们踩着我，却拜着你呢？佛说，你只挨了一刀，而我却经历了千刀万剐，千锤万凿。这个时候台阶不作声了。表哥，你是佛，我是台阶，但我也不只挨一刀啊，为什么你是精英，我就是底层群众呢？我们底层群众都是扳着手指佬过日子啊。吕怀远笑了笑说，现在，你是西瓜地的老板，我是打工的。

吕怀远再回到婧妈家里，就看见夏婆子从他堂客手里抢过锅铲子，亲手烹调水鱼。吕怀远专门看了婧妈家的厨房。大灶都拆掉了，过去的灶是泥砖砌的，有两个大锅，一个锅煮饭，一个锅炒菜，还有一个烧水的翁坛，翁坛是铁铸的，灶膛是烧稻草扎的草把子，或是枯枝和老树根。现在大灶不见了，代替的是两只炉子，一只是烧煤的，一只是烧柴的。烧柴的那只炉子很大，炉口是一个正方形，像一个正方形的屏幕，炉火旺时，就像放电视，火柴和一把扇子放在地上，厨房的案板上摆着电饭煲和刀子，案板下是一堆码得整整齐齐的木柴。木柴都是用斧头劈出来的，码放木柴也需要功夫，这都是嫡爷做的。水缸里还养着一只水鱼，水缸边放着两只塑料桶子，过去的碗柜还在，只是式样变了，里面装满了碗、调羹。吕怀远发现，过去那种土黄色的蒸钵不见了，现在都是精致的白色大瓷碗，筷笼子还保留着，一些暗红色的筷子放在里面发出光。炊烟也没有过去那么多了，那些稻草结成的把子也没有看到了，饭是用电饭煲煮的。

吕怀远吃完晚饭，跟嫡爷嫡妈打了招呼，就要求到瓜地去，夏婆子给他钥匙，说，你先去吧！我还有些事要做。

夜晚降临，大月豪光，乡村肃然。此时，吕怀远才感觉到自己的身份变了，现在不是在《农民必读》杂志社的办公室加班，过去编辑和记者的光环，像一杯滚荡的牛奶喝完后杯沿上留下的一层薄薄的膜，我现在是在这里，是在夏婆子的西瓜地里，这不是乾坤大挪移，这不是幻觉，我提前退休了，余生就是老老实实过好退休生活。这一时段，老老实实帮夏婆子把西瓜守好。

晚上，夏婆子来了，提来两瓶啤酒和一袋花生米。两人慢慢喝着。吕怀远平素不大喝酒，此时也握着啤酒瓶，让瓶口对着嘴，咕噜咕噜地灌进肚子。吕怀远就给夏婆子念起了自己在两年前的三月写下的一首接龙诗：

我有一壶酒，足以慰风尘。
提笔云为墨，巡空月是龙。
醉夜夜最大，和风风何轻。
英雄江左去，竖子也成名。

夏婆子说，你的诗我不懂，我只会写三担牛屎六撮箕的打油诗。吕怀远也不好给他讲自己当时写这首诗时的心境了。夏婆子说，表哥，我来唱段花鼓戏给你听吧，我能够用男女声同时唱，我先用孟姜女的声音唱吧。

夏婆子真有歌唱天赋，这时一个女声就在西瓜地里飘起：

送夫一里到东门，双脚蹬地手拍胸。
夫妻指望同到老，谁知今日一场空。

夏婆子又用男声唱道：

贤妻送我到门东，颗颗珠泪洒下胸。
夫妻若想重相会，除非是南柯在梦中。

他再用女声唱道：

送夫二里转门西，一对鸳鸯起翅飞。
鸳鸯起翅飞千里，一个东来一个西。

夏婆子唱得声情并茂，唱得哀婉凄恻，继而他又用男声唱道：

小姐送我转门西，实实难舍难分离。
夫妻指望同到老，大限来时各自飞。

夏婆子唱着，一段一段的，吕怀远却已沉沉睡去。睡到凌晨三点，他醒来了，看到夏婆子躺在瓜棚外面铺的一张席子上，他再也睡不着了，就打开灯，取出那些发黄的札记，又开始读起来。

第五章 札记2：李佑桦

我八岁的那一年，白沙出了一件事，李佑桦自杀了。

有人在李家的地坪里喊，快来人啊，死了人啊！男人家、堂客们和婆婆姥姥，就拥到李佑桦的屋里，只见李佑桦吊在堂屋的横梁上，穿着一件从来没见他穿过的中山装，还穿着一双新做的布鞋，通红的舌头伸出来，头耷拉着，眼皮也合上了，一动不动。

李佑桦用毛笔写在一张白纸上的繁体字，还散发墨香："成千上万的先烈在我们前头牺牲了，让我们揩干净他们身上的血迹，踏着他们的足迹前进吧！"

有人说，赶快把绳子割断，让他躺到地上，但有人制止了，只怕我们都没有胆做这个事。他的半傻不傻的儿子二癞子扑通跪在大家面前，说，何什搞(何什搞：资水下游方言为"怎么办"的意思)，有人说，先报告大队再说。

邻居陈树贵是陈满翁妈的崽，马上小跑去大队部报告谢丹新。谢丹新马上过来，他看了现场，做出几项指示：第一，这是国际上越南、东埔寨人民抵抗美帝国主义侵略的形势下发生的恶性事件，这必须要上报，现在陈树贵同志赶快去刘支书家打电话。现场都不准动，等公社特派员王新田来了再说。第二，他的后事，你们商量。再三申明，不准买香啊烛啊之类的，不准搞迷信活动。二癞子就要给谢丹新跪下，谢丹新怒眼圆睁，说，你赶快起来，现在是新社会，不准搞下跪磕头那一套。

有人就对谢丹新说，是柬埔寨人民，不是东埔寨人民。谢丹新说，我看了文件，是写的东埔寨人民，那是一个东字，我也读过一年书，东字还是认得的。那人说，我早晨上街听了广播，是说的柬埔寨，谢丹新说，管他柬埔寨还是东埔寨，反正不在我们中国，随便怎么念都行。

一个小时后，公社特派员王新田骑着线车（线车：资水下游农村对自行车的叫法）来了，他看了现场，说，是他自己吊死的，不存在他杀的可能。现在我开始做笔录。

王新田穿着公安制服，戴着公安的大盖帽，显得威武庄严。二癞子脚都有点颤抖。陈满翁妈从自己屋里的包壶里筛了一碗茶，双手端给王新田，说，王特派员，先喝一碗茶，王新田接过茶，喝了一口，就问二癞子，他为什么要上吊？二癞子说，不晓得，他平日都是穿那件烂褂子，俺都不晓得他有四个口袋的衣服。昨日子，黄天焦日他都睡着。昨化几（昨化几：资水下游方言为“昨晚”的意思），他印了米箩里的最后半升米煮了，自己吃了，菜是吃的擦菜子（擦菜子：资水下游方言为“腌菜”的意思），也没管我。今天早晨，才发现他上吊了。

王新田就问谢丹新，你看怎么办？

谢丹新说，是不是先把他埋了再说。

王新田说，不是刑事案件，也不用再向公安局汇报。你们大队要向公社写个情况，主要是上级问起来也有底。埋的事，你们办就是。

王新田处理这事干脆利落，大家一想也是的，又不是杀人案件，就不要报告公安局了。王新田说完，就骑着线车走了。谢丹新在这里就是老大，他还是拿出平常杀伐决断的口气说，你们李家湾生产队找些人把他埋了。王特派员说要写情况，我个大老粗写不出，陈树贵，你去找杨浩光写，传达我的指示，生产队给他加十分工。他写完后我签字，刘支书签字，再送到公社去。

谢丹新也走了，大家又围着陈树贵的母亲陈满翁妈。她根红苗正，在白沙大队都有很高的威信。新任队长是个年轻人，这样的大事，大家都请陈满翁妈拿主意。陈满翁妈对二癞子说，你屋里有多少钱，你还是要拿几十块钱出来办后事，现在不兴旧社会那一套，还是要买个水泥棺材。

二癞子和他老婆就去泥砖屋里翻箱倒柜找，把坛子罐子全部翻遍，把盖衣被子全部抖遍，只有三张块票，十六张角票，二十一个一分的银毫子，大家一算，整个只有四块八角一分钱。

陈满翁妈说，我那口棺材，是打算我百年之后睡的，那就先给你耶（耶：

资水下游方言为“父亲”的意思）睡，入土为安。陈树贵一听，马上急了，大声说，你真的是老糊涂了，为了你那口棺材，我献了十多年血，才买些木材做成。李佑桦凭什么睡你百年之后的棺材？

二癞子堂客马上说，陈满翁妈，你不要演戏了，不是你崽去谢丹新那里报告，他怎么会死，他只不过说了一句，他是黄埔四期，我是黄埔六期，我要写信给他，看在同学的份上，帮我摘掉这个帽子。

陈树贵马上拽住二癞子堂客的衣服说，我反映真实情况何什错了，他自杀是他自己的事，是我的错？你说清楚。

有人就出来劝架，算了算了，李佑桦的水泥棺材由他自己的亲戚六眷掏钱出来买。

陈满翁妈看崽坚决反对用她的棺材，就不再坚持了，就从屋里抱出一床羊毛毯子，对二癞子说，这是我土改分得你家的毯子，盖了二十多年，冬天很暖和，现在盖在你耶身上吧！你们不要有情绪，你耶新中国成立前做了多少坏事，对他专政是对的。人死了，入土为安，你家里有他的照片没？

二癞子说，没有了，都被他烧了。

陈满翁妈说，那就请杨浩光给他画一张像，画像的两元工钱我出。

于是，几个人在生产队出纳那里先预支三十元到接龙堤买水泥棺材（一天后，亲戚们就还了）。杨浩光来了，他挽起袖子，为躺在地上的李佑桦画起了像。像画好后，大家都说画得很像。李佑桦的亲人没有哭声，没有悲戚，生产队的劳动力都来了，在李佑桦的菜地挖了个坑，二癞子堂客偷偷地把李佑桦写的那张白纸放进了棺材。大家抬着棺材，围李家湾绕了一个圈，就埋葬了李佑桦。他们牢记谢丹新的指示，没有烧纸，只放了一小挂鞭子，这是村里死人唯一没有开追悼会的一次。那天晚上，二癞子对他堂客怒眼怒嘴，并打了他堂客一个耳巴，说，你一料世（一料世：资水下游方言为“一辈子”的意思）都是个文墨不通的家伙，我这一世被我耶害了，我不是给他当崽，我会活泛溜哒，何什是咯个样子？今朝你又乱讲话，差点又要祸从天降啊。他堂客对他说，你不要这样神念之念（神念之念：资水下游方言为“喋喋不休”的意思）要吧！都是你鬼搞鬼弄。你屋里祖坟不冒烟，怪得我啊！

第二天，杨浩光写好了《关于李佑桦自杀的情况说明》，谢丹新和刘支书都签了字，基干民兵陈树贵怀着激动的心情，一路小跑把它送到公社崔妹几那里。陈树贵看了一下说明，里面有他的名字，这证明他履行职责得到了认可。

《关于李佑桦自杀的情况说明》专门有一段写了：

李佑桦生于1898年，从小就好逸恶劳，后来在县立育才中学读高中，毕业后，到广州一个商埠当职员，后来，经过同乡人介绍，进入黄埔六期，参加北伐战争，刚到衡阳，听到炮声，就吓破了胆，逃跑回家，通过当国民党县教育局局长的姨父找到伪县长，谋取沿河垸乡长伪职。他蓄着仁丹胡子，每天戴着白帽子，穿着皮袍，脚上穿着马靴，手上戴着金箍子，拄着卫生棍，满口的仁义道德，却恶贯满盈，横行乡里，鱼肉百姓。他当伪乡长后，建有房子21间，有田两百多亩，土改时都分给农民了。

然后写了李佑桦自杀的整个来龙去脉，并写了六月二十八日，李家湾生产队下葬了李佑桦。

情况说明是写上去了，公社的崔妹几把它放进了一个黄色的档案袋，以备上面查问。后来就没有人问这个事情了。二癞子管住了堂客的嘴巴，二癞子一家平安无事。

第六章 札记3：杨浩光

人们说，作为乡村秀才杨保生的独生子，杨浩光不是杨保生嫡生，而是杨保生抱养过来的。杨浩光的生父是城里的一个国民党军官，新中国成立后被镇压，正好杨保生无子，就抱养过来了。杨保生是读私塾的，孟子、韩愈的文章信口就来，比古（比古：资水下游方言为“古代”的意思）的事说得头头是道，在乡村可以说是满腹经纶。杨保生还会取名字，我的名字“怀远”就是他取的，他说这是来源于宋朝寇准的《春日登楼怀归》一诗，里面有一句“远水无人渡”，高远的境界啊。杨保生不但会取名字，还会写春联，写婚联，写挽联。他握着毛笔，摆开八字步，气运丹田，满脸红光，笔落下去，纸发出丝丝之声。杨保生好心培养杨浩光，不但让他读孔孟，还让他读五才子书，读李白杜甫，还让他专心画画、习字，杨保生把平生绝学，都浇灌在儿子身上。杨保生虽是富裕中农，他了解党的政策，不是唯成分论，富裕中农不是地主富农，不是剥削阶级，也是农民阶层，只要杨浩光有才智，还是大有前途的。杨浩光初中毕业就辍学了，除了务农，他每晚在煤油灯下把古书上的文字背得一溜烟，清早就拿起画笔，画人画鸟画塘水画树木。他没有专门拜过师，就是先拿一本画册，比对着画。草鞋有样，边打边像，慢慢地他画东西也画得像了，渐渐画名传开。村里死了人，就请他来画像。他还注意收听广播，当时的一些政治术语他都谙熟于心，因此大队的一些汇报材料，也就找上他了，每写一个材料，就在生产队记十分工。

杨浩光二十一岁时，一米八的个头，长得圆墩大脸，按照古书上的说法，可以说天庭饱满，地角方圆，尤其是两道剑眉，如峰峦聚集，又如刀剑出鞘，一派英武之气，走在银城街上，那些妹几的眼睛如探照灯照他，家里的媒人都踏破了门，最后，他与李家坪大队的李玉兰结婚。李玉兰生得细肉白净，讲话细声细气，人家都说他俩像古书上说的才子佳人。李玉兰的娘屋里打发了一台缝纫机，李玉兰做衣服的水平高，做的衣服如式合意，所以就边出生产队的工，边在下雨天或早晚做些衣服，赚几个零用钱。俗话说，裁缝师傅不落布，心里不好过。李玉兰不是这样，做了衣服，剩下多少布，你去拿新衣服的时候，她全会退给你。

杨浩光有十多个本子，都抄满了李白、杜甫的诗。我是在十岁那年送衣服给李玉兰做时看到那些本子的。当时妈妈扯了几米的确良，要我送给李玉兰做。原来做衣服都是在大队邢会计的老婆齐花香那里做的，齐花香那一向搞手脚不赢（搞手脚不赢：资水下游方言为“特别忙”的意思）。听说李玉兰的缝纫技术也好，就找到了李玉兰家。李玉兰用尺子在我身上量了一番，要我两天后去拿。我看到她家桌子上，摆着一个本子，打开的那一本可以看见纸上抄了两首诗。

吾爱孟夫子，风流天下闻。
红颜弃轩冕，白首卧松云。
醉月频中圣，迷花不事君。
高山安可仰，徒此揖清芬。

天门中断楚江开，碧水东流至此回。
两岸青山相对出，孤帆一片日边来。

我就问李玉兰，这抄的是什么？李玉兰说，这是你浩光哥几抄的李白的诗。我说，是那个铁棒磨成针的李白？李玉兰说，那我就不晓得了，这时，杨浩光正好回家，听到了就说，是的。杨浩光说，李白是从古到今最大的诗人，你看李白的诗多么有气势，孤帆一片日边来。你到河土去看过吗？最后到文婆州去看。我说，你抄的这本，借给我看。杨浩光说，你才读小学三年级，你看不懂。我说，我看得懂，我昨天买了一本《新华字典》。杨浩光说，好吧，你拿去吧，这上面只有三十多首诗。不过，我要求你，一个月以后还过来，还过来时，你必须把这些诗都背下来。

我拿回家了，哥哥在香铺仑读高中，我一个人睡在杂屋里。与母亲睡的房间隔一个堂屋。我拨亮煤油灯。母亲舍不得煤油，每天晚上，她都要到我房间里来，说，睡觉，不要点掉煤油啦。前几天，我读《高玉宝》，读《渔岛怒潮》，读《红旗谱》，有些字我不认得，我为此专门跑到月塘摘了些莲蓬，跑到银城街上卖了八角钱，跑到新华书店，说买《新华字典》，服务员看到我脏兮兮的手里攥着的八角钱，用疑惑的眼睛望着我，我说，我不是偷的，我是卖莲蓬卖的。服务员就把《新华字典》拿给我，收了七角二分钱。剩下八分钱，我到东门口吃了一碗光头面，就一路小跑，跑过清水潭，跑过工农之家，跑过小洲垸，跑过闸上，跑过八队，一路跑到了家。

第二天，我拿着这本《新华字典》到了学校。下课了，我就给同学查名字，并且有言在先，查名字的话，要么，就挤给我三点墨水，要么，就撕给我一张纸做纸炮，董世杰的名字我查出来了，他给了我三点墨水。薛赛凤的名字，我查出来了，她把《小兵张嘎》的图书递给我，说我可以明天还给她。查李雁鸣的名字的时候，“李”字和“雁”字很快查出来了，查到鸣字，却出来了一个“呜”字，我说，你叫李雁呜，不叫李雁鸣，李雁鸣一下子就哭了，说，我叫李雁鸣，不叫李雁呜，我说字典是这么写的。李雁鸣越哭越伤心，上课铃响了，她还在哭。薛乐安老师就让我罚站，还把我的《新华字典》没收了。虽然他放学后退还给了我，但再三强调，我不能够再拿它查同学的名字了。

现在看到杨浩光抄的李白的诗，我有不认得的字，就查《新华字典》。我每天背几首，十来天时间，我就背完了杨浩光手抄的李白的三十多首诗。我到了杨浩光家还抄本。他说，读了增广会讲话，读了幼学会相骂，读了诗会什么呢？你说说，我摇了摇头，说不晓得。杨浩光说他还抄了李白的第二本诗，里面有七十多首，我也借回家了。那首《蜀道难》，我看不懂，我也抄了一遍，不认识的字就翻《新华字典》。杨浩光给我说，这首《蜀道难》，是李白的成名作，一个叫贺知章的大官看了，说李白是神仙。

杨浩光家收拾得熨式熨帖（熨式熨帖：资水下游方言为“干净整齐”的意思），这与他书香之家的教养有关系。有一次，我去送抄本的时候，李玉兰对杨浩光说，你看怀先生穿得上垮下搭，像个夏达海，将来可能有点出息。杨浩光说，他年纪小，家庭出身好，有一把来。我就问夏达海是什么意思，杨浩光说，一个传说中的穿衣服不讲究的人。我感到我的耳根都红了，以后我到他家去，都要先看看穿戴是否整齐。

杨保生看到我喜欢诗，有一天对我说，你要学古诗，读李白是不够的，你要读杜甫。律诗在杜甫手里开始成熟。杨浩光对我说，你晓得平仄不？我摇了摇头，杨浩光就大声说，平平仄仄平平仄，仄仄平平仄仄平，仄仄平平平仄仄，平平仄仄仄平平。杨浩光就给我说，什么是平声，什么是仄声，他以李白的《望庐山瀑布》为例给我作了演示。

日照香炉生紫烟　　仄仄平平平仄平
遥看瀑布挂前川　　平平仄仄仄平平
飞流直下三千尺　　平平仄仄平平仄
疑是银河落九天　　仄仄平平仄平平

杨浩光还说，一三五不论，二四六分明。他再演示了几首诗以后，我就明白了。

有一天，杨浩光手书崔颢的《黄鹤楼》和杜甫的《登高》两首诗给我看。

昔人已乘黄鹤去，此地空余黄鹤楼。
黄鹤一去不复返，白云千载空悠悠。
晴川历历汉阳树，芳草萋萋鹦鹉洲。
日暮乡关何处是？烟波江上使人愁。

风急天高猿啸哀，渚清沙白鸟飞回。
无边落木萧萧下，不尽长江滚滚来。
万里悲秋常作客，百年多病独登台。
艰难苦恨繁霜鬓，潦倒新停浊酒杯。

杨浩光问我，这两首诗，哪首最好，我读了三四遍，又对照平仄，做出了自己的判断，杜甫的《登高》合平仄，我虽然读不大懂，感到有气势。杨浩光告诉我，这两首诗，是被唐朝以后的后人认为是写得最好的七律，当然有人认为《黄鹤楼》最好，有人认为《登高》最好。《黄鹤楼》前四句是散韵，后面是工韵，《登高》完全符合律诗韵。这两首都是千古绝唱，难分伯仲。我问难分伯仲是什么意思。

他说，伯是父亲的大哥哥，仲是父亲的二哥哥，形容难分高下。

李玉兰在旁边听，杨浩光对她说，你听得懂不？李玉兰说，我是只红漆马桶（红漆马桶：资水下游方言为“仅外层好看”的意思），听了摸风不到。李玉兰又笑着对我说，后生子，你浩光哥几全部传授给你了，你要交拜师费啊。

我赶紧像学木匠的徒弟拜师一样，跪下，给杨浩光磕了一个头，喊了一声，师傅。

杨浩光瞪了李玉兰一眼，你都说了什么。我们是在闲扯。这些又冇得用，八字冇得一撇，九字冇得一钩。

后来，杨浩光还给我讲一些对联知识。他给我说了一个故事。故事发生在一个清朝的财主家中，财主姓李，只生有一个女儿，将其视为掌上明珠。女儿从小便很优秀，诗词字画都很精通，再加上样貌美丽，可以说是一位追求者无数的才女。李财主自然对女儿的婚姻大事非常看重，想给其找一个好人家。不过让李财主失望的是，自家女儿竟然喜欢上了家中的长工，这让他非常生气。原来这长工也是一名很有学识的才子，只不过家中遭遇了变故，父母都离世了，无奈之下他只好到财主家当长工，意外与才女因为对联结识，两人互生爱慕之情。李财主想将女儿嫁给有钱人家，想要拆散两人，不过女儿心生一计，便与财主商量，用对联招亲，自己出上联，谁能对出下联，便能够娶自己。财主一想，这个办法也行，想那长工也没有什么文化。于是，财主就摆出了对联招亲的擂台。首先才女给出了第一个上联，那就是“长巾帐里女子好”，没想到这上联一出来就难住了很多人，有几个人尝试对了一下，都不太工整。正当众人一筹莫展的时候，长工开口对出“山石岩前古木枯”。财主一听急了，忙说女子是好字，你这古木顺序反了，不能作数。没想到长工想了一会，又对出“白水泉边鱼羊鲜”，财主眼看难不住长工，就让才女赶快再出一联，于是才女又出了一个上联：“山高林密，问樵夫如何下手”，没想到长工又对：“风紧水深，劝渔翁及早回头。”才女看到只有自己心上人可以对出自己的联，自然十分感动，财主眼见长工确实有才，也就同意了两人的感情。杨浩光还讲了清华大学一个教授，高考出的一个语文题目是对对子，他上联出的是孙行者，你看怎么对，我说，猪八戒，或者沙和尚，牛魔王也要得，杨浩光摇了摇头说，不对，标准答案是祖冲之，或者胡适之。杨保生也过来，谈起昆明的最长的联，谈到平仄，父子俩有时还争一下。

大家都说，杨浩光有才，他是大队的红人，帮大队写了很多的报告，但因为不是党员，当不了大队干部；他有文化本来还可以推荐去读大学，但他又只有初中毕业的学历，不够条件。他自己想当民办老师，听说在一个月亮很圆的晚上去了刘支书家，坐了几个小时以后他提出了想法。刘支书说，你为大队做的贡献，我们都记在心里，当民办老师，你的水平比公办老师的水平都高，这我们也晓得。但你想，白沙大队光高中毕业生就有十五个，如果让你去当民办老师，人家去上面告起状来，我这支部书记还要不要当？你放一百二十个心，以后有什么机会，我们会想到你的。杨浩光认为他说得有道理。刘支书说，你别灰心，以后有的是机会。你还只有二十出头，是吧。然后，紧紧地握了他的手，就送客了。

有一天晚上，我又去杨浩光家，听见杨浩光对杨保生说，陈满翁妈要去县里做一个发言，全县只有一个妇女代表发言，大队又要他给陈满翁妈写发言稿，是写还是不写？杨保生说，不写。杨浩光说，冲得起的杨六郎，冲不起的卖麻糖，我还是想进步，我还想冲一冲。杨保生说，大队的意思很明确了，只利用你，不重用你。你写这些东西干什么？吃桐油，呕生漆，吃亏得要死，能得到什么？好好当好你的农民，安分守己，不出风头，保住自家的油盐担子不生蛆。陶渊明都不为五斗米折腰呢！杨浩光说，现在要我拒绝他们，就算把得我一炮只（一炮只：资水下游方言为“十只”的意思）胆，我也不敢，好苦呢。杨保生说，如果你觉得苦了，就看一看天，它那么大，一定能包容下你所有的苦和委屈。我听了杨保生这句话，觉得说得太好了。

第七章 札记4：陈天师

公社干部陈天师骑着线车，在白沙大队叉圈（叉圈：资水下游方言为“绕圈”的意思）。陈天师姓陈，叫他陈天师，是绰号。其实，每一个人，不管是干部，还是社员见了他，都是毕恭毕敬地叫他陈指导员。但是，稼妹的大崽林伢几，在陈天师骑着单车经过他家门口的时候，就哇呜嘻喊：“陈天师，陈天师！”陈天师就停下车，说，你咯个小家伙，冇大冇细。有一次，他碰到了稼妹说，你家那小鬼，不带爱相，痴顽之顽（痴顽之顽：资水下游方言为“非常顽皮”的意思），你用楠竹丫子抽他的屁股。稼妹就满脸赔笑说，是的，是的，咯只细伢几不晓得世事，我要打得他跌手跛脚。

陈天师虽然人很胖，满脸横肉，但他与刘支书等大队干部一起，是做了很多事的。

他穿着对襟袄，背着手，专门看了邢家湾学校，说是危房，怕垮掉压死人，所以说要建学校。当时我们班就分成两班，分别到了廖家和钟家的堂屋读书。陈天师、刘支书就选了离我家不到五百米的寺山塘边的几丘田建学校。学校的图纸是笔写俱全的潘自祥画的，他只读了三年书，但天资聪颖，写对联，起屋画图纸，样样在行。大队利用原来的老学校的一些材料，在万家河生产队烧了几窑红砖，把大队的十几个木匠和十几个泥水匠集合起来，每个在读学生家要完成五百块红砖的运输任务。生产队轮番派工，利用大队每年的鱼塘收入，他再向公社打报告要了两万元，不到半年，两栋红砖房子就建起来了。一栋有六间教室，还有六个小单间，可以做老师宿舍，另一栋是一个大礼堂，还有一个会议室，大队干部也可以在里面开会商量事情。过了几年，大队专门在土林港建有一个大队部，那是后话。陈天师说，学校的操场要建篮球架，要有乒乓球台。他批评原来的学校，每上体育课，就发几十个皮球，让学生们拍呀拍，这是不行的。要落实中央“发展体育运动，增强人民体质”的精神，要让学生有大的运动量，让他们打篮球、打乒乓球，让他们多出点汗。他说，放得春风有夏雨，将来我们每一个作田人身体健壮，像牛一样，几多好。他亲自监督泥水匠砌乒乓球台，鉴于篮球架价格太贵，他说，我们自己做。至于投篮的网，他要铁匠打了两个铁环，再要人用尼龙丝编织了网状，挂在铁环上，再把铁环钉在木制架上，一个像模像样的篮球架就出来了。建学校时，我十岁，知道父亲和母亲都没空，哥哥在香铺仑读高中，便自己挑着箢箕，从距学校四里多路的万家河的红砖窑，每次挑二十块四方四印的红砖，每天早晚挑两次，整整挑了十多天才完成任务。

陈天师说，我们不能到何只杂（何只杂：资水下游方言为“哪个”的意思）山上唱何只杂歌？要提前规划好农田水利基本建设，这也是上面的号召和指示，农村要有新气象，要把“水利是农业的命脉”落到实处，就要动员群众大办水利，解决好大旱有水流到田里、落雨积水能排出的问题。当时有个老抽水机站，他认为抽水机站背靠的塘太小，蓄水容量不够，就选址在田家湾的黄伏塘边修建一个新抽水机站，打算以新抽水机站为轴心，修建三纵三横的渠道，让夏天黄伏塘的水能够流到白沙大队十五个生产队的每一处田里。大会战开始了，陈天师亲自担任指挥长，刘支书担任副指挥长，四个高音喇叭安在村里东西南北的四棵大树上。大队成立了几十个小分队，当然以生产队为基础，自由组合，有老将黄忠小分队，有共青团员小分队，有铁姑娘小分队，等等。渠道要经过坟地，就要推平一个个坟墓，把腐烂棺材里的白骨，装在一个个坛子里，让每家来认领，再重新安葬。原来几个坟墓，根据亲属关系，合成一个坟墓，像我的曾祖父、曾祖母、祖父的白骨，就分三个坛子装好，再重新在我家旁边，修筑一个坟墓安葬。渠道要经过塘坝，就要用柴油机抽干里面的水，挖出淤泥，用砂卵石在塘坝底巩固基础，再在上面填成千上万担泥巴。渠道面前有一棵棵大树，有的是百年古树，就要锯断大树，为渠道让道。这是最大的事，谁都不能对抗，谁都不能讲二话。我家门前那棵陈杨树，就是那时砍翻的。陈天师说，大会战就要吃大锅饭。大会战是体力活，每个生产队要把伙食搞好点。永新生产队的伙食归田白云负责。生产队从仓库里面称了五千斤谷，要十个劳动力分几次挑到大队打米机部打成米，再把米集中在生产队仓库里，生产队保管员吕连生每天按照出工人数每人一斤米的量，把米挑到煮饭的人家里，然后他又去河土运回了生产队种的萝卜、黄芽白。大队每天要杀一头猪，每个生产队都能分到十来斤肉，田白云带领两个人把饭菜做得喷香的。到了中午，她都要来到工地，喊吃饭了，吃饭了，然后各个人赶快放下扁担篼箕，像浮水的鸭子一样涌到开饭点，大口吃饭，筷子像雨点一样落在面前装菜的老蒸钵里。往往陈天师就要骑着线车来，他此时和蔼可亲，说，我看看你们的伙食怎么样，他也拿个钵子，装满饭，夹满菜，吃得打着饱嗝才把饭碗放下。然后，他表扬了田白云，说她负责的伙食，是最好的。

经过几个月的奋战，白沙大队的三纵三横的渠道已修好，加上新抽水机站已建好。公社排灌站派来了刘宗安师傅，他拉下了抽水的闸，一股巨大的水喷薄而出，几个小时后，白沙的三纵三横渠道里满满的幸福水奔涌而出。

陈天师说，鼻子下头一条口，人人都说自家好，我们为什么不能说白沙好呢？他要求家家户户安广播。那一向，银城里下来的技术员忙坏了，那些由银城街上运来的水泥电线杆，取代了原来的圆木电线杆，因为偷木材的犯罪分子比较多，容易触电，水泥电线杆相对安全。那些戴着黄色安全帽的工人师傅，在水泥电杆竖起固定以后，站在了一个梯子上，接过帮手递上来的工具和零件，开始敲打着，下面围着一圈流绿鼻涕的黑皮黑草的孩子，那些丛毛丛草、稀毛白皮的猪也凑热闹，围在这里散步。孩子们拿着弹弓，拿着唧水筒，好奇地望着这些街上下来的工人师傅通电。电是什么，他们在议论。他们问工人师傅，工人师傅嘿嘿一笑，我也不晓得，我又冇读什么书，我只晓得通电。

高压电线杆竖起以后，就要给家家户户安广播。大队部开了一次会，是在刘支书家开的。刘支书家素素里里（素素里里：资水下游方言为“干干净净”的意思），但里面有几个烟鬼，特别是谢丹新一支一支“喇叭筒”地抽，屋子里烟雾缭绕。大队会计不主张给有成分的家安，说广播箱子十元一个，还要牵线，全大队五十多户有成分的，加上他们很多住得偏僻，比如夏尧阶，住在湖里，离生产队有三四里远，全大队五十多户如果都安，哪有那么多钱啊？我们不能包讨堂客包生崽。谢丹新说，这些有成分的，都要改造，改造靠什么？就是让他们从思想上改变。前天公社郭书记说，广播是宣传先进思想的阵地。所以我主张有成分的家都安。陈天师眼睛一亮，说，老谢，你怎么这么有水平了，我同意老谢的意见，有成分的家都安，刘支书也表示同意。但湖里那么远，电线杆没有架到那里去，湖里不仅住着夏尧阶，还住着关菩萨和月猛子，怎么办？陈天师摸了摸脑壳，说，现在电线牵到湖里去，钱太多，过两年再说吧，我们集体经济壮大了，大队有钱了，一定要牵到湖里去，给湖里的几户讲清楚。我建议，每户由大队买个半导体收音机，夏尧阶家也有。妇女主任说，陈指导员水平高，真的是诸葛亮再世，民兵营长介胡子也说，陈指导员比《水浒传》里智多星吴用的计谋还多。陈天师被这些奉菜子（奉菜子：资水下游方言为“奉承话”的意思）哄得满脸堆笑，从口袋里摸出一本语录书，他说，我靠什么，就靠这个。同志们啊，弯船不是就水就可以弯船的，下面不是有汤就可以下面的，任何事情都要以毛泽东思想做指导。要学习啊，同志们。老谢，听说你把柬埔寨人民念成东埔寨人民，这不行啊。谢丹新脸憋得通红，说，指导员，在那万恶的旧社会，我才读了一年书啊。陈天师说，在革命中学习革命，在战争中学习战争，现在是社会主义建设阶段，我们要在建设中学习建设，我们要正确处理人民内部矛盾和敌我矛盾，都要学习。陈天师说最后一句时，把手一扬，然后他说，今天中饭，我到老谢家去吃饭，你先回去，要你婆婆（婆婆：此处指老婆）搞个辣椒粉子和擦菜子就行，千万不要打荷包蛋，我吃不起。于是就散会了。

大家都知道，陈天师也不全是搞一言堂。他说，我们讨论问题时，允许有不同意见。我讲话的时候，你们也可以插嘴插舌，一个班子的人，不是哥兄老弟，而是同志，在做决定的时候，每一个人都要发言。但是我们都不要策白溜嘴，要讲真话。虽然陈天师这么说，但大家知道，他还是喜欢听符合他心意的话。陈天师是吃国家粮的，四十八元一个月，他到白沙来，是吃派饭，每吃一家，他都要交一角五分钱和四两粮票，如果人家搞得客气，他就要多加钱，否则他过意不出，但由于老婆和小孩都在农村，他四十多元工资七拉八扯，所剩无几，所以他一般不在配户家吃饭，都要骑线车回家。他家在间堤上，离白沙也就五六里路。他经常说，我黑鱼子擂罩，经常一清早就到了白沙，有时候发屙屎蛮（发屙屎蛮：资水下游方言为“刻苦努力”的意思），还不是都是为了俺人（俺人：资水下游方言为“我们”的意思）白沙，他把自己融进了白沙。

第八章 札记5：拖拉机

那年春天，白沙大队购买了一台拖拉机。

空气中弥漫着骚动的意味。因为计划生育是国家战略，所以白沙大队很多男女被动员到公社去结扎，很多的小孩在家翻箱倒柜时，竟翻出了一些白色的套子，说是避孕套，于是他们就拿在嘴上吹，可以吹成气球一样大小，大人们回家时，气得翻白眼。正当大家都在议论这件事的时候，徐小年开着拖拉机进村了。

陈天师和刘支书站在闸上，迎接拖拉机的到来。大队会计放了一挂万响长鞭，妇女主任从塑料袋子里，拿出一个红绸布，披在拖拉机的前灯位置。陈天师对通知前来摸砣（摸砣：资水下游方言为“抓阄”的意思）的生产队政治队长们说，春耕生产就要到来了，今天拖拉机开进村了，这是我们白沙大队的大喜事。今天下午拖拉机就耕田，十五个生产队，每个生产队半天，现在我们来摸砣。大队会计早根据日期做好了十五个纸砣，丢在拖拉机方向盘前面的位置。摸到的第一个竟然是永新生产队，拖拉机就往永新生产队的田间开。刘支书说，一直是牛耕田，现在拖拉机耕田了，拖拉机是铁牛，我们都去看看稀奇吧！于是，徐小年又跳上了驾驶座。拖拉机开得很慢，大家说说笑笑跟着拖拉机，来看着这拖拉机耕田的稀奇事。

这天晚上，拖拉机耕田的事在白沙大队成了新闻。大家都在比较拖拉机耕田和牛耕田的利弊。有人说，贼日的鬼，拖拉机耕田就是快，拖拉机突突突地响起，一开过，后面的犁铧就把田耕出来了，永新生产队的五斗丘，不到四十分钟就耕完了。当时陈天师是看了手表的，如果要牛耕田的话，就要两天。但永新生产队的用牛的老师傅郭少江很不以为然，他说，拖拉机耕田太马虎了，我们用牛，要手扶犁铧耕一遍，还要踩在蒲滚上，让牛背着蒲滚过一遍，另外，拖拉机太大，田的边上角上都没有照顾到，我敢打赌，拖拉机耕田，亩产比牛耕田要少许多。郭少江的这些话，传到了陈天师的耳朵里，陈天师说，任何一项社会革命，都有一些死脑筋阻挠。拖拉机是新生事物，新生事物刚开始的时候，总有缺点和不足，要改进。由于经费有限，白沙今年还只能买一台拖拉机，每个生产队再多只能有十来亩田被拖拉机耕，大部分还要靠牛耕。

过了几天，郭少江找到生产队政治队长稼妹，气得胡子翘翘的，他说，真的是冬苋菜煮粥，越煮越绿。我又看了拖拉机耕的田，不行，不行，栽的禾都会死掉。稼妹说，陈指导员把拖拉机耕田提到了那么高的高度，说农业的根本出路在于机械化，你现在泼冷水，这怎么行呢？郭少江说，我们都是靠田吃饭，产量上不去，我们交了公粮后，就没有什么谷分了，你说怎么办？稼妹说，老兄哥，你不要老和尚丢了腊肉，闷声闷气的。我出个主意，晚上，你把牛牵到田里，要等人家都睡了的时候，你再重新犁一遍，再上一道蒲滚，这就像做木工，钉完钉子覆完脚，就散场。你白天睡觉，我叫田马桶给你照常记工。你这个事一定保密，话莫落得别个讲。郭少江说，这是捏了鼻子哄眼睛，但也只有这样了。

几个月后，到了收割早稻的时候，各个队报告说，拖拉机耕过的田，比牛耕过的田，稻谷的成色明显差些，陈天师收到了十四个生产队的报告，只没有收到永新生产队的报告，陈天师就喊了刘支书一起到永新生产队拖拉机首耕的五斗丘来看。陈天师高兴地发现，五斗丘的稻谷格外饱满，比其他田里的稻谷要饱满些，陈天师把永新生产队的政治队长稼妹、生产队长松友几、保管员吕连生喊来，说，你们称谷的时候，记一下，看是增长了还是减少了产量。

稼妹与郭少江讲了的，这个事情都不能说，后来，经过称重量，五斗丘亩产比其他丘田要高八十多斤，他把这个报告给了陈天师。陈天师说，这是一个最好的例子，对新生事物不能够一棍子打死，一坨泥巴丢得水里都能听得见水响，我们永新生产队的亩产不是对于那些裹足不前的小脚女人的有力回击吗？

八月，徐小年成了新生事物的代表，公社开了一个支持新生事物的大会，徐小年与各个大队选出来的优秀赤脚医生、优秀兽医、优秀接生员、优秀下乡知识青年、优秀回乡知识青年、优秀基干民兵一起，作为优秀拖拉机手，在全公社的万人大会上发言。他也讲了永新生产队的这个例子，经过拖拉机耕种的五斗丘，亩产高了八十多斤，真的是一个奇迹啊。

这个奇迹，也被小小的我放大了。那时，我读小学四年级了，自从买了《新华字典》，我读书的瘾更大了。我每天都听广播，有时候，捡到一张报纸，我都要从头到尾读完，对于当时的一些文章的开头结尾，我也掌握了不少，在写作文时，我信手拈来，终于我在白沙大队出名了。

白沙小学来了一个校长叫何少槐，他每天都住在学校。有一天放学后，薛乐安老师要我留下，我不知什么事，何校长来到了教室，他满脸笑容地对我说，今天晚上，大队要召开广播大会，陈指导员前天到学校时，我说我们小学四年级的《批判天才论》的文章写得很好，陈指导员看了，说不错，这个红小兵联系实际，觉悟高，后天大队的广播大会要他发言。今天晚上，你吃了夜饭到我这里来。你拿着作文本上去念，有一个小地方，我和薛老师商量做了改动。你声音要大点，念得要有感情，这是为我们学校争光，你这个发言要发好。

放学后，我回到家，告诉了妈妈我要在大队部发言。妈妈为此给我打了一个荷包蛋。吃了夜饭后，我对妈妈说，晚上，我一个人回来怕，妈妈就要我喊上杨立生，杨立生就陪着我，说说笑笑来到了学校。何校长看到杨立生后，对他说，大队开会八点钟开始，发言的有十个人，吕怀远排在第九，回去路上不安全，吕怀远就睡我这里，你现在先回去。校长发话了，杨立生就只好回去了。

广播大会是由刘支书主持的，刘支书首先请陈指导员讲话。陈指导员讲了当前形势一派大好之类的话，他说，我们这次广播会，年龄最大的七十五岁，就是我们的陈满翁妈，最小的十一岁，是白沙小学的四年级学生吕怀远。我们通过这次广播会，提高思想觉悟和认识水平，把我们的各项工作搞上去。他讲完后，徐小年就发言，接着陈满翁妈发言，接着一些不认识的人发言，前面的讲完了，刘支书就说，现在白沙小学四年级学生吕怀远发言。我赶快走到麦克风前，开始了发言：

“世界上真的有天才吗？毛主席教导我们，人的正确思想是从哪里来的，不是从天上掉下来的，不是从娘肚子里生出来就有的，它只能从实践中来。毛主席还说，你要知道梨子的滋味，你就得亲口尝一尝。就拿我们白沙大队的拖拉机手徐小年来说，他不是天生就会开拖拉机的。今年元月，大队送他到银城农校学了一个月的拖拉机，他勤学苦练，终于掌握了驾驶拖拉机的技术，他把拖拉机开到广阔田野，农民喜获丰收，对他竖起了大拇指。徐小年的事迹，难道不给天才论一记响亮的耳光吗？

西伯利亚的寒风磨炼着我们的意志，瀚海戈壁的风沙锤炼着我们的雄心。毛主席说，学生也是这样，以学为主，兼学别样。我们不但要学好文化科学知识，而且要参加革命实践，以我们的实际行动，体现我们的一颗红心。”

我发言完了，大队干部和参加发言的都给我鼓掌。何校长笑眯眯地看着我，显然，我这次为他长了脸。到第十个发言完了的时候，刘支书就请陈指导员做总结。陈指导员做总结的时候，还特意表扬了我，说白沙小学的办学方向是对的，说他听了这么多人的发言，就是这个小学生讲得最有文化。十一岁的小学生能够写出这么好的作文，当时，老师布置作文时，没想到要他来发言，要求一节课写完，听说他二十多分钟就交卷了。我看了他的作文本，老师只改了一处地方。陈天师在麦克风前讲话的时候，何校长不停地点头，似乎今晚，在他的教书历史上，是最有意义的。

我跟着何校长来到他的房间。他说，今天晚上，几个大喇叭，白沙大队一千六百多人都听到了。何校长还说，薛乐安老师把你的作文给我看时，我还以为你是抄袭的，他说不存在，你二十多分钟就交卷了。我们准备把它推荐给《银城小学生作文选》，所以我与薛老师就商量着改了一处。我打开作文本，又看着那一处修改的笔迹，我上去念之前还反复看了，在农民喜获丰收的前面加了一句“他把拖拉机开到广阔田野”，我知道这是薛老师的字。

何校长还从开水瓶里往一个瓷盆里倒了开水，让我先洗脸，又从床底拿出另一个盆子，从开水瓶里倒了水让我洗脚，何校长打开被子，说，你睡里面。然后他才洗漱完毕，扯灭电灯，在另一头的外侧睡下了。

第九章 札记6：黄老汤

大雨之后，黄老汤牵着牛出来了。黄老汤已经六十好几了，像他这种年龄的人，在乡村，脸上难得红润，眉眼鼻处到处是沟沟壑壑，有一种枯涩的感觉。他也不例外。戴着一顶黑色的呢子帽，除了夏天，他就都戴着这顶帽子，里面穿了一件女儿灯娥几为他织的洋绳子衣服（洋绳子衣服：资水下游方言为“毛线衣”的意思），一件卡其布蓝罩褂子穿在身上，他还系着一条腰围裙，脚上穿着深桶子套鞋，牛跟着他，走过山坑子边上，来到了黄伏塘边，他笑眯眯地看着牛，说，你就在这里吃草吧，我睡个回笼觉。

然后，他就靠着塘边的一棵杨树，眯上了眼睛。似睡非睡一阵后，他睁开眼睛，与牛对话，我看得你八百斤重，你看雨刚住仗（住仗：资水下游方言为“停下”的意思），我就牵着你出来了，这个时节，生产队哪个不是还在睡觉，这就是黄狗吃肉，黑狗当差，你真的是憨人子有憨福，宝人子有宝命，碰上我了，是的啵！你是牛，我是人，我们也是砍得脑壳共得疤。你趁这个草长得好，给我作死的吃，我们人说黄豆子拣熟的捡，就是一个道道。你好好吃草，不要东想西想，还想到处乱跑，不行的，你还是犟得屙牛屎啊，嘿，你丢失了，人家是看牛伢几赔牛不起，我是看牛老倌赔牛不起，我是黄土埋得到颈根的人了，不要让谢丹新喊了我去开斗争会。

黄老汤是个快乐的人，也是一个滑稽的人。村里有他很多传说。话说他十七八岁时，去吃长面（长面：资水下游方言为“乡村酒席”的意思）。当时一般是十个菜。第一个菜是肉枣子，第二个菜是熬肉，后面接着是干鱼、粉丝，麻饺、海带、心肺汤、笋子、蛋丝、炖藕。第一个菜最贵重。一个桌子，四条板凳，八个人，黄老汤和田家的哑巴坐一起，其他六人都是半大不小的人。要开席了，大家都像饿鬼投胎一般眼巴巴等上菜。肉枣子要端上来的时候，黄老汤就示意哑巴去看桌子底下，哑巴看时，笑得前仰后合，其他人也去看，一个个哈哈练滚（哈哈练滚：资水下游方言为“大笑状”的意思），鬼喊鬼叫，原来是黄老汤把裤子解开了，正当一桌人大笑的时候，肉枣子端上来了，黄老汤一口一个，风卷残云，一下子就吃了七八个，众人反应过来，就纷纷用筷子去抢，黄老汤大喝一声，别动，一人一个，大家就抗议，每人有两只肉枣子，只吃了一只。黄老汤说，你们看耍猴把戏，要出钱，我出丑，你们少吃一个肉枣子，不沾了相赢（沾了相赢：资水下游方言为“运气好，赢了”的意思）？大家也就无话，就盯着厨房门口，等着那又肥又腻的熬肉出现。

大伙都说，黄老汤是一个化学脑壳，他家的祖宗菩萨坐得高，每每都助成他一些事。就说小孩夜哭吧！一般情况下，每当有这样的情况出现，家人就要买些红纸，裁成一个个小纸片，上面写着“天皇皇，地皇皇，我家有个夜哭郎，过路的君子念一念，一夜睡个大天光”，贴在树上，电线杆上，别人家的风车上，有的被风吹掉。看牛伢几捡起来，就塞到牛屁股里，搞得牛十分难受，以鼻子里发出的洪荒之声表达自己的不满，你们人类的小孩睡不着觉，关我屁事？而贴这些小纸片，往往起不了什么作用，小孩照样夜哭，纵使天上圆月朗照，只能把哭声越照越亮；纵使风声雨声，哭的声音都远远盖过，这哭声绝对是乡村长夜的主旋律。黄老汤此时出场了，他说小孩哭，是吓着了，被老鼠子吓了，被黄贼筒（黄贼筒：资水下游方言为“黄鼠狼”的意思）吓了，被狗婆子吓了，当然也有可能是被鬼吓了，小孩子的火焰低，是容易被吓着的。他说，吓着了，就要收吓，我黄老汤是拜了师的。人家就请他去，他让小孩坐在家笼子（家笼子：资水下游方言为“幼童的围式坐栏”的意思）里，他不停地给小孩翻白眼，扮鬼脸，逗得小孩一阵阵笑，他口中还念念有词：吕家正民嗲，田家卫山嗲，谢家迎春嗲，邢家楚满嗲，都保佑李家的公子晚上不哭。搞完了，他洗了手，说，你落心落意吧！小孩夜晚不会哭了。我喊天求应，肯定灵。人家就端上自己舍不得吃的、准备拿到船厂去卖的鸡蛋，还用红枣煮着奉上。果然，小孩就不夜哭了，黄老汤每年就吃了很多圆蛋。并且有小孩的家之户之（家之户之：资水下游方言为“家家户户”的意思）请他去，远一点不能亲自登门的都搭信附信请他去。

二十世纪七十年代，黄老汤的大儿子腾宝石已经长大成人，有人来做介绍，黄老汤家同意了这门亲事。订婚的那天，媒人带着女方的父母以及准儿媳，到了黄家。办长面的都请好了，在厨屋杀鸡宰鹅，家里确实热闹双哒（热闹双哒：资水下游方言为“非常热闹”的意思）。黄老汤奉上了芝麻豆子茶以后，就要大家坐着，他自己从后门溜出，拿把伞，翻出土改时分得李佑桦的那件绸缎长袍穿上，拄个棍子，走到山坑子边上，他碰到三胖子婆婆——也就是他的嫂子，变着声问：“翁妈几，向您老家问一下路喽，那个黄老汤家在何海（何海：资水下游方言为“哪里”的意思）?”三胖子婆婆过了七十岁，眼睛不大看见，也没听出声音，就说，他屋里大崽今朝订婚，你是来吃长面的吧？往这条路走，黄老汤就忍不住笑了，三胖子婆婆觉得不对，再把手搭在眉宇前，仔仔细细一看，就用空篮子朝他打来，你咯杂死老倌子，脑壳进水了吧？专门弄（弄：资水下游方言为“捉弄”的意思）我，家里贵客不陪，一热股子劲，搞杂咯样的鬼相。黄老汤说，三嫂几，我高兴啊，我黄老汤三个崽，原来都以为讨堂客不到，现在腾伢几都订婚了，我今朝专门来向你报喜，也请你到我家吃个冇菜饭。三胖子婆婆说，你屋里客多，我就不去了，劳烦了。

半年后的正月初六，黄老汤正式收儿媳妇。晚饭以后，从茅屋湾请来的信老倌，边弹月琴，边用嘹亮的声音唱《薛仁贵征东》。大约八点，婚礼仪式开始。先是新郎新娘向毛主席敬礼，然后新郎新娘介绍恋爱经过，再后，就要求新郎新娘唱歌。新郎腾宝石说，不会唱，大家硬要他唱，他说，我就念一段“八八几”吧，大家说要得，腾宝石就念开了：八八几，摘粒几。摘的么子粒，摘的板栗，摘的么子板，摘的楼板，摘的么子楼，摘的猪牢，摘的么子猪，摘的胀猪，摘的么子胀，摘的辣酱，摘的么子辣，摘的磨刀石，摘的么子磨，摘的抱鸡婆，摘的么子抱，摘的灵光庙，摘的么子灵，摘的叫鸡公，摘的么子叫，摘的花花绿，摘的么子花，打烂你们这些胡日鼠的烂嘴巴。他一念完，大家哄堂大笑。轮到新娘子唱歌了，新娘子也说不会唱，她羞红着脸，可能是打了红脸独子（红脸独子：资水下游方言“脸上涂了红粉”的意思），大家说不唱不行，她只好清了清嗓子，说，我念“提篮几”吧，于是，她就念：提篮几，佩篮几，提得娘屋里看娘几。娘几望哒崽啊肉，哥几望哒亲姊妹，嫂几望哒脸一纠，嫂呀个嫂，你脸莫是个纠，我一不是回来分田地，二不是回来分屋场，我一包芝麻一包糖，我是回来看耶娘。大家使劲鼓掌。然后是介绍人讲话，介绍人讲完话以后，主持人大声宣告，好戏开始，烧火老倌烧火。几个后生子簇拥着黄老汤进来了，这些后生子事先把黄老汤捉住，用锅灰在他脸上横一道竖一道地画了一些东西，黄老汤披着蓑衣，戴着烂斗笠，摇着夏天的蒲扇，有人从灶屋里，拿着一把烧火的火叉子，递到他手上，他不接，他说，各位来宾，各位亲朋好友，今天我收儿媳妇，谢谢你们来吃酒。大家都知道我黄老汤一直很快乐，什么时候都没愁眉苦脸过。我三个崽，两个女，现在我大崽大喜，带了个好头，对儿媳妇我很满意。现在我要请我媳妇妹子喊我一声耶耶（耶耶：资水下游方言为“父亲”的意思）。媳妇妹子不好意思，红脸了，黄老汤就说，喊人不蚀本，只要舌子打个滚。媳妇妹子就羞答答地喊了一声“耶耶”，黄老汤应的时候，声音沁甜的，他接着说，我现在给大家唱一段《送货路上》。大家看好不好？于是，他一边扭，一边唱，“大娘家住桐木岭，苦水里熬个大半生。我冬生伢子对上了象，妹子是商业局的方秀春……”黄老汤的声音真好，他唱了足足有十几分钟。唱了几分钟后，立昌伢儿加入，用胡琴伴奏。唱完以后，后生子又要他履行烧火老倌的那套乡村程序，他狠狠地盯着人家，那是旧社会的，现在新社会了，不兴那套了。说完就钻过人堆，跑出去了。

第十章 朋友圈

到天亮的时候，吕怀远就看完了五则札记。他听到了鸟叫。平素在城里，是环卫工人起得最早，而鸟就是乡里的环卫工人，用声音而不是用扫帚，剪开了晨曦。太阳缓缓升起来，夏婆子也起床了，他首先回到家，用篮子给吕怀远提来了早餐，是一碗热腾腾的面，上面加盖了个荷包蛋。夏婆子对吕怀远说，你只负责跟我照看瓜，如果有人要买西瓜，你就打我手机，我已请了人开收割机，我自己开狗崽儿（狗崽儿：此处指手扶拖拉机）运到晒谷坪晒。吕怀远就说，放心吧。吕怀远看到夏婆子打着赤膊，太阳明晃晃追着他不放，认为他是最值得一晒的人，那种古铜色，那一股一股向夏风炫耀的力和美，也是一道风景。

吃完早餐，吕怀远举头望望天。天空很蓝，那些游移的云朵很白，吕怀远一下子想起了省城。前些年，云南一位诗人经过省城时说，总感觉天灰蒙蒙的，就像一个人没睡醒一样，吕怀远早些年也总感觉到像这么回事。当时城市格局不大，后来，城市向东南西北延伸，加上市长也极为重视排污，把治理那条横贯省城的江作为重中之重，因此，省城的空气清新多了，天上也有了一些淡蓝色，但还是远远不及这里。

这样真好，仅仅两天，吕怀远就完全与过去作了切割，简直生活在两重天里。现在是一个闲人了，过去他成天忙忙碌碌，要采访，要策划，要与作者联系，在稿子上花了很多心血，还天天担惊受怕，生怕交友不慎，让自己难堪，也生怕说错什么话，让领导和同事误解，现在那一切都不存在了，现在就是要做减法，让自己单纯起来，无忧无虑，像今天的阳光一样灿烂。

吕怀远来到了瓜地，他干脆坐到了一个硕大的西瓜上，他开始还担心西瓜因为承受生命中不能承受之重而爆裂，但西瓜竟像石头一样结实，他放心了，拿起手机，看起了朋友圈。

朋友圈里，有原创，更多却是转发帖子。比如《长寿“第一菜，第一豆，第一粥，第一汤”天天都能吃，家家都有》《一妹子经常吃腐乳，结果发现了一个惊人的秘密》《有晚饭不吃，真的行吗》《吃错三七粉，后果很严重！你是饭前吃还是饭后吃》，这些都是希望活过一百岁的人发的。

朋友圈里还有一些心灵鸡汤。一位朋友转发了一篇文章《一切都是你和自己的战斗》，是讲王阳明的，说王阳明是中国文化版图上不可或缺的一块，是个很厉害的人，学问大，能打仗，品行高。说张居正、曾国藩、梁启超、钱穆、孙中山、蒋介石等都是他的粉丝，说东乡平八郎、稻盛和夫也是他的粉丝。王阳明能在那个时代处危不动、处急不惊、处变不乱，终究立功、立德、立言，原因就在于参透了：人世间所有的战斗，剥除了各种外衣之后，都是心战。真正的心学是什么？不是看破红尘、心如死灰，而是一场在针尖上飞旋的舞蹈，无时无刻不在努力保持平衡。这个帖子最后的结尾是讲，把王阳明供成神，对于我们今天要面对的纷纭复杂的世界，没有太大用处，走下神坛，王阳明给了我们每个人最简单的一种心法——通过回到内心，做最好的自己。

他看到一篇通讯，是那个山东来的研究生小窦写的。他退休的那天，小伙子去采访了，他也没跟小伙子辞别，就趁这个机会，点了个赞，也留了一段话：“为风尘未洗的你点赞。通讯能写到这个份上，很不错了。画面的美丽明亮，旋律般回环往复，乡里人的快乐直往人心里钻。这是时代的颂歌，也是你才情的一次驰骋。”

吕怀远看到一个微信名“信诚酩语”的人转发的一个段子。这是住在滦家湾的陈局长发的，前一向说是心肌梗死，抢救回来了，心脏搭了三根支架，大难不死，更加看透人生。陈局长是县里的农业局副局长，五十二岁退二线，已经退线几年了，其实是处在退休的状态。他转发的《退休者百态》，确实写尽众多退休的人的生存状态。这个帖子的作者是一个高手，文字功夫了得，也是看透了的，对人生有清醒的认识。帖子一口气写来，应该是个“十万+”的帖子，吕怀远看了两遍，连呼过瘾。帖子是这样写的：

人生有福到退休，无拘无束得自由，退休百态无美丑，自己喜欢是享受……

爱赌的昏天黑地麻将搓，跳舞的盼着天黑广场秀；摄影的长枪短炮胸前挂，爱唱的社区舞台放歌喉。酒腻的天天都是云雾罩，驴友的骑车徒步聚山沟；节俭的起早贪晚捡破烂，玩花的牡丹嫩芽催枝头。钓鱼的寒来暑往找水塘，养鱼的金龙锦鲤观畅游；弄鸟的一天到晚听喳喳，走圈的忘记膝盖骨骨头。炒股的红绿线上瞪圆眼，陪孙的学校门口蹲守候；作诗的摇头晃脑找平仄，书画的哆哆嗦嗦耍笔头。读书的老眼昏花放大镜，练武的八卦太极汗衫透；做饭的菜市灶房熏香味，守财的算着存折凑零头。发明的异想天开玩制造，创新的老想再登新高楼；童心的花样翻新寻玩趣，恋旧的天南海北聚学友。健谈的三五成群侃大山，愤世的马路牙子骂不休；打球的汗流浃背说痛快，下棋的到处搜寻硬对手。种植的精心侍候小菜园，玩宠的念念不忘遛遛狗；信神的念念有词比虔诚，闲闷的大街小巷自己走。有病的泡在医院养生馆，博彩的迷恋猜测五色球；微信的叽里呱啦开视频；看戏的跟着剧情泪水流。爱穿的一天几款模特步，健美的喋喋不休比肥瘦；心窄的成天琢磨占便宜，孤僻的窝在家里空忧愁。粗鲁的气壮如牛鼾声响，礼貌的温文尔雅讲问候；公益的乐于助人做好事，阴暗的煽风点火挑事由。爱吹的逢人炫耀想当年，嫉妒的顿足捶胸恨呦呦；怕老的油光粉面装青春，当官的还觉比人高半头。打工的低三下四堆笑脸，放不下架的遇人绕着走；聪明的该放手时能放手，固执的生命不止不罢休。嘴碎的嘟嘟囔囔不知累，心大的身无老本也不愁；底厚的躲寒避暑当候鸟，底薄的一台空调演春秋。有孙的努力练习当孙子，空巢的老伴依挎也风流；无聊的斜看邻里论长短，忙事的充实奔波多应酬。写作者闲心著书回忆录，手艺人台灯花镜瞎鼓球；笃情的百花丛中有佳侣，乐健的和和睦睦能永久。形形色色退休人，大千世界竞风流；自己高兴是标准，不扰他人正享受。上述爱好对号坐，都能活到九十九！（转载）

看完以后，吕怀远站了起来。三三两两来了一些人，问西瓜的价格，只有两人真的要买，他打手机把夏婆子喊过来，称了几大箩筐的西瓜，他们就开着车走了。又是一片寂静。他来到了资水河边，这段河床比较窄，比起十几公里外的家乡白沙的河床要窄多了。据历史资料记载，银城在秦朝是县的设置，元朝成了州，明朝起恢复到县。这不，朋友圈中有一篇文章，就对银城民国年间的物产做了一个概述。

“贸易则谷米竹木纸笋之属，本地所产，外客集焉，故多开充牙行，或自行困贩，次则属沽小肆，其余诸货，则皆苏杭闽广豫章诸省客商营运居奇于此。”迨至清末，牙行发展，宣统三年（1911），据《银城商事习惯报告书》记载：银城有笋行、广货行、棕行、篁行、膏砚行、南竹行、酒行及油、盐、铁、纸、粮食、鱼、石灰、烟、枯饼、瓷器、水果、洋油、猪、布、煤炭、靛等共25行，117家。到“民国”六年（1917），发展到211家，交易30余类商品，尤以竹木、粮食、鱼虾、锑品为盛。“民国”二十二年（1933），竹席、棉纱、绸布、玻璃、颜料、金银、瓷器、服装用品、南货糟熬、纸张笔墨等九大行业，其中以棉纱绸布、南货糟熬业为最。输出商品有茶叶、谷米、纸张、竹木、竹席、雨伞、皮蛋等，主要销往汉口、上海、天津、北平及西北各省。拿竹制品来说，“民国”十六年（1927）前，银城操竹器业者达千余家，生产篾篁、竹床、竹椅、篾丝、缆纤、竹黄等，产品除销本地及滨湖各县外，并销及湖北省、武汉市等地。7.5公里沿河两岸，制作买卖竹器的作坊店铺，鳞次栉比，竹艺工人占城区人口3%，竹器品种繁多，顾客络绎不绝，因而银城有“竹器城”之称，因而也出现了不少专营竹器的商户，但大多本小利微，未有大商号的涉足。银城特产还有松花皮蛋。松花皮蛋成为商品行销国内外，有两百多年历史。进入“民国”后，成批销往汉口及全国各地和港、澳、东南亚一带，年销600多万枚。“民国”十九年（1930）成立皮蛋业同业公会，计24户，资本多者3万银圆，年加工皮蛋二三百万枚。有皮蛋行十数家，“民国”二十二年（1933）销汉口达90万元，其中最大的蛋行是张益顺、陈福星、张兴发、尹星福、姚远兴、高源茂、葛福泰、向万茂、漆洪发等。

太阳在头顶悬着的时候，吕怀远又接待了一拨人马。吕怀远又给夏婆子打了手机，夏婆子顺便用篮子给他提来了午饭，菜碗里装着两个荷包蛋和豆角辣椒。吕怀远吃饭，夏婆子选瓜、摘瓜、称秤、送客、忙得汗巴水滴。当夏婆子和那一班买瓜的走了以后，吕怀远兴之所至，也发起了朋友圈。

“躺在乡下一个西瓜棚里守西瓜，现在没有什么偷瓜贼了，只有炎热季节的大片的吃瓜群众，还有那些不戴瓜皮帽的瓜贩子，拿着不带秤砣的公平秤，和冬季装卤猪耳朵的筐子，流窜到瓜地，要跟你做生意！你说，生意你跟老板去做，俺是守瓜崽一个！你只不偷瓜就行。有坊间人士捏了顺口溜：守西瓜，笑哈哈，天热39度任由它。只要心中清风在，日日夜夜乐开花！”

朋友圈发出后，不一会儿，就有人点赞。吕怀远平时发朋友圈，也就十来个人点赞，这次可能大家觉得新奇，一个个点赞的头像就像蚂蟥从水里冒出来：第一排八个头像满了，第二排又纷至沓来，第三排又上阵了，一个小时左右，到了八排，后来，又零零星星来了几个点赞的，就再也没有图像了，一共有七十一个点赞。大家都很忙，这个数字算多的了。吕怀远当然不在乎点赞的多少，但他听说，好多人很在乎点赞。有一次在与人聊天时听说省城一位有些名气的漫画家，就专门研究了发朋友圈获点赞数最多的时段，是在晚上七点半到八点半，也是所有人最有空闲看手机的时候，确实用心了。除了点赞的外，也有人在下面留言，深圳的女同学如意在下面留言：在哪里守瓜，我好来做个偷瓜贼。吕怀远回道：用麻布袋把你装了，连西瓜一起卖掉。

几天前，吕怀远还在上班，上班都有午睡的习惯，但现在他不好午睡，白天倒不是怕人偷西瓜，主要是怕人来买西瓜，他就要告知夏婆子，所以就不能睡觉。但他不知不觉有点打瞌睡了，坐着坐着，忽然身子往前一倾，头往下一沉，眼睛就闭上了，一个激灵又挺起身子，用手揉了揉迷蒙的眼睛，随之，狠狠地打一个喷嚏，接着，又打一个呵欠，吕怀远觉得有些文字感觉了，他又写了一条，发了出去：

打瞌睡，是航标灯短暂的黯淡；打呵欠，是受困的翅膀，佯装着翱翔；打喷嚏，是惊讶于自己体腔里也能发出惊雷。

吕怀远这些年经常在朋友圈发像这样的一些人生感悟。有一次，他解释“懒”字，说周末躺在床上，作时髦的“葛优躺”，觉得自己懒，就用心琢磨“懒”字的构造。它由三部分构成，一个“心”旁，一个“束”字，一个“负”字，“束”字是指成捆的东西，像古代的腊肉，就叫“束修”，如果一个人的心有负一捆腊肉，连腊肉这样好的东西也不追求了，就真的叫作懒惰，此论在朋友圈一发出，收获了不少点赞！还有谷雨的那天，他也在朋友圈发了两句话：“一粒谷，是一尊涅槃新生的活佛；一滴雨，是一个拥抱丰收的精灵”，同样，也受到好些人的点赞，一个人为此还给自己取了个绰号，叫“活佛”。其实，收获点赞也无非是短时间内的一种心灵寄托，脑壳清醒的人是不会陶醉的。朋友圈是网络革命以来一种相对稳定的交际形式。二十一世纪以来，网络更新换代快，过去是用QQ聊天、网恋、偷菜、群聊，各种各样的群，定期跳舞、定期钓鱼，AA制吃香喝辣，红男绿女有了工作和生意以外的另一种交际平台，不少的家庭因此解体。后来就是微信当道，微信计步、微信唱歌、微信视频、微信付费、微信乘车，现在农民都会扫二维码了。刚刚的这单生意，买主就是用手机在夏婆子的手机上扫二维码付的买瓜钱。朋友圈这种形式也相当固定了，可能会是一个长久的交际形式。人人都是麦克风，人人都是《读者》编辑部，转摘文章随心情，又人人都是作家、记者、评论家，不管你写什么，只要你有基本的底线，你的意见就会存活，有的会被转发，并得到长时期的保留。你在朋友圈发出去的文字，是你的心灵史，像条张牙舞爪的龙的一个个闪光的鳞片。

夕阳西下的时候，夏婆子又来送晚饭了。夏婆子说，表哥，实在对不起，连肉也没得吃，乡里的猪都得了非洲猪瘟，差不多死尽了。吕怀远说，我知道，这确实是一个问题，不过我还好，年轻时是个肉食动物，喜欢吃肉，现在，对猪肉没有特别依赖。

晚饭的菜是鲫鱼、黄瓜片和茄子，吕怀远津津有味地吃完了。他在河边上吹着风，虽然没有肉吃，但感觉过的是神仙日子。到了晚上九点后，夏婆子穿着拖鞋，摇着蒲扇过来，他把卷起的席子铺在门外，倒头便睡下，接着，鼾声就响起来，像翻山越岭的火车声。吕怀远的手机响了，是曹万钧来的电话。曹万钧说，在你朋友圈看到你在守西瓜，是怎么回事？吕怀远把自己提前退休的情况和在南门桥表弟家守西瓜的情况说了。吕怀远就问曹万钧这一向在干什么，曹万钧说，银城农业局要他拍一个《农耕巨变》的纪录片，现在正写脚本。我过两天来南门桥看你。

电话放下了，吕怀远也躺在床上，可怎么也睡不着。曹万钧是邻村四合庙人，与他是初中和高中的同学，两人当时的语文成绩都比较好，他们当时一起给《湘江文艺》投稿，因而一直有不错的交情。临近高考时，吕怀远报考了理科，曹万钧报考的文科，结果都落选了，经过一轮复读，吕怀远考进了本省农学院，曹万钧又落榜了，但一直自强不息，到现在也活得有滋有味。每年他们都要见次把面，因而他对曹万钧的人生有相当深的了解。

此时，河土虽然有一种燥热之气，但河风慢慢过来了，身上渐渐地凉爽起来。那些虫子唧唧复唧唧地叫着，在天穹满天星光的盛大布局下，梦幻而多情地蠕动着，唱着快乐的歌。这就是时间笼罩下的万物生灵。五千年前，它们是如此，一千年前它们是如此，现在也是如此，周而复始，生生不息，始终快乐地爬着和唱着，纵使人间兵戎相见，血流成河，它们也没有感知。人生好快啊，就是在这样一种心绪下，吕怀远进入了梦乡。

第十一章 曹万钧的情缘

那年，曹万钧应该是考得上的，虽然英语差一点，但其他科目都有优势，但曹万钧还是落榜了，虽然曹万钧不承认，但吕怀远一直认为曹万钧是坠入了情网。

那个叫菊英的小迷妹是个多情种子，她初中毕业就失学，在外面打了两年工。她初中时英语呱呱叫，在打工的间隙，她自学高中英语，有个英语专业的大学生检测过她，认为她达到了大学英语一年级的水平，建议她参加高考，但需要狂补一下语文、历史、地理、政治。那大学生说，这些都是死记硬背的东西，只要霸蛮记，肯定没问题。就这样，菊英进了银城三中的文科补习班，这个班是报考文科的和报考英语的混合班。

菊英一进这个班，开始还新奇，后来傻眼了，根本不是大学生所讲的死记硬背，比如地理概念太多，脑壳都被搞晕，坐在曹万钧后面的菊英就开始请教历史地理成绩好的他了。下晚自习了，等其他同学都离开教室后，菊英就凑到曹万钧旁边，开始发问。

曹万钧家里穷，给他的钱少，他经常觉得肚子饿，后来发现上了锁的抽屉里多了一些饭菜票，这使他到食堂吃饭的时候能够吃饱了，这是哪个放的呢？他想找出这个好心人，要人家别放了，廉者不受嗟来之食嘛！但当他快要吃完这点餐票的时候，看见饭菜票又多了起来。直到有一天下晚自习，他收到菊英塞给他的一张纸条，约他明天晚上九点在南门口见面，她有话对他说。

第二天是周末，晚自习都是自己掌握。晚上，天上悬着一轮蛾眉月。曹万钧本来不想去，但又隐隐约约觉着这些饭菜票是菊英给的，他想找出这个谜底，于是他八点多就开始向南门口方向走。人民织布厂的食堂灯火通明，下了班的女工三三两两地在里面吃夜宵，曹万钧也走进去，他用五分钱买了一个很大的馒头，狼吞虎咽地吃完，肚子就不饿了。他哪想到，他边走边吃馒头的时候，菊英就跟在后面，等他吃完，菊英又给了他两个肉包子，说，你像个饿老虎一样，这次你一定要吃饱。曹万钧接过肉包子说，我们一人吃一个，你也吃一个吧。菊英说，我打了两年工，比你有钱，我吃得饱饱的。曹万钧就说，那些饭菜票是你给我的吧？菊英说，废话什么，你跟我走，然后就拉起曹万钧的手，要把他往河边拖。曹万钧说，不要拉我的手，别个会看见。菊英说，不拉就不拉，胆小鬼。

他们还是走在了河边。菊英说，那个青草地好，我们坐得那里去吧！曹万钧说，我不想坐，你找我干什么？菊英说，我就是想问你一句话，你到底喜欢我不？曹万钧说，你是什么意思，你是想与我谈恋爱？谈恋爱丑啊。菊英说，我又没说与你谈恋爱，我只问你一句话，你到底喜欢我不？曹万钧就问了一句，我那抽屉里的饭菜票到底是谁放的？菊英说，是我呀，怎么呢？曹万钧说，你已经放了二十二元了，我以后一定还给你。菊英便哭了起来，说，我还要你还吗？我还要你还吗？你真的没有良心。曹万钧就想去安抚她几句，但他想只要一安抚，什么情况都会出现，那么考大学就会泡汤。他咬了咬牙，说，有些事情，考完大学再说，然后，他对菊英说，我先回学校去了。于是大步流星地往学校方向走，到了南门口巷子时，他回头望了一眼，菊英还在河堤上丧魂落魄地走。

第二天，菊英就退学了，她跟袁老师说，自己跟不上，虽然英语好点，其他一塌糊涂，怎么也考不上的，还不如打工去。她偷偷地在曹万钧的抽屉里塞了一张字条：你说，考完大学再说，我等你。

就是这一行字，让曹万钧心绪不宁。他终于没有考上大学。但他自己又绝不承认是这一段情感经历让他与大学失之交臂。

他又上了复读班，父亲对他上复读班是犹豫的，你一年卖粑粑，两年卖粽子，读一世书都考不起。这次到了兰溪五中复读。读了半个月，他清醒了，原来英语只占百分之五十，明年整个计入整分了，早几年高考英语占的比重不大，可以忽略不计。英语老师说，你如果明年英语不好，很难有希望。而曹万钧几年都没有学英语，本来英语课可有可无，他自己也估算了，纵使再复读一年，也难有希望，这时，父亲系着围裙来学校找他了，说荷山那边招代课老师，不考英语，这是你姐夫给的消息。曹万钧的姐夫在荷山那边一个小学当校长，消息应该是准确的，曹万钧就请假去报了名，并参加了考试，四五百个人考，只招三十人，他考上了，他就在五中退了学。后来，他被分配到荷山最边远的排口公社的一个小学任教。

曹万钧在这里找到了用武之地。他给学生批改的作文本，还被送到联校。在这里每个月可拿到四十元的工资。那年放寒假，学校十个老师，每人分了一百多元结余的钱，此时此刻，曹万钧觉得自己是个小财主了。他想起了那二十二元餐票，想起了菊英对自己的好，想起了三中那些苦战的日子。第二天，他从排口坐车到了银城，走到三中门口时，他竟碰到了菊英。菊英拦住他，说，我一直找不到你，我还到过你屋里，问你妈妈，她也不知道你在哪里。原来，菊英与曹万钧的一个亲戚是同一个生产队，她通过问那亲戚，知道了曹万钧的家，就登门了。曹万钧便告诉了他自己在离这里几十里的排口教书。他说，我现在有工资拿了，我请你去吃面，于是曹万钧就带菊英到了东门口的面馆。曹万钧从袋子里摸出三十元钱，对菊英说，我在三中读书，吃不饱肚子，你给我抽屉塞餐票，这是我还给你的钱，八元钱作利息。菊英不肯要，曹万钧说，我现在有钱了，我这是还钱，你一定收下，你不收下，我欠了你一辈子债。菊英只好接在手里，曹万钧就问菊英，现在干什么，菊英说，我其实没有去打工，我一直待在家里，帮爸爸妈妈做些农活。他们老是催我提人家（提人家：资水下游方言为“相亲出嫁”的意思），我不知你记得你曾经讲过的话不，曹万钧避而不答。这时曹万钧看见了他的父亲，挑着箩筐，一闪而过，他可能在办年货，曹万钧就匆忙与菊英说了再见，追赶父亲去了。

第二年开学不久，一个星期天的黄昏，其他老师都不在。他们是本地人，一般是周六放学后就回家，星期天的晚上则陆陆续续返回。曹万钧与一起参加考试过来的胡老师一起到附近代销店，称了一斤猫耳朵（猫耳朵：资水下游方言为“小花片，一种小食品”的意思），买了两瓶汽酒，坐在老师宿舍木屋子的阳台上，看着小雨过后的校园，又看着月亮嫣然动人地升起在东山之上，两人天南海北地聊开了。这时，曹万钧的眼睛出现了一幕，校园里进来了一个女孩，她东张西望，他仔细一看，原来是菊英，曹万钧心怦地一动，连忙跑下去，说，你怎么来了。菊英说，总算找到你了，我上午出发，坐班车到排口，就找到联校，问联校门卫，门卫说不知道，他拿了我写的你的名字去联校办公室，翻阅教师花名册，才告诉我你是三联小学的代课老师。他告诉我，镇上离你这里有二十里路，要走几个小时。几个小时就几个小时，我于是就走过来了，路上下起了雨，傍晚时我躲了一个小时的雨，所以到现在才到。曹万钧就问她吃饭没有，她说，我不饿，这时吴老师说，你们去你房间聊天吧，我帮你给她下碗面去。曹万钧说，不麻烦你了，我知道煮面啊，就来到了学校食堂，烧了开水，下了一碗面，还打进去了两个鸡蛋，让菊英趁热吃了。这时陆陆续续又有几个本地教师返校，他们问，曹老师，你女朋友来了啊，曹万钧说，不是的呢，我原来的一个同学，曹万钧就把菊英领到了一个女老师的房间借睡。

晚上，胡老师对曹万钧说，你口风太紧了吧！说跟我无话不谈，从来没有听你讲起过她。曹万钧说，是啊，正因为不是女朋友，所以就没跟你说起。胡老师说，恕我直言，人家比你要强，高高器亮（高高器亮：资水下游方言为“个子高，漂亮”的意思），个子比你还高半个头，又对你这么忠。曹万钧笑了笑，不置可否。

第二天早晨，菊英来敲门，曹万钧把门打开，并不关门。菊英说，你把门关上，我有话要跟你说。曹万钧说，我们这里与人谈话，都不关门的。菊英说，我们的事怎么办。曹万钧说，菊英，你是个好女孩子，我今生今世都不会忘记你的餐票，但我现在确实不想谈恋爱。我高考落榜，我来这里是避难的，我现在心有不甘，还想再战一次高考，没有闲心考虑个人大事。菊英说，我家里天天催我，要我提人家，媒婆把屋里的门槛都踏烂了，父母亲说这几天一定要定。所以我就来找你了，你如果同意，我就留在这里，给你做饭，给你洗衣。你刚刚所讲的都是借口，你心中没有我，我也没办法。那我现在就走了。说完，提起包就走。曹万钧说，等一会儿，我们总务主任要去公社买东西，你坐他的三轮车去。不，我真的走了，菊英说着便气冲冲地飞身冲出校园。曹万钧跟着追，想不到菊英脚力好，一下子早已走出几百米远，曹万钧喊她，她不应，走得更急了。曹万钧因为第一节要上课，所以就只好停住脚步。

此后，菊英就再也没有在曹万钧的生命里出现。但这也是让曹万钧追悔莫及的事，自己的冷酷无情，是不是一种自私呢？但从另外一方面，曹万钧又觉得自己当时的处理恰到好处，如果不是那种处理，后来怎么可能与自己的妻子相遇相恋？从这个意义上来说，古人说的“姻缘”是多么有道理。

菊英走后，曹万钧又重新拿起了高考科目的课本和复习资料，他白天上课尽量把作业都批改完，晚上就背诵和刷题。到七月，他又进入了高考考场，二十天后成绩出来了，虽然他数学得了高分，但英语才十二分，离录取线差得更远了。从看到分数的这天起，他就打算与高考彻底拜拜。到了秋季开学，他教起课来轻门熟路，游刃有余。晚上，他与胡老师一起在乡村漫游，他们这家坐一下，听八十岁的老倌子讲民国年间的事，那家做一下家访。这里的老百姓很热情，你只要在他们家坐，他们就煮圆蛋，放一碗的红枣桂圆，让你吃得饱饱的，有时候，谁家杀了猪，还会提一个猪脚送到学校来，至于芋头、板栗、红薯，更是经常一袋子一袋子提过来，曹万钧都交给了学校食堂打平伙。

一清早，他们就出去跑步。他们跑到了柳林江，这里垂柳依依波光粼粼。月月和秋秋都是十七八岁的妹儿，水灵灵的，一个驾着一只小船，在这里放丝网。她们停住桨，看到哪里有漩涡，就必是有鱼在那里欢乐地巡游，便把丝网子撒出去，不一会儿收网提上来，就是几条活蹦乱跳的鲜鱼。曹万钧和胡老师到了这里，就看她们撒网，有时与她们有一句没一句地聊一会儿天，这两个女孩觉得这两个读书人身上有一种特别的味儿，并且她们好像商量好了一样，月月对曹万钧格外来神，秋秋则一看到胡老师就来劲。她们把打上来的最大的鱼，都送给两位老师。曹万钧和胡老师要给她们钱，她们怎么都不肯要。后来，她们还给过几次鱼，曹万钧就对胡老师说，我们跑步莫经过那里了，老是吃她们的鱼，像欠了债一样。但过了几天，两个女孩就把鱼送到学校来了，鱼自然都送食堂去打了平伙。于是，柳林江人尊敬老师、喜欢老师就有了新的版本。校长也高兴，说，我们教育的地位就是高，尊师重教已在柳林江形成了一种新时尚。

一个有月亮的晚上，那天是星期六，校园里又只有曹万钧和胡老师，两人在胡老师的房子里下了一盘象棋。这时学校的铁门有敲打声，两人出去一看，是月月和秋秋。她们边用手拍打门，边喊，老师，开门嘍，找你们有事。于是两人下去把门开了。月月说，我们两家都在烧水泥瓦，要把这些瓦销到叶家河去，到学校搞些报纸来给水泥瓦隔层。曹万钧说，报纸看都没看完，就给你们，校长会扣我们的工资。秋秋说，不要紧，有就有，没有就没有，胡老师说，还是找些旧报纸给她们，于是就到办公室翻找了一些旧报纸，一人给了她们一叠。她们拿到报纸后，诡秘地一笑。月月说，我们还有话要给你们分头说，于是月月就走进了曹万钧的房子，秋秋就走进了胡老师的房子。一进曹万钧的房子，月月就去关门。曹万钧说，不行不行，不能关门。月月说，那我们讲我们的话，总不能让他们听见啊，所以月月把门虚掩着。她说，我又不是老虎，会把你吃掉啊。他们坐在离得较远的地方，曹万钧说，你有什么话跟我讲？月月涨红了脸，突然之间就哭了，曹万钧说，你哭什么，他们那边听见，不知道出了什么事情。月月说，秋秋也会哭的，她会比我哭得更厉害。曹万钧说，你们搞什么鬼，到底什么事？月月说，一行爱一行，茄子爱米汤。我爱上你了，今天就是要你同意的。秋秋也爱上了胡老师，我们今天来，就是要你们同意的。曹万钧说，你还不到十八岁，还像小孩子一样，就晓得谈恋爱了呀。月月说，我就是喜欢你嘛！曹万钧说，你这样随便喜欢一个人，如果我是个水老倌（水老倌：资水下游方言为“二流子”的意思），你也喜欢我啊。月月说，我就是喜欢你，他们都说你家在银城附近，那你肯定在这里工作不长久，还是要回银城的，你以后回银城，我跟着你到银城去。这时外面有喊的声音，月月，秋秋，回去睡觉。这边曹万钧和月月屏住声息，那边胡老师和秋秋也悄然不言。等外面的喊声没有了，曹万钧对月月说，你现在与秋秋回去。月月说，你不答应我，我就不回去。曹万钧说，答应你什么。月月说，就说你喜欢我。曹万钧说，好，我答应你，你回去吧！月月说，说话算数。曹万钧说，你先回去吧！于是月月就走出了曹万钧的房间，说，秋秋，我回去了呀。秋秋马上也就出来了。曹万钧和胡老师就去给她们打开铁门，并且一直跟在她们后面，护送她们回家。返回的路上，曹万钧问胡老师，你答应了秋秋？胡老师说，这个小姑娘太单纯了。这是不可能的呀，我在这里只是权宜之计，如果与她谈了，一辈子就要捆死在这里代课。胡老师问曹万钧，你呢？曹万钧说，英雄所见略同，我是想找一个与我志同道合的人。

过了几天，月月来到学校，喊曹万钧和胡老师到她家吃饭，她家杀猪，曹万钧和胡老师都去了。邻居们都在议论说月月找了学校的曹老师恋爱，曹老师很有文才，批改的学生作文还被拿到了联校，大家说月月的父母好命。这时曹万钧就成了里三层外三层来砍肉的人们议论的焦点。月月的母亲就拿两包烟，递给曹万钧，说，曹老师，你装烟喽。曹万钧就接过烟，装模作样地递给那些抽烟的劳动力，等这些砍肉的人走了才开始吃饭，一桌子菜，不但有刚从猪身上割下来的，还杀了鸡，还煮了一条大草鱼。鱼还是月月用丝网子打来的。吃完饭，在曹万钧和胡老师回学校的路上，曹万钧腰都笑弯了，他说，他们真的把我当郎崽子搞了。胡老师说，你如果不打算讨她做堂客，要想个什么办法讲明，要不害了她。曹万钧说，是啊。

曹万钧前几日收到一封信，是他去年在兰溪五中读书时的同学江胜华寄来的。信中说，得知你也来了排口教书，我也没复读了，也考了代课教师，现在排口的堤卡子小学教书，昨天去联校，看花名册，看到了你的名字，一看表上贴着的照片，我就认出你来了。你有时间，到我们学校来玩。曹万钧一接过信，就有点激动，江胜华，当时同学们都叫她公主，她父亲还是欧江岔镇的镇长，长相也甜美，自己在五中读书时，晚上睡觉的时候眼前还闪现过几回她的身影呢！曹万钧就在接下来的一个星期天到了堤卡子小学。

好在只有十里路，曹万钧不知不觉就赶到了。里面有个女老师正在晒衣服。那老师说，江胜华回欧江岔了，曹万钧就给她留了张字条，说专门来拜访，没见到人，甚为遗憾，就回学校去了。过了两日邮递员送来一封信，是江胜华写的，说因为事先没约定，所以自己上个星期就回家了，这个星期天准时在学校恭候。

到了星期天，曹万钧又赶到堤卡子小学，江胜华早早在校园等。曹万钧看到江胜华比在五中读书时更漂亮了，还专门做了一个发型，身上有淡淡的香水味，曹万钧感觉到江胜华很在意自己。古人说，士为知己者死，女为悦己者容嘛！江胜华边走边说，老同学，真为你骄傲，现在整个排口各所学校都在说你给学生改作文批改得好，我很好奇这个“曹万钧”是不是我五中的同学，我就跑到联校去查看，看到你表上贴的照片，我就说了，这真是他乡遇故知。

曹万钧诡秘地一笑，说是的，是的，他乡遇故知，人生的幸事。前面几句是什么呢？江胜华说，你说呢？曹万钧就轻轻说——久旱逢甘雨，他乡遇故知，洞房花烛夜，金榜题名时。人生四大境界，可惜对于我来说，就只剩下他乡遇故知。江胜华说，老同学，悲观什么呢？面包会有的，一切都会有的。

江胜华住的宿舍既简单又整洁，推开窗子就是一面青山，曹万钧就说，我见青山多妩媚，青山见我亦如是。江胜华说，你背得蛮多东西，青山，我想起了辛弃疾的诗句：青山遮不住，毕竟东流去！曹万钧这下找到了灵感喷发点，他马上说，还有孟浩然的《过故人庄》，“绿树村边合，青山郭外斜”，还有李白的《望天门山》，“两岸青山相对出，孤帆一片日边来”，江胜华说，还有郑板桥的“咬定青山不放松”，还有，还有吗？两人再也想不出了。

多年以后，有闺蜜问江胜华，你什么时候爱上的曹万钧？江胜华说，就是我们一起背关于青山的诗的那天。她听到曹万钧滔滔不绝地背，有一种被闪电击中的感觉，觉得曹万钧符合她的关于才子佳人的爱情想象。江胜华也问过曹万钧，你什么时候爱上的我，曹万钧说，就是背青山的诗，你背那句“咬定青山不放松”的时候。

江胜华给曹万钧倒了一杯茶，她说，我从小就喜欢文字，小学起就看了很多小说，上数学课根本没听讲去，高考就无望了。我后来想，我就是能够考上，也就是读个银城师范，出来也就是在这样的地方教书，现在我也教上了书，等待机会吧！曹万钧说，我们都应该向苏东坡学习，乐天知命，快乐地生活。江胜华说，对的，来击击掌。两人就伸出手掌，在空中击了一下。江胜华说，你中午到我这里吃饭，我们用煤油炉子煮，我们现在一起去买点菜。于是，两人就来到堤卡子代销店，江胜华买一斤肉，又买了一包盐菜，她说，我上周回去，老娘还给我一瓶子腌鱼，学校菜园里有四季豆和空心菜。往回走的时候，路上碰到堤卡子的支书，他说，江老师啊，这是你男朋友吧？江胜华说，是啊，他帅不帅？支书连连点头，帅，帅，只是你要在我们这里多教几年书啊，你看我自行车都买的永久牌，你可不能当飞鸽牌啊。江胜华笑了笑，说，忠诚人民的教育事业，在哪里教书都一样啊。等村支书走远了，曹万钧说，我要纠正你一个错误，我不是你男朋友。江胜华说，你不愿意啊，冒充一下吧！这个支书还让校长做我的思想工作，要我做他的儿媳妇，还把我的照片寄给他在西藏当兵的儿子，说儿子是志愿兵，有工作安排，他儿子回信说，他同意。每次校长讲，我都说我有男朋友了，所以我就给你写了这封信，让你来冒充我男朋友，以打消支书的想法。本来，我对军人是崇敬的，但我还是想找个文字上有感觉的人。

曹万钧本来还想继续说几句，挖掘江胜华对自己的真实想法，又觉得急于求成不好。在送曹万钧的时候，江胜华说，下个星期天我们去四方水库玩吧！曹万钧当然愿意。一路上，他感到江胜华的情窦已经为他而开。我曹万钧何德何能，怎么这么有女人缘，菊英、月月，都是上等女孩子，菊英已黄鹤一去无消息，月月还在满心期待，但我的心确实被江胜华牢牢抓住，只能愧对月月了。我必须给月月讲明，打消她的期待。

当曹万钧回到三联学校时，月月果然一直在门口等他，她春雨般迷离的眼睛里闪着泪光，她一看到曹万钧，就说，你到哪里去了，上个星期天就不见你，我以为你会到我家里来给我解释，你没来。结果今天，一早又没看到你了。曹万钧说，我到堤卡子小学去了。月月说，你去那里干什么，那里有你什么人？曹万钧说，一个女同学在那里。月月说，你这个撮把子（撮把子：资水下游方言为“骗子”的意思），你答应了我的。曹万钧说，我答应了你什么？月月说，你答应了说你喜欢我。曹万钧说，是啊，没错啊？我可以说，只要不是坏人，我都喜欢啊。月月哭得更凶了，说你骗了我的感情。曹万钧说，月月，你如果愿意，我愿意与你结为兄妹。我在这里不稳定，随时都会离开这里，你年纪还小，还有更好的小伙子可以考虑。月月说，鬼才要跟你结成兄妹，你是个撮把子，我现在与你一刀两断。然后，她就披散着头发跑回了家。

十多年后，曹万钧在银城教育电视台当记者，月月在省城四方坪开了一家鱼火锅餐馆，她不知从哪里得到的消息，还特地给曹万钧写来一封信，信里全文抄有罗大佑的《追梦人》。

让青春吹动了你的长发
让它牵引你的梦
不知不觉这城市的历史
已记起了你的笑容
红红心中蓝蓝的天是个生命的开始
春雨不眠隔夜的你曾空独眠的日子
让青春娇艳的花朵绽开了深藏的红颜
飞去飞来的满天的飞絮是幻想你的笑脸
秋来春去红尘中，谁在宿命里安排
冰雪不语寒夜的你那难隐藏的光彩
看我看一眼吧，莫让红颜守空枕
青春无悔不死，永远的爱人
让流浪的足迹在荒漠里写下永久的回忆
飘去飘来的笔迹是深藏的激情你的心语
前尘后世轮回中，谁在声音里徘徊
痴情笑我凡俗的人世终难解的关怀
看我看一眼吧，莫让红颜守空枕
青春无悔不死，永远的爱人

下面署名月月。曹万钧看着它，眼里涌出了泪珠，他伤了月月的心——一个初中尚未读完的农家少女，她也有情感也有梦，但曹万钧让它破灭了，这是何等的罪孽。曹万钧没有回信，他要让那段情感不再复活，如果回信了，那会更加令人伤心欲绝。

话说下一个周末，曹万钧与江胜华来到了四方水库，两人心照不宣，一起爬山、划船，一起背诵李白的《梦游天姥吟留别》。江胜华只买了一瓶汽水，她喝了一口就递给曹万钧。曹万钧说，我再买一瓶。江胜华说，你不敢喝？曹万钧明白了她的意思，赶紧接过汽水喝了一口，但他还不想就把话捅破。江胜华就问曹万钧的家庭情况，特别问他有没有谈过恋爱，现在有没有女朋友。江胜华说，我是一张白纸，我希望我爱的人也是一张白纸。话说到这个份上，曹万钧仍然装傻。在他们下山的时候，江胜华看四周无人，就说，我现在走不动了，你背我一截。曹万钧说好，曹万钧就蹲下身子，背起了江胜华，大步流星地走，江胜华说，我要放歌了呀。在曹万钧的背上，她唱起了歌：泉水叮咚，泉水叮咚，泉水叮咚响，跳下了山岗，走过了草地，来到我身旁。泉水呀泉水，你到哪里，你到哪里去，唱着歌儿，弹着那琴弦，流向远方，请你带上我的一颗心，绕过高山一起到海洋。泉水呀泉水，你可记得他在你身边，是我送他参军去海疆。曹万钧听到这里就一笑，说，心中还是想念村支书当兵的儿子啊。江胜华说，你这个坏家伙，就用手拧他的脸。曹万钧说，痛死我了，我要把你放下来，然后他就真的把江胜华放了下来，然后两人不由自主地抱在了一起……

曹万钧吻着江胜华脸上的酒窝，说，葡萄美酒夜光杯……江胜华说，你将来要是变心了，我就一个人来到这四方山，从这山上跳到水库里。曹万钧说，我保证，我向毛主席保证，海枯石烂不变心，江胜华说，那要勾手指，于是两人就用食指钩在了一起。

这样两人就确定了恋爱关系。周末的时候，曹万钧就赶到堤卡子学校，他们用煤油炉子煮饭吃，然后漫山遍野地去漫游。这样又过了两个月，就放暑假了。暑假都是各回各的家，曹万钧要回家帮父亲搞双抢。已经有传言，说下个学期荷山这边不再请代课教师，胡老师干脆在银城那边找了一个代课教师职位，声称下个学期不来了。曹万钧就去问校长，校长说，我也没接到通知，以红头文件为准。曹万钧准备把所有的东西运回去，但一想到，万一下个学期要来呢！于是他提着简单的行李，来到堤卡子学校。他与江胜华说了这件事，江胜华说她也听说了，江胜华没有表现出恐慌，而是说，顺其自然吧。江胜华说，我行李多，你送我回家吧，顺便让我父母看看你这个未来的郎牯子。曹万钧就说，要得。曹万钧提着江胜华的大包小包，与江胜华一起坐上了开往欧江岔的车。到了江胜华的家，曹万钧大吃一惊，他真没有想到这么一个好家庭的女儿竟跟自己谈恋爱，高大的二层楼，家具都是放光发亮，不但有收音机、录音机，还有一台十四英寸的黑白电视机，上面插了两根管子，江胜华告诉他这叫天线，屏幕上麻麻点点，像雪花飘一样，但在乡村这毕竟是富裕人家的标志。进门的时候，江胜华只对父母说是同学，但两人的眉目和言语还是被父母看出来了，父亲用眼睛示意母亲去问女儿有关这个小伙子的情况，母亲把女儿拉到另一间房子，审问了足足一个小时。等到下午两点钟吃完饭以后，江胜华的父亲对曹万钧说，小伙子，我家妹子年纪还小，她不谈恋爱，你以后不要到我屋里来耍了。曹万钧听完，提着行李拔腿就走，他走到了欧江岔汽车站，还不见江胜华追来，于是就搭上到银城的班车。他心中闷闷不乐，想到江胜华也这么懦弱，屈服于家庭的压力，不禁悲从中来，人生就是受苦受难受气的啊。

他回到家，就与父亲一起搞双抢。弟弟是家里的宝贝，他考上了华中工学院，现在也放暑假了，但正在忙着参加赴美国的托福考试，父母爱惜他，不要他下田。共娘共爷各自命啊。凌晨五点就要起床，先要去割禾，割倒半丘田以后，就要上打稻机。父亲年纪大了，只能给他递禾首子，打完一扮桶，就要出谷，还需要把谷挑到自家门口抹了水泥的地坪里，母亲头顶搭着条洗脸毛巾正在晒谷，中午谁都没有休息，每天都要搞得天黑了才回家，简单吃个饭，冲个凉，就往床上一板（一板：资水下游方言为“一倒”的意思），呼呼睡去。

搞完双抢，曹万钧收到了排口联校的一封信，说荷山教育局已发出通知，从下学期起，各个学校不再聘请代课教师，八月份的工资，联校照发，请收到信后来联校办理离职手续。

曹万钧感到幻灭，命运处处与自己作对。他对父亲说，学校那边教不成书了，父亲说，崽啊，吃不成胖子，想不成财主，你的户口在四合，你的田在四合，只要有口饭吃就好了。曹万钧说，我就是想教书，我会教书。父亲说，公社曾书记是我远房老表，要不我们去找找他。于是父亲就带着曹万钧到了王家坪公社，见到了曾书记，曾书记说，想教书，好好，我们银城与荷山不同，我们银城的孩子都考上了好大学，考师范的学生不多，不像他们那边考银城师范的多，毕业的学生特别多，所以不缺代课教师。这样吧！我给你写个条子，你去找联校的曹光佑校长。曹万钧拿着书记的条子找到曹校长时，曹校长开始没表态，只是不停问曹万钧语文教学的一个个问题，然后说，你能不能试讲一下，曹万钧说可以。于是，曹光佑就喊了联校的其他几个同志商量一下，让曹万钧上一堂古诗课，他们给出的篇目是郑板桥的那首《咬定青山不放松》，曹万钧大喜，这不是江胜华背过的那首吗？天助我也，人生竟然有这样的机缘巧合。曹万钧根本没做什么准备，走上讲台，在黑板上写下这首诗，就绘声绘色、手舞足蹈地讲开了。讲完后，曹光佑与几个人商量了一下，说，你九月一日来联校报到。

曹万钧心中有底了，就搭车来到排口，到联校领了八月份的工资，然后办理离职手续。他问了一下，江胜华尚未来办理手续，他又到三联学校把行李物品全部取出。到此时此刻，他才发觉自己竟然无限留恋在排口的这两年时光。他想去月月家道个别，但他没有勇气。他租了一辆摩托把两袋子行李和书籍运到排口的班车停靠点。他想搭车去欧江岔，去看看江胜华，看她在干什么呢？那些吻，那些诗，那个对着青山的窗子，那水库的粼粼波光，只能定格在记忆深处，每天与自己的少年烦恼摩挲，哎，人生……

曹万钧在九月一日来到王家坪联校报到，他被分配教初中语文。他真是教书的好手，上几堂课就征服了这些淘气的孩子。曹光佑校长来听过他的课，对他说，曹老师，你好好在这里干，我们公社这些年，理科尖子出了一批，但文科苗子没几个，你是突出的一个。曹万钧受到表扬，失恋带来的痛苦便慢慢融化了。

国庆节，他到了银城街上。到荷山庙那边时，天上下了很大的雨。他在一个店子门口躲雨，只见一把伞伸进来了，随着撑伞人的收伞，雨滴纷纷洒了一地，曹万钧一看，收伞人竟然是江胜华。曹万钧既高兴又尴尬。江胜华说，他乡遇故知，这就是命。江胜华就把他领到了附近的一个茶馆。

曹万钧一直沉默，他要听江胜华怎么说。江胜华说，我父亲把几个月的油票集在一起，我今天是来银城打油的。那次确实对你不起，从小我父亲就有至高无上的权威，我们全家都怕他。那天你走后，我准备去送你，我父亲说，你还与他有来往，我就打断你的腿，我没有办法。后来又接到通知，说我们不能做代课教师了，我到八月底才去办理离职手续，问了，说你已经办了，不知道你过得怎么样，你怎么一直不作声？连望都不望我一眼？我还是下决心，要嫁给你。

曹万钧说，我现在在王家坪中学教初中语文。江胜华说，哇，你升了，我早就知道我的钧钧有出息。江胜华一番温暖的言语，曹万钧很受用。他说，你父亲不同意啊。江胜华说，父亲不同意，我同意啊，我现在还没有把油打上，我想到你家去看看。

江胜华跟着曹万钧到了曹家，虽然曹万钧家显得相当寒酸，但江胜华已下定决心要跟曹万钧过一辈子。她就在这里住了一夜，第二天才回欧江岔。过几天，她又坐车找到了王家坪中学，对曹万钧说，我娘同情我，她跟我父亲说，我们阻止不了胜华的，她的心全部在那个曹万钧身上，说曹万钧现在教初中教得非常得力，不是个没出息的。父亲说，我也知道阻止不了，如果胜华能到他那边学校，也能够教书，我们就算了。毕竟那小曹不是跛子瞎子，还有点文才。曹万钧听了也很高兴，他马上做出一个决定，去找曹光佑，要把自己的代课教师职位让给江胜华。他喊了父亲一起到曾书记家里，父亲要曾书记再帮一次忙，说如果不帮，我崽就会打单身。曾书记又给曹光佑写了张条子，曹万钧就去找曹光佑。他对曹光佑说，江胜华的课肯定比我上得好，你们可以试听，如果不行，就算了。你们培养江胜华比培养我靠得住，她是女的，会比较安心，我一个男人要养家糊口，代课教师工资又不高，不会安心的。曹光佑看着书记的条子，又想想就是一个代课教师，只要能教书，用谁都可以，便又喊了联校几个人听江胜华试课，听了课之后，大家一商量，感到江胜华的某些素质，比如普通话，比曹万钧还要强，他们也就都同意了。

一九八五年，曹万钧商量与江胜华结婚。江胜华说，结婚可以，但我要你保证两点，你如果同意，我就与你打结婚证。我虽不求金钱和地位，也羡慕柴米夫妻的刘海和胡秀英，但我不想过得像讨米的乞丐，我跟你一辈子。第一，你要保证勤快，地上捡钱也要起得早。我们结婚以后，马上就会有孩子。带崽婆吃得下一皮箩，那时候，你不能让我和孩子挨饿；第二，你将来就算发达了，也不能有酒肉朋友，不能丢下我去跟那些酒肉朋友玩。曹万钧说，这是肯定的，秤不离砣，公不离婆。江胜华说，你保证。曹万钧说，我向毛主席保证，一定做到。江胜华说，那好吧，我把一辈子都赌在你这句话上了。第二天，江胜华就与曹万钧去领了结婚证。

第十二章『两栖人』

结了婚，曹万钧一下子感到压力倍增。再过一时间，老婆会有身孕，明年家里就会多一个吃茶饭的人，老婆当代课教师，虽然每月有几十元，但女人家的花费，方方面面，所以自己必须广开财路。他跟了几个朋友去贩鱼，又与老同学“放牛皮”包了一辆车，装了整整一车银城产的辣椒贩到省城太平街集贸市场，这一趟每人净赚两百多元。这行当，行。曹万钧与“放牛皮”就联手做起了长途贩运的生意，做了半年，每人都赚了两万多元。曹万钧就准备盖新房子。江胜华嫁给自己，但当镇长的岳父一直对自己没好感，他们来过家里一趟，说这样的房子如何住得人。现在曹万钧有了两万多元，就想先盖栋好房子给家里人住。于是，他就暂时中止了与“放牛皮”的合作，在家里烧了一窑红砖，请来盖房子的泥工师傅、木匠师傅，开始施工。不到两个月，一栋两层共六间的楼房建好了。他自己动手，进行了简单的粉刷，并请木匠师傅给几间房子里打了新家具。房子盖好不久，江胜华也生了一个女儿，这下岳父岳母过来，看着郎牯子有这等本事，也就对他刮目相看了。

不久，江胜华有了更好的消息，作为代课教师，她考上了民办教师班，要去银城师范学习两年，回来就是民办教师。民办教师相对稳定，让江胜华吃了定心丸。过了几年，民办教师全部转正，成为公办老师，与国家公务员享受同等待遇。老婆转正的那一刻，曹万钧高兴，但也有点黯然神伤，是他把自己教师的职位让给了老婆，如果不让给老婆，那么他就能端上铁饭碗，吃上“皇粮”。

有一天，曹万钧看到一则消息，银城广播电台招收编辑记者。编辑记者，这也是自己的一个梦。当年他与吕怀远一起给《湘江文艺》投稿，接到编辑部的铅印退稿信，都激动万分，现在有这样的机会去当编辑记者，说不定这也是自己改变命运的一条捷径。他报考了，因为语文基础知识扎实而被录取，成为这家县级广播电台的合同制员工。曹万钧也真是能吃苦耐劳，他每天能跑四五家银城的厂矿企业，那些灯泡厂、电线厂、水泥厂、化肥厂、瓷厂、蚊香厂、橡胶厂，虽然像蜗牛一样背着沉重的壳，但对宣传还是很重视的。当时广播也比较吃香，每个单位对宣传上了多少条稿子都很在意，记者来，都是好饭好菜侍候，有时还给二十元的交通费。广播电台除了一百八十元一月的基本工资，按采写和编发的稿件计酬，每条五元，因此曹万钧每个月的收入，远远超过当老师的江胜华。曹万钧采写的一条新闻《杨老倌又笑了》，通过农民杨老倌带头致富、教育子女有方的几件事，反映了农民对国家政策的真心拥护，这条新闻获得了全省好新闻二等奖，刷新了银城广播电台获省级新闻奖的记录。银城区广电局局长有一次来电台检查时，对台长说，大家都说曹万钧厉害，曹万钧是个什么样的角色？跟随局长来的局办公室主任是白沙人，他后来对曹万钧说，局长对你很满意，有一次局长说，我们广电局也要唯才是举，要把做出了成绩的骨干从合同工转为正式编。曹万钧大喜，他想只要能转为正式编，自己在岳父面前也可以扬眉吐气了。

冬天，银城区开始修河堤了，农村的每家每户都分配了任务。曹万钧家五个人有田，曹万钧虽然是银城广播电台记者，但由于是农村户口，所以也分配了任务。父亲已经六十多岁，身体又不大好，全家冬修的任务落在他一个人身上。他一清早把稿子编好，就来到黑压压的冬修工地上。在堤下，挑着一百多斤重的担子，要走上高高的陡坡，经常挑担子的人健步如飞，但曹万钧觉得每迈一步都无比吃力，好痛苦啊。吃中饭的时候，他第一碗装一卢碗（卢碗：资水下游方言为“满满一碗”的意思），“骚乌龟”就对他说，哪个第一碗装那么多啊，你看其他人第一碗只装一堪碗（堪碗：资水下游方言为“半碗左右”的意思），你吃了，第二碗就可以装一卢碗，这样才能吃得饱，你第一碗装得多，再去装的时候，饭就没有了。曹万钧觉得“骚乌龟”是个人精。在修堤的过程中，他注意观察，他发现银城区的各部办委局都打着红旗、用卡车装着工具来到了河堤上，但他们来修堤只是象征性的，相当于蜻蜓点水，他们摆一下姿态，电视台记者摄一下像，就来到农家，而这里，单位后勤的同志已经在杀鸡、杀鹅，宰狗。他们吃得满嘴流油，就坐车回去了。曹万钧感到愤愤不平，就用笔名写了一篇杂谈《干部修堤不要搞花架子》，上门找到了《银城日报》投稿，第二天，《银城日报》就在头版发表了。市委常委、银城区委书记看了大发雷霆，倡导干部去修河堤是他的指示，现在《银城日报》竟发出了间接批评的文章，就要区委宣传部副部长到《银城日报》，查询这篇文章的作者是谁，是不是受别人的指使，特别是什么人怀着政治目的，要陷害他。编辑说，这篇文章没有错，并没有批评书记倡导的干部参加冬修，只是批评某些干部冬修时吃吃喝喝，文章提出的“与其拿这笔钱作秀，不如把这些钱放到水利工地上去，让劳动力吃饱”，也没有错，编辑坚决不肯告诉副部长这篇文章的作者的真实姓名，副部长回去把报社编辑的话原汁原味报告了书记，书记一听报社的解释，知道并不是高层的授意，只好作罢。

但好景不长，广播衰落很快，县级广播电台很快成为市级广播电台的分支机构，银城广播电台的人也树倒猢狲散，曹万钧的梦又幻灭了。

跑省城的长途贩运已人满为患，放牛皮赚得盆满钵满后，就不再做生意了，回家盖了楼房，竞选村主任去了。曹万钧就只好又做起了鳝鱼泥鳅贩卖生意。他买了一部摩托车，从张家塞沙头贩来这些活物直接飙到银城的桥下去卖，这是小本生意，能维持生计。有一次，他到荷山庙去耍，碰到了银城艺术学校的校长。校长叫董度，还只二十多岁，他从河南的一所艺术学校毕业后，就与同学范萍萍结婚，然后两人创业，注册成立了银城艺术学校，并且招了一届学生。曹万钧在银城区广播电台的时候，董度联系过他发广告。董度听闻曹万钧的事后，就要曹万钧来他这里当校长助理兼办公室主任，说我们一起创业，把这个学校搞大。曹万钧同意了。他来以后，仔细观察这个学校，暗暗佩服两口子的精明。这哪是什么学校，就是租了别人的几间屋子，挂上黑板。但范萍萍极善于做思想工作，她讲得头头是道，极富感染力。她说，万事开头难，我们是民办教育，民办教育难道不是杀开一条血路杀出来的，一切事情哪一件不是艰苦奋斗出来的？没有师资，他们聘请了银城几个书法家和画家来上课，当时这些人尚未有名气，还处在清贫阶段，有人请来上课，自然屁颠屁颠就过来了，并且上得很认真。这些人都非池中物，都有几把刷子，果然辅导的学生屡屡在全国全省获奖，这就是质量，还有比这个更有说服力的吗？第一届只招了八十个学生，她分成两个班，每个班设了班长、副班长、学习委员、宣传委员、劳动委员，每个寝室设了寝室长、副寝室长、监察委员。吃饭的时候，她把同学编成一席、二席、三席、四席……每席都设了席长、副席长。在银城艺术学校，学生人人都是干部，十五六岁的初中毕业生在这里受到的都是赏识教育。为了稳住学生，不让学生中途卷起铺盖走人，范萍萍还任命了探长、副探长，对学习态度不端正、准备溜之大吉的学生，探长们打探情报后进行事先报告，范萍萍知道苗头后，提前介入，动之以情，晓之以理。“我们要对学生的人生负责，既然他们的父母把他们交给了我们，我们就要把他们培养成才，决不能让他们中途辍学。”在全市的民办教育经验交流会上，范萍萍这么动情地说。曹万钧到这里后，就献上一计，我们与其在五六月一个县一个县、一个学校一个学校地跑，不如在省城的一个初中学生阅读的杂志去打广告，听说这本杂志学生订阅量几百万，董度与范萍萍一听就说好，就要曹万钧去联系。曹万钧到了那家杂志社的广告中心，一听这里的广告已经排到了三年后，他就准备打道而返。无意中他听到了广告中心那个大胖子说他最近老出虚汗，有时候发眩晕症，曹万钧就说，我们银城那边有一味草药，煎了吃一两剂，就会好，然后，就回家了。他把省城之行的详细情况告诉了董度，董度就喊来范萍萍商量。范萍萍说，我们出价比那些单位高些，看能不能插一下队，曹万钧说这个我都问了，说不行，此事就只好作罢。曹万钧不甘心，一直在想怎么跟那胖子搞好关系，他想起了那胖子说出虚汗，发眩晕症，想起了家乡漫山遍野的马齿苋。马齿苋猪都不吃，但治虚汗有效，自己不妨去扯上一些，送上去。他就把这个想法，给董度说了，董度说，你去试试，估计没有什么用。曹万钧就回了家，在塘边路上扯了一鸡皮袋子的马齿苋，搭车到了广告中心胖子那里，胖子看昨天那人专门从银城给自己送来马齿苋，十分感动，要留曹万钧吃饭，曹万钧把电话留给了他就回家了，果然如董度所说，没什么希望。过了三天，曹万钧接到了那胖子的电话，说这马齿苋真管用，自己煎水吃了一天，就不出汗了，眩晕症也好了，并告诉他，昨天一家企业因违反合同，打的广告从下期起准备撤下来，你们银城艺术学校要打不，要打的话，你们明天就带钱来签合同。曹万钧大喜，马上把此事向董度汇报，董度决定自己亲自去一趟。他们哪等得到明天，当天董度就与曹万钧到了杂志社广告中心，见到了那胖子。看到几个人正在谈要上广告，胖子说，真的没有版面了，你们三年以后来吧。等那几人散去，那胖子看到曹万钧，一下子绽开了笑颜，曹万钧就把董度介绍给那胖子，说这是我们校长，胖子无动于衷，说，正好有一家企业向学生推销广告以外的产品，我们接到了投诉，就中止了与他们的合同，现在上广告版面很难，我看了这个曹老师文质彬彬，有情有义，就给你们了。董度说，万分感谢，万分感谢，于是就签合同，到杂志社财务室交广告费。董度要请胖子吃饭，胖子说，我最不爱的就是应酬吃饭，你们早点回去吧，路上小心。

这家初中学生杂志的广告果真见效，刊物出来一个月左右，学校办公室的电话都被打爆了，结果这年下半年就有两千多人来报名，鉴于场地问题，更由于银城市教育局民办教育科给学校限制了招生名额，最多招六个班，三百三十人以内，董度和范萍萍气得跺脚，要是有场地，这次真的发了大财，这也让两口子下决心要建自己的学校，学校真的不能满足于租房子办学了。本来学校是没有多少钱的，曹万钧过年的工资都发不出，被拖欠，过年的时候，董度和范萍萍给他发了一张“先进工作者”的奖状，但范萍萍坚持要建学校，并且开始了筹建行动，她亲自跑建学校的事。范萍萍有一同学，是银城市建筑设计院副院长，给她提供了一条线索，江海路有个袜厂倒闭了，有一块地要卖，她建议学校买，于是经过一番奔跑，范萍萍在银行贷了一笔款。那块地买下来了，作为教育用地到了学校名下。然后就开始建校舍，范萍萍开始招标，凡报名的必须交五万元报名费，没中的不退，尽管如此，还是有十多家建筑企业报名，范萍萍让实力最雄厚的那家中了，签下了合同，先期付给公司五十万元启动资金，其他的钱就要公司带资兴建。校舍建成后，建校费用全部结清，并附带写上了违约责任。几个月以后，校舍建好以后，范萍萍喊了腰鼓队，去给建筑工人演出，她还给公司献上锦旗。老总倒不关心这些，他只要艺术学校结清欠款。范萍萍说，现在学校确实没钱，等下学期招了新生，收了学费，一定还清，我们愿意承担违约金，你们再等等，只要几个月的时间。老总无奈，只好等几个月，这年秋天，银城艺术学校招了一千五百个学生，范萍萍果真履约，把建筑公司的欠款全部还清，再把买地的银行贷款还清。

这带有传奇色彩的变戏法，让曹万钧惊讶不已。在银城艺术学校，虽然牵头的是董度，但主事的是范萍萍。她待人和蔼，脸上总是笑，就是千钧重担压在肩上，也是笑。董度倒是显得很憨厚，平常有时间就是去练字，去画画。范萍萍平常也看报纸，特别喜欢看一些改革人物的新闻。她常常说，我们要转变观念，不能用死脑筋，要善于抓住机遇，善于借鸡生蛋，借船出海，借壳上市，当年，为了胜利，诸葛亮都要借道呢。曹万钧特别佩服这个老板娘，她只有二十多岁，胸中有大丘壑啊。

在银城艺术学校干了两年，曹万钧还是离开了。银城艺术学校，总是在做事业，不断更新换代，发展壮大，曹万钧的工资常常拖欠，每次范萍萍总是带着万分歉意的样子说，曹老师，实在对不起，又要欠你一个月的工资了，等学校不要欠账了，我们加倍地偿还你。曹万钧捉襟见肘，一家老小要靠自己养，江胜华又生了一个男孩，家里开支大，江胜华的工资很低，一家怎么活？在又一个年到来的时候，听说过年这两个月的工资只能发一半，董度和范萍萍又给他捧来了一个“先进工作者”的奖状，曹万钧苦笑了一下，说自己要养家糊口，所以提出了辞职的请求，希望学校结清他的所有工资。董度没有作声，他确实对曹万钧有歉意。范萍萍说，曹老师，你大我们几岁，我们本来是有难同当，有福共享的，你看学校这几年确实在发展，我与董度，都住在租的二十多个平方米的房子里，家里连一件像样的家具也没有。这次过年，我已经找所有亲戚去借钱了，会还清工资。你能不能够不走，因为到了今年下半年招生，我们的欠债就还清了，我一定给你们一个大大的惊喜。曹万钧说，我家里实在困难，我还是回去做些小本生意。范萍萍说，既然如此，我们也留不住你，我们明天结清所有欠你的工资。第二天，曹万钧果然领到了几个月拖欠的工资，回到了乡下。

曹万钧一连在家躺了几天，他感到吃什么东西，嘴里都是苦的。父亲对他说，你读几年书，还是个桐油罐罐，看你一不会用牛，二不想做农活，只想到街上去吃松活饭，街上哪里有那么多松活饭吃，看你不又回来了，还不如去学门手艺，木匠师傅、泥匠师傅现在也太多了，你要不要去做篾匠师傅，你如果愿意去做，我带你到杨林坳香嗲那里去学。曹万钧说，我的事不要你探。过了几天，他看到电视里又在打广告，银城市教育电视台招聘一名编辑记者，他又跃跃欲试了。

他报名参加了考试。考试只有一个题目，是一篇材料作文。材料是这样的：梅城山区有一所小学，只有三个学生。学校的校长兼老师只有一人，他每天从山下挑水到山上的学校，学生住宿在学校里，他每天都给学生做饭吃，为学生洗衣服。看完这个材料，请写篇议论文。曹万钧写的题目是《一个沉重的问题》。他在文章中写道，梅城的基础教育“双基”达标，既然达了标，为什么还会存在三个学生一个老师、一个学校的现象呢？当地的官员不感到脸红和羞愧吗？三个学生一个老师、一所学校，一是浪费了教育资源，二是苦了老师，老师太辛苦了，为何不让这三个学生到镇上去读书呢？就是孩子家里穷，政府适当补贴一点也比单独办一个学校划算。这篇文章争论很大，副台长是命题者，他的本意是让参考的人讴歌老师的红烛精神奉献精神，哪料这篇文章采用了逆向思维，公开批评梅城官员，这要传到梅城去，会不会引起轩然大波？副台长很担心这个问题。这时，台里的火炮——武汉作家班毕业的赵成觉开炮了。他说，这篇文章是一篇难得的好文章，这篇文章的作者是二十八个参考者中唯一懂教育、又有见解的人，如果这篇文章不算好文章，写这篇文章的人不能录取，我只能说这次招聘是失败的。副台长说，赵作家，你不是推荐了一名你武汉大学老师推荐的研究生参加考试吗？赵成觉说，我看了那个研究生的文章，全部是套话、学生腔，连这篇文章的脚趾佬都赶不上，我建议那个研究生不予录取。最后台长拍板了，写这篇文章的曹万钧只有高中毕业，现在年龄也超过了三十五岁。研究生毕竟读书多，肚里墨水多，加上市教委主任也给我打了招呼，我建议还是录取研究生。其他人都表示同意，赵成觉愤然离席。

过了一个月，曹万钧接到了通知，要他近日到银城教育电视台上班。他去上班后，搞清楚了，原来研究生报到后，是跟赵成觉跑教育新闻，赵成觉对他看不上眼，横竖挑他刺。前几天，干脆对他说，你不是搞新闻的料，你还是打报告到其他单位去吧。研究生气得直哼哼，说就像打牌一样，运气不好，碰到了差牌，怎么碰到了赵成觉这么一个不好打交道的人，也只好递了一纸辞呈，到南边找工作去了。这样，曹万钧就替补上来了。赵成觉见到曹万钧，说，这个位置本来是你的，我看不惯台里那些家伙，所以我那学弟是被我逼走的，还是把你招进来了，我有一种幸福感。赵成觉既义愤填膺，又插科打诨，把曹万钧都逗笑了。

曹万钧感觉到赵成觉是自己的伯乐，对他颇有感恩戴德之心，因此对他十分顺从。曹万钧提出了开个教育大写真栏目的设想，并且搞了个绕口令式的广告，教育大写真，真写大教育，写真大教育，赵成觉表示同意。他对曹万钧说，万钧，你搞，大胆搞，我都支持。曹万钧原来是在银城区广播电台，对摄像这一摊子事不熟悉。晚上，他对着摄像机，一个键一个键地按，他要弄清每个按键的功能，因此很快对摄像的流程熟悉了。过了两个月，拍专题片的时候，曹万钧就能做到拍摄、写作、制作、策划一条龙了。回到家，江胜华对他说，老倌，老倌，你没到电视学校学过，你怎么晓得搞？曹万钧说，你不是看了我总是在看电视新闻方面的书，总是在琢磨吗？由于曹万钧得心应手，赵成觉这下觉得可以当甩手掌柜了。

一个专题新闻，按照常规，可能要七八天，赵成觉带着曹万钧，让台里的司机开车到采访地点，然后对联校校长说，昨天我已经把采访要点跟你电话谈了，具体采访提纲，曹记者与我商量过，现在他具体采访，然后他自己就到镇上会朋友去了。

过了一年，赵成觉感到不习惯了，台里什么事情都不找赵成觉，而是找曹万钧。连台长的工作报告，都找上了曹万钧。当然，赵成觉是不屑于写这类东西的，他知道后，对曹万钧说，这个老油条，他自己懒得要死，要你写，你莫写，你又不是办公室的，你属于我赵成觉的专题新闻部。曹万钧说，他是台长，我没有办法啊。赵成觉说，呸，奴才！

赵成觉觉得自己一放松，后浪就追上来了，自己的地位岌岌可危，台长什么都做得出来，说不定会把自己这专题部主任撤了，让曹万钧来做，看来自己还是不能颓废，要有点敬业精神。教育大写真已搞了五十几期，反响不错，何不搞一期专题，开个全市的研讨会纪念一下，以壮声威呢？但开会，台里拿不出这么多钱，只好请学校赞助了。赵成觉算了，开个这样的会，要五万元钱，要哪里赞助呢，正好天沿垸乡梨河中学的校长来了，找到赵成觉，要教育台去他们学校宣传一下。赵成觉说，给你们搞个一般稿子有什么影响呢，不如专门在你们学校开个纪念我们教育大写真六十期的会议，你们出五万元赞助费，在全市的影响就出来了。校长说好，赵成觉就要曹万钧做准备，写方案，请一些什么人啊，发什么规格的红包啊。他说，这期专题不但教育台要连播三天，举办这个研讨会的消息，还要报省教育电视台、银城日报、银城电视台，这一次搞个大影响出来。可不料，过了几天，校长回信说，赞助不了了，学校校务会成员讨论这笔钱时，大家都不同意。因为找不到赞助，计划只好泡汤。

过了一个多月，一个下午的四点多钟，赵成觉对曹万钧说，准备机子，马上出发，于是他们喊了司机，车子直接开到天沿垸乡梨河中学。拍什么，曹万钧问赵成觉，赵成觉说，先不要问，等下就知道了，听我的指挥。车子开到学校门口时，铁门关了，他们就来到教学楼的后门，后门是虚掩的，赵成觉对曹万钧招手，跟我来，曹万钧扛着摄像机，跟着赵成觉到了教学楼三楼东头。赵成觉把房门踢开，曹万钧就旋转身姿，端着摄像机把三个房间的赌博情景全部摄进去了。赵成觉说，我们是银城教育电视台，接到举报，你们在赌博，现在我们的任务完成了，你们可以走了。里面的人一片慌乱，一个个神色沮丧地走了。

当他们回到台里的时候，天已经黑了，校长紧急赶来，说我管教不严，我下午到荷山区教育局开会去了，学生四点钟放学，这些人就无法无天起来。赵成觉说，虽然不是教学时间，但实在不像话，竟然有三桌，我们数了一下，参与者达十九人，我们准备这一期就在《教育大写真》播。校长说，赵台，赵成觉说，我不是台长，别给我戴高帽子。校长说，赵记者，上一次我真的不是故意的，是他们都不同意，我为此非常难过。赵成觉说，这一次与上一次没有必然联系，请校长不要认为我们是报复，如果这样认为，那我们就没有必要谈话了。校长说，是，是，我们研究了，准备赞助台里十万元，只是，这个带子……赵成觉说，我们现在不要赞助，我们会公事公办的，你今天开了一天会，还是回去休息。校长左右为难，只好低着头回去了。

赵成觉对曹万钧说，你把带子保管好，明天听我的指令。

当晚，曾在兰溪五中读书的一个女同学在丈夫的陪同下，来找曹万钧。女同学说，她在旁边看，没有上桌打，邻县湘阴发生过这样的事，如果在旁边看的，要扣半年工资，能否请求你把带子里的图像删掉，家里实在是困难，请看在老同学的面上帮一次忙，说着她丈夫就拿出一条白沙烟，曹万钧把烟退还了，说我试试。女同学和先生走后，曹万钧跑到办公室，把带子放了一遍，果然看到了女同学在旁边看的头像，他扇了自己一记耳光，说，我不是人，拿起剪刀，就把女同学的头像剪掉了。

第二天上午，赵成觉给荷山教育局局长打了一个电话，请你抽时间到教育电视台来一趟。局长一惊，想这赵记者，平常有事都是直接到局里来找，见了自己都毕恭毕敬，哪像今天这样的口气，于是就觉得出了什么事，带着办公室主任到了教育台，见到了赵成觉。赵成觉说，局长，不好意思，你局一个学校发生了损害教师形象的事情，现在请你看片子，就要曹万钧把昨天下午的拍摄放了一遍。局长大怒，拿起手机，拨通校长电话，说你赶快赶到教育电视台来，校长说，我就在教育电视台外面。赵成觉说，我们这一期的教育大写真就放这个。局长说，赵记者，片子你们还是不要公开放了，人我会严肃处理。这时校长进来了，局长对他就是一顿劈头盖脸的痛骂，说他就是毁坏荷山教育形象的罪人，校长连连点头。局长说，这个带子里的人，你给我一一验明，于是曹万钧就放带子，校长就一个个登记，十二个人上桌打，六个人在旁边看，一共十八个人，赵成觉说，昨天你不是说十九个人吗，曹万钧说，可能昨天数错了。

果然两天后，局里就作了处分决定，校长有领导责任，免除职务，其他上桌赌博的人，行政记过处分，每人降一级工资，扣除一年的年终奖，看牌的六人，每人降一级工资。不两天，有一人来找电视台，说学校还有一女教师也看了打牌，为何没受处分，曹万钧说，这我们怎么知道，带子上有就有，没有就没有，你再看一遍带子，那人看了一遍带子，没发现那女教师。那人又跑到教育局，教育局说，我们是根据带子来处分人的，带子上有的就处分了，带子上没有的，就没处分。多年以后，曹万钧觉得自己徇私舞弊，删除女同学头像，是人生的一个污点。

导致曹万钧离开银城教育电视台的，是台长副台长的出事。台里有一笔远程收费款的利息十一万元，两人私分了，台长被判了四年，副台长被判了三年，台里都说是财务室讲给赵成觉听，赵成觉举报的。大家都说赵成觉举报不奇怪，因为赵成觉一端起酒杯，就骂台长副台长，说这两个家伙没有水平，我赵成觉当台长肯定比他们当得好。教育局纪检组来教育电视台调查了半个月，发现教育电视台不仅财务混乱，管理也很混乱，这个单位也就存在不下去了。

为什么我曹万钧到一个单位就垮一个单位，我到底是一个什么样的人，曹万钧自己都百思不得其解，这难道是冥冥之中的注定？这些年，自己游走在乡村和城市之间，成了一个“两栖人”。

第十三章 农耕巨变

早晨，吕怀远接到了曹万钧打来的电话，下午我来看你，吕怀远就要他来表弟家吃饭，曹万钧说，不必了，我上午有点事情，吃了中饭过来。

曹万钧跟吕怀远讲过，离开教育电视台以后，为了生存，曹万钧还给一家婚礼公司写过婚礼朗诵词。第一次接的单是一个叫李倩的姑娘和叫黄才的小伙子结婚，婚礼公司要曹万钧写朗诵词试试，曹万钧写了，公司说可以，男女主持人在婚礼上就朗诵了他写的朗诵词。

曹万钧给吕怀远看了朗诵词的稿子，吕怀远对曹万钧说，你这全部是一些阿谀之词。曹万钧说，爷呃，我不这样写，我怎么活命啊。曹万钧当时还得意洋洋地把朗诵词又念了一遍。

男：星星还是那颗星星
　　李倩还是那个李倩
　　在今天格外漂亮
女：月亮还是那个月亮
　　黄才还是那个黄才
　　在今天格外雄壮
男：音乐响起来了
　　酒杯举起来了

地毯铺起来了
最热烈地迎接新郎新娘
女：你从哪里来
你现在在哪里
你将向哪里去
如梦如幻的地方，让人摸不清方向
男：胸口啊，莫要这么厉害地跳
光线啊，莫把我的眼睛挡住了
看新郎手拉新娘的手不放
紧紧地挽在自己的臂膀上
女：胸口啊，莫要这么厉害地跳
光线啊，莫把我的眼睛挡住了
看新娘坚定地跟着新郎走
一百年不变，像林中响箭传遍四方
男：在洞庭湖边，你走过来
少年心事当拿云
赢得百年知己
如水一样柔美的新娘
女：在银城街上，你走过来
少女心事当揽月
赢得百年知己
如山一样伟岸的新郎
男：你们结合了，美丽的爱情故事
在这个城市悄悄地声张
在阳光下的油菜花地追赶蝴蝶
在月夜的湖边观赏水中的月亮
女：你们结合了，婚姻这杯美酒
从此以后天天都要品尝
一起奏响锅碗瓢盆进行曲
一起炒辣椒炒肉，一起煲粥熬汤
男：生活的甜蜜来自心灵的依偎

在每一天，小两口都互诉衷肠
新娘得了表扬，第一个告诉新郎
新郎发了奖金，全部交给新娘
女：婚姻的幸福来自相互的信任
在每一天，小两口心都不设防
有一天，一个胖小子加入你们的阵营
宣告：我来了，我就是你们的王
男：这是美好的节日
胜友如云，宾客满堂
你看你看那太阳的脸
也兴高采烈，喝得满脸红光
女：这是人生最难忘的一天
多么精彩，多么辉煌
你看你看绿叶都发来贺卡
资水啊，哗哗地鼓起了手掌

曹万钧当时告诉吕怀远，朗诵词一炮打响，新郎新娘很满意，吃酒的客人都说，这词写得好，婚庆公司给了曹万钧五百元润笔费。不久婚庆公司又接了一个单，新娘叫庄银花，新郎叫黎铁仁，他们请婚庆公司主持婚礼，说上次黄才李倩结婚他们参加了，婚礼高大上，也希望有一首朗诵词，但要原创，不能与上次的雷同，婚庆公司又找到曹万钧，曹万钧说，你们要加点钱，婚庆公司说，加一百，但要写得漂亮。曹万钧又搜索枯肠，好在这一次的与上一次的，没有一点雷同。

曹万钧当时又把他写的庄银花、黎铁仁的婚礼上的朗诵词念了一遍。

男：就像火星撞击木星
庄银花撞上了黎铁仁
教师妹连理公安男
美女帅哥搞到一起来了
这是美丽的盛世奇缘
今天这里盛开铿锵玫瑰，吸引

银城所有的大咖齐瞩目
小两口恩恩爱爱享太平
女：就像哥伦布发现新大陆
白马王子发现绝色美人
从相识相知到相恋
就像一部电视连续剧
有着美丽的故事和剧情
相互把对方写入了日记
今天日记里长出了盛大的婚礼
长出了这么多喝喜酒的朋友和亲人
男：现在阳光的油彩涂红了他的脸
千金的光阴不能等
只盼着太阳落西山口
月光的水彩涂亮他们的眼睛
女：银花说，我想要一个男孩
就算他是孙悟空大闹天宫
铁仁说，我想要一个女孩
就算她是西施那样的狐狸精
合：黑暗里，两口子争执不下
拉灯，房里一片光明
夜风悄悄地预言
龙凤胎，请你们两个放心
男：银花喜欢的诗句是鱼翔浅底
女：铁仁最爱的词儿是鹰击长空
合：这是才子佳人的完美结合
这是当代爱情的模范样本

当时，吕怀远对曹万钧说，你是无所不用其极啊，贺敬之他们完全可以跟你打官司，你化用了他们那么多句子，还有一些流行歌曲的歌词。曹万钧说，这就是通俗文化，只要能让他们高兴，只要能赚钱，我什么样的好话不可以说，本来人家结婚，就是希望听些好话，增加喜庆气氛嘛！吕怀远也就从曹万钧写的这两个婚礼朗诵词，感到他更加了解了这位老同学。

下午一点多钟，曹万钧骑着摩托车到了西瓜地，曹万钧说，我来看看你，真的退休了？吕怀远说，是的，真的退休了。

曹万钧说，有些什么打算？

吕怀远说，还能有什么打算呢？当了一辈子为农民服务的编辑，以后也就是多搜集一点农民喜闻乐见的故事，看将来编一本书，给农民看。

吕怀远就到菜地摘了一个瓜。曹万钧说，你表弟也不容易，这个瓜我买单，说着就要从袋子里摸钱。吕怀远对他说，你讲的确实对，你到这里，我请你，就把曹万钧的手按住了，吕怀远就在手机上发了十元钱红包给夏婆子，夏婆子等一会就到了，说，表哥，你搞什么名堂，吕怀远说，我来客了，给你买一个西瓜。夏婆子说，表哥，你真的见外了，你们随便吃啊，要出什么钱呢！反正红包我不得点开。吕怀远对夏婆子说，你忙你的去，我与老同学聊聊天。

吕怀远对曹万钧说，我真的十分佩服你，自己曾想过，你的生存能力太强了。如果我当年高考落第，还不知道自己现在是一个什么样子，肯定没有你混得好。

曹万钧说，没有办法，适者生存，达尔文说得好。

吕怀远说，你上次发给我的那个，你拍摄的《银城油纸伞传承人赵振兴》我在朋友圈转发了，大家都说拍得好。我想起了视频上两个美女撑着一把油纸伞，在一条明清古巷里行走，画面缓缓打开，古檐飞铃，巍巍青山，有含苞怒放的荷花，然后是举着油纸伞的妇女健美操，是打太极拳的银发老人，接着鞭炮响起，音乐越转越急，画外音响起，介绍银城地处长江中下游，浩瀚的资水由西向东流过，接着介绍油纸伞，说是起源于清康熙年间，有三百多年历史，你介绍赵振兴是油纸伞第十二代继承人，我没有记错吧！视频里说，随着时代的发展，制作工艺繁杂，有包括伞骨、糊伞、满穿、绘画、刷油等七十四道工序，很多工序都分出来承包给一些农户，最后由早禾工艺美术伞厂完成，红梅牌纸扇横空出世，红伞绿伞光彩夺目。我看到一把古色古香的伞面上，有画家画的花鸟虫鱼、人物走兽，你在解说词中写了，它们代表了中国文化的造型。油纸，是有子的谐音，寓意多子多福，桐油，在古代有辟邪的意思。你最后写的几句话也有诗意，你说，撑开属于自己的油纸伞吧，你也撑开了属于自己的美丽和幸福。

曹万钧说，你的记忆力太好了，你没成为博士，我感到遗憾。

吕怀远说，对你的创造性劳动深感佩服，所以就多看了几遍，就记住了，你真的不容易，佩服你。

吕怀远就接着问他，现在，你除了办学生的作文培训班外，就是拍摄专题片视频？

曹万钧说，是的，为了生存啊。现在很多单位和企业，要拍摄专题片，有的是做广告宣传，有的是为了评奖，有的是给领导汇报，有的是做资料保存，如果请电视台拍，要价太贵，所以一般请我来拍。我每年平均能拍十几个吧！专题片有撰稿、拍摄、播音、编导、制作等多道工序，我只是经纪人兼撰稿，大部分拍摄也能做，其他都要请人做了。现在新闻播音编导专业毕业的大学生找不到正式单位，很多自己成立工作室。我拍片子，要制作，就会有制作；要编导，就会有编导。比如合成，都有专门的人。制作呢，包括动画、特技等，也有专门的人。你只要出钱，他们又快又好地做好了。不过有些单位对播音要求较高，他们认为南方人的普通话讲得不好，要北京电视台的播音员播，现在只要愿意出钱，你要什么人播，都能如愿以偿。比如要女播，要男播，要有沧桑感的人播，都能联系得到。我把稿子寄给人家，把钱打过去，过几天，播音就发过来了。

吕怀远说，现在社会分工很精细，分工越来越专业化。

曹万钧点了一下头，说，是的。他接着说，最近银城农业局找了他，请他拍一部专题片，反映农村这几十年来翻天覆地的变化，他已经找了一些过去的图片，准备分这么几个历史时期：三中全会前，他重点考虑记工牌、水车、打䢃子、喂湖鸭子、田园化建设、红薯丝；八十年代他重点考虑手表、缝纫机、单车、栽油菜、秧田里泡种谷子、包产到户、万元户表彰大会、做小生意、摆摊子；九十年代，他重点要考虑盖楼房、到广东打工、家家户户有电视机，但田地没人耕种，荒芜严重；二〇〇〇年以后，他重点考虑取消农业税，考虑乡村留守儿童；二〇一〇年以后，他重点考虑种养大户、农业的机械化、收割机、旋耕机，还有乡村的合作医疗，农民的养老金，还有这几年的乡村人居环境、垃圾分类等，过去的用图片展示，现在的可以拍现场，你看这样行不行？

你专题片的名字叫什么？吕怀远问他。

我还没想好，你帮我想想。

“农耕巨变”，吕怀远脑子里突然想出这几个字，他说了出来，曹万钧双手一拍，他说，好好，不愧当编辑出身的，想得很专业。

吕怀远说，你不也当过编辑和记者吗？

曹万钧说，你是正宗的。

两人就谈起了变化，你一言，我一语，他们又回到了年轻时那种文学青年的海阔天空的状态。

一切都在变化，这一切变化都体现在农村。与过去五千年的中国农耕社会相比，这几十年的变化，像电光石火一样。你看，这几年，名词也令人眼花缭乱，互联网思维、微商大咖、020、资本运作、p2p、虚拟货币、区块链……当然，不乏一些人在玩套路，这些玩概念、玩套路的人都发了横财。但一个趋势不可阻挡，这几十年科学家好像开了窍，在梦中受到了什么指引，互联网技术突飞猛进，深度渗透各个领域。你说刚大包干那会儿，好多人靠掌握内部信息，靠倒卖货物发了横财，当时，这些中间商就是弄潮儿。现在信息越来越公开和透明，你在任何一端，随时都可以精准连接，一步到位，中间环节没用武之地了。你说要赚差价，没有人会跟你玩这个游戏了。以后的商人，生意越来越难做了，他们不像过去一样是时代的主角了，将来，商人做什么呢？还有，现在的世界越来越问题化，问题化势必导致平台化，一个问题出现了，就带来了很多平台崛起，平台的竞争也会出现拉锯和白热，如果你没有专业的本领，你就很难立足。一个现实的问题就是，农民将来还有工打吗？

这确实是一个现实的问题。曹万钧说，前些年，窝在土地上的都没有发财致富，倒是农民工依靠国家基础建设赚了点钱。但是，国家的基建会有一个平缓期，以后不可能永远维持现有的基建速度，只要基建降缓，从事基建主力军的农村劳动力就会大量失业。制造业也是劳动密集型产业，它也有一个产能过剩的问题。前些年农村人口大量进城无非就是从事基建业、制造业和低端服务业，如果这些慢慢饱和了，农民怎么办啊？

吕怀远说，其实，农业的根本出路还在于增强农村的造血功能。这些年，国家打出的一系列乡村振兴的组合拳，就说明了这点，以后政策出台会越来越明朗，加强合作社建设和集体经济的壮大，作强产业链，乡村前景会越来越好。

在西瓜地里，他们的思想在交融，在挥发，不知不觉夕阳西下，曹万钧说要走了，吕怀远要他在夏婆子家随便吃点饭，曹万钧说，以后吃饭的机会多的是，这次就不了，说着就骑着摩托车，消失在那一抹落晖投射的光影之中。

吃了晚饭，吕怀远的心情再也不能平静，农耕巨变，他的思想一下子纵横在这几十年苍茫的时间段。入夜，他又捧起了札记，继续读了起来。

第十四章 札记7：春瞎子

在我们白沙大队，只有一个人戴眼镜，那就是春瞎子。

春瞎子的父亲是团防局的，他平时也做些稻谷生意，先后在白沙村买了四十亩田，又租给没地的农户，靠收租过日子。四十年代，春瞎子跟了他的表哥赵冬才投奔国民党军队，表哥说，你跟我走吧，当了官不怕没轿子坐。表哥能说会道，很快就当了班长。在郭公庙，表哥拜托区公所的一位认识的兄弟，许以重诺，抓了一百多壮丁，就当了连长。一九四九年，部队奉白崇禧长官的命令赶赴宝庆，一路上，他又招了一百多人，就被委任为营长。春瞎子那时还不是近视，就当了营里的军需官，掌管全营的军饷。表哥喜欢赌博，每到一地，都要跟当地的达官贵人、土豪劣绅赌上一场，春瞎子必陪表哥决战。春瞎子脑瓜子聪明，与表哥配合得天衣无缝，两老表赢了不少钱，表哥仗义，一人一半，春瞎子就有了不少的积蓄。后来，表哥赌博的事被上峰知道，上峰看他无心带兵，就让他在团部做了一个参谋。参谋不带“长”，打屁都不响。邵阳一战，被解放军打得落花流水，春瞎子就混在平民百姓中逃了出来。到得湘乡，他买了几坨金子，分别打在草鞋里面藏着，然后一路步行，走了二十多天才走回家。在家待了两天，风闻要搞土改，想他这样的国民党军官，肯定要被镇压，就逃到他外婆家——桃江石牛江。后来，那边也要搞土改，清查的风声越来越紧，迫不得已，就挑个杂货担子，里面放些袜子、头夹、糖粒子，回到家，隐瞒了当国民党营部军需官的历史，骗过了当时蹲点在白沙的副区长吴年庆，总算落下脚来。但由于他父亲有几十亩白水田，加上父亲出去时经常要坐轿子，专门有两个人抬，他家就划为破产地主。

在村里混了几年，春瞎子还是什么农活也干不好。生产队拿了他是个麻烦，就给大队说，正好公社要办个实验场，他就去了实验场，专门喂猪。猪也要吃白菜萝卜这些饲料，春瞎子就经常到南门桥湖里打黑草子来肥土，菜长得就快些，猪发膘也快些。他也在湖边拣了不少死鱼烂虾偷偷晒干，然后交给他崽去银城街上做干鱼卖掉，并要他崽买些红薯丝，放在家里的地窖里，一共储藏了几千斤。那些年，很多家都没得东西，春瞎子家却有红薯丝和干鱼吃。

后来不知什么原因，他眼睛发炎，渐渐近视，只得配了眼镜。

谢丹新看着春瞎子戴眼镜就来气，经常训他，你做起个样子，戴起个眼镜。有一次，谢丹新还把春瞎子的眼镜摘下来，春瞎子马上就跪下，给谢丹新磕头，我的爷啊，我是近视，我没眼镜就看不见。

谢丹新一直对春瞎子的历史问题有疑问。一九六二年，他隐隐约约听人说起春瞎子在国民党军当过营部军需，于是他就向公社汇报。公社就开始外调，几个月后外调结果出来，春瞎子果然在国民党军当过营部军需。有个投诚到解放军部队的同志反映，春瞎子当时赌博成性，还贪污克扣军饷。公社特派员赶到实验场，春瞎子已不知去向，再赶到他家里，他也没回。等了几个月，春瞎子一直不见踪影，大队做出结论，春瞎子是畏罪自杀。大家估计他是投河，不知尸体漂到哪里去了。

八年后，春瞎子竟然回来了，他用洗澡手巾包着脑壳，穿一件打了几十个补疤的棉大衣，主动到谢丹新家门口长跪不起。谢丹新厉声质问他：你这八年，死到哪里去了。春瞎子说，我认罪，我认罪。八年前，我表兄托人来告诉我，有人找他问了我的情况，我估计要被抓起来，于是我逃窜到湖北牛头山一个做水泥管子的地方，做起了苦力。那里的民兵问过我，我捏了白（捏了白：资水下游方言为“说了谎”的意思），他们看我戴眼镜，不像干坏事的，加上他们认为外调麻烦，就睁一只眼闭一只眼。我每天挑沙子，日里雨里，现在我想回家，就要他们给我写了鉴定，你老人家看看。他说着，把盖公章的两页纸交给谢丹新，谢丹新瞄了一眼，就说，你跟我来，先到大队部交代。

于是，谢丹新通知春瞎子的崽送被盖来，就把春瞎子关在大队部，要陈树贵守着。每天的饭菜，也要春瞎子的崽送，至于解手，春瞎子的崽拿了个尿盆来。关了一天，陈树贵就不愿守了，他说，攀臭（攀臭：资水下游方言为“很臭”的意思）的家伙。因为陈树贵要回家睡觉，大队部只能够锁了门，春瞎子就关在里面拉屎拉尿，屋里臭气熏天。这事报告了公社，公社说，他既然敢回来就不会逃跑了，现在派个人去牛头山外调，有什么问题再处理。

春瞎子就被崽领回了家，但他老婆和崽都对他不打招呼就跑出去八年极为愤慨，都表示不欢迎他回家，同时指出他只能在这屋里住半个月，要他另想办法。春瞎子就只好在他那两间屋的外面搭一个茅棚子。崽不理他，他只好求侄儿子，求外甥伢子帮忙，几天后茅棚子搭起来，他把家什一应买全，就开始过日子了。

外调结果是春瞎子在牛头山没做坏事，还是个老实人，开始来时不能干，后来学会了做一些事，公社决定不送去劳动改造，就要大队开个会。

在会上，谢丹新历数了春瞎子的种种表现，陈树贵等大队基干民兵扎脚勒手，持楠竹丫子把春瞎子抽了一顿，春瞎子鼻刀（鼻刀：资水下游方言为“鼻涕”的意思）一把眼泪一把，声泪俱下说自己的不好。

渡过这一劫，春瞎子就不再乱跑瞎撞了，他已经快七十岁了。他买回三床棕垫垫在床上，又买来一床毯子铺在上面，请弹匠师傅弹了一床十斤的棉被，冬天他就不愁了。夏天，他亲自去桃江买来水篾凉席，他去蚊香厂买来十饼蚊香，夏天他也不忧了。大家感觉到，在白沙大队他是最有钱的，天天过地主生活。他到白沙的一些婆婆几翁妈几家买土鸡，天天炖得喷香的。他经常去船厂，买来黄鸭牯，买来才鱼，有时还买来脚鱼，大家都不知道他哪来这么多钱。有的说，他去省城的金铺兑了一块金子，有的说他的钱缝在破棉袄里，因为他从来不脱那件破棉袄的，但破棉袄里又能装多少票子呢？

让人更加惊讶的是，他竟然从茅厕屋里接了一根橡胶水管到他那间约六平方米的棚子里，他说他老了，晚上解手怕受寒，晚上他就在橡胶塑料管口拉尿，尿顺利地流过管子，流到粪坑里去。

我捡粪捡到他屋门口，他正在炖鸡吃，炊炉子上架着耳子锅，那金黄的鸡身遍体淌油，还有红枣在锅里不停翻滚。他对我笑，说，我还跟你是亲戚呢！我有点不解地望着他。他说，按理，你翁妈（翁妈：资水下游方言为“祖母”的意思）是我堂姐姐，他期待我喊他一声舅爷爷，我终究没喊。他说，来，到屋里坐坐，吃个鸡腿巴子，我本来想走，但那香味太诱惑人了。鸡，俺只有过年的时候吃一餐，他看了我犹豫，就拉我到他屋里，用锅铲子盛了一大碗鸡和红枣，把那个最大的鸡腿放到碗里，递给我，说，吃啊。我一直犹豫，但杨子荣打入威武山吃座山雕的百鸡宴的画面在我眼中闪现，我想英雄都可以吃百鸡宴，我怎么不能吃呢，我终于接过了他递过来的碗，三扒两扒就吃了。他笑了，说，舅爷爷就喜欢你四海（四海：资水下游方言为“大方”的意思）。然后，他就问我，你家有铅丝么？我要捆个东西。我说有，我就给你拿来，就背起粪箕，快快地回家，找了一根铅丝快快地给他送去了。

我问翁妈，春瞎子是你堂弟么？翁妈说，按辈分是这样，但出五服了。

好多天，见到谢丹新我都躲着走，我怕谢丹新知道我吃了春瞎子的鸡，会说我立场不稳，被人拉拢过去了。此事，我告诉了母亲，母亲说，以后不要吃他的东西了，但母亲是不会在外面说的。我怕春瞎子到外面说，传到大队干部耳朵里，我就惨了。一次，公社开大会，公社书记列举了很多现象，我还生怕公社书记点出我吃春瞎子的鸡的事。不过，自此以后，我不再到春瞎子的地坪里去拣粪，每每我远远地看见他都要绕开。有时候碰上了，我装宝傻笑一下，就走过去了，以后我就没与他讲过一句话。

第十五章 札记8：夏尧阶

蔡家坪过去，再到黄金坝，就是潘家围子，永新生产队把它叫湖里，潘家围子边上有一处地势比较高的地方，有七八间黑瓦青砖的房子，夏尧阶就住在这里。

一九四九年之前，潘家围子是一片积水，积水好多年没排出去过，因此也没有种过稻，但积水也不深，夏尧阶就依仗着这块宝地在这里放鸭子。他在潘家围子的边上搭了四个鸭棚，请了几个人放鸭子。按照他打的算盘，一个鸭棚，负责七八百只鸭子，他一共就养有三千多只鸭子。秋天以后，他让看鸭人把鸭子赶到四面八方的田里去，吃残余在田里的谷粒。春天，田里插了秧，就不能把鸭子赶过去，他就让看鸭人把鸭子赶到潘家围子的积水里。长工们就挑着一担担谷撒到潘家围子里，鸭子就生活在这片乐土上，它们或振翅，或戏水，有时候吃着积水里的虫子，饱食终日，发出嘎嘎嘎的叫声。夏尧阶尽量把潘家围子弄得很肥，人粪猪粪都一股脑儿地倾倒在积水田里。田一肥，蚯蚓就多，鸭子的胃也鼓涨了。每天都会收一千多只甚至两千只鸭蛋，夏尧阶与银城里做松花皮蛋的张字号皮蛋铺联系，每天夏尧阶都雇人拖板车亲自送到皮蛋铺去。他又与银城的一家学校联系，过几天就送几十只鸭子去，老鸭子分批送到，鸭崽儿及时孵出，新陈代谢，银圆源源不断，人家就说夏尧阶发际线高，是个聪明人。

跛脚丙老爷、白聋子和他的崽以及菜牛，是他的四个长工。放鸭子时，四个人有分工，一人前面探路，二人招呼鸭子，还有一人煮饭，并帮夏尧阶点鸭蛋数。但一九四九年的夏天，倒霉事来了。看鸭人把鸭子赶到白沙村的一个个塘里，鸭子一到这些塘里，就把水搅得刮浑的，搞得在塘里挑水吃的骂声不断，尤其是他们把鸭子赶到月塘，鸭子走过以后，那天月塘边上的陈杨树边飞来了无数的飞蛾，月塘边的住户一出来，就有飞蛾撞脸，还几天不散，越飞越多，人们就怪是这些鸭子引来的，于是就诅咒夏尧阶不得好死。

八月，湖南和平解放。一九五〇年，白沙村所在的三区开始了土改，夏尧阶按照田亩数量的话，是不够划地主的，但因为他请了长工，加上潘家围子那几十亩积水田，虽然没有划在他的名下，但他长期占据这里养鸭子，并且赚了大钱，加上他放的鸭子扰民甚多，使当地人对他的怨气不断，所以当时农民协会划成分的时候，就给他划了地主。他在湖里的八间瓦屋，自己家住一半，另外几间，分给了月猛子和关菩萨家。夏尧阶的几千只鸭子全部充公。

一九六〇年春，发生饥荒，大家就聚在一起开会，怎么办？大家都束手无策，就问夏尧阶怎么办，因为他年轻时走南闯北，在华容一带看过鸭子。他说，你们相信我，就去华容踩藕秧子，可以打痨肚（打痨肚：资水下游方言为“充饥”的意思）。于是生产队就去了十几个人，摇着几只撩划子船，由他当向导，来到了华容草尾湖。此地湖大，湖里长的都是野生植物，现在是春天，一派枯荷残茎的景象。夏尧阶第一个打着赤膊，只穿条章子裤，他就顺着藕秆踩下去，顺势把一根根又白又长的藕根子拉扯出来。他说，一点都不冷，大家也纷纷脱掉衣服，把一根根藕肠子牵扯出来，因为他们带了被盖和锅碗，就在附近的芦苇丛中安歇下来。让他们高兴的是，芦苇丛中有很多野鸭子，因为觅不到食，也奄奄一息，他们都把野鸭子装在船上，三天后，他们踩了几船藕根子，捡拾了几百只野鸭子，因为吃得太饱了，他们就有精力放开嘹亮的喉咙打着嗬呵，唱着歌，回到家，每家分了几百斤藕肠子和二十只野鸭子，和着糠、和着红薯、和着萝卜，度过了一个春天。夏尧阶立功赎罪，大家对他刮目相看。

光阴又晃晃悠悠过了几年，到了一九六九年夏，天连续下了几十天雨，资水河里的水像发怒了一样，横冲直撞，白沙村好多稻田都被水氽（氽：资水下游方言为“淹没”的意思）了，潘家围子在新中国成立后积水是排出去了，成了一年一季的水田，但现在积涝太严重，几台水泵“坐镇”潘家围子，但雨势太大，根本排不出去。永新生产队有几十亩田在潘家围子，如果积水排不出去，就颗粒无收，饿肚子的滋味不好受啊，大家就想着要搞多种经营，于是以生产队为单位放鸭子就提上了议事日程，夏尧阶又一次被大家重视。

村里在银城街上买了几百只鸭崽儿，由夏尧阶和他家三个崽一起，把鸭崽儿慢慢喂大，到了秋天，鸭子已长大，政治队长稼妹就带着夏尧阶以及夏尧阶大崽毛伢儿，还有几个社员，把鸭子赶到长白湖那里去放。

只有长期生活在一起，才能够看出一个人的本质。稼妹就发现夏尧阶虽然没读什么书，也是三担牛屎六撮箕，但是不听调摆，处处充当里手，而且很阴毒。明明他煮饭时把几个鸭蛋吃了，这是稼妹正好撞见的——稼妹回鸭棚时，正好看到夏尧阶嘴巴在吃什么东西，但吃饭时，夏尧阶却说，那几个鸭蛋已经煮熟了，不知被哪个吃了，明显是一个捏白佬，捏白扯谎不打草稿，并且把矛头指向稼妹，因为稼妹进了鸭棚。稼妹忍无可忍，就要毛伢儿出来作证。毛伢儿说，我一直跟队长在一起，队长进鸭棚，只拿了一件衣服，就出来了，一直没看到他吃鸭蛋。稼妹也趁机说，夏尧阶，你屁股一翘，就晓得你要搞么子，俺打开天窗说亮话，我进来时就看到你在吃东西，那几个鸭蛋是你吃了，吃了就吃了，俺又没怪你，你还倒打一耙。夏尧阶听了，像发了疯一样，捶胸顿足，我要是吃了鸭蛋遭雷打，遭枪炮子轰，然后他对稼妹说，你进来时我在炒萝卜丝，我夹了一片尝味。毛伢儿说，你吃了就吃了，承认吧，给队长做个检讨就是，夏尧阶顿时暴跳如雷，马上就去拿切菜的刀，口中喊道，毛伢儿，我要杀了你，几十年了，我受够了，我的拳头早就捏得出水，今天一起死。说着就凶相毕露，去追杀毛伢儿，毛伢儿就跑，稼妹大喝一声，放下刀，夏尧阶就把刀向稼妹砍来，稼妹赶忙躲闪，夏尧阶说，管他死哪个，今天一起死，又要向稼妹扑来。正在这时，田马桶抱住夏尧阶的腰，月猛子夺过夏尧阶的刀，夏尧阶瘫倒在地上。毛伢儿也放声痛哭。

事情到这步田地，只能报告长白湖村的治安主任，治安主任听了描述，说先把他捆起来再说，他带来的两个基干民兵就用粗大的麻绳把夏尧阶捆了，然后一起押解移送到王家坪公社，交给特派员王新田。

经过审理和证人作证，夏尧阶有影射之嫌，还说，几十年，我受够了，为什么要说这句话，这次他几次拿刀砍杀生产队的政治队长，这是杀人未遂，这样的人不判，社员群众是不会答应的。公社特派员就把他移送到银城公安局，夏尧阶判十年刑。

一九七四年，夏尧阶坐了五年牢，因为在改造期间表现良好，就被释放了。他与几个儿子一起，来到邢家后背，他用锄头挖啊，挖出了一块石头，他说它还在这里啊，我是土改时埋到这里的，我要告诉你们，邢家后背的几斗丘是我年轻时看鸭子赚的钱买的！这是这些田的界碑，现在这些田永远不归我了，我们抬着它把它沉到黄伏塘去。一九七七年，夏尧阶病逝。

一九八〇年，公社新任特派员跟毛伢几宣读了撤销夏尧阶劳动改造的决定，说夏尧阶当时是情绪过激，说他影射，无事实根据，对当时的行为，应以批评教育为主，对他实行劳动改造的判决是不当的。毛伢几颤抖着说，是，是，是。

第十六章 札记9：维达嘿

池密子婆婆的大崽维达嘿成了乡村的知名人物。

维达嘿姓田，大名叫田维仁，在白沙村，大家都叫他维达嘿，至于为什么叫，依据是什么，意义何在，大家都不知道，维达嘿自己也不知道。

池密子婆婆是外地人，她的话很少有人能听懂，一般人听她讲话，都要听几遍，从她的口型，从她的手势，从她的语气，从听得懂的只言片语中，推测她说的什么，好多人都不愿与她讲话，见了她都躲开，只听她哇啦哇啦的，是发脾气，还是什么，反正只有她自己知道，这就是说她是一个孤僻的人。她的老倌死得早，她拉扯四个崽女长大，脸像枯树皮一样，毫无血色，眼睛凹陷下去。二崽伏仁相公，成家十年，起两间瓦屋就分家立户了，她与大崽维达嘿还住在原来的茅屋里。大女翠香与男人吵架，吃水莽藤死了，信送到她这里，她当时就用拳头拼命地打自己，人们还是从她苍凉的声音里，听到她哭的意思，我的个女啊，你没过一天好日子啊，你从小就死了爹，你打猪草，纳鞋底，样样能干，你生日蛋白都没吃一个，嫁到婆家也是穷得滴血，你为何这么命苦啊？

自从翠香死后，池密子婆婆像变了个人，她像个傻子一样，端碗饭坐在阶基上根本就没扒一口，碗里面的辣椒粉子和辣椒萝卜吸引了几只鸡跳起来啄。有一次，能婆来给维达嘿剃头，她就要能婆给她看相，能婆就问她手有几只螺，她一看，有三只螺。能婆就说，你的命还算好，是织棉布，不像我，五个螺，穷得哭，然后能婆就念了一串话：“一螺穷，二螺富，三螺四螺织棉布，五螺六螺穷得哭，七螺八螺住瓦屋，九螺十叟箕，骑马上阶基。”池密子婆婆摇了摇头，望着远方，不语。过了一会儿，她问能婆，我维伢几讨得到堂客不？能婆说，他今年么子年纪了，她先伸出三根手指，然后用右手食指弯成一个“7”字状，说，三十七了。能婆就不作声。池密子婆婆就不再问了，脸又一垮起，黯淡无光。

维达嘿此时在兰溪那边的羊角公社看鸭子。旧年子（旧年子：资水下游方言为“去年”的意思），生产队不再让所有的社员都困在集体田里，维达嘿自告奋勇向生产队提出，他到外头去看鸭子，每年交钱，生产队给他记工分，年终分粮食。达成的协议是，每年交七百元，记四千八百个工分，再参加生产队的分配。维达嘿就赶着两百多只鸭子，淌过资水河和兰溪河，来到了羊角公社烂紫港大队。他事先来这里踩过点，这里是看鸭子的天然地方，有湖，有港，有杨树，有一坦平洋的田，又离兰溪镇和沙头镇都近，卖鸭蛋方便。

维达嘿中等身材，左脸上长了个瘤子，后来到医院割掉了，瘤子的疤痕在脸上格外醒目，夺去了眼睛和鼻子的神采。白沙大队的几个看牛伢几偷吃了菜瓜之后，就议论白沙大队哪个长得最乖，哪个长得最丑，大家都把长得最丑的那个人指向维达嘿，有一个说，我看了他就怕，有一个说，我看了他吃不进饭。

维达嘿在一个湖边搭好了鸭棚，从此就在这里安营扎寨了。

隔几个月，维达嘿已跟当地很多人都认识了，鸭子晚上在鸭围子里下鸭蛋，他一箩筐一箩筐地捡拾。他跟一个货郎担有了个约定，隔天货郎担就在他这里收鸭蛋，六分钱一个，给现钱。白天，鸭子在路上、在杨树下生的蛋，谁拣了就归谁。有时候，他看鸭子的时候捡到两只，碰见哪个大队干部、生产队干部来了，他都塞到人家罩褂子的口袋里，因此他在这里人缘好，社员也巴不得他在这里，一来那些鸭屎就拉在田里肥了田，二来他们经常到田埑路上走走，就可看到青草上卧着一个圆滚滚的鸭蛋，放眼插过秧的田里，经常浮一两个鸭蛋，珍珠一样闪着光，他们捡回去用韭菜煎了，或用石灰水蒸了，就是一顿美味佳肴。

离鸭棚不远，有一人家，这家男人姓唐，已死，女人王水君拉扯着三个小孩。大女儿唐志英在读高一，翻过年就是十八岁了。维达嘿经常往她家跑，有时候借个瓜瓢，有时候到她家地里掐根葱，但每次去都要拿两三个鸭蛋去。王水君看了，也觉得这个外地人厚道。有一天，王水君对他说，老田，你帮个忙，我家那只猫死了，现在屋里臭得要死，我屋都不敢进，你们男人家胆子大些，你能不能把它拿了放到哪棵树上去。

当地的风俗是，猫死了一般都是树葬，挂在树上风干，后来不知不觉就不见了。有的说是被老哗子（老哗子：资水下游方言为“老鹰”的意思）叼走了，有的说是化作树皮，成了树的精灵。维达嘿就拿双手套，进到王水君屋里，把死猫子从床底下拖出来，用一张旧报纸包着，一颠一颠地送到了一棵杨树下，挂在杨树的枝丫上。

此后，王水君就经常来找维达嘿，比如菜地里虫子多，王水君说，我一个女人家不会打喷雾器，我借了队上的喷雾器，你帮我打一下。有时候，还要维达嘿帮他去打米。左邻右舍就看出了门道，认为王水君看上了这个外地人。有一个婆婆子还真的来做媒了，她先问王水君，王水君说，他与我一年的，他都好，就是丑了点，没表示同意也没表示不同意。婆婆子就来找维达嘿，维达嘿摇头说，我还没结过婚呢，还是个红花伢儿。那婆婆子就不作声了，也就晓得这个媒做不动。

到了腊月，王水君的女唐志英就放寒假了，唐志英已经发育成人，比她娘长得好，瓜子脸，那眼睛还带点野性，朝哪个男人梭去，还真的能把那个男人击倒。

维达嘿把一只跛了腿的鸭子杀了，还拿了八个鸭蛋，送到唐家，唐志英的两个弟弟高兴得一下子来了劲。王水君说，老田，你还没到我家吃过饭，你今朝到我家吃餐饭，我家志英又回来了。维达嘿说，要得，他对唐志英说，麻烦你帮我招呼一下鸭子，我到沙头去买点菜来。唐志英对两个弟弟说，我们一起帮田叔叔看鸭子。

维达嘿就往沙头街上跑。羊角到沙头，是要过资水河的，坐渡船两分钱一个人。过了河，他浑身都是劲。沙头街有两条街，都是麻石街，街两边都是低矮的房子，各种杂货铺都有，有竹器店、木器店，中间还有一个百货商店，当然比不上银城，这里没有剧院，没有新华书店，没有招待所。砍肉是没可能的，猪肉要凭肉票，但听说冷库有猪脑壳肉、猪肠子之类，他就到了堤下的冷库。两支队伍排得很长，轮到他了，他买了一只猪脚，一挂猪肠子。他又到了街上，买了一条草鱼，买了几斤香干子，还买了四根棒糖，就一路小跑回到了唐家。

维达嘿第一次在唐家吃饭。饭菜也是他做的，王水君坐在灶坑子下烧火，鸭子炖萝卜，猪脚炖得嫩软的，猪肠子洗得干干净净，还煎了四个鸭蛋，维达嘿还给他们每人一根棒棒糖。唐志英嘴甜，田叔叔长，田叔叔短，喊个不停，唐志英的弟弟说，今朝子过年喽！王水君说，过年还有十二天。

正好吃完饭，王水君的娘屋里侄儿子来了，说她娘中风瘫痪，王水君就赶快与侄儿子回千家洲娘屋里去，临行前叮嘱唐志英注意防火，晚上早点把门关了。

第二天早晨，唐志英到塘里挑水，碰到维达嘿，维达嘿又从箩筐里拿了六个鸭蛋给她，唐志英莞尔一笑。到晚上，唐志英就喊维达嘿到他家吃晚饭，维达嘿就去了。唐志英说，田叔叔，你看我炒的菜！维达嘿一看，除了韭菜炒鸭蛋、萝卜丝外，还有一个河蚌，原来是唐志英的两个弟弟用虾搭子去湖里捞的。唐志英把河蚌切成了丝，用扑辣椒炒了，味道几好。维达嘿说，明天你们给我看鸭子，我去沙头买菜来，我们明天又搓一餐。

维达嘿又到了沙头。这次，他好像办年货一样，除了买了大量的猪头肉、草鱼之类外，他还买了一堆瓜子花生，买了一大包糖，还给唐志英买了雪花膏，买了一双手套，给唐志英的两个弟弟一人买了一个气球。到得唐家，他把礼物分发给他们姐弟三。唐志英的眼睛都亮了，她做梦都没有料到，这个世界上有人对她这么好。于是维达嘿就扎脚勒手又下起了厨，吃完饭，他就回到了鸭棚里。

天渐渐黑下来，维达嘿打了洗脚水，洗了脚。他举着马灯，看着一只只鸭子在罩着的丝网里安然睡觉，突然，他看到一个身影正在朝这边移来，是唐志英，她也看到了他，说，田叔叔，你还没睡觉吧，我想跟你打哈讲（打哈讲：资水下游方言为“讲一下话”的意思）。

要得，在哪里讲呢？维达嘿问。

我们就站在这里讲。在学校要上晚自习，晚上十点熄灯睡觉，现在六点天就黑了，睡不着。唐志英说，显然，她不想进维达嘿的鸭棚，因为鸭棚太小，孤男寡女在里面讲话不好，她也没邀请维达嘿去她家，她聊的话题，不想让弟弟知道。

维达嘿问，你想跟我讲么子呢？

田叔叔，我下个学期不想读书了。这次期末考试，我数学、物理、化学都没及格，老师要我补考，我不想补了，我不敢跟我妈说。另外，你看我的手，凛尖的。男子手尖，顶笔上天，女子手尖，甄毕子都括穿。我读了书，都没用啊，命里都注定了呢！是啵！唐志英抖了抖肩膀说，显然天气有点冷。

书还是要读的。我就是读少了书，只能看鸭子。维达嘿说。

田叔叔，你小孩还没读高中吧？

维达嘿一听，苦笑一声，说，我还没结婚呢！我有那样好的命就好了。

为什么啊？不对吧！唐志英的眼睛睁大了。

是的。我命苦，没人喜欢我。维达嘿低声说了一句。

你人好啊，我们家不都喜欢你吗？

维达嘿摇了摇头。

唐志英说，维叔叔，我想请你帮个忙。外婆对我好，我不知道她还能活多久。我想明天去看看她。我想请你明天再给我家煮一次饭，不要去买菜了，你今天买的菜，还有好多。

维达嘿想了一下说，你外婆是住千家洲吧？正好经过沙头，你去看她，不能空手。维达嘿说着就跑到鸭棚里，拿出两张十元的钱，递给唐志英说，拿了，天气冷，你到沙头买件棉衣。

不要，不要。唐志英说着就挥了挥手，就要往自己屋里跑。维达嘿赶紧跑过去，把钱塞到唐志英的手里。“记得买件新棉衣”，维达嘿叮嘱说。

隔日晚上，唐志英从外婆家回来，她告诉维达嘿，外婆到现在还没醒来，有人说要送医院，舅娘不同意，舅舅和妈妈都拿不出钱来。舅娘说，都七十多岁了，到底是救活人还是救死人？我因为买了一包冰糖和雪枣去的，还剩十八元五角，就说，我这里有钱。舅舅问多少，我就说十八元五角，舅舅说，这样的病，没有五十元，医院是不会收的。舅妈说，那你先把这些钱放到这里。妈妈问了我钱的来历，就说，不行，不行，一个看鸭子的人的钱，不能要，妈妈就要我把这些钱还给你。你收了，那一元五角，是我借你的，我以后会还的。

维达嘿说，你们把我看扁了，说着就怒气冲冲地冲进鸭棚，和衣躺下。

唐志英就敲门，维达嘿打开，唐志英顺势倒在维达嘿的怀里，维达嘿大吃一惊，说，你是怎么了？

唐志英说，我前两天还喊你田叔叔，现在我改口，喊你田哥哥。

维达嘿有点措手不及，说，你到底怎么了？

唐志英就大哭，哭完她说，我耶耶死了以后，没有人关心我。我小学初中成绩都是第一名，考上了五中，要读书，我妈妈不让我读，她眼里和心里都是我那两个弟弟。我偷偷去五中报了名，给五中说了家庭情况，五中那个班主任说先给我垫了学费，妈妈每个月只给我三元钱，我用了一个瓶子，让她给我装满酸菜，每餐我就喝碗一分钱的汤，然后就这些冷酸菜伴着那些蒸饭吃。我原来以为读书了，将来到街上当个营业员，现在读书是空的。这一向，又是马振扶，又是黄帅，读书了也没有用，我不打算读了。我马上十八岁了，我想嫁人了。田哥哥，你是这一辈子对我最好的。

维达嘿做梦也没料到会发生这样的情景，就说，我比你大二十岁。

我不在乎，但是，你现在必须对我对天赌咒发誓，你真没有结过婚，你真的没有堂客。

这一点，你放心，你可以去我家乡调查。

我要你对天起誓。你敢吗？

我敢。天上的菩萨，我田维仁要是结过婚，家里有堂客，就遭雷打。维达嘿一说完，唐志英破涕为笑了。维达嘿说，你不要逗我，我这么丑，这一辈子没有一个女人喜欢我，你长得这么乖，不可能吧？

我愿意。说着使劲地往他怀里钻，两人倒在鸭棚里的铺上。

唐志英又哭了，说，我都交给你了，你原来有过吗？

维达嘿说，你是个红花妹儿，我是个红花伢儿，不捏白。

唐志英说，我反正不读书了，我生是你的人，死是你的鬼。唐志英穿好衣服，说我先回去，等我弟弟睡着了，我再来。

过了一个多小时，唐志英又来了，他一把抱住维达嘿，说，我一分钟都离不开你了。然后她说，我还要。

两人又尽情了一次，唐志英说，我今晚就睡在你这里，你要搂着我睡。

小年的那天，维达嘿又到了沙头，他给唐志英买了一件红色呢子衣服，给她买了梳子镜子，当然还买了很多的菜，王水君还没有回来。每天晚上，唐志英就钻进鸭棚，唐志英出落得越发水灵了。

大年三十，王水君回来了，说咯杂老娘，死又不死，活又不活，磨死人。唐志英怕她娘起疑心，把维达嘿给她买的红呢子衣服等，都放在维达嘿的被子里面，两人装着什么事也没有发生。因为过年一般不允许外人在家过，王水君并没请维达嘿来家吃年饭。

到了正月初二，王水君娘屋里的侄儿子又来了，说翁妈不服我娘的照料，还是要你去照顾。王水君说，我天天照顾，才回来两天，吃轮工也要让我在家歇几天吧。侄儿就说，姑妈，你毕竟是翁妈的亲生女，我娘只是他的儿媳妇。王水君就说，嫁出去的女，泼出去的水。嘴上这么说，又叮嘱唐志英，我还去照顾你外婆几天。你把屋里照顾好，就跟着侄儿走了。

又过了几天，唐志英告诉维达嘿，说她可能怀孕了，按道理，是这几天来，但一直没来，现在她想作呕。维达嘿说，我怎么没想到呢？

唐志英就哭，怎么办啊？维达嘿沉吟一下，蹦出一句，去打掉吧！

唐志英愤怒地打了维达嘿一个耳光，说，亏你还说得出。

维达嘿就是期望这样的效果，他捂着脸，说，你说怎么办？唐志英那一口虎牙咬着下嘴唇，说，结婚，我跟你走。

维达嘿把唐志英搂到怀里，说，我的小乖乖，我当然愿意结婚。但我上半夜替自己想，下半夜要替别个想。你想过没有，你高中还有一年，另外我比你大二十岁，你娘会不会同意？

唐志英说，少吃咸鱼少操心。书，我不读了，读了也没用。又不是她跟你结婚，是我跟你结婚，我同意就行了。她用指甲掐着维达嘿的手背，说，你到底同不同意跟我结婚？

维达嘿说，我同意，但我不能在你们这里看鸭子了。我想，还是把鸭子卖掉算了。上交生产队后，其余的我们结婚用。唐志英高兴坏了。

事情明显不能拖延了。维达嘿找了几个生产队的队长，说自己要卖掉鸭子，队长们说拿不出现钱来，赊账干不干，维达嘿说，不赊账，维达嘿就只好到沙头街上去，找小贩，说正宗的水鸭，你买不买，找了几个小贩，压了价才算敲定。几个小贩跟着他到了鸭棚，每人捉二十只，放在箩筐里，就挑回沙头。这几个小贩，来了三天，总算把鸭子全部挑走了，每次来都把现钱给了他，二百多只鸭子，卖了五百多元，几个月的鸭蛋卖了八百多元，看了半年鸭子，除去成本，除去交给生产队半年的钱三百五十元，还剩下三百多元，结个婚绰绰有余。

维达嘿就回了一趟家，喊了弟弟伏仁相公，还有茅屋湾的本家人哑巴和本生产队的干婆子，说每人给他们三元一天，请了他们来挑鸭棚、鸭围子回去，正好正月间，他们还没开始春耕生产，白赚三元一天，几人就来到了羊角。唐志英的外婆死了，唐志英要去吃包肉，还没动身，维达嘿就到她屋里，跟她说，他先回白沙，按原计划执行。唐志英点了点头，像电影里面的特工队员搞地下活动。

维达嘿就领着几人，撤掉了鸭棚子和鸭围子，就分头装了担子，几人挑了，维达嘿挑了被盖行李，离开了羊角。到得沙头时，维达嘿带他们进了一个饭铺，点了猪头肉，香干子和几个小菜，几人又搓（搓：资水下游方言为“吃”的意思）了一顿。维达嘿说，白沙大队将要出一个爆炸性新闻。干婆子就说，你拣到金子了？维达嘿摇了摇头，说你们猜，干婆子又说，你讨到堂客了？维达嘿就鸡啄米一样点头。干婆子就问，哪里的，维达嘿就说，那与我讲话的妹儿，几人就惊讶得目瞪口呆，哑巴也听懂了，不停地竖起大拇指。干婆子说，你是给她画了和合水吧？你告诉我画和合水，伏仁相公就说，还要我喊她做嫂儿。哥哥，你是不是发梦懂（发梦懂：资水下游方言为“做梦”的意思）？维达嘿说，你们又不是不晓得，泥鳅子要捧，妹几要哄。以后跟你们慢慢讲吧！桃花运来了，门板都挡不住。于是，干婆子又开玩笑，我还是个红花伢儿呢，你们每次要搞好久？维达嘿说，碰哒个鬼呢，饭吃完了，快回去。

于是几人说说笑笑往回赶。

正月十六，按照计划，唐志英跟妈说，我上学去了，并且说，这一期我想认真读点书，不会周周回来。然后她就走路到了兰溪五中，跟班主任老师说，家里穷，读不起书了，班主任再三挽留，说书籍费他还是给她先垫着，以后有钱就还，没钱就不还。唐志英说，谢谢老师了，我上学期有三门没及格呢，要补考，我又没复习，按照规矩，是要降级的，难道要把我降到初中去吗？班主任看她决心已定，就没再说了，然后她就走路到了沙头。到得百货商店门前，看到维达嘿已在那里等她了，那件给她买的红呢子大衣，为了怕引起母亲怀疑，唐志英一直没带回家，那次要维达嘿给她先拿到白沙，这次维达嘿给她带来了，唐志英赶快穿上，二人就手牵着手，赶了二十多里路，来到了维达嘿家。

维达嘿这些天把房子清理了一下，虽然是茅屋，但他请泥水匠把屋括了一遍，又请了木匠师傅做柜子，做铜环铺，几天就做好了，只是没刷漆。他还去供销社买来新被套，买了蓝格子垫被，买了一床棉被。池密子婆婆的脸上愁雾散去，主动提出先到伏仁相公家住一段。唐志英到时，伏仁相公拿着一挂万子长鞭，放开了，他的五岁的崽，小名叫和尚的，兴奋得到处跑，又摔了一跤，沾了一手的鸡屎。很多的人都赶来看新姑娘，大家老远议论，维达嘿会画和合水，把一个高中生妹几拐来了。大家里三层外三层地来到维达嘿家的地坪，都说唐志英长得乖，长得眉清目秀，红肉里面出白肉。

当天傍晚，维达嘿就去了刘支书家，说自己快四十岁了，这次对上了象，准备这两天结婚，请刘支书开张证明，他明天好到公社去打结婚证。刘支书就问，你对象多少岁？维达嘿说，十八岁了，刘支书就说，你艳福不浅，但我告诉你，男的必须二十二岁，女的必须二十岁才能结婚，她还没到法定年龄，所以这个介绍信不能开。维达嘿就只好回家了，给伏仁相公一说，伏仁相公说，我结婚十年了，现在还没打结婚证，乡里只要办了酒，住在一起就算结婚了。维达嘿说，那也是，就商量过几天，办几桌酒，把田家的有头有脸的人物请来，再把亲戚请来，至于唐家，只能采取先斩后奏。

那一天，是维达嘿永世不能忘怀的一天。他家的窗子上贴上了红色的双喜字，墙上还有田老师写的喜联。信老倌手抱月琴，高声唱，“樊梨花哎，”为了防止五岁的和尚再摔倒抓一手鸡屎，伏仁相公堂客把那些鸡都捉到了鸡笼子里，不让它们出来。酒席办了八桌，弹月琴的信老倌，因为是自家人，当时也是年龄最大，就坐了大边。维达嘿的一群朋友都来了，晚上还闹了洞房。干婆子又附到维达嘿的耳边说，今朝夜化准备来几次？送走客人后，维达嘿吹灭了煤油灯，但他发现有几个小鬼在听壁脚，他就出去骂了几句，那些细伢子才跑开了。

话说羊角那边的王水君自送娘上山以后，就回到了家。她看到鸭棚子和鸭围子都不见了，从唐志英的口里知道，那个老田把鸭子都卖了，前几日来了几个人把全部东西都挑走了，不免有些失落。老田这个人，人是有点丑，但也还勤快，居家过日子还是不错，她都有些朦朦胧胧的想法了，现在他走了，这根线也就断了。几天后，妹子说去上学了，还说这学期会发点狠，星期天不会常回家了。她也没在意，一个星期过去了，她认为正常，两个星期过去了，也不见回，她也没太往心里去。第三个星期还没回，她就觉得不太正常了。妹几这次去学校，也只从她手里拿了三元钱。是不是妹子在学校谈恋爱，或者，犯了什么法，被公安局抓走了，再或者是被人杀了，她越想越不敢往下想，她就到离她家有三四里远的冷月娥家去问，冷月娥与妹子是同学，去年两人经常一起从五中结伴回来。冷月娥在家，主动问她，唐志英呢？王水君一听，一惊，就问，我来准备问你的啊，她为什么几周都不回家？冷月娥不解，说，第一天报名她去了，后来她就没上课了，班主任老师说，她不读书了。王水君一听，哭出来了，说，她正月十六报名去，就一直没回来。冷月娥说，那怎么回事，她确实那天就没上课。这时，冷月娥的邻舍方边都出来了，冷月娥的母亲看到王水君两眼发白，走路不稳，就问她，是不是你们有亲戚在外地，王水君摇头，大家就问冷月娥，唐志英在学校谈恋爱没有，冷月娥说，没发现啊。这就奇怪了，有人说，这个事情要报告大队，王水君跌跌撞撞地说，我会的。冷月娥就陪她回到了家。

王水君看着湖边，突然之间明白了什么，为什么这个田维仁正月初几把鸭子卖掉，就不声不响地跑了，为什么在他跑了几天之后，妹子就不见了，还有，田维仁给了妹子二十元钱，那次妹子说还给田维仁了。于是，她就把两个正读小学的儿子喊到一起，进行审问，要他们一五一十地讲述她去照顾她外婆以后那十几天的一切，那个田叔叔到他家来过几次。两个小孩就摸着脑壳，眨着眼睛，进行回忆。他们告诉妈妈，妈妈走的第二天，田叔叔就要他们给他看鸭子，他去沙头买了好多的菜回来，还给姐姐买了手套，给他们每人买了一个气球。王水君就问，你姐姐与他讲话多不多？两个儿子回答，也没有讲多少话。大儿子告诉妈妈，有一天半夜，他醒来到茅厕屋去，看到姐姐的铺上被窝是卷起的，他当时实在要打瞌睡，就迷迷糊糊钻进被子睡了。王水君问，田叔叔晚上到过我家没有，两个儿子都说，没有。王水君也审问不出什么名堂，但估计是田维仁拐跑了女儿。

她暂时没有报告大队。她想还是到学校去一趟，与班主任老师交谈一下，也许女儿跟班主任老师留了话呢。第二天，她走路赶到兰溪五中，见到了唐志英的班主任，班主任把那天的情况跟她说了，班主任老师说，那天她情绪还可以，不会有什么想不通的事发生。她坚定了这样的想法，女儿一定是跟着田维仁跑了。

她回到娘家，找到哥哥嫂子，向他们通报了家里的变故，并把她的怀疑说了出来。她说，真的是知人知面不知心，看着这个人老实，我也把之他一钵子酽浆（把之他一钵子酽浆：资水下游方言为“对他很敬重”的意思），哪料到他把妹儿拐跑了。哥哥说，那个姓田的是哪里人，王水君说，他说是王家坪公社，具体哪个大队不知道。哥哥说，我们现在去王家坪，于是他们就赶路，穿过沙头，来到了王家坪公社的所在地窑山口。

他们问，有个叫田维仁的住在哪个大队，路人就说，王家坪公社这么大，很多大队都有姓田的，田维仁是哪个大队确实不清楚，于是他们问了十多个路人，都说不清楚。有人说，你们去白沙看看，那里姓田的多。就在这时，一个人对他们说，前面那个推着单车走的，就是白沙的刘支书。于是他们靠近刘支书，等刘支书与别人讲完话后，就问，你是白沙大队的刘支书吧！请问你们大队，有没有一个叫田维仁的。有，有，是放鸭子的吧！

是的，是的！再请问，有没有一个叫唐志英的住在他家？

刘支书顿时想起了什么，说，这个妹子还只十八岁，还没有到结婚年龄。

王水君与他哥哥顿时心落下来了，妹子果然被这个家伙拐来了。他们还要问什么，刘支书说，我还要赶回去传达最新指示，我先走一步了。于是，刘支书就骑着单车一溜烟地消失了。

刘支书骑在单车上，就想，这两个人为什么打听田维仁和这个唐姑娘，这个里面一定有什么大事，就责怪自己当时没想到这一层。十几分钟后，他的单车停在田维仁地坪里。他说，田维仁啊，你犯下了什么事，你跟那个小唐姑娘到底怎么回事，他的家里人不知道吗？就把窑山口遇到一男一女的事说了，刘支书说，你们要好好处理这件事。说着就走了。

唐志英在屋里也听说了这件事，她对维达嘿说，今天我娘会打死我。我活不过今朝。于是伏仁相公堂客也出来了，就一起商量，商量的结果，让他们两个到黄金坝黄永年家去躲一躲，家里把门锁上，这里由伏仁相公堂客应付。如果他们气消了，就把唐志英再喊过来。伏仁相公堂客就拿出四个鸡蛋，用红枣煮了，准备迎客。

但是伏仁堂客失算了，王水君与他哥哥是往白沙大队来了，不过他们最终走进了刘支书的家。他们向刘支书控诉姓田的拐骗无知少女的罪恶，并说要去县公安局告发，这个姓田的，至少要判五年。王水君对刘支书说，我们现在回去了，转告一下唐志英，我也不想认这个女儿。

刘支书就说，我们一定会处理这个事。留他们吃饭，他们不吃，甩手就赶回去了。

刘支书又骑单车过来，说要见见两口子，伏仁相公只得告诉说，他们躲到黄永年家去了。刘支书就骑单车到了黄永年家，问了维达嘿和唐志英一些问题，他心里有底了，他们是自由恋爱，唐志英在正月份十八岁，这不存在拐骗的问题。于是，刘支书就派大队妇女主任和民兵营长去羊角，把他们的恋爱经过跟王水君说了，并且说，你女儿没达到法定结婚年龄，但他们是事实婚姻，并且，唐志英还有了身孕，你快要做外婆了。他们还劝王水君多替女儿着想，一些事情，上的上点，下的下点。王水君最后表态，说，这个姓田的，是粪屎垢变玄蝇子，心太毒了，妹几年纪还这么小。他们没打结婚证，就没有结婚，妹子是我生的，你们要她尽快回来。那个姓田的，我是无论如何不会认的。并设下最后的期限，如果五天之内，唐志英没回来，我动员我们生产队的劳动力去把她抢回来。

这一向，维达嘿对唐志英特别好，喝汤的时候，维达嘿把汤要呼呼地吹几下，吹冷以后，就用调羹喂到唐志英口里。晚上，唐志英要上茅厕屋，维达嘿用手端着她两条腿，像大人给小孩把尿一样，给她把尿。唐志英整天像个公主一样，扫把倒了也不扶一下，这些都在白沙大队被当成了歌唱。大队妇女主任和民兵营长回来后，向刘支书做了汇报，几个人商量，唐志英还是先一个人回去，慢慢地给母亲做工作，等工作做通了，维达嘿再去拜见岳母。妇女主任来到了维达嘿家，把大队的建议意见说了，唐志英说，我不回去，我准备与我娘断绝母女关系。

第六天的一个傍晚，有人送信给维达嘿，从船厂那边来了一二十个人，还举着灯笼火把，估计是来抢人的。维达嘿急了，就拉着唐志英，往黄金坝黄永年家逃去。唐志英眼尖，看到渠道上，有一个人闪了一下，好像是舅舅，她也来不及细看，就与维达嘿慌不择路地跑。过了半个小时，王水君带着那些气势汹汹的人到了。她大喊，姓田的，你赶快把唐志英交出来，跟我们回去，你的账我们以后再算。打前站的哥哥附在她耳边说了一下，一行人就往黄金坝方向奔来。他们喊声震天，姓田的，快交出人来。不一会儿，人就包围了黄永年家。

维达嘿赶忙拉着唐志英从后门逃走，准备逃到崔家湖去。维达嘿连着摔了几跤，鼻子都摔出了血，追兵紧追着不放。王水君说，唐志英，你如果不站住，还跑，我就从湖里跳下去。这时，唐志英哇的一声哭了，坐在地上，妈妈，我不跑了，我跟你回去。

维达嘿也唉声叹气地坐在地上，准备被这些人打死。但是那些人没有打他，他们拥着唐志英，朝船厂的方向而去。唐志英在白沙大队的最后定格是，穿着维达嘿给他买的红呢子大衣，凄然的眼神望着维达嘿家的方向，消失在夜幕中。

维达嘿就要跳崔家湖，干婆子抱住了他，老兄，何必这样认真？维达嘿像条丧家之狗，回到家里，关门几天。池密子婆婆门都捶烂，他就是不开门，当然几天后还是开了。

据说唐志英回去后，王水君给他找了湘阴一个二十多岁的小伙子，赶紧让她又嫁了人。当然，她怀中的孩子是维达嘿的。几年后，维达嘿得了胃癌。临死的时候，他想看看自己的孩子，听说是个女孩。他说，我田维仁活一世，也留下了后代，他挣扎着从床上爬起来，说要去湘阴看自己的孩子，但伏仁相公夫妇无论如何不主张他去认亲。

第十七章 札记10：杨立生

杨立生离我家只一箭之地。一九六九年，银城发了大水，永新生产队邢家后背的田全部被淹了，那年，我们的日子都不好过。杨立生妈妈马桂英来我家借米说，人要好伴，住要好邻，我的邻舍方边（邻舍方边：资水下游方言为"邻居"的意思）太好了。马桂英之所以这么说，是因为她家人口多，挣的工分少，一年下来还亏生产队的钱，加上她家过日子没有盘算，有粮的时候就作死的吃，吃完了就经常要借米，只能餐搞餐，顿搞顿，而我妈妈会过日子，精打细算，变着花样搞红薯丝饭，萝卜丝饭，所以米箩里经常有点米。妈妈是糍粑心，宁愿自己挨饿，也要量一升米借给她。马桂英来我家时经常发牢骚，说前三十年睡不醒，后三十年睡不着。吃饭的一屋，当家的一人，我家立伢几的耶猪痨木忡（猪痨木忡：资水下游方言为"呆板，愚蠢"的意思），一天到晚不作声。真的是吃不穷，用不穷，调摆不好一世穷。

杨立生的鼻子到嘴唇那块地方被经常流出的鼻涕泡烂，一直发炎，呈现鲜红一片，所以有人说，杨立生是红鼻子狗几。

杨立生上学的那天早晨吃了几把人参炒米（人参炒米：资水下游方言为"爆米花"的意思）。先一天打人参炒米的师傅来了，她翁妈印了一升平常给猪吃的细米子，打了一鸡皮袋子的人参炒米。响炮时，蹦哒一声，杨立生扪了耳朵叫，"吓死哒。"父亲挑了两撮箕旱烟叶子到街上去卖了，才给了他两块钱做书籍费。杨立生说："咯多八多（咯多八多：资水下游方言为"这么多"的意思）钱，不晓得能买好多糖珠子。”他背着姐姐杨美兰背过的烂书包赶到白沙学校。班主任是范老师，杨立生报了名，交了书籍费，领了语文算术书和石板石笔，被分到三排二座。杨立生从书包里摸出几块瓦片子和几把细沙放得桌子上。范老师走过来，问：“你要搞么子？”杨立生说：“我要煮饭席儿。”范老师对杨立生说：“你现在是一年级学生了，煮饭席儿是还没读书的小朋友耍的。快把这些瓦片子和沙婆子丢到外边去。”杨立生不肯，就放回书包里面。上课了，第一课是“毛主席万岁”，范老师在黑板上写下了五个字，并带着大家念，“毛，毛主席的毛，主，毛主席的主，席，毛主席的席，”同学们就跟着念。下课了，学校操场热闹得很，潘腾翔拿个唧水筒，对着杨立生的眼睛就是一筒水喷过去，杨立生的眼睛睁不开，就坐得地上哭。打铃了，同桌老九就把杨立生拖起来去上课。五节课上完散学的时候，杨立生对老九说，我与你到开边（开边：资水下游方言为“远处”的意思）把潘腾翔打一顿，老九不肯，说，“潘腾翔第三节课下课咬了半粒糖珠子给我吃。”杨立生就用手指尖在脸上刮几下，说，“羞，羞，羞，两边搭。”杨立生不理老九，一口气回到家里。妈妈马桂英正拿着一个筛子在筛米，细米子筛到脚盆里，一些空壳子被抓了丢得地上给鸡吃。

后来，杨立生经常拿着得螺（得螺：资水下游方言为“坨螺”的意思）上学，他把得螺放在书包里。他手持着一根棍子，棍上系着一根麻绳子，那是打螺的鞭子，只要一下课，他就发起螺，然后抽打，整个操场，男同学打螺，女同学跳绳，或者追追跑跑。

杨立生早上起来捡粪，用粪铲子背着粪扮子到湾里，看着那些猪出来，等着它们拉屎，然后就铲入粪扮子。早晨一般能捡大半粪扮子。他拿了一串螺螺，碰到述安婆，就说，打不打？得到回复后，他才用粪铲子铲一个洞，然后在不远处划一根线，用剪刀锤子布决定谁先谁后，一方就站在线上，把一粒螺螺朝洞口丢过去，另一方就站在线上，把螺孔朝眼睛瞄了瞄，朝地上的那一粒螺螺打出，打中就赢了，那地上的一粒螺螺也归你了。杨立生打螺螺的水平高，手上拿的那挂螺螺越来越长，后来他就有了两挂、三挂，再后来，螺螺变成算盘子。为提高命中率，杨立生把算盘子在磨刀石上，一遍遍磨，磨得薄薄的，轻巧多了，丢到地上，对方打中的概率小了，自己打对方，打中的机率却高，再者，磨过的螺螺串起后携带也轻巧方便。

杨立生不但会打螺，打螺螺，打算盘子，而且会踢房子。踢房子一般是女孩子的事。用小石块在地上划出两个叠加的田字，就有了八个房子，然后，就是左脚勾起不落地，靠右脚把一串螺螺朝那一个个房子踢去，按照规则，能够一口气把八个房子都经过，就算过关，如果螺螺落在线上或房子外，或者踢到了另外的房子，就失败了。杨立生踢房子也在行。还有踢毽子，也是女孩子的专利，杨立生也踢得飞起。用一个明钱，用布包了，明钱的那个孔，插满用线绑着的一束鸡毛，这就是鸡毛毽子。左脚站定，右脚向上托起毽子，朝上踢去，这是要记数的，看一口气能踢多少个。

杨立生还喜欢下三子填角。就是在地上画一个“口”字，再在口字里画一个“米”字，然后一方用三颗小石子，一方用三根小树枝，各自摆在面前的三个交叉点上。看哪方先下到对方的那三个交叉点。当时，乡里没有象棋，只有知识青年大铃子那里有军棋，一般乡里孩子是不会下的，但大都会下三子填角，很简单，随时都可以就地取材，摆开棋盘。

杨立生会爬树，他一下子就会爬到树顶，掀开鸟窝，掏出一两个鸟蛋，然后他摸出袋子里的洋火（洋火：资水下游方言为“火柴”的意思），收集些枯枝败叶，用洋火点燃，就把鸟蛋烤熟了，他一个人经常吃得嘴里直冒热气。

杨立生爱热闹。当时白沙小学放学后，以生产队为单位，排着队回家。很多人都入了少先队，胸前戴着红领巾。杨立生成绩不好，入不了少先队，领不到学校里的红领巾，他就找他翁妈要了一块红绸子，剪成一个三角形形状，每当排队回家的时候，他就戴在脖子上。老九就对他说，你冒充少先队员，我要告诉范老师，杨立生就掏出书包里的螺螺串，从中拿出两粒螺螺给老九说，我给你两粒螺螺，你不告诉范老师，老九就同意，然后，他们会跟着前面的领队一起喊口号，到了生产队附近就各自散场，各回各家了。有月光的晚上，大家又集合了，五年级、四年级的同学组织，排着队经过一个又一个屋场，喊起下午放学时的口号，喊完口号以后，就集中在连翁妈的地坪开始游戏。首先是老人（老人：此处指老虎）咬猪，大脑壳演老人，来八子演猪，逗得大家哈哈大笑，然后就是自演节目。所有的小朋友排成两队，一个人站在前面点数，念道：“点子点菠萝，扬子夹海螺，金箔银箔，毛蓝箔箔，将军跑马，回头一刺”，念到刺字的时候，点名点到哪个人身上，那个人就要出来表演节目。有的讲故事，讲金鸭婆、银鸭婆，讲红毛野人偷鸡，讲夏达海捉江猪子，不管是你瞎扯还是怎么的，只要讲得大家笑，就算厉害；有的就唱《我爱北京天安门》。一般点名一次，只能一人表演节目，表演完了，就打乱队形重新点名。有一次，念到“刺”字时，手指落在了杨立生的额头上，要杨立生表演节目了，杨立生就讲故事，他想起了听到的故事，可他讲了上句，就忘了下句，他脸轨（脸轨：资水下游方言为“脸”的意思）一下子通红的，他说我就表演打筋斗吧！大脑壳和来八子都表示同意，于是，杨立生就翻起了一个又一个筋斗。这时，六十多岁的三胖子拿着烟壶袋走出来，他穿条章子裤，大声说，深更半夜的，还不睡，吵死啊。大脑壳就说，那今天回去睡觉。大家都觉得意犹未尽，提出到另一个屋场去，但还是被大脑壳拒绝了。杨立生那天晚上兴奋得睡不着觉，他觉得真好玩。

那时，还有一个乐趣是看电影。公社电影队每年都要放几部电影，比如《地道战》《地雷战》《南征北战》，比如《平原游击队》，比如朝鲜电影《卖花姑娘》，全公社十七个大队轮流放映，潘家嘴大队今天放完了，不管多晚，白沙大队基干民兵竹脑壳和陈树贵，都会要把放映机、幕布和影片用板车拖到白沙大队部锁好。第二天下午，就在闸上的大堤下，一般是赵得新家的地坪里竖两根竹竿，再把幕布拉起，把赵得新家的桌子搬到挨近大堤的地方，摆上放映机，然后放把椅子让放映员坐。吃夜饭的时候，公社放映员骑着单车来了，要等到天黑才放正片子，之前就先放加演。加演一般由中央新闻电影制片厂制作，是毛主席会见外宾，毛主席有点老了，颤巍巍地跟外国人握手。有时加演农业科技片，介绍怎样种马铃薯。有时候，正片还在其他公社放映，大家就要等。白沙大队放电影，附近的祝家垸、小洲垸、清水潭的人都会来看，大堤的斜坡青草上坐满了人，足有几千人。有时候，大堤上会有些牛屎猪屎，一要放电影，会事先清了场，让大家可以放心坐。放映机射在银幕上的那束长长的光线，是呈鹅黄色，有很多飞婆子（飞婆子：资水下游方言为“飞蛾”的意思）在光线里上下飞舞。但如果老是加演，大家就会有点不耐烦了，放映员敲一下麦克风，说，社员同志们，现在《南征北战》在万家山大队放映，放映完一个胶卷就会拿过来，大队已经派人去拿了。不一会儿，大家就开始喊，来了，来了。太平伢几一身汗下了单车，把一个胶卷交到放映员手里，放映员赶快把它放在机子上，然后，大家就看到张军长、李军长出现在荧幕上。过一会儿，宝林癞子放下单车就把第二个胶卷交到放映员手里，两个胶卷放完就散场了。杨立生一般是打着赤脚来，他看完，连声说，打仗的好看，好看，有味有味。有时候电影不是打仗的，他就觉得索然无味，直打瞌睡，但是他对来看电影倒是乐此不疲。

白沙大队放完了，明晚是在张家河大队放。第二天晚上杨立生就跟着一群人，有的拉着弟弟妹妹，早早在张家河大队的堤上坐下，电影还是放《南征北战》，杨立生对电影里的人物，只有两个概念，就是中国和美国，解放军就是中国，国民党就代表美国。直到《南征北战》放完，大家都有说有笑地回家了，有的人经过别人菜瓜园还不忘去偷两个菜瓜，于是一人一口，相互传递着到一个个嘴巴里去咬一口。杨立生很喜欢这样的情景。第三个晚上，他又跟着大伙去间堤上大队，又是放《南征北战》，这样车轮滚滚、枪声大作、硝烟弥漫的电影，大家都看上了瘾。回来时，要经过蔡家坪，这里是一片坟地，一般人不敢在这里走夜路，因为听说有鬼，有人看见过鬼火，有人听到过这里有凄凄惨惨的哭声。人家说，火焰低的人夜晚不要在这里经过。但大家都不怕，杨立生也不怕。他说，你们走前面，我走后面，于是大家一齐唱歌，下定决心，不怕牺牲，排除万难，去争取胜利。杨立生平常都是打赤脚，这次长了个心眼，蔡家坪这里有很多菜花蛇，要是被蛇咬到就没命了。杨立生在其余地方看电影都是打赤脚，这次他把冬天穿的那双套鞋穿上了，有人看到他穿套鞋就笑得前仰后合，他在放电影的时候和回来的路上就把套鞋提在手上，经过蔡家坪的时候他就穿上。其余小朋友都有凉鞋，杨立生没有，因为他家买不起凉鞋，他家是永新生产队最穷的人家。

二年级下学期的时候，第一天报名，杨立生没钱交书籍费。灶炕子下的糠头围子里有只黑鸡婆正在生蛋，“咯个哒，咯个哒”，马桂英望着这只鸡，她要积累二十个蛋到街上卖掉。“我像蚊子累血一样，要累起二十个蛋，卖两块钱给立伢子交书籍费，”她对介胡子堂客曹雪珍说，三崽江猪子已经三岁，别个屋里毛毛几睡摇窠，坐家笼子，江猪子只能坐在脚盆里头，经常从脚盆里爬出来，说“妈妈，我要吃蛋白”。鸡生了蛋，马桂英一摸那只蛋，热柔柔的，“是个软壳子蛋”。江猪子心记默记（心记默记：资水下游方言为“心里惦记”的意思）那只蛋。“崽呃，盘缠饭米都冇得呢，冇得蛋白可以给你吃。”江猪子就搭口搭嘴哭。马桂英是糍粑心，看了江猪子那可怜样子又心疼，就煮了一个荷包蛋给江猪子吃。全家吃夜饭，锅里是红薯煮饭，杨立生说今朝报名，我没交书籍费，明朝上课了，书籍费怎么办？马桂英说，崽啊，屋里真的冇得一分钱。杨立生的父亲，从凉床子上拿起杨立生的作业本，说：“字写得像鸡脚叉一样，还读书。湾里黄路生读一世书还不是作田，你不要读书哒。”杨立生就哭，父亲就敲了他两杂栗古佬（栗古佬：资水下游方言为“用手指弯成钩敲打”的意思）。“你跟老子讨米去。”稼妹堂客罗玉莲正好经过这里，说：“还是要送立几去读书呢，我也冇得钱，要不我就借两块钱给你。”杨立生父亲一听她的话，火飙飙里，“真的是生崽的不急，抱腰子的急。他寻丝觅缝要读书呢，我把我这个屋卖掉。”马桂英说，还只有七只蛋，只能卖五角六分钱，还差的钱怎么办，杨立生父亲不作声。第二天，老九喊杨立生去读书，杨立生望了父亲一眼，父亲不出声，杨立生就背了粪扮子到茅屋湾捡粪去啦，碰到哑巴，就在地上画了一个图形。哑巴用树丫子，杨立生用石头，下起了三子填角。下完棋，他就在一堆稻草垛中睡着了，睡得半梦半醒的时候，马桂英来寻他来了，但她都没提读书的事。

杨立生失学了，他丧魂落魄，于是天天就背着粪扮子捡粪。有一天，他碰到了能婆，他就觉得自己的头发也像野草一样长出来了，他该剃头了。

能婆是白沙大队的剃头师傅。能婆姓徐，四十几岁才生了一个女儿，叫徐荷香，能婆看得肉枣子一样。能婆没有崽，他就说以后要招郎。能婆经常到杨立生这个屋场来剃头。这一天，能婆穿件家织布罩褂子，里头穿件织绒衣，穿条棉小衣，背个剃头箱子。到哪家剃头，哪家就用草把子在锅里烧锅热水，要剃头的坐在椅子上，能婆用一块布把他的颈根围起来，就用推子把头发先推一遍，再用剃头刀刮得清清爽爽。杨立生的后脑生了个疖子，能婆也没注意，就把杨立生的疖子刮出了血，杨立生痛得在地下奶（奶：资水下游方言为“打滚”的意思）。马桂英就不肯给蛋白。白沙大队的规矩是剃一个头，给一个蛋白。能婆脸一垮，一个卖牛肉的相，就走了，丢了一句话：“你该（该：资水下游方言为“欠”的意思）我一个蛋白。”能婆走后，马桂英就说：“这个能老倌几今天剃头的本事也不好，胡脑甲脑（胡脑甲脑：资水下游方言为“胡乱”的意思）剃，以后不要他剃哒，到湖里黄永年那里剃。”但杨立生跟能婆的女徐荷香同学了一年，所以过了两天，他就在家里偷了两个蛋白送到能婆屋里。能婆的堂客正发脾气。因为徐荷香连续掉了几个箍头发的蚂蟥箍，能婆的堂客说：“老倌子你惯蚀（惯蚀：资水下游方言为“娇惯”的意思）哒妹子，还不打她一顿。三句好话敌不得一根马棒棒。”能婆说：“外边人巴不得看热闹，你还打她，叫我脸面往何处放？”能婆看到杨立生就说：“你只该了我一个蛋白，为何送两只来。”杨立生说：“另外一个给徐荷香吃。”能婆说：“你这么大就捏白扯谎，大了何得了。”

过了一向，杨立生的姐姐杨美兰颈根上长很多疡子，又发高烧，杨立生的翁妈急得叉猫哈（叉猫哈：资水下游方言为“着急的样子”的意思），就请赵茂才来敬老爷，敬了老爷又冲锣，屋里贴了好多张黄色的封条，不能进屋。娘亲舅大，爷亲叔大，杨立生想到舅父屋里去，但舅舅在二十几里外的地方。他只能背起粪扮子到了能婆屋门口，听到能婆堂客又在骂徐荷香：“你这个鬼婆子鞋子少，样子多，还想穿绿裙子，绿裙子只有过去的地主小姐穿得。”徐荷香回敬她娘老子：“你比是人都恶些。今朝我长尾巴（长尾巴：资水下游方言为“生日”的意思），你还骂我，紧哒骂。干脆我吃水马藤死了算哒。”能婆堂客就不作声了。杨立生一听徐荷香想穿绿裙子，就跑到塘里，下到一颈根深的水里，泥一脚，水一脚，摘了一杆荷叶，又跑得徐荷香屋里说：“用一条袱子把荷叶捆到腰肢上，不就是一条绿裙子？”能婆堂客说：“你这个伢几搭野白。”又对徐荷香说：“你不要见哒封皮就是信。”徐荷香咯咯咯地笑：“杨立生，你把得荷叶我。”然后又说：“杨立生，你何解不读书哒？范老师退休哒，莫老师教我们。莫老师的女儿曾荣穿了条绿裙子，还跳《我爱北京天安门》呢，几好看。”这时，能婆回来了。能婆堂客架起桌子吃饭，杨立生还不走，能婆堂客附得能婆的耳朵边说：“莫非他是想到我们屋里吃饭。”能婆说：“不要紧啊，”又对杨立生说：“立伢几啊，来来，添客不添菜，只加一双筷子。”杨立生就真的坐在板凳上，拿起了筷子。能婆说：“看着你长大的。人一世真的是白毛老倌杀年猪，飞快的。一下子，你人都咯大哒。细伢子啊，做人要诚实，不要轻里轻狂。”吃得饭饱食饱后，杨立生回家告诉娘老子，说在能婆屋里吃了一餐饱饭，马桂英说：“这个能老倌几看得你八百斤重。”

杨立生屋里穷，吃茶饭的多，杨立生吃不饱，就拣点螺坨煮了吃。“螺坨打汤，还有点腥气子，”杨立生说。“胜得吃了人参燕窝，”杨立生又加一句，但他就是不断线地要到茅厕屋里去。“懒人子屎尿多，”父亲没有好脸色。过了一向，他两粒牙齿掉了，他把一粒丢到床脚下，另一粒丢到茅屋子顶上。父亲就要他到生产队出工。杨立生是三分工一天。而队长松友几的崽是四分工一天。父亲就去找队长松友几，“我立伢几坐哒不比别个矮，企（企：资水下游方言为“站起”的意思）哒也不比别个矮，何解只有三分工？”松友几冇作声，就专门分配杨立生跟一些堂客们出工。做的是摘棉花啊、薅草皮子啊、强草（强草：资水下游方言为“踩草”的意思）这些事。强草时，杨立生戳两根竹棍子，左边是知识青年大玲子，大玲子一边强草一边看一本小说，右边是普癞子堂客卜爱群，卜爱群经常几把禾线子都强死哒。生产队长松友几经常扛把锄头来堂客们出工的地方察看，他看到卜爱群这个样子，就说，你真的是粒算盘子，拨一下动一下。跟堂客们一起出工热闹双哒（热闹双哒：资水下游方言为“特别热闹”的意思）。喜嫩几讲现在咯些妹几连不急着提人家，过去十七八岁的女人都生了几个孩子了，徐芝元讲要跟邢丽兵做媒，小洲垸那个人家猪栏里有两只胀猪，还喂了只猪婆子，屋里有三个装了猪油的坛子，橱里头有一两千斤谷，邢丽兵的母亲莫家里就说，那还管南风。夏尧阶的大儿媳杜家里就说，小洲垸那里这号人家一扫把打得几门旮旯。溃眼珠堂客就讲起她的小姑子，大媒那天是好多桌，正酒那天是好多桌，送亲的打发了么子，亲家箍脚打发了么子，生哒毛毛几，三朝又是么子长面，哇朝（哇朝：资水下游方言为“周岁生日”的意思）又是么子场面。杨立生不爱听这些，他说：“你们讲点别的么子喽。这有蛮多味啊。你们讲的这些都是七月半烧包，哄鬼。”堂客们就笑得哈哈练滚，“我们不讲这些哒，我们讲能婆的女。”杨立生正要发作，这时天落雨了，落了几点，又不落哒，杨立生说：“落了一点麻雨子，只点得一点眼药水。”

那天清早，天上打起白驼子霜。一般农闲时，早晨生产队是不出工的，杨立生就捡粪到门口屋里，记工员田马桶正跟队长松友几吵。田马桶说：“生产队难得一分钱到手，还是搞几个劳动力到鸥子湖去打野鸭子。运气来哒，门板都挡不住，打得几十只，提到街上卖了，卖得几十块钱，队上也可以买点化肥。”松友几不肯，说：“田里的事都搞不赢，打么子野鸭子。真的是一娘生九子，九子九条心。田马桶啊，你手指头莫往自己怀里抠，你跟老子仁真模实（仁真模实：资水下游方言为“老老实实”的意思）搞好生产。”田马桶说：“你莫在我面前称老子啦，你还比我小一派。”田马桶把耙头往地上一顿，拳头都约起（约起：资水下游方言为“举起”的意思）哒。松友几把一坨痰吐在地下，“我跟你讲过，艄公多了容易翻船。一个生产队就像一个国家，要有一个当家的。你以为我队长当得容易啊，我是落雨挑稻草，担子越挑越重。你今朝讲话四不对六，没把我队长看得眼睛角里。”田马桶说：“别个傍大腿，不敢跟你提意见。现在我屋里也是餐搞餐，顿搞顿，我明人不做暗事，我做事又冇偷懒筋，冇挨奸（挨奸：资水下游方言为“耍滑”的意思），跟你提一条意见，你就雷穿翻倒，你会挂雷影，插雷旗的。”田马桶讲得生气，心里作涌，他堂客陈小桃把一个太平膏药贴得他额头上。松友几气得眼晕，“老子不当这个鬼队长哒，”他又往地上吐了一坨痰，把旱烟蒂巴往地下一丢，生着闷气就走了。杨立生捡起烟蒂巴，放在嘴巴上巴嗒几口，他想，今朝早晨几碰哒一出好戏，如实搭确（如实搭确：资水下游方言为“正好”的意思）被我碰了。好，大家听啦，听我杨立生广播。

过了两年，杨立生姐姐杨美兰被自己的亲生母亲领回去了，原来杨立生的父亲与马桂英是二婚，杨美兰在这个七口之家饿得面黄肌瘦，她亲娘看不下去就领走了。现在杨立生也能挣三分工，一年也能得一千多分工，双抢时，工分高点，可以挣到七八分工。又过了两年杨立生到了十三岁，家里还有六个人吃茶饭，此外还要负担嗲嗲翁妈的口粮。杨立生有三个老弟，杨复生——复鳖，杨江生——江猪子，杨才生——才鱼子。一碗擦菜子刚端到桌子上，四弟兄的筷子就像落杂噶子雨（杂噶子雨：资水下游方言为“暴雨”的意思）一样，抢得精光。夜晚睡觉，四弟兄睡一个铺，冷布帐子经常扯成几块，被窝扯得稀烂的。江猪子经常发梦憧，半夜经常叫：“一只鬼卡了我颈根，”马桂英就要点起灯盏，拿根铁棍子，顿得地上砰哒砰哒响。“一个么子鬼啦，来搞么子祸害啦。”才鱼子爱尿床，经常把垫被屙得浃湿的，复鳖半夜梦醒说：“闻哒都要作呕。”就蹬才鱼子一脚，四弟兄就在床上打起来了。才鱼子打不赢，经常用口咬，杨立生就说：“才鱼子你只争得相赢，你又结尿，又要睡干床。”马桂英说：“你们四个修点福喽。”第二天，四弟兄的小衣穿错了，杨立生穿了杨复生的，杨复生穿哒杨江生的，杨江生穿哒杨才生的，杨才生打豝胯（豝胯：资水下游方言为“没穿裤子”的意思），就用剪刀把杨立生的裤子剪烂。杨立生气得鸭公一样，也只能装傻。马桂英打了一盆热水，对才鱼子说：“今天带你到徐家洲开姑屋里去，你颈根上这么多柔泥曼（柔泥曼：资水下游方言为“污垢”的意思），手像乌龟爪子一样，你平时实在洗了脸，何解咯邋遢？你要爱点干净啦。”等妈妈和才鱼子走人家去了，杨立生就印了一升细米，喊了两个老弟到门口屋里的磨子上推粉子，回来就在锅子里煎发粑粑吃。杨立生说：“么子人所言，两脚蹦蹦走，只为身和口。他们走人家，吃长面，我们搞点发粑粑吃。”三弟兄吃了一餐饱的，杨复生和杨江生都把这一向捡的烟蒂巴从袋子里摸出来，交给杨立生。杨立生说这一向有烟吃了，就给妈妈和才鱼子留了一碗发粑粑。这时门外锣鼓响器敲得咚咚响，杨立生出来看，是白沙小学的学生在庆祝打倒了“四人帮”，杨立生问“四人帮”是么子意思，搞清楚是中央的四个人时，杨立生说：“我以为是我们四弟兄呢。”才鱼子夜晚回来，一个檐老鼠（檐老鼠：资水下游方言为“蝙蝠”的意思）在飞，他吃了一筷子发粑粑，舌子滑苦的，嫌发粑粑不好吃，把它泼到潲水缸里。杨立生说：“我真是做了好没捞得好。我还以为才鱼子爱吃，真的是操隔夜心。”才鱼子不理杨立生，到江猪子睡的枕头下摸出一个银毫子说：“我捡哒一分钱。”江猪子说：“是我掉的。”才鱼子说：“天上掉的，地下捡的，金子银子赎不转的。”江猪子就去抢，才鱼子就用口咬，杨立生说：“搞么子，搞么子啊，你以为是《闪闪的红星》里面潘冬子咬胡汉三啊！”因为去年各大队放电影《闪闪的红星》时，杨立生与一帮人在七八个大队看了这部电影，所以，他对潘冬子咬胡汉三的镜头记得真切。杨立生是老大，他对三兄弟还有些支配权，有时候马桂英要杨立生去扯把冬苋菜，杨立生不想去，就要复鳖去扯，复鳖就要江猪子去扯，马桂英就说，真的是大懒使小懒。

第十八章 札记11：赞土地

打土地，也叫赞土地，也叫打莲花落。就是正月初一到正月十五这段时期，有人拿一面铜锣，一边敲，一边游荡到各家各户，讲些四六句子，都是一些戴高帽子的话，或者说，都是一些奉菜子，让人听了舒服，图个吉祥如意，然后，每户看情况，有的给一个红薯，有的抓一把米，有的给几分钱。打土地的，一般是大人，上了年纪的人，有点口才，能随机应变，乡里也把这些人叫“述瞎子”，也就是说靠嘴皮吃饭的人。

桂林驼子虽然没有去打过土地，但是他记性好，他看过很多打土地的，看人家说些什么，他都默默记在心上，因此他就积累了很多打土地的段子。

我借了杨浩光手抄的李白的诗，也时不时在田垄路上背诵几段，被桂林驼子听到了。那是我五年级放寒假的时候，在路上碰到桂林驼子。桂林驼子在窑山口捉猪崽儿回来，挑了两只箩筐，猪崽儿在箩筐里一阵一阵叫，桂林驼子就坐下歇口气，时不时望望天高云淡。桂林驼子出生于富裕中农，像他这种出身，也不可能当队长会计，反正他既不表现积极，又不表现得消极，大家说怎么办就怎么办。坐下歇歇气，与人讲讲话，有人夸他，就是他最大的享受。此时，他看到我在背李白的诗，就坐下歇气了。

你刚刚背什么东西？他问我。

我说是李白的诗。

李白？李家湾的吧？桂林驼子诡异地笑笑，明显是在弄（弄：资水下游方言为“捉弄”的意思）我。

我笑了，说李白是唐朝的诗人呢！

桂林驼子也笑了，说，床前明月光的那个，冇用，冇用。

我一听他说冇用，就连忙说，怎么冇用呢？

你背他的诗，一不能当饭吃，又不能赚钱买糖珠子吃。还当不得正月间那些赞土地的，还能赚些银壳子。

你赞过土地没？我问他。

他摇了摇头，说，我会赞。你听，一步个高来二步个低，三步四步上阶基。脚踩阶基长又长，两只伞柱顶华堂。头上顶盖鱼鳞瓦，白玉为堂金作马。老板屋里福无疆，毛主席画像贴中央，的确良衣服穿在身，大鱼大肉吃不赢。老板屋里样样好，生的儿子都是秦叔宝，长大保家卫国去当兵，建功立业像尉迟恭。

桂林驼子停住，说，是不是啊？

我惊讶地望着他，觉得他真是神了，他讲的这些，都押韵，朗朗上口，桂林驼子看到我眼里的光，看到我脑壳敦大蒜一样，就说，蛮有味的。然后他就挑着猪崽子走了。

晚上，一个大胆的想法冒出来，我也要去赞土地。

第二天，我跑到了桂林驼子家，说，你昨天讲的那些，好有味道，你能再讲几首吗？桂林驼子就讲了几首，比如，赞人家怀中抱的毛毛儿，就说这个毛毛儿不简单，不流鼻涕不流痰，一岁两岁怀中抱，三岁四岁放满跑，五岁六岁上学堂，七岁八岁写文章。比如，碰到了一只狗，就是，狗儿狗儿你莫吼，我打点钱儿砍块肉，我吃骨头你吃皮，大家吃餐威武的。老板屋里就会把狗赶走。我用崇拜的目光望着他，他说，十个先生九本书，还有一个赶脚猪（脚猪：资水下游方言为“种猪”的意思）。我讲的这些没书对，我是个赶脚猪的。

桂林驼子讲的这些，我都记住了。他就是我的师傅。乡里有句土话，师傅引进门，修行在个人。这天是老历十二月二十四，是过小年，我突然感到不对，我看《红旗谱》，明明书上写的腊月二十三是小年，怎么说腊月二十四是小年。我问翁妈，翁妈说，今天是小年，老班子就是这么传下来的。翁妈在灶坑子下烧火。我家烧火，有一把火剪，也有一根铁棍子，不像堂弟老九家，只有一根火叉子。翁妈吃轮工，我家吃一天，老九家吃一天，今天翁妈在我家吃饭。翁妈把纠的草把子塞到灶里，母亲在拍甜酒，锅里放了一口甑，糯米就放在甑里面，甑外面放了很多水，水煮得直晃，糯米饭就熟了。母亲把一扇门板取下来，放在饭桌上，就把甑里面的糯米饭用瓜瓢都盛到门板上，把它们放均匀，就把在船厂买的白丸子一样的酒药子用手捏碎，把它们均匀地撒在糯米饭上，然后就把这些糯米饭盛好，放在坛子里。到过年的时候，就是芳香四溢的甜酒了。拍完甜酒，翁妈就拿个把子，垫在灶坑子上，她跪下了，磕了几个头。她口中念到，司命翁妈，你老今晚到天上去汇报，要给玉皇大帝讲点好话啊，让天老爷保佑我全家平安和发财。翁妈起身以后，母亲也去磕头。

就在小年的这个晚上，我在煤油灯下，拿起笔，写了一段段的四六句子。桂林驼子讲的，都是旧社会那套搞法，什么秦叔宝、尉迟恭啊。我要写点新的。我就根据当时的形势，写了十几段。一般一个屋场有六七户人家，这六七户人家都不能够重复。写好以后，我就把它默默地记在心里。

大年三十晚上，是守岁。按照翁妈的说法，司命翁妈也从天上返回到了灶上，继续监视人们的一言一行。天很黑很黑，家家户户都点起煤油灯，在堂屋里烧起一盆火，坚硬的木材发出毕剥毕剥的声音。母亲拿出炒熟的金黄的红薯片，分发到我们手上，还每人给我们发了一个雪枣，一根兰花根，我则对甜酒情有独钟，偷偷地从碗柜里拿把调羹，溜到床后舀了两调羹甜酒到嘴里，好甜好甜的甜酒，凉丝丝的。我的计划就要在明天早晨实行，现在任何人都不知道。我倒有点害怕了。明天是去，还是不去？我觉得还是要找个人给我壮胆，我就到了老九的家里，把老九喊了出来。我说了我要去打土地，并要他跟着我去，并且他只要讲一句话就可以了。我说，我已经有了两只快板了，也建议他用竹子削两只快板。老九说好，他立即行动，就把家里那只吹火筒砍了，做成了快板。

正月初一的早晨，我与老九就起床了，我们决定先从门口屋里开始，就走到了田马桶家。田马桶家的门是打开的。我们资水岸边的规矩是，一般是在凌晨五点起就要先放一挂鞭子，接着开财门，现在他家的大门敞开，于是，我边敲着快板，边走向了他的阶基。

一步高来二步低
三步四步上阶基
拜年拜到正月正
老板屋里开了门
五步六步跨门槛

又怕金银财宝烫脚板
又想弯腰来捡起
又怕说我游春爱小礼
老板屋里亮堂堂
毛主席像挂中央
干鱼腊肉晒得多
天天幸福得笑呵呵

这时田马桶和他的堂客陈小桃就出来了，田马桶就从袋子里摸出一包红桔烟，抽出一根递给我，陈小桃说，他这么大几肯定不抽烟，他们就继续看着我赞土地：

当前形势一派好
英雄怒吼西沙群岛
中国进了联合国
三世界人民唱主角
只是台湾人民好作孽
天天想念毛主席
周总理一个电话摇几摇
摇得台湾人民喜得跳
我也喜得给你鞠个躬
一讨口信二讨包封

陈小桃就拿了五分钱给我，老九就急了，赶快敲竹板：

把、把得他来不把、把得我
搞得俺人在路上炒场火

老九平常就有点结巴，这次又结巴了，田马桶和陈小桃笑得眼泪都出来了，陈小桃给了五个一分的银毫子放得老九的手上。老九唱完这两句后，就王木匠锯猪牢，撬口不开了。

第二家是溃眼珠家，溃眼珠坐在阶基上，我又敲着竹板，步入了他的阶基。

走了一家又一家
好似蜜蜂去采花
游春我来到老板屋
看到老板好幸福
老板的屋几起得好
地理位置真难找
吃水不忘挖井人
大好形势要记清
多养猪，多积肥
支援亚非拉人民响风雷
唱了一轮又一轮
要与老板讨秋风

溃眼珠堂客出来了，给了我两分钱。老九又趁机说，把、把得他来不把、把得我，搞得我们在路上炒场火，也得了一分钱。

到得华友几屋里，一只大黄狗拉开架势，吠叫个不止，这条黄狗不是华友几养的，是哪家养的，当时也没去研究。我敲着竹板，把桂林驼子告诉我的“狗几狗几你莫吼，我打点钱几砍块肉，我吃骨头你吃皮，大家吃餐威武的”唱了出来，后面跟的人就多，有人趁机把狗赶走了。

华友几是单身，他面相枯槁，头发老长，好久都没剃，眼睛角沾了好多眼屎。我站在他家门前，这么赞道：

游春我来到老板屋里的门
老板是个发财人
老板捏像了年轻哥哥
看上去只有二十多
讨个堂客冇得年纪
真的像个红花妹几
将来生几个好崽女

个个都是摇钱树
老板的手艺也高强
好比风送桂花香
赞了一气又一气
老板被赞得笑嘻嘻
人不值钱话值钱
老板你拿几个喜面钱

华友几笑得眼角的皱纹一圈圈扩散，他掏出袋里的一角钱给了我，老九又把那句唱了，华友几也给了他一角钱。

到得聋子李圃林家时，聋子堂客黄伏秀正在煮甜酒，事先我都准备了这样的段子：

甜酒煮得喷喷香
老板的财源达三江
酒的左边三点水
老板真的是条腿
酒的右边是酉字
老板今年干大事
老板娘真是菩萨心肠
待人和气又善良
崽女都是龙和凤
有才有貌有学问
好比楠竹往上升
好比黄土变成金
我敲起竹板赞一赞
老板肯定有大包封散

黄伏秀说唱得好，说怎么这么发首，就每人给了我们五分钱，一人递给我们一碗甜酒。门口屋里的人都汇聚在一起，聋子说，我活了四十几岁，还没看到细伢子赞土地的，这个后生子将来是个角色。

我一个屋场一个屋场的赞，一个一个生产队的赞，把准备的十几个段子轮来轮去。正月初一，一般都图个吉利，图听个好话，我也见机行事，随机应变，不断编出一些新的句子。到得徐太平家时，徐太平屋里正好有一桌客人正在喝酒，于是，我边瞄着桌上的菜，边赞道：

游春来到老板屋里的门
只见欢欢乐乐满堂红
一只耳子锅摆中央
肉枣子煮得喷喷香
又有土鸡炖红枣
又有猪脚烧湖藕
又有白鲢子煮百叶
又有生姜炒板栗
又有腊肉炒冬笋
又有海带和红薯粉
又有沁甜的白菜苔
北风吹得南风来

一个客说，你先从老板赞起，再赞老板娘，再把我们每个人都赞一遍。我就赞老板，赞你的眉毛弯又弯，俨像哒明朝沈万山，赞你的鼻子拱又拱，俨像哒宋朝的包文拯。赞老板娘时，我说，赞你的头发像乌云，虱婆子上去拄拐棍。赞客人时，我就把那些“老板真的好富贵、追你的姑娘排成队”“赞你的样子像干部，精神抖擞像出山虎”“赞你的崽女像龙和凤，富贵吉祥往屋里送”“财帛星我认得，脸上现出桃红色”“头又大，面又宽，生个儿子当大官”等变来变去，他们听了都哈哈大笑，酒也喝得更欢了，我就来一句，一杯一杯又一杯，酒肉穿肠豪气开，这是我从一本书上看的，这下碰上用场了。徐太平说，赞得好，酒肉穿肠豪气开，然后，他从袋子里摸出一张五角钱，给我。老九马上就敲开了竹板：把把得他来不把把得我，搞得我们在路上炒场火，徐太平说，还有一个啊，就从袋子里摸出一角钱给了老九，老九欢天喜地。一个客，把一杯酒递到我面前，说，喝酒，喝酒，我没有接酒杯，就敲开了竹板：

老板要我来吃酒，
我跟在老板后面走，
看哒你们吃鱼又吃鸡，
你们吃得拍饱的。

这时戏剧性的一幕出现了，年年赞土地的雪菩萨来了，狗在叫，大家都看见了他。徐太平堂客说，这下有好戏看了，看你们哪个赞得赢些。我事先考虑了一个段子，于是还没等雪菩萨迈上阶基，我就敲着快板迎了上去。

初一赞到一十五
迎面碰见老师傅
红糖冇得白糖甜
要请师傅授真传
子姜冇得老姜辣
要请师傅分饭吃

雪菩萨一下子愣了，他定一下神，马上就敲着铜锣说：

后生后生你莫狂
这里本是我地盘

我马上说，山水也有相逢处，人到何处不相逢。然后就与老九一起赶忙赶到另一个屋场去了。

我是背了那个黄书包来的，我把那些角票和银毫子都放在黄书包里，大家看了我们是打得好玩的，不是讨米的，因此也就没给我们米和红薯，我们吃饱了甜酒，吃饱了红薯片子，还吃了几个雪枣和兰花根。我们所到之处，大家都惊奇不已，都夸我是个角色，长大了可能也是个陈天师这样的干部。到得黄昏时，我已赞了白沙大队的七八个生产队。天快要黑了，我与老九说，今天就算了，我们从张家河走下来，经过一条弯弯曲曲的田垄时，我坐到了燕子花田里，我太累了，想歇口气，我就把书包里的银毫子和角票全部数了一遍，有十二元三角四分，老九也数了，是九元五角三分，两人皆大喜，回到家。我早晨出去，母亲不知道我干什么去了，后来田马桶堂客陈小桃经过我家，跟我母亲说，你崽土地打得好，全家才知道了，母亲听说我赚了十二元多，喜得嘴都合不拢。父亲默不作声。我知道，这并没败坏他的形象，他不会举起楠竹丫子打我。

正月初二，我邀老九过河到千家洲去，老九无论如何不去了。杨立生听说后，就要跟我去。我让杨立生也像老九一样，只讲一句，把得他来不把得我，搞得我们在路上吵场火。一天下来，我有九元多的收获，杨立生也得了六元多。他高兴，他说，红桔烟一角三分钱一包，可以买五十多包红桔烟了，经济烟八分钱一包，可以买八十多包经济烟了，今年不要捡烟蒂巴吃了。

正月初三，我去二舅父家拜年，正月初四，我去沅江大舅父家拜年，我都带着竹板去的，两天我又赚了十一元，四天下来，我一共有三十三元钱了。妈妈说，家里不要你一分钱，交完书籍费，你自己想买什么，你自己处置。我到了银城新华书店，买了姚雪垠写的《李自成》，买了一双跑鞋，剩下的钱我就交给母亲了。

第十九章 札记12：广播稿

酱红色的广播箱挂在阶基边的墙壁顶上。广播是公社控制的，公社只播送通知之类，开始广播的时候，是一个大嗓门，“下面播送一个通知”，像打炸雷一样，我们听广播时不免发笑。后来，是一个清亮的女声，好听多了，听说是崔家湖的崔妹几播的。大队要播送一个通知，一般是在大队部里的扩音器里讲，通过安放在白沙东南西北方的几个大喇叭输送。广播箱里播出的内容是转发银城广播站的，每天两次，早晨一次，傍晚一次。东方红乐曲之后，就是“银城广播站，现在为大家播送”“现在是中央人民广播电台新闻摘要”，中央人民广播电台的摘要播完了以后，接着是银城广播站播音员的声音，比起中央台的声音，确实是天壤之别，尽管如此，她的声音，比白沙大队几个女民办老师的声音，还是有好远就强好远。白沙人学普通话比较困难，学普通话就像咬酸萝卜，N和L是不分的，eng和ong不分的。我每天都要站在那小箱子下听广播。“现在播送通讯员赵达方的报道”，有一次，我听到这里，就对赵达方羡慕不已。赵达方是我们白沙的名人了，他写的文章，通过广播，传遍了银城大地。一九七四年，他高中毕业后就回乡务农，他发现了好人好事，就写成几百字的文章，给县广播站投稿，就播送出来了，据说他有个中学同班同学郭石佑，在银城广播站当实习编辑。有一次，我专门去问赵达方，投稿有稿费没有，他说，没有，只有两叠稿纸。他告诉了我投稿，就写银城广播站收，底下写上地址姓名就是，不要贴邮票，在贴邮票的地方写上“邮资总付”四个字。

一九七五年，我已经十二岁了。夏天，大队的三纵三横的渠道，奔腾着哗哗的水花，水都是抽水机站抽上来的。抽水机站的抽水机手刘宗安，是公社排灌站派到白沙来的，说他累也累，一天二十四小时，都要守着抽水机，没有人轮流值班；说他舒服也舒服，开抽水机的时候，只要把机闸拉下，关抽水机的时候，只要把机闸推上去，平常就是躺在机房旁的床上，或者坐在椅子上。每天他都要从住在旁边的谢树良屋里倒上一大碗茶慢慢地喝。然后，他还要接待各生产队的队长，他们在这里排队，哪个生产队打几个小时的水都要他安排，他在单子上具体写明并签上字。打水的生产队就负责送饭，饭用一个篮子提着，篮子里是一个蒸钵，一个碗，蒸钵里是米饭，碗里面是菜，一般是豆角、辣椒、黄瓜，另外，面上盖着一个韭菜炒蛋，送饭的队长不忘从篮子里拿出一条大菜瓜给他。我经常往抽水机站跑，有时我背着从张家河割的一篼箕牛草，也要在抽水机站这里歇口气。往往有十几个伙伴在这里，一般只穿条章子裤，站在抽水机后，面对黄金坝的水面，双手合在一起，眼睛眯着，站得笔直，嘴里喊着一二三，身体朝前一倾，一下子水面就起了一个漩涡，过几分钟，就在很远很远的地方露出脑袋来，大家比试着，看哪个跳水扎猛子更远。有时，就在抽水机站前面喷水的地方，一个猛子，要穿过三四个水泥管，直接进入渠道，看哪个脑袋在渠道更远的地方出现。夏日里，真正与水无拘无束打交道的，就是我们，因为成人一般是不洗冷水澡的，牛也只是晚上在进牛棚前，在渠道里和塘里泡一下，而我们随时可以跳到渠道里，打浮泅，扎猛子。

刘宗安会讲白。晚上，他一个人索然无味，我们对他又很崇拜，一窝蜂地跑到他屋里，听他给我们这些十几岁的人讲白。抽水机站前面竖了一根竹篙，竹篙上安了一个一百瓦的电灯泡，光芒四射，好像全村的那些飞婆子（飞婆子：资水下游方言为“飞蛾”的意思）都集中到了这里，围着灯泡起舞。刘宗安住的房子里，就不开灯，他从谢树良家借来几条板凳，让我们坐着，听他给我们讲《好逑传》。他说，现在我讲第一回，省凤城侠怜鸳侣苦。讲完第一回，我们就要他讲第二回，他就把放在床底下的生产队长送的菜瓜拿出来，用手作刀，劈成好多块，一人一块分给我们，然后他就说，现在我讲第二回，水小姐俏胆移花。讲到水冰心的容貌时，刘宗安说，水小姐是沉鱼落雁之容，闭月羞花之貌，这是什么相貌呢，我就在心里捉摸，我们白沙大队，谁有这样的容貌？我在政治队长家里的镜框里，看到一张王丹凤的照片，听说王丹凤是电影演员。王丹凤是不是当得起这样的形容？第二回讲完了，刘宗安说，欲知后事如何，且听下回分解，我们就还缠着他要讲，他就说，今天不讲了，明天讲。当时看到他房里的闹钟正滴滴答答地走动，指向十一点，我们就觉得太晚了，就踏着那大月豪光回家。那几个晚上，我们围在他的房子里，听他一回一回把《好逑传》讲下去，觉得生活多么好啊，有这么好的白听。当他讲到铁中玉路上遇到过其祖强娶水冰心时，我都捏出一把汗来，他又讲到铁公子打抱不平，把父母叮嘱的“金榜题名，光宗耀祖”抛到九霄云外，舍生忘死救助水冰心时，我们就大声叫好。他讲铁中玉生命有危险时，水冰心不顾孤男寡女同住的嫌疑，将铁中玉接到家中，亲手煎药给他喝，昼夜看护。杨立生就说，我以为是两公婆，拱被窝，拱个毛毛几打呵嗬呢！刘宗安就说，铁公子可不是杨立生。当晚回家的路上，老九就对杨立生说，你、你肯定想起了能婆的女，杨立生就对老九说，你尽讲信货（信货：资水下游方言为“胡话”的意思）。

刘宗安说，他是十年前看过《好逑传》这本书的，他看了两遍。除了基本故事记得外，一十八回的回目基本记得，就是最后两回的回目太长不记得，最后一回的回目好像有好逑两字，我们就问，好逑是什么，他说，我也搞不清楚，我初中只读了一年。

八月，评《水浒》的时候，刘宗安手头就有了《水浒传》上下两卷。这次，他没有给我们一五一十讲《水浒》。他说，故事太多，记不住，不像《好逑传》故事单一。等他看完第一本，我就借来在煤油灯下看了，他看完第二本，我就把第一本还给他，借来第二本。有一天晚上，我跑到抽水机站问他，高衙内调戏林冲娘子，是不是像黄世仁霸占白毛女。刘宗安说，高衙内是高干子弟，黄世仁是乡里的地主，高衙内碰到黄世仁，眼睛角都不会看他一下。我就说，反正他们都是坏蛋。当我读到宋江在李师师的房里写下那首词，我好像读到了世界上最好的句子，我读了两遍，把它背熟了，后来我在刘宗安面前背了一遍：

天南地北，问乾坤，何处可容狂客？借得山东烟水寨，来买凤城春色。翠袖围香，绛绡笼雪，一笑千金值。神仙体态，薄幸如何消得？

想芦叶滩头，蓼花汀畔，皓月空凝碧。六六雁行连八九，只待金鸡消息。义胆包天，忠肝盖地，四海无人识。离愁万种，醉乡一夜头白。

刘宗安说，你的记性好。

我一直想写一个广播稿，反映刘宗安在白沙大队抽水机站坚守岗位两个月，一直没回家的事迹，我是这样写的：

阳光雨露育青松，毛泽东思想育新人。王家坪公社排灌站工人刘宗安，自从派到白沙大队抽水机站以来，牢记毛主席“水利是农业的命脉”的伟大教导，他急贫下中农之所急，想贫下中农之所想，日日夜夜坚守在抽水的岗位上，累了，就打个盹，他家里孩子病了，家里捎信让他回家，他说，贫下中农的抗旱最重要。永新生产队老贫农郭少江捋着白胡须说，刘宗安真的是我们贫下中农的贴心人。

我在大队代销店买了一个黄色的信壳子，写上银城广播站收，并且在贴邮票的地方，写上“邮资总付”四个字，把它交给了乡邮政员，从此我就天天早晨和黄昏站在广播箱子下听，但每次都是听到的“下面播送通讯员赵达方”的来稿。

秋收的时候，我们放了秋收假。刘宗安已回到公社排灌站，每天跟着排灌站的队伍，到一个个机埠检修去了。生产队安排我割禾，平常需要十来天完成的秋收，今年只用了七天就完成了，我又写了一条稿子。

王家坪公社白沙大队永新生产队只用了7天就完成了秋收任务。在秋收的过程中，广阔的田野里，轰隆隆的打稻机声，嚓嚓嚓的割禾声，嘹亮的歌声，汇成了秋收交响曲。老贫农郭少江负责合草，他把一粒粒掉下的谷粒拾起来。有人问他，他说，节约每一粒粮食，汇集起来，就很多了，就可以支援三世界人民。

我又投出去了，天天听广播，还是没有听到播出。

一晃几个月过去了。正月初八，永新生产队开始了春耕生产热潮，我又写了一篇稿子，写了老党员李圃林打着赤脚，卷起裤腿，大喊，共产党员跟我来，就跳进了月塘，挖出一担担潮泥，挑进新打的凼子。当天下午我写完以后，妈妈说，明天要去银城街上卖编织的农药筒子，我就要妈妈送到银城广播站去。我已从赵达方那里打听到，银城广播站在接龙堤后面的一栋红砖楼的二楼。

第二天下午，母亲回来了，母亲告诉我，稿子已经送到了银城广播站。广播站有一个二十多岁的女的，大概就是播音员了，还有一个四十多岁的戴眼镜的人，妈妈把稿子递给那个女的，女的指指那个戴眼镜的，说，他是鞭子，我马上纠正妈妈，是编辑，不是鞭子，妈妈说，我晓得是么子，那戴眼镜的接过稿子，对母亲说，是你写的？母亲说，是我崽写的。戴眼镜的就问，多少岁？十二岁，母亲回答他，那戴眼镜的说，稿子放到这里，能不能够用我们要研究。妈妈就从广播站出来了，走到白马山时，碰到了一个算命的瞎子，手里拿着一把签，她就花了两分钱抽了一签，签上写道：妙妙妙，喜鹊叫，大喜事，不久到。妈妈对我说，崽啊，你的文章会广播的。

我就日日守在广播底下，一直等到正月十五，都没有听到我的文章播出。我十分失望，以后不写这个广播稿了。

第二十章 札记13：谢丹新

谢丹新的祖父谢春生是天成垸的，跑西山的那年，从天成垸搬到白沙来的。跑西山，就是指一九四四年日本鬼子到银城的时候，至于为何叫跑西山，是不是由李密《陈情表》里的“日薄西山”引申出来的，现在都无从考究。当时搬到这里来，他家在堤上搭了一个茅棚子，谢丹新已经十五岁，家里租了李佑桦家的几亩地。据他后来土改揭发，他拣粪到李佑桦家门口时，李佑桦家的狗朝他扑来，李佑桦看见了并没有制止。李佑桦在批斗台上辩解说，我自己的崽被狗追咬，我也没有制止，这是因为我在黄埔军校时，受到了少年要勇敢坚强的教育。主持会议的人就朝李佑桦厉声说，李佑桦，你有什么资格讲勇敢坚强，你贪生怕死，逃避革命，逃回乡里作威作福，你就是压迫和剥削贫苦百姓的蒋介石走狗。李佑桦说，我有罪，头低得更低了。自然划成分时，谢丹新就划为了贫农，根红苗正，谢丹新就投身到了土改的洪流中，搞互助组、合作社，其他人都犹犹疑疑，他二话没说，邀几户农家就告别了个体户。送公粮时，他健步如飞。一九五四年发了大水，乡里面集中修堤。冬天冰冻了几个月，必须清除湖里面的淤泥，谢丹新第一个用锄头砸开冰，一锄头一锄头地把淤泥挖到了篼箕里，然后把它挑到了一个固定的地方，从早晨一直干到晚。当时，乡长艾光宝看在眼里，就当了谢丹新的入党介绍人。一九五八年，上级提拔他为大队治安主任，他黑瘦的脸上，眼珠子亮晶晶的，并且在白沙村，只有他的斗争精神最强。就比如对李佑桦吧，其他人都讲究乡里乡亲还是留点情面，但他从一个八十岁的老太太那里借了一根枣木拐杖，在会上毫不留情。当时艾光宝说，一项伟大的事业，就是要像谢丹新这样勇往直前，社会主义改造，是没有硝烟的战争，如果都像小脚女人裹步不前，我们的事业还有什么希望？艾光宝说，就拿我来说吧，我家是地主，但我相信革命，相信真理，我背叛了原来的阶级。谢丹新既根红苗正，又勇往直前，我们的事业需要像他这样的人。

其实，艾光宝的父亲也是织布工出身，只不过后来织布赚些钱买了些地，又开了织布的作坊，请几个伙计帮工，这样就是雇工剥削了。尽管艾光宝读过高中，参加革命又入了党，划成分时，他家里还是被划了地主，因为党强调不唯成分论，看现实表现，所以艾光宝唯恐自己有私心杂念作怪，处处以党的标准要求自己。他看中谢丹新，也是觉得这个同志阶级觉悟高，纯朴向上，响应党的号召，各项工作和运动都走在前面，不像其他一些同志，处处都打自己的小算盘，生怕得罪人，这样不怕得罪人，对党没有二心的人，就应该让他挑担子，他力主谢丹新担任治安主任。

于是，白沙的所有有成分的家庭，都归谢丹新管理。另外大队一些偷谷和偷谷苞子的治安案件，也由他处理。

王家坪公社成立时，有几千人参加了成立大会，谢丹新率领白沙的基干民兵参加了大会的保卫工作。公社书记带领大家高呼口号，会议主席台的四周都插满了红旗。公社书记说，我国的社会主义改造完成了，一九五九年元旦，我们就要进入共产主义。现在我们跑步进入共产主义。白沙大队分成了七个食堂。永新永丰生产队的这个食堂，办在五庭子家，号称红旗食堂。五庭子家是四封三间一横屋，五庭子的堂客连翁妈带领几个堂客们煮饭做菜，家家户户的坛子菜全部收拢了来。每天吃饭时，每人都要把自己菜园里的菜摘来，堆积在连翁妈的堂屋里，每天吃两餐饭。李圃林带领几个人把家家户户的稻谷和米都收拢了来。每天开饭时，李圃林拿着喇叭筒，高喊，开饭了，于是一百多男女老少就赶来吃饭，每天都是十二桌，晴天是在地坪里摆开桌子，雨天就把桌子架在家里，因为吃饭不要钱，大家都很兴奋，拿着餐票，吃完嘴巴一抹，就走，连碗都不要洗，大家就觉得很稀奇，也很开心。杨保生是饱学之士，开始也说，翻遍史书，老百姓吃饭不要钱的，没有，自从盘古开天地，三皇五帝到如今，天下大同，天下一家了，真的是好世界啊。到后来他看到饿死人了，就不这样说了，有时候还说些怪话。食堂开始的时候，每天都有一样荤菜，不是刁贡子鱼儿，就是韭菜煎鸡蛋，腊八豆豉、辣椒萝卜餐餐有，饭也是一桶子一桶子装，大家都吃得拍饱的，后来，是红薯丝饭，萝卜丝饭，慢慢就没有了荤菜，每餐就是萝卜缨子，盐菜汤里也没有油了，搞几个月以后米饭没有了，只有清汤寡水的粥。食堂办不下去了，生产队仓库的谷所剩无几，大家菜园里的菜也荒芜了，因为是吃食堂，谁都懒得料理自家菜园，加上大队的主要壮劳力，都要去衡龙桥那里炼钢铁，全大队只剩下十几个壮劳力在家，带着老少进行田间管理，所以食堂就停办了。公社想办法搞了一些糠饼，每家分了几块，大家就剥树皮，把地上的蒿子挖来，扳一块糠饼和着，做成蒿子粑粑，把鱼腥草、马齿苋洗净，大碗大碗地吃，每个人的肚子吃得就像猪尿泡。

大队响应号召，集中了几百人，到了衡龙桥的盘凤山大炼钢铁。首先砍树，然后用炸药炸山，山炸开以后，大家就挖露天岩，把它们冶炼成煤。然后谢丹新就带领人回白沙，把一家家柜子上的铜都撬下来，把灶都拆了，把锅子翁坛收集在一起，然后挑几十里路，运到这里，大家只有一个心愿，在熊熊的烈火中，这些废铁都可以变成钢，让中国变成超英赶美的工业强国。后来，食堂解散了，拆了灶的人家，又要打新灶，灶打起了，没有锅子，好长一段时间只能到有锅子的人家去做饭，谢丹新家就是这样。谢丹新堂客是新化人，一九四九前讨米下来的，也是小字墨墨黑，大字不认得。后来谢家收留了她。搞公共食堂时，谢丹新第一个带头把灶挖掉，把锅子交了出来，谢丹新去炼钢铁以后，家里没有灶煮饭，她自己印了几块泥砖，垒了一个简易灶，但没有锅子，银城街上也没有锅子买，就只好到别人家去做饭，后来有人给了她一个搪瓷缸子，就用它煮饭，而且还不能炒菜，只能用搪瓷缸子放点水，放几片菜叶子下去，再放点盐。

熬过了三年困难时期，弦绷得更紧了。谢丹新的手下有了几个固定的基干民兵，他们是陈树贵、宝林癞子，他们一切听谢主任的，每人的拿手戏就是用楠竹丫子抽人，每次都是谢主任讲完话后，这三人就使劲地挥舞楠竹丫子，谢丹新只有在公社召开的会上才上阵，因此他们四个在白沙大队就被称为“打匠师傅”，小孩子如果爱哭，有人只要讲谢丹新来了，小孩马上就不哭了。

一次银城公安局的一个什么头目给王家坪公社的头目捎信来，要他带一支队伍进城去。谢丹新参加过这个头目主持的成立大会，当时放了很多枪，都是往水里打，以壮声威。这次公社的头目带着另外一些大队集合来的队伍，拿着扁担、梭镖、木棒，在白沙大队停住了喊谢丹新，谢丹新立即把大队的成员叫上，也拿着木棒。宝林癞子没有木棒，是拿的楠竹丫子，被公社的人训了一通。队伍行进到人民织布厂的时候，接到了银城公安局派人送来的指示，说对方全部躲起来了，王家坪公社来的同志，都到银城旅社去吃饭。这时谢丹新觉得大事不好，他马上就给公社的头目说，我老婆要生小孩了，我只能到这里了。头目一看是这个事，也就批准了，幸亏他逃脱了。剩下去了的人走到汽车路的时候，被人宣布犯了错误。一些工人模样的人，把放在地上的扁担、木棒等，用绳子捆了，团长要王家坪的人都到县剧院去，要办学习班。并且团长还宣布，凡进了这次学习班的，都不能结合到新成立的班子里。当然，上面后来还是了解到谢丹新是中途退的场，团长还要谢丹新到县里一趟。谢丹新说，我开始被蒙蔽也走到了织布厂，后来我觉得这不对，我就退出了，现在我的老婆还没有生孩子。军管会又派人来白沙做了调查，谢丹新就没有进学习班，后来他还是治安主任。宝林癞子办学习班放出来后，对谢丹新说，你当时为什么不喊我也回来呢？我这一辈子可是真心实意跟着你啊。谢丹新说，你不会受影响，只是说参加的人不能进班子，你还是大队的基干民兵，放心。

竹脑壳说墙上贴的领导人画像谁巴胖的，谁刮瘦（刮瘦：资水下游方言为“很瘦”的意思）的，有人把竹脑壳讲的这话，汇报给谢丹新，汇报人说，这是现行……谢丹新说，竹脑壳这样的贫农出身，还讲这样的话，我去核实。于是他找到竹脑壳，问他说过这样的话没有，竹脑壳心想，祸从口出，一句这样的大实话竟然被谢丹新知道了，真的是拐了场，他听到谢丹新说，你小胆百姓一个，你以后不要讲信货了。竹脑壳吓得要死，忙说，谢主任啊，我是一个黑耳朵，三担牛屎六撮箕，傻得像叫驴子一样，我知道讲什么话喽！第二天，竹脑壳执意要谢丹新到了他家里，他要他老娘煮了圆蛋，打点热水让他洗脸，家里还搞了一桌子菜，他叉了一条鱼，还到船厂砍了半斤瘦肉，炒了一个莴笋头，还有一个蕹菜梗子炒油渣，把锅烧得通红的，炒了一卢碗油炒饭，谢丹新吃得拍饱的。谢丹新穿件卡其布衣服，表袋上插支钢笔，穿得如实合意。他吃得仰恭搭恭（仰恭搭恭：资水下游方言为“满意”的意思），吃完，从袋里摸出一角五分钱，四两粮票，递给竹脑壳说，你是贫农，我才在你屋里吃饭。我不无缘无故吃别个的饭，公社干部到我家吃饭，是按照这个标准交的，我也按这个标准给你。竹脑壳说，谢主任，见外了。谢丹新说，你不要让我犯错误啊，于是竹脑壳就收了。竹脑壳忙说，谢主任，有人讲你大着着里（大着着里：资水下游方言为“傲慢”的意思），我看你老好小易（小易：资水下游方言为“平易近人”的意思），你真的是我们贫下中农的贴心人。谢丹新就爱听这样的话。他说，我也是贫农，你也是贫农，亲不亲，阶级亲。谢丹新回家的路上，跑鞋的松紧带子都散了，他蹲下系鞋带，就听到有几个小孩在唱童谣，有个在唱，黄牛角，水牛角，伢几不跟妹几过。另外一个在唱，两公婆，拱被窝，拱个毛毛几打嗬呵。第二个唱的小孩子就被他娘骂了。谢丹新对那女人制止道，自己生的崽，你也骂得太歹毒，莫骂了。

第二十一章 札记14：老九

在我们屋场，堂弟老九、杨立生、我三人年龄相仿，从小一直玩在一起。

堂弟老九虽有点结巴，但人特别灵泛。我们都喜欢画画，我不会画手，而老九寥寥几笔，不管是画什么人的手，都画得活灵活现。我家起屋的时候，木匠榜鸡公在堂屋的屋梁上用油彩笔画凤凰，老九和我蹲在地上，一直看着他从拿起笔到把笔放下，老九的眼睛究圆（究圆：资水下游方言为“很圆”的意思）的，特别看到那凤凰呈展翅欲飞之状时，老九拉着我的手，说，我也想当木匠师傅。我对老九说，你是外婆想盐吃，想到海里去哒。榜鸡公说，等你大点，我收你做徒弟。伯母特别喜欢老九，因为他是满伢儿。伯母经常说，娘一满崽，嗲一长孙。老九也特别走气色（走气色：资水下游方言为“走运”的意思），气色敦（敦：资水下游方言为“立”的意思）得起。他走出去就能捡到鱼，他拿个虾搭子，站得塘边上，一下子就捞起几条鱼。夏天，他提个桶子，下一颈根的水，去牛角涴捞蚌壳。下雨的时候，他拿个篾织的壕几，放在田间地头的月口里，再用青草覆盖，潺潺的水流过，几个小时之后，一些小鱼虾子就落入壕几，所以，他家里吃饭时，就不再只是辣椒粉子、擦菜子。翁妈是吃轮工，在他家吃一餐，在我家吃一餐，往往都怨怪我家菜不好。在我家吃饭，有点心劳寡劳（心劳寡劳：资水下游方言为“心慌”的意思）。而他家的桌子上经常有煎的干鱼，有炊炉子上的萝卜丝煮鲫鱼，有辣椒炒的蚌壳肉。我当然爱看书，妈妈说我是个书憨子，但也确实不走气色，一个虾嫩子都捡不到。妈妈老是骂我，说我前世作了么子孽，颤得外头，冇得一点用，真的修六福。冬天来了，大队部在黄伏塘、牛角涴安起柴油机打水，把塘打干，罗再喜、宝林癞子具体负责，老九和我站在塘边，老九就问，宝、宝林癞子啊，么子时节干、干塘？宝林癞子就说，你没大没细，挖你一栗古佬。塘快打干的时候，罗再喜他们几个屁颠屁颠下塘去捉鱼，他们每人系条腰围裙，穿双到大腿的深桶子套鞋，把一条条麻鲢子、黄鸭牯捉了放在箩筐里，谢丹新和陈树贵在上面维持秩序。等到鱼捉得差不多的时候，罗再喜几个把几箩筐鱼抬到田炕子上，谢丹新把哨子一吹，天啦，虎视眈眈又冷得哆嗦的几十上百人打着赤脚，黑压压地扑向塘里，好多人都拌天练滚（拌天练滚：资水下游方言为“边跑边摔倒”的意思），我也在潮泥底头丁丁摸摸（丁丁摸摸：资水下游方言为“小心翼翼摸抓”的意思），结果一条大点的鱼也没捉到，只捉了几只小不点的盘皮虾公。我垂头丧气地提着篮子回来，春瞎子碰到我，问我捉哒几条鱼？我没作声，他说，到我屋里吃鱼去，我买了百叶煮鱼，我还是没作声。妈妈说，崽呃，命里只有半升米，走遍天下不满升，你策毛滴水（策毛滴水：资水下游方言为“做事不稳重”的意思），如何捡得到鱼。而老九捡了半桶鱼，还捡了一条才鱼，他说，这条黑鱼子恐怕有三四斤，伯母高兴坏了。不久，老九遭受重大打击。伯父患胃穿孔，用轿子送到医院，开刀的时候竟死在手术台上。俗话说，细伢子吃耶耶饭，穿妈妈衣。不到十一岁的老九没了父亲，真的有点可怜。伯母过不两天就哭，她对着杨浩光画的伯父的遗像，“我的老倌呢！我的老倌呢！”哭得伤心伤意。哭过之后，就背驮澡盆，到牛角涴和很远很远的湖塘割鸡林杆去了。当时对伯母一家来说，也是一分钱都不得到手，她需要卖些小钱供全家度日。又读了一年，老九读到初一就横竖不读了，他说他要顶哒磨子唱戏，他要去学木匠，但答应收他当徒弟的榜鸡公已死，他就跟了他大姐夫——保木匠当徒弟。

保木匠时时刻刻为他的木匠职业自豪。一个大年初二，他与中学校长汉胡子碰到一起吃饭。汉胡子说，当老师好，有四十八元一月，一出门碰到的都是学生。保木匠说，当木匠好，每天有两元钱工钱，一个月有六十元工钱。哪家那户，离得开木匠师傅的劳动？汉胡子说，我寒暑假都有工资，你不做就没有。保木匠说，你全部要吃自己的，我做到哪家就吃到哪家，人家把我打点得像祖宗一样。汉胡子说，老师肚里有知识，就像乌龟肚里有肉。保木匠说，老师教出的学生一年卖粑粑，两年卖粽子。那天，两人争得豆角子筋爆爆的。旁边介胡子的崽乐伢几听了就说，还是当木匠好。介胡子就挖了他一栗古佬，说，大人讲话细伢几听。介胡子就对汉胡子说，我是糖几饼几都爱，又爱当老师的，又爱当木匠师傅的。

那天，老九就挑着两个大篮子，跟着保木匠走。篮子里装着开山子、锯、刨子、凿子、钉锤子、墨斗，老九的眼睛精光四射，搜索着生活中随时出现的美好，因为他当木匠了，实现了他小时的愿望。保木匠左手拿着鲁班尺，右手背在腰后。郎舅俩一前一后，奔向窑山口一户姓李的人家去，那家的训娥考上高中，要做一个梳妆台，顺便还要做一个立柜，做一些床铺家什，老九的木匠生涯，就这样开始了。

第一个月，保木匠只要老九做一件事——学锯。老九与保木匠一起锯的时候，保木匠右脚踏在架子上，右手握住锯的一端，老九则在对面蹲着，两只手握住锯。保木匠居高临下，两人一来一往，老九使出了平生吃奶的力气。保木匠喝道，要挖你的栗古佬了。你看你那样子，牙巴骨打得狗死，不行的，要轻轻缓缓，平均用力。有时，老九一个人锯，他也学保木匠，右脚踏在架子上，右手握住锯的一端，但锯齿艰难地行进，那金色而有香味的木屑很少纷纷扬扬撒下来。保木匠又说你看我是怎样锯的，就做示范。他说你还是饭吃少了，多吃几碗饭，可能就会好些。吃饭的时候，老九就一碗接一碗地吃。保木匠说，我说你是饭吃少了，是说你学木匠刚刚开始，没有经历，不是说你真的饭吃少了。以后，老九就真的不好讲话了，每次跟保木匠讲话，嘴巴就像咬哒烧萝卜一样，讲不出，他怕师傅骂人。第二个月，保木匠要求老九只做一件事——凿眼。保木匠要求很严格，一个木方子上，你必须要凿得方方正正，无痕无迹，哪怕是有丝毫的坑洼不平，都是不行的。保木匠就做示范，老九看到保木匠凿的眼确实四四方方，自己确实有好远差好远。第三个月，保木匠要求老九还是只做一件事——推刨子。保木匠说，你双手推着刨子的时候，要看那木料是不是像磨刀石一样光滑平整，手一摸，没有一线一线的、一疙瘩一疙瘩的才行。后来，保木匠还训练老九如何弹墨线，如何拈方倒榫。他跟老九讲勾三股四弦五，讲如何画直角，他说这都是老祖宗传下来的，是木匠的王法。保木匠还给老九讲饭时节吃饭，茶时节吃茶，讲做事要眼眨眉毛动，讲徒弟对师傅不能当面喊哥哥，背地里塞秤砣，不能讲师傅的坏话。保木匠说，擂茶槌三年成棒棒，蚌壳子三年成精，你按我的做，三年就会出师。当然，保木匠也骂过诸如猪都教不变、捉得窠里不生蛋这样的话，让老九回家流过眼泪，并且还把这些话告诉过娘，但他看了在保木匠手里当徒弟，还是学到了东西，就没大记在心里了。

老九遵守这一行的行规，给保木匠打洗脸水，给保木匠夹菜，吃饭的时候，有些菜，保木匠没动筷子时，老九也不先动。老九心里明白，当徒弟要像徒弟的样子，你三年后，才能够出师，别人才能够请你做事，不至于成为桐油罐罐。几年后，老九出师了，做的东西像模像样，保木匠就到处诨（诨：资水下游方言为“吹牛”的意思），我带出的第一个徒弟还不错吧，当人家说不错不错的时候，保木匠笑得眼睛缝都有得。

最让老九自豪的不是他学到了技艺，而是他走得哪里，碰到姓吕的人家，他的派最大。有一天，他对介胡子说，大老兄，还过几十百把年，你的重孙要喊我的孙子叫叔叔了。介胡子一下子没反应过来，老九说，你是大房里，我是满房里，大房里人大，满房里派大，是不？介胡子一听，连连点头。老九说，我走得哪里，只要是姓吕的，我都要对派，我们的谱是“硕望化利宗，出圣要秉仁，承前唯立德，葆义可修身”，我是承字派，一般姓吕的都是德字派，葆字派，比我们小了四五派。介胡子就说，我们是从江西过来的，我们是满房里，所以派大，老九就得意地笑。

第二十二章 札记15：李圃林夫妇

李圃林耳朵有点聋，大家都叫他聋子，他的耳朵什么时候聋的，不清楚。李圃林是桃江羞山人，小时候家里穷得偷狗卖。一九四五年，他全家逃难到白沙，新中国成立后分了两间屋。老班子说，李圃林与黄伏秀结婚的时节，屋里还是穷得滴血，到别个屋里借了三升米，煮一餐饭，就合伙了。所以，后来划成分时，他是绝对的贫农，过了些年，就当了田家湾生产队(后来分为永新生产队和永丰生产队)的队长。队长在乡里也是天上的星，地上的金。

他要大家把墙壁上的泥巴敲烂，然后，挑去肥田，大家白天劳累一天了，晚上，他还要大家去车水。大家都是吃的食堂，每天每个人只二两米，大家没有劲，他看喊不动，就说，你们堂客们讲话不算数的，口里喊积极，实际上不想做。

李圃林抽烟抽得厉害，他在屋后种上了十几兜旱烟叶子。每年收割后，就放到太阳底下晒，晒得嫩黄的时候，就把烟叶的叶片捆成卷，然后放在箱子底下压几天，再拿出来，用刀子切成丝，放在一个从卖破铜烂铁的货郎担那里买来的铁盒子里，再在代销店买来白纸，用刀裁成一片片，每天放一塑料袋子烟叶子和十几片白纸在袋子里。烟瘾来了，就把烟丝卷成喇叭筒，一个劲地吸。当时，有人说，他有两个喇叭，一个是调摆生产的喇叭，一个是衔在嘴里吧嗒吧嗒吸着的喇叭筒。

一九六四年底，介胡子从部队转业回来，介胡子也是一个共产党员，大队考虑到李圃林的革命干劲没有以前高，另外，耳朵又有点背，就征求他的意见，他顺势推荐介胡子当政治队长，大队考虑到永新生产队刚建了队屋，需要一个好的保管员，就让李圃林当了保管员。

李圃林的堂客黄伏秀是全永新生产队脾气和性格最好的女人。她慈眉善目，从来不发脾气。李圃林那一次用楠竹丫子打了春瞎子堂客，她马上去给人家伏小（伏小：资水下游方言为“道歉”的意思）。春瞎子堂客说，你两公婆有味啦，一个唱白脸，一个唱红脸。黄伏秀也只是笑，李圃林后来知道了，就对黄伏秀说，你这是降低我的威信，她表现不好，又是一个地主婆，我教训她是对的，你跟人家讲什么好话，你讲什么讲。

黄伏秀性格这么好，就是在外面走路，看到猪进了菜园吃菜，她都要绕道把猪赶出菜园。夏天蚊子咬死人，她最多用扇子把蚊子赶开，从来不用手板把蚊子拍死。她也不像一般乡里妇女一样，晚上举着煤油灯在蚊帐里烧死蚊子，李圃林说她走路怕踩死蚂蚁，别人有急事向她借钱，她只要有，一定会借给人家。

黄伏秀怕打雷。七十年代，洞庭湖一带雷声格外响，一雷下来天崩地裂，那闪一扯，即使你闭着眼睛也会眼花缭乱。所以每次打雷都是惊心动魄。有一次，一声炸雷过后，一团火球在她家里闯来闯去，从天上落到这个屋里，又奔向另外一个屋里。那一天，李圃林在田里车水，几个小孩都吓得尖叫，黄伏秀跪在地上，她也要几个小孩都跪下，过了一会儿火球不见了，又是砰的一声雷，一根梁柱子都烧黑了。

一九七四年的春上，住在堤上的训满就被雷打死了。先天晚上，训满炒油炒饭吃，饭里放了一调羹猪油，就独自一人吃了，小哥胜结巴回到家，吃的剩饭子里没有放油，一看训满吃过的饭碗里有油印子，胜结巴就把训满吃过的那碗拿过来，朝地上一摔，训满就抓住胜结巴的头发，使劲扯，胜结巴就说，你，你会遭雷打的。这天早上，训满的大哥定矮子到公社沙石基地挖沙子去了，胜结巴拣粪去了，训满一醒来，就要弄猪食。前几年，父母相继去世，三兄弟一起生活，训满就承担了家里喂猪、煮饭的任务。三兄弟还只有他人才出众。定矮子一米五三，虽是六十年代初时的高中毕业生，但到现在还没有谈对象。胜结巴是出了名的智障者，整天傻头傻脑，迷迷糊糊。训满用草把子塞在灶里，烧了一锅热水，然后就把热水倒进潲桶，舀了几瓢糠，搅匀，就把它舀到猪牢的石漕里。这时，天下起了大雨，突然，一道闪电刺过来，重重的雷声就落在屋里，训满就倒下了，同时倒下的还有那只正在吃食的猪。

定矮子买了一口水泥钢材把训满埋了。那头被雷打死的猪最后还是杀了，白沙大队家之户之（家之户之：资水下游方言为“家家户户”的意思），都去砍了肉，说是吃了这个被雷打死的猪的肉，可以免罪过。黄伏秀自然也去了，她想多砍几斤，因为清水潭、小洲垸、万家山来砍肉的人也很多，要求每人只能砍半斤。那天，她用辣椒炒了这些肉，大家开始都不敢动筷子。李圃林反正不吃。黄伏秀就把肉夹到一个个女儿的碗里，说，吃喽，吃喽，吃了好的。

第二十三章 札记16：郭立昌

郭立昌很滑稽，喜欢搞恶作剧，在过去生产队时就有段子。

七十年代，当时银城街上的公共厕所和各单位学校厕所里的粪由银城卫生局统一管理，他们就给离银城近一点的公社和大队一些计划粪的指标，有时候就给一个生产队十几张票，一张票一担粪。农闲时节，永新生产队就派一些劳动力挑着粪桶去银城东门口公厕挑粪，把票交给公厕戴袖章的管理员后，管理员就给挑粪者泼瓢，把粪舀到自己的粪桶里，然后，大家就把粪挑到离东门口饭店不远的地方放着，大家就到饭店去撮一顿。队上有规矩，到银城街上挑粪，每人每次补助三角钱。十多个人，有三四元钱，可以点七八个盘子的菜，有扁豆炒肉丝、有韭菜炒蛋、有香干、有鳊鱼，还有几个小菜，每人还有两钵饭。大家都围着桌子，端着碗，站着吃，每一道菜来，筷子就雨点一样落下去，吃完最后一道菜，大家都吃得拍饱的。在大家都歇口饭气的时候，郭立昌出去了，他跑到粪桶边，捡起地上乱七八糟的砖头，放到粪桶里，每个粪桶里都放了好几块，砖头沉入粪桶底，外面看不出来。当大家吃完饭，挑起粪桶回去的时候，就觉得粪桶特别重。一个巧事，开始冇咯重，到宝塔那里要歇气，到罗跛子那里要歇气，到小洲垸要歇气，到闸上要歇气。原来从银城街上挑粪回来，歇一次气就行了，这下要歇四次气。大家把粪挑到邢家围子，就坐下休息。生产队长松友几高兴极了。庄稼一枝花，全靠肥当家。当时，很少有化肥，田里大都是人粪、猪粪和塘里的黑草子作肥料，这次有十几担粪，可以泼到十几丘二十多亩田的一季稻上，永新生产队今年肯定丰收。南风吹着松友几脸上的喜悦，他用泼瓢舀着粪桶里的粪，一瓢瓢地舀到田里。第一桶快见底的时候，他发现了一块青砖，就说，这是搞的么子鬼，舀到第二桶见底的时候，又发现了一块青砖，于是问坐在那里歇气的劳动力，你们挑青砖回来做什么，这么重，大家感到很奇怪，生产队长说，你们看吧！我再试两个粪桶，果然，每次粪桶见底的时候，都有一块青砖，其余劳动力就说，难怪咯重，看到郭立昌在那里笑，知道是他捉弄大家。有人就说，我们一个个挑得出气不赢，只有郭立昌挑了起小跑，我们饭没吃完，他一个人先吃完跑出来，原来是往我们粪桶里丢砖。郭立昌说，你们这些家伙平常出工不出力，也要让你们受点苦。有人就说，我们今朝是瞎子被狗擂翻，郭立昌做得初一，我们就做得十五，看怎么处分这家伙。有人就喊，把他的裤子脱掉，于是薛达飞就死死抱住郭立昌，让郭立昌动弹不得，普癞子就真的把郭立昌裤子的松紧带扯掉，把他的裤子脱到了膝盖处，大家就哈哈大笑。郭立昌说，你们这些没大没细的家伙。松友几说，不要逗耍方(逗耍方：资水下游方言为“开玩笑”的意思) 了，正经点，我已经泼了两担粪了，没泼的，你们挑着自己的粪桶到方八六斗那几丘去，泼完，今朝就散工。这样郭立昌才把自己的裤子提上来，一直笑个不停，挑着自己那担没放砖头的粪到方八六斗那里去了。

后来，生产队解散了，郭立昌爱搞恶作剧的本性不改。他在建筑工地做小工，主要是给粉刷当下手，把水泥和石灰倒在一个泥桶里，把它们和成灰浆，然后，一个手提着一个灰桶，放在搞粉刷的旁边。粉刷匠技术好，粉得快，郭立昌就搞手脚不赢，于是他就在泥桶里放点卵石和石渣，粉刷师傅就感到粉刷起来好吃力了，郭立昌就赢得了喘息时间，过一会儿就被粉刷师傅看出来了，说，你不要往灰桶里放卵石和石渣，他说，不小心，对不起，对不起，后来，粉刷师傅又越来越快，他和的灰浆供不应求，于是，他又在路边把一些牛屎和鸡屎糊在灰桶的提手上，粉刷师傅接过灰桶的时候，手上沾满了牛屎、鸡屎，就只好走下架子去洗手。

有一次，郭立昌到鹞子湖一潘姓人家起屋。在扎架子的时候，潘姓人家除了自己家有一些木头以外，还借了邻居家的木头。借的时候，都用墨笔写了一个字。比如，借的胡斋央屋里的，写了一个“斋”字，借了李献章屋里的，写了一个“献”字。郭立昌一看，就模仿主人的笔迹，用墨笔把所有的木头上，都写上“斋”字和“献”字，后来，屋建成后，架子就拆了，那些木头码在一起。潘姓人家要根据当时写在木头上的字，归还借的木头，但一看，几十根木头，全部写的“斋”字和“献”字，又一想，自己家原来也有十几根木头的啊，这哪个搞的鬼，并且模仿自己的笔迹，连自己也辨认不清，到底自己家的木头具体有多少根，他也记不得了，只好问扎架子的一个人，那人说，是郭立昌搞的鬼，潘姓人家只好晚上买了水果，到郭立昌家，要郭立昌告诉他到底模仿他的笔迹，在多少根木头上写了字，郭立昌又哈哈大笑。潘姓人家说，我的活爷啊，你还笑，你把我害得不轻啊。郭立昌说，在七根木头上写了“斋”字，五根木头上写了“献”字，这十二根木头就是你家的了。

第二十四章 札记17：烂泥湖

一九七四年，当时的银城县委提出了修建烂泥湖的决策，发动银城人民，通过苦干三年，从罗家嘴到望城乔口，修建一条绵延三十九点八公里的人工撇洪新河，直接流入湘江，有效缓解洪涝。

烂泥湖位于湘江和资水的尾闾处，它包括凤凰和来仪两湖。从南宋至一九四九年，这里水灾泛滥，民不聊生，这主要是因为泥沙淤积和人工围垦成为内湖，广阔的水面逐渐缩小，湖底淤泥斑驳，所以就叫做烂泥湖。

有人说，烂泥湖的名称是来仪湖的谐称，来仪湖作为洞庭湖的水系，像洞庭湖其他地方一样，缺乏统一治理，各地自发筑堤围垸，使水系变成像一张被虫咬烂的荷叶，导致水流不畅，千疮百孔。

本来，白沙位于资水的北边，烂泥湖是资水的南边。白沙离烂泥湖所在地七八十里。烂泥湖修好以后，北岸是不受益的，但当时的银城县委一声令下，南岸北岸十万劳力，在烂泥湖一带摆开了战场。

一九七五年八月，我哥哥吕晖远刚刚高中毕业不久，就被生产队派去修烂泥湖。开始是轮班去，每人去半个月。吕晖远八月搞了双抢后去了一次，当时，永新生产队只去了四人，搞了半个月，就回来了。十一月初，生产队打完晚稻以后，除留了几个人照顾牛，留了几个人守队屋外，其他劳动力全部去了。二十多个人挑着铺盖和换洗衣服，虽然是太阳天，但都穿着深桶子套鞋，因为这家伙重，挑起来费力，只好把军鞋打进了背包。好在锄头箢箕这些工具不要带，大家说说笑笑，从河土的渡船码头过河，经过三岔堤，走千家洲，再到兰溪，然后到张家塘搭船，到了泉交河，然后继续步行，在黄昏时候到了欧江岔公社百胜大队。王家坪公社革委会副主任吴年庆在这里坐镇指挥。过几个月，他就六十岁了。老伴刚刚去世，他请缨最后一战。永新生产队的人被安排在周姓人家，二十多个人住在堂屋里，堂屋的两边都铺满了稻草，只有中间有一个过道，然后大家把垫被铺在稻草上，打起了地铺，行李都放在地铺上。

银城县十万人摆放在几十公里的劳动战场上，红旗在冬日的阳光下猎猎招展，印有巨幅毛主席像的标语牌与“愚公移山，改造中国”“人定胜天”“水利是农业的命脉”的标语牌交相辉映，到处都是黑压压的人头，大喇叭播放着革命歌曲，也不时地播送工地指挥部发布的进度和好人好事。

王家坪公社来的劳动力集中在闸坝湖地段，吴年庆请公社排灌站的技术员用柴油机把水抽干了，湖底是人工河的河床，劳动力们的任务就是修筑两道河堤。河堤的泥巴是就地取材，挖湖里的泥巴，然后用篼箕挑到划了白线的地方去，一寸一寸、一尺一尺、一米一米地垒高。大队刘支书和谢丹新等领导都来了，他们拿着卷尺，走来走去，量着河堤的高度，同时察看河堤修得结实不。

白沙大队来了三百个劳动力，吃饭分布在两个食堂。食堂里，是一个偌大的烧煤炭的灶，一口大铁锅，炒菜都是用干活用的铲子。每天，食堂买米的，都到欧江岔镇上的粮店去挑白米，买菜的，都到欧江岔镇上的菜场去挑蔬菜，银城各地运来的蔬菜在菜场堆积如山。早餐和晚餐在食堂吃，中午，食堂派人把饭菜送到工地，大家把扁担放在地上，坐在扁担上吃饭。吕晖远感到，修堤还是能够吃饱饭。每天三餐饭，每餐饭有两三个菜，萝卜、黄芽白、红萝卜之类，并且也还放了一些油，每周都会一次餐，会餐时有一老蒸钵大蒜炒肉，还有萝卜丝煮鲫鱼。在四中读高中的两年，从来没有吃过这么好的菜，在家里也只有端阳、中秋和过年三天有这样好的伙食。现在修堤，不过是辛苦一点，能餐餐吃饱饭，能一周吃一顿好的，天下哪有这样的好事？并且一蒸钵饭有二两米，每餐要吃三蒸钵饭，一天吃九蒸钵饭，每天一个劳动力将近吃两斤米，这真的算得上幸福生活了。

生产队来的人买了些柴禾，码在老板屋里的灶屋。每天晚上，就烧几锅水，每人轮流提半桶水，在老板屋里的茅厕屋，甚至就是门后面冲个澡，从纤维袋子里拿出换洗衣服，换了，然后，自己就拿着半块肥皂，到前面的塘边，在月光下，把内衣内裤洗了，搭在老板屋里的竹篙上，或者晾在篱笆上。然后，就往床上一倒，呼呼大睡。尽管一屋睡二十几个男人，鼾声此起彼伏，像拉风箱一样，但没有失眠的，因此谁打鼾，也不要紧，影响不了谁。吕晖远高中毕业，读了很多小说，按道理，有点小资情调，晚上应该会有些心事，有些意识流，但白天的高强度劳动，使他与其他劳动力一样，一着床，就进入梦境。每天早晨六点钟，工地指挥部的大喇叭准时播放《东方红》，也就在这时，二十多个劳动力都一跃而起，拿着毛巾，冲到塘边，抹把脸，有的干脆毛巾都不用，用手在塘里捧把水，在脸上抹几下，二十多个劳动力没有一个漱口的，当时没有漱口的习俗。吕晖远在四中寄宿的时候，也没有漱过口，当时只有一些女同学漱口，或者双职工家庭子弟漱口。就说漱口吧，知识青年大铃子当时下放到她外婆楚满翁妈屋里，早晨端着把缸漱口的时候，大家觉得好脏，口里有那么多白泡泡从下巴掉到地上，为什么城里人要漱口呢？乡里人当时当作稀奇看。

有时候下雨的时候，大家就不用上工地了，就在老板屋里休息。有的正好利用这个机会睡觉，秋风秋雨，正好助眠。有的就坐在床上打五十K，有的就在阶基边打耍架子。普癞子打翻了很多人，但最终没有打翻月猛子，月猛子两道眉毛中间有颗痣，大家就说他是如来佛祖，就说普癞子这个孙悟空，翻不过如来佛祖的手掌心。这时，大家架也不打了，就要生产队长松友几讲《西游记》。松友几家有本发黄的《西游记》，松友几翻过无数遍，因此，他讲得头头是道，二十多个劳动力，除吕晖远外，没有一个认为这是虚构的，以为都是真的。唐僧是唐朝的，他肯定要死，有人就说，人早死有早死的好处，早死早超生，早死早投胎。但孙悟空、猪八戒、沙和尚是不会死的，唐朝时候，他们跟着唐僧去取经了，但现在呢，孙悟空他们不知道在哪里？吕晖远想说这是虚构的，但也不敢说，怕人家说他读了一个高中，尽讲些与大家不同的意见，他就邀了邢光辉，借了老板屋里一把伞，去欧江岔镇上玩。去过两次以后，现在去镇上就像走大路一样。欧江岔镇，也不过两条街，但麻雀虽小，肝胆俱全。有粮站，有菜店，有像银城一样吃面的地方，光头面也是八分钱一碗，肉丝面也是一角三分钱一碗，排骨面也是一角八分钱一碗，他们也想吃一碗面，但他们袋子里没有钱。这条街上还有农机站，里面有一台手扶拖拉机开出，有油炸店，麻圈二分钱一个，白糖饺子三分钱一个，他们来到供销社，看到三面都摆满了柜子，柜子里面都是货架，摆满了各种各样的商品。总收银台在左边一个高台上，它与其他几个柜子之间，有铁丝拉成的索道连接，不断有各柜台收下的钱夹在票夹上，朝这里掷来，票夹子在索道上滑来滑去。他们看到，一段段的的确良布、的确卡布，呈深蓝色、呈灰色，售票员根据社员的要求，收好布证和钱以后，在用尺子量好，用剪刀在要扯的布匹上剪一个口子，用手撕开。营业员游刃有余地做着这些事。吕晖远想起了他听到的一件事。一个公社干部对一名女老师说，你好好干，到时我提拔你当营业员。他们回来的时候，看到松友几没讲孙悟空了，在讲张飞杀岳飞，杀得满天飞。

十一月份，征兵工作开始了。那天，刘支书拿把尺子在永新生产队量堤高，他看到吕晖远，就问，你今年多大了？吕晖远答道，这个月正好十八岁。刘支书又问，你多高，吕晖远说一米六五。刘支书说，现在国家又开始征兵，你愿意当兵吗？吕晖远答道：你老人家开口，我就去验一下。

白沙大队有五个人报了名，邢光辉也报了名。他们五个就由大队民兵营长介胡子领着，经过一天的步行，到了银城人民医院。过五关斩六将，吕晖远与刘支书的儿子刘大年以及万家河的万范能三人初试都过了。据说，这一次验上的是当海军特种兵。吕晖远回了一趟家，这时，家里已经知道他验上了兵。因为介胡子比他们提前到家，把这个消息告诉了我家里。我也知道了，我看到哥哥，首先来了一个立正，然后举起右手说，报告中国人民解放军海军同志，吕晖远就笑了。妈妈给吕晖远打了两个荷包蛋，边吃饭，边抹眼泪。

几天后，又去复试，吕晖远与刘大年都打下来了，只有万家河生产队的万范能验上了。吕晖远是肝大了一点，但后来有知情人说，估计这不是主要的，应该说三人身体都是合格的，但白沙大队只有一个名额，三人中刘大年的父亲是大队支部书记，我的父亲在公社水管会负责，如果他们两人中取了一个，另外一个肯定有意见，公社武装部负责人充分考虑了这一点，就让当时的农民子弟万范能应征上了。吕晖远当然有点伤心，但母亲说，不去也好，反而脸上露出了笑容。

吕晖远第二天就赶到烂泥湖工地。刘支书勉励他说，验上了，保卫国家，光荣；没验上，参加三大革命实践，同样光荣，鼓励他在烂泥湖战斗中再立新功。吕晖远受到支部书记的鼓励，感到万分高兴，劳动起来更卖力了。有时，他对挖土的说，你给我多挖点，肩膀是挑出来的，挖土的说，到底是验了兵，觉悟高。

他读过小说《钢铁是怎样炼成的》，暗暗在心中发誓，革命人就是要冬练三九夏练三伏。他读过毛主席的诗词，憧憬着“高峡出平湖”的壮丽景象。他想烂泥湖修好后，人工河清水荡漾，鱼翔浅底，珍蚌丛生，具蓄洪、灌溉、养殖之利，将对子子孙孙都有好处，自己能够参加这样的伟大工程感到骄傲，将来头发白了，回忆起来，都是一笔宝贵财富。他的脚生了冻疮，肿得像个馒头，每天晚上，他总要打桶热水，洗个脚。大队赤脚医生可嫩几背着药箱来了，让他坐在凳子上，脱掉胶鞋，拿着镊子，夹着一坨棉花，然后在碘酒瓶里浸了一下，就涂抹在他的脚上，这也让他感到十分温暖。他想，生活在这样一个好社会，自己绝对不能藏奸耍滑。他凝视着这些劳动工具：锄头、铁锹、圆齿耙头、板车、钢钎、扁担、箢箕，他想几千年来，旧社会也有这些工具，为什么烂泥湖就是得不到治理，这些工具，到了新社会，就变成了降妖伏魔的神奇武器？

天连五岭银锄落，地动三河铁臂摇。喇叭里的新闻稿不断以这两句开头。每到星期天，银城的机关干部以及各厂矿企业的工人坐着大卡车参加义务劳动来了。地处欧江岔的银城八中组织的学生演出队来表演节目了。表演的三句半都是讲修烂泥湖的好处。比如，银城人民志气高，重整山河更妖娆，根治烂泥湖，看今朝。又比如，沟渠成网雄赳赳，电排成套气悠悠，旱涝水随人意走，保丰收。工地上，打夯的号子与水牛背着的石磙的滚动声响成一片。远处也有爆破的声音。听说笔架山一带，有铁质岩挡道，一百多人挖了一天，挖烂三十多把锄头，根本挖不下去。后来就顺着缝隙打洞，再装上炸药，在山崩地裂的巨响中，铁质岩让路了。吕晖远想起了电影《南征北战》里的镜头，千军万马，铁流滚滚，老百姓也人头攒动、人声鼎沸，推起独轮车，支援前线，现在也是人山人海，场景与当年解放全中国的场景何其相似。中午吃饭的时候，刘支书也来坐坐。刘支书说，修烂泥湖的好处你们知道不？烂泥湖区有几十万亩农田不再受积水危害，缩短防汛段两百公里，减轻了防汛任务，增加抗旱水源，还能扩大耕地面积，主干河道内可通船只，堤上可通车辆，有利于交通运输，有利于田园化建设。也许你们会说，我们是资水北岸，享受不到好处，你们应该这么看，银城是一个整体，这次在主渠和支渠修建节制闸后，可拦蓄水量五百多万立方米。周总理在四届人大做报告时，提出了实现四个现代化，你们晓得不，烂泥湖修好以后，发电也方便多了，到那时，楼上楼下，电灯电话，银城的电力问题解决了，我们可以用电做饭，用电驱寒，用电也不要花钱了。虽然我们不能享受其他的好处，但用电不是一大好处？你们这些后生子，结婚的时候，就不要吹煤油灯当新郎官了，只要一拉扯绳子，电灯泡就熄了，好不好？大家就哈哈大笑，说刘支书平常正儿八经，这会儿也开玩笑，更亲切。刘支书说，领导也是人，领导干部要跟群众打成一片，不说点群众听起来就笑的话，怎么能够做好鼓动工作呢？然后他说，你们这些后生子真的幸福，你看现在谁打了赤脚，晴天穿胶鞋，雨天穿套鞋，我们一九五四年修南洞庭，寒冬腊月，不是穿草鞋，就是打赤脚。大家说，是啊，是啊，还是现在好。

有一次，吕晖远听到刘支书、谢丹新几个在嘀咕什么。刘支书说，我看了县工程指挥部的通报，有十四起违规事件，工程指挥部有五起，大部分是干部多领了粮食，我们是不是有这个问题，也要查一查。谢丹新说，我们是充分保证大家吃饱，干部没落一斤粮。刘支书说，还有报销的账目要清楚。银城指挥部办公室接待了省报两名记者，是在欧江岔一个饭铺里吃的，点了七八个菜，吃了十五元，接待费后来记在账上，被县委李书记知道了，坚决要求这笔钱不能记账，这笔接待费从接待人员的工资中扣除。听说，县委当时其他同志有意见，说，是接待的省报记者，人家从省城坐了一夜船，到了后，马不停蹄采访，还发了头版头条，省委主要负责人都做了批示，让他们吃好点，这也是人之常情啊。李书记说，不行，革命不是请客吃饭，省委负责人到各地视察，都是在食堂吃饭，都要按规定交钱和粮票。这个头不能开，除了扣工资，还要通报。谢丹新说，李书记这人，真的是我们学习的榜样。

白沙大队分了几百米的河堤，经过三个多月的奋斗，终于在一九七六年元月上旬完成任务。公社党委副书记吴年庆带着技术员来验收了两次，最后一次验收的时候，喇叭里播出哀乐，是周总理逝世了，吴年庆顿时号啕大哭。他说，还干三个月，我也就退休了，我带领你们向北方三鞠躬。于是，大家就跟着吴年庆喊的口令，一鞠躬，二鞠躬，三鞠躬，向北方鞠了三个躬。然后，白沙大队的两个食堂就都会了一次餐，每个食堂，都去欧江岔镇挑了半边猪回来，大家都饱餐一顿。已经是下午时分，有的说，我们今晚就回去。但松友几不同意，说，回去还要坐船，坐完船走路还要过兰溪河三岔堤两道河，估计晚上没有船坐。大家就兴奋得睡不着觉，闹哄哄的，有的还要借老板屋里的马灯打牌，松友几说，贼日的家伙，老板屋里不要睡觉吗？你们就给我老老实实地睡，明天天亮就上路。

修完烂泥湖，吕晖远在家没休整两天，又投入了另外一场战斗。王家坪公社已做好了规划，北边的几个大队，要修向阳渠。南边的几个大队，要修一条从土林港到窑山口的马路，全长七公里。这条马路要填四个塘，要拆掉三十五户人家。因为县上有烂泥湖的重大工程，县里面的技术员重心都在那儿，修向阳渠和土窑马路，只能是土法上马，加上有春耕生产、早稻、双抢和秋收等任务，公社预计要到年底才能完成。

一九七六年十一月，吕晖远又验了一次兵，这次初试和复试都通过了。这次是验上了空军，部队驻扎辽宁，接兵的首长在吕晖远家吃了一餐饭，吃完饭，部队首长临走时，妈妈竟然发现首长在碗底放了六角钱和半斤粮票，她赶忙把钱和粮票要退给首长，说，长官，我家又没有什么菜，吃了个没菜饭，还给钱，我们无论如何不能收。首长说，老乡，这是我们的纪律，请你一定要收下。说完，挥挥手，大步流星地走向县武装部的吉普车。

那天，我们全家都到了银城县城，武装部专门安排了县招待所一间房间，我们全家到银城照相馆照了一张相，对吕晖远来说，这当然不是第一次照相，但对我来说，就是人生第一次照相了。那个半夜，在我睡着的时候，哥哥吕晖远就与新兵们一起出发了。这对我们家里来说，确实是一件大事。哥哥去几千里之外当兵，一般是五年才能回家探亲，妈妈每日都眉头紧锁，她内心是多么不希望儿子离开自己啊，但儿子是去保家卫国，这个道理她懂。她没几天就催促我给哥哥写信，她过几天就要去闸上，问有我家的信没有。

第二十五章 札记18：队屋

说说永新生产队的队屋。

队屋建于一九六四年，这一年，天上风调雨顺，地上人丁兴旺。现在查户口簿，一九六〇年、一九六一年、一九六二年出生的都比较少，一九六三年、一九六四年出生的就比较多。有人统计，到二〇二三年、二〇二四年，中国退休的会特别多，国家的社保压力也从这两年起会变得比较沉重。当然也就从这两年起，一些行政岗位和事业单位，会腾出大量的位子，部分缓解国家的就业压力。一九六三年，永新生产队喜获丰收，这些稻谷显然不能够堆放在社员的屋里了，原来都是自顾自，后来搞互助组合作社，收的稻谷都是几家协商堆放。一九五八年，大伙都去炼钢铁去了，谷子大都烂在田里，然后就是几年大洪灾，收的谷很少，即使在洪水中捞上了一些禾把子，也大都发烂发霉，散发一股腐臭味，拿到扮桶里扮了，也大都是一些抑壳子，湖里的田里颗粒无收。一九六三年，好像《易经》上所说的否极泰来。阳春三月，天气就特别好，阳雀子比前两年叫得更加欢畅。春耕生产时，大家就攒了一把劲，一定要夺个丰收。天遂人愿，这一年的七月，大家把扮桶抬到田里，就看到饱满的谷粒挂在稻杆子上，实在惹人爱。几天后，就在队上的扮桶拖到五斗丘的时候，母亲肚子痛得厉害，就回家，在正午时分生下了我。

秋收时，光景又不错。收的这些稻谷，借了郭少江的两间屋装了，送了公粮，每户根据工分分配了，来年不会饿肚了，还剩下一些稻谷，就打了灰印，锁上铜锁，每晚派两个人轮流值班守卫，一时倒也无话。春节后大家动了建队屋的心思。郭少江家附近黄伏塘边上有一块空地，是平常吊牛的地方，就决定做队屋。大家清理掉牛屎，烧了一把火，把滋生蚊子的野草都烧掉，把队屋的屋场台子整出来了。大家就印泥砖，泥砖经过太阳晒，都干了的时候，就开始建队屋了。首先，挖了地基，然后用在万家河买的红砖打底，再用泥砖砌上去，起平层，上面用在木材厂买的杉木作檩子，用椽皮架在上面，再把一些树棍子、竹丫子密密麻麻盖在椽皮上，然后，就把每家每户贡献的稻草覆盖在上面。队屋是四大间，为了防止老鼠进入，每一间的墙壁上，都用牛屎糊了一遍。每一间，都空出来一个窗子，可以通风，每一个窗子，横竖安了几根短钢筋，既可防止谷发霉，同时那些贼牯子又撬不开钢筋。

新开茅厕三日香，新起的队屋每天很热闹，生产队的人有事没事都到这里转，其他生产队的人也到这里来参观。他们有的说，你们永新生产队是翁妈几在楼上——下不得地，我们是望哒鱼几吃光饭。也有不服气的，就说，你们是粪屎垢变玄蛹子。永新生产队的人一脸的骄傲，也不管那些是是非非，风言风语。队干部把队屋安排好了，起的四间，两间装谷，一间装棉花、油菜、芝麻，一间放农具，另外，还在旁边搭了一个棚子，牛也要有一个窝。郭少江是老用牛的，对牛很爱惜，看到原来牛日晒雨淋，很心痛，就动议搭个牛棚，大家也同意了。

队上请来了木匠篾匠，做了风车、水车、犁铧、扮桶、晒垫、档折、扬杈等农具，又去瓦厂，买了一些碎瓦片子，把它们锤碎，均匀洒在队屋前面的空坪里，然后在上面再抹一道牛屎，就成了晒谷坪。

队屋前面吊着的那盏马灯，一到夜晚，就好像一团火在跳跃。夏秋之夜，两个轮流守谷的，就摇着蒲扇，使唤着自家屋里的狗，来到队屋，从队上保管员的手里拿来钥匙，从放农具的房子里搬出几条板凳，就倒在板凳上睡觉，跟来的狗，看到主人睡了，就绕着队屋转了几个圈，觉得此地无趣，又沿着来时的路，在月光下“嘚嘚嘚”地跑回家去，可能过一会儿又牵挂主人，就一阵风地跑来了，然后支着腿蹲在晒谷坪上，半眯着眼睛睡觉，但一有人的脚步，马上就高度警觉，霍地腾起，扔出一串串响亮的吠声。一般守谷的是两个人，只要来一只狗就行了，事先都商量好了带来哪家的狗。因为有狗，守谷的人就安心落意睡觉。永新生产队从来没有发生过偷谷行为，那些打在稻谷上的灰印，从来都是印记鲜明。生产队可以说有两个印章：一个是雕刻的公章，锁在政治队长的柜子里，社员外出要办事，要开个介绍信的，就找政治队长，政治队长也就沾上红色的印泥，盖上一个圆形的印；另一个，就是灰印盒，灰印盒一般由保管员保管，它是一个长方体的木盒，装着灰白色的石灰，上面有一活动的盖子，里面有两层底，一层是装石灰，底下那一层，刻了“永新”两个字，所以保管员在稻谷上打上几十个有“永新”字样的灰印，就能看出谷有没有被动过。分谷的时候，各家社员挑着箩筐，把自家分的谷挑走了，保管员在众人的监督下，再打上灰印。

双抢的时候，几个扮桶里面打的谷都要挑到队屋来。保管员站在那硕大的公秤边，把每担水淋淋的稻谷称了，然后挑谷者就倒在晒谷坪上。晒谷，没有双抢那么累，一般是保管员带了几个六十多岁的老农晒谷，这些上了年纪的人大都是作田的老把式，一般是用牛，他们除了用牛，就是晒谷。晒谷者还有一些身上不太方便的姑娘堂客们，她们自己申请来晒谷。六月天太热，除了头上戴着尖角斗笠外，晒谷的都在肩膀上搭条洗脸手巾。晒谷，也要使力气，要不停地用耙把谷翻来翻去，用竹扫帚把与谷粒不相干的稻草叶子扫掉，不停地在谷上划出沟回。晚上，就要在晒谷坪上把谷堆成几堆，保管员再打上灰印。几天后，谷晒干了，所有的谷都要用撮箕装上，放到风车里，把干瘪的壳子去掉，就是成色好的稻谷了，再过一道秤，就放入队屋里打上灰印。

生产队保管员也很累，他是生产队的第四号人物。前三号人物是政治队长、生产队长、会计，当然生产队也有妇女队长、民兵队长、贫协组长，但这三人一般只是虚衔，政治运动一来，需要出面的时候，就出个面，不是生产队的队委成员。保管员责任重大，队屋里的稻谷和农具，都是集体财产，不能有任何闪失。保管员每天很忙，一清早就要到队屋来，察看没出任何问题后，守谷的才能离开，然后，就要做晒谷的准备工作。一拨拨的小学生割了牛草，都要在他手里过秤，他趁机翻看牛草里面，有没有他们偷的菜瓜、黄瓜，一发现，他就用手把它们捶烂，自己拿一坨，另外一坨就塞给割牛草的人。他还要到队屋旁边的香嫂几那里把队上委托她烧的两大桶茶水挑过来，香嫂几年纪大了，挑不动，只能自己亲力亲为。过一下，一担担的谷就都要他过秤、登记。晚上，他还要在牛棚里放上几堆青草，在牛栏屋旁烧一把稻草，让生发的烟火，薰走蚊子，迎接用牛的人把牛牵到牛栏屋里。最后要等守谷的人来，打好移交，他才能走。

“打禾佬，曼肚子，吃饭吃一德桶子，屙屎屙一马桶子”。每当割牛草的小孩扯着尖亮的童音唱这首歌的时候，大家就看到从银城街上走下来成群结队的人，他们打着赤膊，手杆子上肌肉一股股隆起，肩膀上搭着一个蓝色的布袋，那是他们的换洗衣服。他们是安化下来的，被叫作打禾佬。因为他们生活在山区，一般是种一季，双抢这一季没事做，就下到洞庭湖区寻活干。他们坐船坐到银城，就沿着资江岸边走，就在他们走的时候，生产队长就把他们中的两个或三个挑选走了，当时已经约定俗成了一个规矩，打禾两角五分或者三角钱一百斤，一天他们每人能打一千多斤，所以每人每天能赚两元多钱，甚至三元钱。永新生产队也请了几回打禾师傅，当时打禾的任务很重，没有打稻机，只有扮桶，这些安化下来的打禾师傅有使不完的力气，如果不请他们，这双抢真难以完成。直到七十年代初，出现了打稻机，才没有再请他们。打禾师傅，一般是派在社员家里吃饭，一般有个韭菜炒蛋，然后，是黄瓜、豆角、辣椒，他们晚上就铺一个水篾垫子垫在队屋的地上，与守谷的社员闲扯时，流露出对这地方的无比羡慕。你们这里好，湖区，有谷打，不像我们那里，要是天旱，就没有水，这一年就没有饭吃了。

一九六八年，当时不知出于什么考虑，王家坪公社要求每个大队的生产队合队，永新生产队与永丰生产队合在一起。一九五八年，成立人民公社的时候，本来就是一个生产队，叫作田家湾生产队，还是在五庭子家办的食堂，食堂解散以后，就分成了永新生产队和永丰生产队，这次又要求合队，名称就叫作新丰生产队。合队的那天很热闹，杀了一头猪，两个队的两百多号人都来了，吃了合队饭，饭还是在五庭子家办的，借了很多的门板摆在地上，每个门板上摆着一德桶子芋头蒸肉，还有几个大蒸钵，装着心肺汤、笋子、南瓜，两家一张门板。我家当时与稼妹家一个门板，我们家来了六个人，稼妹的堂客正好生了毛毛儿，他们家几口就没来。不知哪个的门板上，有个两岁的细伢子还屙了一坨屎，尽管如此，大家的食欲也没受影响。我家吃完了，剩下的菜，就由我姐姐和哥哥把德桶子里的芋头蒸肉倒入了蒸钵，把几个蒸钵里的菜倒入了德桶子。我看着他们端着德桶子和蒸钵，把菜送入稼妹屋里，倒进了他们家的锅里，然后，姐姐和哥哥又端着德桶子和蒸钵送到了五庭子家里，这些德桶子和蒸钵都是各家各户借的。吃完饭了，大家还坐在椅子上、板凳上、麻鬼凳几上，都没有散去，因为好戏还在后头。有一些人就在用木头和一些厚实木板搭台子，用铅丝和粗大的麻绳紧紧捆着木头和木头的接榫处，还把从公社借来的幕布也安上了。太阳落山了，夜幕降临了，白沙大队的宣传队正式演出《红灯记》。宣传队利用晚上和雨天排练了三个月，大队也花费了成本，请裁缝用家织布作了各种服装，李玉和高举的那盏红灯，是用马灯包了红纸做的，日本宪兵队的刺刀，是用木片刷了白漆，但有些服装，不好做，像日本鬼子穿的军服，就只能到公社去借。那天晚上，五庭子家的地坪里，黑压压坐满了人，不但是两个队的人来了，附近几个生产队的也来了。戏台边，挂了好几盏汽灯，照亮夜空如同白昼。许多年以后，好多人还津津乐道那个晚上的一切，郭立昌演李玉和，李腊梅演李奶奶，邢秋莲演铁梅。稼妹演鸠山。稼妹今天刚做了父亲，合队的饭都没吃，下午要能婆给他剃了个光头，然后就在头上刷了白色的油漆，他一出场，大家的嘴巴都笑歪了。吕连生演补鞋子的邱皮匠，田马桶演磨剪子的，春瞎子的崽田卫谋演王连举，普癞子演宪兵队长，溃眼珠演侯宪捕，夏达飞演特务甲，田腾方演的跳车人。

合队饭都吃了，样板戏也唱了，下一步具体确定队干部人选，两个队都有政治队长、生产队长、会计、保管员，这里就是八人，但只能有四人当队干部，一个队进来两人，选哪两人，另两个队都有队屋，只能选一个队屋，选哪一个？另一个队屋怎么处置，这些问题，大队也拿不出具体方案，加上还牵涉到很多具体问题，一段时期只能够各干各的活。过了一段时间，惯性驱使，大家觉得还是不合队为好，公社请示上面，上面说合队与不合队不是原则问题，如果不合队一样的抓革命，促生产，就不合吧。于是，永新生产队和永丰生产队的合队事宜就流产了。

这样又过了些年，保管员换了一个又一个，永新生产队的队屋里也没有发生什么大事，无非是过两年队屋屋顶的茅草要翻盖一轮新的，每年正月请木匠师傅、篾匠师傅来补一些竹木农具，还有一些新的喷雾器和一箱箱新的农药瓶子搬进来。后来，大铃子回到银城街上，那些读高中的人不再想搞双抢，一门心思都在那琢磨是读文科，还是读理科，或者是读中专。广播里说，中央开了一个会，以经济建设为中心，乡村在发生变化。尤其是陈天师被召回公社当一般干部，不再在白沙大队发号施令，公社要求刘支书、谢丹新等白沙的风云人物不要再当大队干部，让一些年轻点的人上来。春瞎子经过谢丹新家门前，不再低着头，躲躲闪闪，而是大摇大摆，谢丹新为此气得好多个晚上睡不着觉。另外，陈树贵、宝林癞子等几个基干民兵，也都不在大队做事了。后来，上面要求每个生产队分成三个组，每十来户成立一个组，把农具、种子粮分成三份，由选出来的组长摸纸坨子，实在分不匀的，作价，看哪个组买，如果都要，就摸砣。永新生产队有三头牛，正好一组有一头牛。四间队屋，一个组可以分一间，可以装谷，也可以放农具，问题是留下一间，到底怎么办。

河土离队上也有四五里地，几个组都不想再去那做事，大家就商量，干脆把它包给别人，本大队、本生产队的人，还是张家河的人都可以。如果这样，那华友几就要回来。华友几这两年一直是住在河土那个跟鸭棚差不多大小的茅棚里的，他原来一直借住的李小友家的房子，现在回来，李小友那间房子已破败不堪，李小友也有几个崽，正好筹备起屋，再去借住不现实。这样，剩下的那间队屋就只能是华友几住，所以华友几也就被编入了门口屋里的这组。

华友几的爷娘死得早，几个老兄从小就逃到华容落脚去了。因为他家里欠账，家里的屋都被抵押了，他被赶了出来，因为这是在土改之后，村干部就找李小友的父亲，要他家借一间房子给华友几住，华友几一住就是好多年。一九六七年，有个从外地来的堂客几叫卜彩云，在白沙讨米，有人就要卜彩云跟华友几缴伙，卜彩云同意了。她到华友几住的屋里，看到好脏，就拿把扫把打扫得干干净净。华友几借了两个鸡蛋，放得煤炭炉子上煮，结果都烧焦了。“可惜了，真的是望哒银子化成水”，卜彩云说。天还没断黑，两个人就关门闭户睡觉啦。卜彩云看到华友几的菜土茅封草长，就拿锄头去锄，还种了红萝卜、香菜等，有时候看到邻舍相骂，她就去扯劝。有两公婆骂得吓死个人，男人就给了堂客一拳，堂客就叫一声，就要去寻短路。卜彩云扯劝时说，天上落雨地下流，两公婆吵架不记仇，说得头头是道。

过了一向，华友几跑到政治队长介胡子的家里，说，绿了铜（绿了铜：资水下游方言为“糟糕”的意思），卜彩云回去了。这一向我身体有点小毛曲（毛曲：资水下游方言为“毛病”的意思），看到我身体鱼没动，水没挪，她每天都噘起个嘴巴。介胡子就劝了他几句，华友几就没事了。他见了人就说，“我年轻时也是后生子妖妖里（妖妖里：资水下游方言为“帅气”的意思），好多女的想嫁给我。我这一世不是红花伢几了。卜彩云跟了我又走了，也是我前世的凶数。”华友几出工积极，积肥搞春耕生产，后来队上要他去守河土，他也没讲价钱。湖里先老倌几和郭少江都守过几年，华友几接替他们一守就是好几年。他经常跑得河堤子上看轮船，看到轮船上有女的，就多看几眼。有时候回到队上，他说，我想社员同志们了，说得很动感情。

对于华友几住队屋，大家没有不同意见。华友几近来一直身体不好，经常咳嗽，有时还呕出血来，经常打寒战，六月还经常穿着那件破棉袄。组上就分配他看牛。有一次他把牛放在黄伏塘里吃荷叶，牛一直没露出水面，到天黑了，还没有上岸。组上人经过，问他牛在哪里，他说在塘里，但大家在岸上看了又看，不见，就有点怨怪他。他马上就跳到塘里，人家以为他要自杀，他说，我找牛去，下一颈根的水，一片片荷叶翻开看，这时，另外的人发现了牛正躺在对岸一个稻草垛后睡觉，他知道后，才踩着水上来。

第二天，华友几就卧床不起，有时候昏迷，组上人就商议着把他送到银城人民医院去，还到白沙大队出纳那里支五十元，轿子都借来了，但进到他屋里，才发现他死了。这是一九八二年老历八月十六日。

永新生产队的劳动力和堂客们全部来到了队屋，向华友几做最后的告别。华友几头发好长，有人就去请能婆，看他是否给华友几剃个头，能婆说，我也快死了，我从来不给死人剃头。大家就只好算了，用支的这五十元给华友几买水泥棺材，买寿衣，大家抬着他，埋到了蔡家坪。永新生产队家家户户都买了鞭子，大家谈着他每次从河土回来，说，我想念社员同志们，就都流眼泪。他本是外乡人，这几十年来，融入了我们永新生产队，他是永新生产队这血肉之躯里的一个分子，一个细胞，不是吗？他死的时候，我正在大学搞军训，后来寒假回来听到他去世的事，我这样发出感慨。

这一年的年底，组上的田又承包到每个家庭了。所有的农具都标出价格，自动购买。牛是每家看两天，队屋就成了一处空巢。正好邢尚志的宅基地分在了队屋这，队屋因为有十八年历史，也已朽坏，邢尚志提出按照当时的价格，把打底子的红砖和屋檩子和椽皮买了，这些钱都分给每一个永新生产队的成员，其他的泥砖和茅草值不了钱，于是，邢尚志就要大家帮忙，一天时间就把队屋撤了。半年后，他的家就在队屋的地基上崛起了。

第二十六章 作者赵惠宝

大学时写的札记看完了，吕怀远揉了揉眼睛。这些札记，它实际上只写了二十世纪七十年代白沙的一些事，有的还追溯到了更早的年代，关于故乡的风土人情，那片土地上人的状态和遭遇、爱恨情仇等等，还特别写了当时自己一些顽皮的事，出风头的事，幼稚的事，这也是一个农村少年的心路历程。札记里描述的这些事，大多数是他亲身经历的，也有道听途说来的，但一般不会太离谱。自然，文笔也是一个大学生的文笔，稚嫩青涩。札记里写的这些人很多都已作古，像陈天师，八几年死于心肌梗死，但他们活着时的模样经常在吕怀远的眼前一晃而过，他们是白沙宏大叙事的有机组成部分，不管当时是正面形象，还是反面教材，他们都在白沙飘过。这样的札记，当然只是一种记录，它既不是小说，也不是散文，与文学挂不上钩，当时没有发表，今生今世可能也发表不了。但不发表，不意味着没有价值。吕怀远决定回省城后把它打印出来，如果以后有社会学家要研究七十年代左右中国农村的历史，他就寄过去供学者做一点小小的参考。

吕怀远想，当时为什么要写这样一些札记呢？当时写的时候，我竖起的耳朵是否太敏感了，想聆听暴风骤雨甚或耳语呢喃，以及历史回音壁的声音；我张开的眼睛是否太敏锐了，试图察看岁月的纹理，要从纹理中察出历史的意味深长，很显然，这些目的没有达到。当然，我也试图固定历史的方位，像钉钉子一样把它钉紧钉死，但发现它早已逃之夭夭，它在远处微笑，它说得了吧！

不要给我下定义，我是那样鲜活的历史，为什么要给我固定一个脸谱呢？

吕怀远就想到大学毕业以后的这三十多年，就做了一件事，参与了每月编一本给农民看的刊物，中间夹杂写了一些采访报道。这个职业有光鲜之处，但又确实是最普通不过的职业。吕怀远觉得它远不及老师，因为老师退休以后，桃李满天下，不断地有学生来探望，老师可以到处跟人夸耀，某某学生成了副局长，某某学生成了高工，老师有骄傲的本钱。这个职业更赶不上医生，医者仁心救死扶伤，医生退休的时候，可以与人聊起许许多多救人一命的故事，备受人“胜造七级浮屠”的夸赞。这三十多年，到底做了一些什么？编稿、写稿、校对，如此而已，单调重复，一年也去采访几次，也只是雁过留声，当然，也培养了一些作者，但这些作者都是浅层次交往，有的打过一两次电话，就没有联系了。但有一个人，此时却在吕怀远的脑海里跳了出来，吕怀远不得不干脆躺在棚子里的床上，好好想他一阵。

他叫赵惠宝，是银城区七里堆人。其实，七里堆离白沙只有十来里路。吕怀远当编辑的最初几年，赵惠宝就寄了十七次稿，吕怀远退稿五次，他都清楚地记在联系作者的本子上。与作者联系，也是编辑的一项基本功。每次赵惠宝给他写信，必落一句“生命不息，奋斗不止”的话。吕怀远为之感动，但版面太少，来稿太多，上的稿子还要受栏目、热点等限制，加上赵惠宝所写的大量稿子，真是平淡无奇，确实不好采用。但这次有了一个机会。这次稿子到三审那里，第四十八面删了几百字，还差三分之一面，美术编辑准备画一朵花，填充版面。这时，吕怀远正好看到了赵惠宝的十八次投稿，题目叫《农民心曲听我谈》，吕怀远就请示了一下主任，决定用这个稿子去填充那几百字的空白版面，就删改了一下，请二审和三审签了字，交给了排版的美编。

稿子作为补白，还行。看清样的时候，吕怀远就使劲盯着这个稿子看，看有没有错别字。

农民心曲听我谈

银城农民　赵惠宝

心里话就是实在话，在这里，请让我为农民说几句心里话。

几年来，农业贷款很少服务于农业。有些农贷被“人情学”“关系学”所取代，唯有“来头”的如愿以偿。确有实际困难的农民若要贷款，一看“家产”，二看“资本”，三看“偿还能力”，好话讲了几箩筐，终至扫兴而归。生产迫在燃眉之急，他们不得不预卖有限的粮食或以高利贷来垫付。你看他们如何富得起来，农业生产又如何上得去？

然而，某些领导干部整天从事私营买办或泡在“会海”里，恭迎上司，应付同僚更是忙得不亦乐乎，错把扶贫为“扶瓶”。这样下去，要小心我们的国家成为他们的盘中餐了！

要想把我们的国家建设成为强盛的农业国，就得需要各行各业的大力支持和农业干部的艰苦奋斗，大大地增加农业投入，紧紧地依靠农民。“牵牛下水，六脚齐湿”，这句农村俗语说得多好啊！

刊物寄给赵惠宝以后，不久赵惠宝出现在吕怀远的办公室。他五短身材，脸微黑，鼻子下有一撮小须，显得很憨厚，他用蛇皮袋子提来了几个竹笋脑壳，说是他上山挖的。轮到要吃饭的时候了，吕怀远说，我们随便吃点，吃浏阳蒸菜。赵惠宝执意要请客，说我昨天卖了一头猪，卖了几百元，有钱呢。吕怀远也正好是月光族，一摸袋子，确实只有一些块角票，只好由着他了。赵惠宝点了四个菜，花了三十元，还买了两瓶啤酒，他举着酒杯，说，我们结为兄弟吧！我们兄弟二人，不求同年同月同日生，但求同年同月同日死，吕怀远苦笑了一下，琢磨着你比我大十三岁，假如你活到八十岁，难道要我六十七岁就跟着你死，想这个人怎么这么不靠谱！吕怀远看赵惠宝端着酒杯，兴致颇高，也只好把那杯酒喝下了。

乘着酒兴，赵惠宝说他这是第二次到省城来。他说，他第一次到省城来，是到省报去送自己写的笑话，编辑老师说，你放到这里，如果发表了，我们会给你寄样报。赵惠宝回到西站时，要屙尿了，就往厕所跑，可厕所竟然要收一角钱，他就找那戴红袖章的老头子辩论，说从古到今，解手哪有要收钱的，那老头子说，你不交钱，你出去，赵惠宝就真的出来了，但尿在裤裆里胀得要死，就只好交了一毛钱又进去了，那老头倒也没说什么。赵惠宝心中意难平，回到家写了一篇报道，寄给省报，标题是《咄咄怪事：省会厕所竟然收费》，稿子一直没有发表。

赵惠宝说，前天，我当了一回英雄。原来，前天他在银城汽车路行走时，发现一辆小车撞了一个人，肇事司机先是下来了，但看到被撞的是一个乞丐时，就拔腿要跑，马上就被赵惠宝抓住，赵惠宝要求他必须送乞丐上医院，司机看躲不掉，就让乞丐上了车，赵惠宝也跟着上了车。到了医院，所有的医生护士都不敢给乞丐脱衣服，因为乞丐穿得太破烂了，身上还有屎尿味，虱婆子在衣服上横冲直撞，司机就求赵惠宝脱衣，赵惠宝说，你出多少钱，司机说一元，赵惠宝说，不行，直到司机说给二十元，赵惠宝才把乞丐的衣服脱了，接过那二十元钱，把钱给了乞丐。

吕怀远又对赵惠宝充满了敬意。吃完饭以后，吕怀远觉得过意不去，让赵惠宝跟着到了家，他把前一段买的几本书，大约值三十来元，送给了赵惠宝，无论如何不能亏欠人，这是他做人的一贯原则。赵惠宝也特别高兴，说，你送的书，我收了，我一定好好看。

隔三岔五的，赵惠宝又寄来稿子，里面有快板，有三句半，有对联，有民间故事。这些稿子，没有相应的栏目对应，不好用，吕怀远只能想，等下年，搞个副刊，再择其一二发表。

不久的一个春上，吕怀远又接到了赵惠宝的信。他在信中说："老历二月十七日，是我一生中很幸福的日子。我来到了白沙村看望母亲。这天是母亲的生日。母亲在人们的祝福声中幸福地笑着。"收到信的当天，吕怀远的父亲来省城看孙子，父亲告诉吕怀远，吕怀远母亲生日的那天，一个陌生汉子提着一篮子礼物来了，他们愣住了，后那汉子介绍他叫赵惠宝，经多方打听到了他家的住址，于是走十多里路来探望，正好赶上了吕怀远母亲的生日。

吕怀远确实有些感动，赵惠宝与自己结成兄弟，他在践约。信里面都称自己的母亲为母亲，看不出有丝毫的做作和投机成分，也许是《三国演义》的桃园结义给了他深刻影响，这种农民式的淳朴情谊慢慢地正在这个社会消退，管中窥豹，从这件事看出赵惠宝还完整地保留了这种古朴情感，这样的朋友值得交。

他试图全面地去了解这位朋友。赵惠宝又来过一趟省城，正好是星期天，老婆回娘家去了，吕怀远把他带到了家里，到菜市场买了一只鸡，在高压锅里蒸了。正好前几天买了一个微波炉，打了两只鸡蛋放在里面蒸熟，他拿出一瓶开口笑酒，这是本省宝庆府产的酒，原来叫宝庆大曲，现在的名称挺现代的，人世难逢开口笑，上疆场彼此弯弓月，气势磅礴的诗句啊，两人慢慢地喝着，赵惠宝说着自己的身世和人生故事。

赵惠宝一九五〇年十二月十四日出生在银城清龙洲对面的街口子。当时全家住在一个铁匠铺旁边，父亲从赵家垸子的烂屋子湾搬到街上，专门卖些鞭炮蜡烛。一九五〇年，他们家在银城的七里堆分了田，赵惠宝的父亲就在兰溪贩点鱼卖，娘就给街上的人洗衣服过日子，开始是租人家的屋住，后来就在319国道旁用泥砖盖了两间茅屋。当时分的田，码了很多麻石，麻石缝里不结谷。家里就想办法，父亲贩鱼赚几个钱就盖了三间瓦屋，还有两间茅草盖的偏房，就办了一个饭铺。对于个人发财，当时的氛围是上面喊打下面喊杀，社会主义只允许共同富裕。拆掉这个饭铺时，赵惠宝的父亲说了句，人盘穷，火盘灭。一九五八年，赵惠宝读小学一年级，当时的书杂费是三角钱。一九六〇年，他父亲去世。一九六三年，他家盖房子要把老屋拆除时，队上说要盖队屋得借他家的木头，就拖走了五根大木头。赵惠宝想，你们是野猫子抓鸡公，有去无回。一九六六年上半年，他母亲又去世了。一九六六，赵惠宝正在读初中，刚开始是半工半读，后来就停课了，一些本领大的人就到全国去串联。吃饭不要钱，坐车不要钱，戴着红袖章，向往着革命和远方，多么过瘾。赵惠宝想去，毕竟年龄太小，又是乡里孩子，没见过世面，就成不了行。一九六八年，搞复课闹革命，好多同学都不读书了，赵惠宝还是去了学校。路上碰到一些人问，你为什么还去读书，他也不知道，读了半年书就初中毕业，也没有读高中的打算，就到生产队开始出工。虽然快十八岁了，但他个子矮小，挑担子也出气不赢，做事无法跟一个成人劳力比，初定工分为六分半。征兵开始了，他写血书要求当兵，但没有验上。一九七二年奶奶去世后，家里就剩下自己一个人了。按赵惠宝的话来说，出门一把锁，进门一团火，里里外外都是我。一九七四年他去了烂泥湖，一九七六年回来后，有人给他介绍了一个石笋的红鼻子姑娘。人家看赵惠宝家里虽穷，但他有些文化，又喜爱看书，还爱拽点文，就同意了。第一次见面，他就跟姑娘说，烂泥湖工地如火如荼，姑娘没听懂，问，烂泥湖工地的鱼怎么的啊？赵惠宝开始有些嫌弃，认为姑娘没文化，将来没有共同语言。他看过一些名人的故事，没有共同语言是痛苦的，离婚的比较多。正当他打退堂鼓的时候，婶婶——她是介绍人，对他说，你也二十六岁了，现实点，家庭条件这个样子，你没有资格挑三拣四。他一想起自己的身世，就认下了这门亲事。

他到队上借了几十元钱，喊了队上的出纳，租了一部小货车开到了六十多里外的石笋。然后，小货车就进不去了，他们就只好走路。新娘子家陪嫁一张书桌，一些脚盆马桶，还有一些被褥和蚊帐，新娘子的亲妹妹和两个堂弟送亲。女方把嫁妆抬到车上后，男女双方和介绍人就都站在货车上，扶着那些被颠得东倒西歪的嫁妆，新娘子还晕车了，就这样一路颠簸到了家。赵惠宝事先准备了两桌菜。当时，赵家是穷得连床铺都没有的，只用泥砖垒起一张床，他到叔叔家借来一套被褥蚊帐，就这样的条件，赵惠宝总算结婚了，不几年又添了两个儿子。

到八十年代中期，赵惠宝家慢慢富裕了。他家养了四头猪，本来想卖给本村的屠夫，但屠夫那一段时间到汉寿有事去了。这时来了两个收猪的外地人，赵惠宝问了价格，比屠夫那里还高五角钱一斤，赵惠宝就同意了。他们用麻绳子捆了猪脚，用收猪人带来的大秤称重，四头猪总共一千零二斤，他们付给赵惠宝钱，然后开着手扶拖拉机走了。过了两个多小时，有一男一女路过，向赵惠宝的堂客打听，问看到收猪的没有。这一男一女是鹿角巷人，早几天男人借了秤称了猪，准备这几天卖掉，当时他堂客回娘家去了并不知道，但今天男人去李家坪，堂客在家里看到了有收猪的过来，就问了价格把猪卖了。男人从李家坪回家，听堂客说两头猪只有四百九十五斤，忙说自己前天称过是五百三十四斤，平白就少了三十九斤，就气得打了堂客两耳刮子，堂客的脸发火烧，于是跟着男人一路来找收猪的。赵惠宝一听就头都大了，如果按照鹿角巷人的说法，那自家的四头猪就少算了七十多斤。赵惠宝堂客气得脸一下垮了。鹿角巷那男人说，看这些人是哪里的，他们是把秤杆里面塞了篾片子，你们都没经验，这样一称就比实际重量少。赵惠宝夫妻和鹿角巷的这对夫妻一起去七八里地外的公社派出所报案，派出所民警做笔录，说有消息会告诉他们，他第二天又去派出所，派出所说已经报告了银城公安局，公安局也打了一些电话，但没有任何线索，要他们继续等待。赵惠宝回到家，村里人说这样的案破不了。赵惠宝也只好认了。

赵惠宝家在门口开一间小卖部，既卖西瓜、烟酒，又卖包子馒头。但他卖出的烟有人说是假烟。其实，他怎么知道是假烟呢，他从进货点进的，自己又不抽烟，既然说是假烟，他就对来找他算账的人进行了赔偿，他以后也不敢进烟卖了。

一九八七年，赵惠宝在田里放了大量的化肥垫底，所以那一年他家田里的禾苗就比别人家长得好，大家都用羡慕的眼光看他。正好这一年组长不干了，大家就要赵惠宝当组长。赵惠宝说，人一个肉一坨，前无杀手后无救兵，没那个本事当组长。但大家七嘴八舌一定要他干，他就顺了人家的愿，但他说，干不好到时可不要怪我。

当上组长以后，赵惠宝要开的会就多起来了。有一次海选人大代表，村里召集十三个村民组长开会，乡里一个党委副书记来主持会议，把意图说了，就是要选举村支书李玉明为银城的人大代表，赵惠宝与其他组长商量，大家觉得这是不民主的，指定人选等于带了框框，按理应该由农民自己选举。大家之所以有意见，还因为，村里的账务不清，村砖厂的收入，一直没公开，村会计十年前借了大队四千多元，一直没还。

于是，一个组长就联络好几个组长碰头商量，大家觉得村部的账目不清楚，建议上面清账。他们已经拿到村里的账本，那个发起联络的组长骑着摩托驮着赵惠宝来到乡税务所，因为他有一个熟人在这里，所以他们买了两包烟塞给那熟人。专业人士还是不同，很快就看出账目里的漏洞，收入账漏记，支出账重报，村办企业的红砖厂，人像走马灯一样换来换去，就说装窑的就有四十个人，各个组都要调人上来。砖厂的屋烂了，椽皮一节节朽坏，瓦片子也掉下来，没有修理；砖厂的煤炭丢失了几千公斤，组长们请来派出所查也没有破案。村里还办了一家粉丝厂，就是把豌豆加工成粉丝，也请了十多个工人，但人换来换去，这样就有了浑水摸鱼的机会。村支书一直宣扬砖厂办得如何如何好，实际上与砖厂真正的实际情况是有很大反差的。组长们义愤填膺，就请赵惠宝写了一封举报信到省报，省报转到银城，银城又批到乡里，乡党委副书记就通知十三个队长，一个个到乡里问话。

问到赵惠宝时，副书记说，你们李支书，实在是个好人，可以当代表啊！赵惠宝说，组长们都不同意啊。

副书记问他，那封给报社的举报信是你写的吗？赵惠宝说是的。副书记又问，你反映的砖厂的问题属实吗？赵惠宝说，属实。副书记就让他回家了。

赵惠宝刚回到家，李玉明就来了，就说，你们不该跟上面那么讲啊。砖厂是有问题，我们也知道，所以我们把账本也给你们了。哪个有问题，我们村里会处理。比如一条塘里死了一条鱼，谁都不愿意把这个塘搞臭了，你愿意这个塘臭吗？

赵惠宝说，书记，我也是一个群众选举出的组长，我不能睁一只眼睛，闭一只眼睛。

李玉明笑了笑就走了。他刚走，赵惠宝的老婆就说，李支书先前来过一次，说我们家困难，村里照顾我家二百元钱。赵惠宝说，这是给我的封口费，你去把这钱还给李支书，就说我们家不困难。堂客说，我不还。村里的干部和组长，哪个没捞到好处，就你，不但没进，还要倒贴那么多钱，你写的那些东西发表了吗？

赵惠宝说，你不去，我去还，你把钱给我。堂客就把钱往地上一丢，哭了起来。跟你结婚十多年，我得了什么好处，只怪得我那猪婆子娘生了我，命苦啊。

赵惠宝捡起钱追到李玉明，他对李玉明说，谢谢书记的好意，我家不困难，不要照顾。说着就把钱递给李玉明。李玉明说，这是村委会今天上午研究决定的，全村十八户人家困难，要给补助，开完会，就从出纳那里支出了这笔钱，村委成员分头送，你是组长，所以就由我送。

赵惠宝说，我家真的不困难。我真的不要，就把钱塞到刘支书手里。

自退掉那二百元困难补助费后，赵惠宝家的鸡跟着就死了几只。堂客说，我又没在地坪里撒谷粒子，但前几天却好像有些谷粒。肯定是拌了农药。要是有人往我们家水缸里放农药，我们命都会没了。

赵惠宝到田里去做事，看到有几只打烂了的酒瓶子横在田垄路上，要不是他看见，脚板就会鲜血淋漓，这分明是恐吓，这些家伙太猖狂了。

过了一段时间，公社的处理决定下来了，免除村里的会计和砖厂厂长职务，两人挪用的一万五千元须立即上交村部。李玉明被乡里的新书记狠狠批评了一顿，但还是继续担任支书。

银城砂石管理处给乡里四个指标，解决四个合同工的问题，乡里给了村里一个指标。得知这个消息，李玉明家挤破门，提来的荔枝和桂圆，摆满了凉床子，李玉明要大家把提来的东西提回去，否则，他就翻脸不认人。在村委会上，李玉明就提议这个名额给赵惠宝，大家开始都一惊，后来明白支书的良苦用心，就都觉得好。

家里连续遭到恐吓和威胁，赵惠宝对当这个组长有点心灰意懒，这次要去银城砂石管理处上班，他觉得时来运转的机会到了，他就买了一斤荔枝、一斤桂圆，带着堂客到了李玉明的家。李玉明特别高兴，对他说，你知道，全村只有一个名额，村里也有一些人反对你去，我力排众议推荐了你。你是贫农出身，苦大仇深，人很正直，我很喜欢。我们是心心相印，我也很正直。

李玉明说，你到砂石厂去上班很好，很多方面你还是要学一学。人活在世界上要有进有退。你人不圆滑，不懂得做人的诀窍，还要抓紧学。

赵惠宝连忙点头。临走时，李玉明对赵惠宝说，你什么时候也学会搞这一套，东西提回去，提回去，就把荔枝和桂圆放到赵惠宝手上，送客了。

赵惠宝到银城砂石公司上班，公司没要他做体力活，主要是过秤登记。一个个驾船的把一船船沙子运到沙运码头，就有一队队的人专门把沙子挑上岸，先过秤，然后再把它挑到那像山一样矗立的堆沙子的地方，赵惠宝主要是看秤。先前那两个收猪人短了他七十多斤秤，给他内心的震动太大，因此他力求把秤看准，如果秤砣压得秤杆子低一点，公司就要吃亏；当然高一点，采砂人就要吃亏。他力求把秤放平再来登记，每次，采砂的老板都要看秤，看他登记。这些老板就问他，家住在哪里，他不知是计就告诉了一位老板。当天晚上，这位老板就提了两瓶酒到他家，还从袋里摸出两百元要塞给他。他把手一挡，坚决地说，你不要让我犯错误。赵惠宝知道，这些人就是希望他在登记时搞名堂，多写点。他指着那人的酒，说，提回去，提回去，那人就只好提着酒回去了。

赵惠宝的生活节奏比较固定了，他白天到砂石公司上班，晚上自己看书写点东西，有人还介绍他参加了L省的当代文学专修函授学院，说保证发表作品。发表作品可是了不得啊，那是作家和记者的专利。赵惠宝听说当官的都怕记者，自己无权无势时常受到人欺压，发表了作品就没有人欺负自己了。另外，发表作品，还可以实现小时候的作家梦。一个农民当作家，走在这片土地上都有脸面。虽然砂石公司有六十元一月，但函授班每年要交学费三百八十元，三年要一次性交齐一千一百四十元，一想到要实现自己的理想，赵惠宝咬咬牙，把家里卖猪的钱拿出来交足了学费。函授学院每个学期会派人来银城授一次课。那是整整一个上午的面授，主讲老师是L省作家协会的副主席，他讲小说的写作，讲了足足九十分钟。老师说《红楼梦》有主复线，一条线是贾史王薛四大家族的衰亡史，一条线是贾宝玉和林黛玉的爱情史；老师说《西游记》是单线，只讲唐僧师徒四人去西天取经的经历。老师说，不管白猫黑猫，只要抓到老鼠的猫就是好猫。写小说，不管单线复线，只要能打动人就是好小说。另外还有一个年轻人讲课，说是L省报的“名记”，他讲新闻的写作，讲消息如何开头，如何写中间部分，如何结尾；通讯如何开头，如何写中间部分，如何结尾；他讲倒金字塔，他讲虎头猪身豹尾。赵惠宝觉得大开眼界，人生最重要的是知识，是本领，人一辈子最幸福的是发表作品。老师都说了，发表作品，名字就流传下来了。赵惠宝想，你李玉明将来死了就死了，你的孙子都不一定记得你。我赵惠宝将来死了，几百年几千年以后，我的作品还在这里。每一次想到这里，他就想，猪算什么呢，卖了就卖了；钱算什么呢，历来都是打水漂。他对交了一千一百四十元给函授学院、参加三年的函授没有半点悔意，每个月都乐此不疲地给学院寄作品，每次都能接到他们的亲笔回信。

赵惠宝说到这里，说，弟弟，将来有一天我成名了，当了大作家，刚给你讲的这些，就是我的写作背景。我现在不要你宣传我，我只要求你给我发表一点作品。说着他从黑色的提包里摸出一个黄色的大信封，这个信封没有贴邮票，他抽出信封里面一张皱巴巴的、发黄的纸，给吕怀远看，那上面写着：

赵惠宝同学/同志：

您的作品《明天会更好》在第三届当代文学院北戴河夏令营的征文选拔赛中荣获三等奖，特发此证，以资鼓励。

当代文学专修函授学院

杂文月刊杂志社、少年素质教育报社、读写指南编辑部

赵惠宝又拿出几本刊物，他说，这是我在《海燕中短篇小说》函授创作培训班的内部刊物上发表的两篇作品。吕怀远瞄了一眼，标题都很大，一篇是《粮食、人口、耕地面积纵横谈》，另一篇是《雄浑、劲健、粗犷的阳刚之美》，但都只有几百字。

“喝酒，喝酒”，吕怀远举起酒杯，与赵惠宝碰了杯，显然赵惠宝异常兴奋，酒逢知己千杯少啊。吕怀远看了一下手表，快到下午四点了，就说，我们再干一杯，就算了。赵惠宝说，好，我正好要回去了。

临走时，赵惠宝说，我昨天写了一篇作品，我准备把它投给《人民文学》，于是，吕怀远就看了，作品只有三百字。

集体工

许多人聚在一起做事，凭工分吃饭，叫集体工。过来人都知道，在那勒紧裤带的灾荒岁月里，豆渣、糠饼、灰萝卜塞进了人们的饥肠，生产队长一声令下，男女老少一齐飞出家门，聚在一起做这做那，甚至东边的泥巴挑得做西边的脚肥，可到年终分配时，稻谷加稻草，倒找八分钱一个的工不稀奇呢！

若是谁提出来“分田到户”“搞承包”，便招来一顿臭骂：你这狗娘养的，

操屁股没良心的，遭千刀万剐的东西你，你今天不是带领农民走回头路，吃二遍苦么？人们恨不得咬牙切齿生吃其肉。

赵惠宝说，我是从李白的《静夜思》受到的启发。你看，床前明月光，疑是地上霜，举头望明月，低头思故乡。没有一句形容词，写得好简单朴素，我的《集体工》也是这样。你说《人民文学》会不会发表啊？

吕怀远有点哭笑不得，又确实不好说实话，怕伤了他的自尊心，他毕竟是一个农民。

端午节后，吕怀远到银城出差，他觉得应该去看看赵惠宝，他就去百货商店买了一袋子礼物，按照赵惠宝原来说的地址搭了几站公交车，到得赵惠宝家。赵惠宝格外兴奋，招呼他落座以后就对老婆说，贵客来了，贵客来了，我的弟弟，省城的大编辑，我天天给你说的吕怀远来了，你去砍点肉，买条鱼。吕怀远喊了一声嫂子，但她只点了一下头，脸上没有一点笑容，走开了。赵惠宝就带着吕怀远看他的书架，书架上面摆着《新华字典》《实用家庭菜谱》《个体工商户私营企业经营管理指南》《写作辞林》《成语故事》《老一辈革命家的传记故事选》，还有一本辽宁教育出版社出版的《海燕之歌》。书架的上头写着一行歪歪斜斜的字：本人藏书，恕不外借。吕怀远就问他，为什么不外借，赵惠宝说，我外甥借了我三本书，都没还，原来是他弄丢了。吕怀远就问他是哪三本书，赵惠宝说，是《韦拔群同志的传记故事》《周恩来传记故事》《夹皮沟智擒敌兵》，外甥是当兵出身，很喜欢看这些书，可惜现在新华书店都买不到了。

看完书架以后，赵惠宝对老婆说，你还没去啊？老婆的怒火起来了，说，你要我买这买那，钱呢？自己不争气，被砂石公司退回来，我看你到哪里去挣钱啊？吕怀远的心一惊，赵惠宝没在砂石公司做了？没听他说啊。赵惠宝就嘿嘿地笑着，没有钱了啊，那就杀鸡。吕怀远说，我不在这里吃饭，就要走。赵惠宝说那不行，弟弟第一次到哥哥这里来，不吃饭无论如何不行，说着就去捉了在地上觅食的鸡，抓在手上了，准备去厨房拿刀，赵惠宝老婆又来夺鸡，说，我只有这一只生蛋的鸡，你敢杀，我就跟你拼命。吕怀远感到万分尴尬，说，惠宝，我说了不在这里吃饭，你真的不要客气，说着就从袋子里拿出一百元钱，走到赵惠宝老婆面前，说，嫂子，我这次出差没有多带钱，这里一百元你们应应急吧！就把钱放在她手上，赵惠宝就从老婆手里把钱拿过来，硬要退还给吕怀远。吕怀远说，你与我都结拜了兄弟，这都不收，就看不起我了，说着又把钱塞给赵惠宝老婆，赵惠宝老婆就收下了。她对吕怀远说，干部，我不是对你来的。我们家这个男人，把家里卖猪的钱全部汇给外地什么函授班，写了这么多年，钱呢？我两个崽，连学费都交不起。他给省报写稿子反映砂石公司的问题，被砂石公司退回来了。我怎么嫁给一个这么宝里宝气、蠢里蠢气的家伙。说着对吕怀远说，你坐，我去买菜去。吕怀远说，我真的不在这里吃饭。

吕怀远就动身走，赵惠宝送他到公共汽车停靠点，显得很不好意思。他边走边说，弟弟，让你受委屈了，我这个堂客半傻不疯，屋里来了人客（人客：资水下游方言为“客人”的意思），他就出我的丑，我这辈子最亏的就是找了这个婆娘。还有一个事我来不及告诉你，我们砂石公司一些群众找到我反映公司的问题，我就写了一封读者来信寄给省报群工部，省报派记者来调查核实，做出结论说我反映的情况不实，单位领导觉得我损害单位的威信，就把我的合同工取消了。吕怀远沉吟了一下说，回来就回来了，天下哪里没有饭吃呢？

吕怀完就说，惠宝，我给你讲几句推心置腹的话。你现在暂时不要写稿子，为了孩子和老婆，你看先想点什么办法赚点钱，富起来再说。赵惠宝的脸顿时通红。他说，我以为你会跟他们讲话不一样，不料，你也跟他们一样了。

这时公共汽车来了，吕怀远上车，他看到赵惠宝的眼神黯淡，那种热情似火的样子不见了。以后，赵惠宝也没给吕怀远寄过稿子，没写过信。吕怀远想，自己劝慰赵惠宝的话肯定刺激到他了，他多年受刺激，以为遇上吕怀远会支持他鼓励他帮助他，不料吕怀远也与别个一路货色。吕怀远的内心里确实以为他是一个不识时务的理想主义者，傻得有点可爱，他劝赵惠宝的话不失通情达理，也是为他的家人着想，殊不知这可能伤了赵惠宝的心，不但浇灭了他的理想火焰，也损伤了他内心的评判价值。

每每一想起赵惠宝，吕怀远就感到内疚。

第二十七章 田福来

第六天上午，吕怀远正在看微信朋友圈，听到有人喊他的名字，他推了推眼镜一看，竟然是田福来。田福来大他七岁，已经是六十开外，但红光满面，丝毫不像个小老头的样子。田福来是骑摩托车来的，车后放了两个筐。他说，怀先生，你怎么在这里啊！吕怀远就说了由来，田福来说，你退休了啊，样子确实是老了点。吕怀远说，我过几天要回白沙住几天。那好啊，我们再聊！田福来就在夏婆子手里买了两百斤西瓜，一元五角钱一斤，夏婆子说他驮到银城的一桥下面，就可以卖三元钱一斤。田福来在银城一桥下有个摊位。

当田福来发动摩托车突突突地远去，吕怀远叹了一口气，他感到时间过得太快，一下子二十多年过去了。田福来是永丰生产队人，原来住在田家湾，八十年代初，田福来的父亲田春生把屋撤掉，在临近吕怀远家不远的地方盖了几间平房。这样，他们就成了相隔两三栋屋的近邻。田福来的老婆杨丽英离开这个世界也二十多年了。

田福来和杨丽英是在银城砂石场相识的。当时，杨丽英十七岁，和姐姐一起在砂石场筛沙子，田福来在这里挑沙子。当时，责任制刚搞不久，田福来平时都是早晨晚上干田里的活，白天来砂石场做事，每天在这里赚五元钱。当时，他是这一带第一个买凤凰牌自行车的农民，每天早晨就骑着擦得铮亮的单车到砂石场上班。杨丽英姐妹家离砂石场只四里地，开始她们都是走路上下班，后来，田福来从挖沙船上挑下来的沙子都是由她们筛，就混熟了，于是，每天回家两姐妹就搭田福来的单车回家。因为妹妹年纪小些，姐姐就要妹妹坐在后座的前面，姐姐再挨在妹妹的后面坐。杨丽英每次都得用双手扶着田福来的腰，自行车一颠簸，她双手就紧紧地抓着他腰上的肉，有时候，她的下巴也紧紧贴在田福来的脊背上，慢慢的习惯了他的气息，就对他就有了一种依赖感。田福来对两姐妹也非常好。有时候，看到路边有卖甘蔗的，就把单车停下来，花一毛钱给她们一人买一节甘蔗；有时候，骑到罗跛子的店，他停下来就给他们一人买一瓶汽水。就这样，二十八岁的田福来竟让两姐妹同时喜欢上了。但姐姐文静内敛些，妹妹外向大胆些，尤其坐田福来的单车回家的时候，姐姐看到妹妹依偎在田福来后背的神态，就明白妹妹对田福来已经入迷了，再听任妹妹有一句没一句的表白，姐姐也就把自己的想法抛开了。有几天姐姐病了，没去砂石场。第一天，杨丽英回来得很晚，回来她告诉姐姐说，自己跟田福来去电影院看电影了。第二天晚上杨丽英说，田福来在江边抱了她，还跟她打啵（打啵：资水下游方言为“接吻”的意思）了。姐姐也不好说什么，只是偷偷把这个事情告诉母亲。母亲来到白沙田福来的家附近，看了他家住的是瓦屋，家里干净熨帖，又向白沙人问了田福来家的情况。他家虽然是富农成分，但田福来的父亲一直老实巴交，何况现在不看出身成分了，问及田福来的口碑，都说像他父亲，做事踏实。田福来平常用单车送两个女儿回家，她也看到过田福来本人，虽然长得不是武高武大，但面相清秀，每次见了她都喊她婶儿，虽然年纪略大了一点，但年纪大一点会心疼人啊。于是，母亲就问杨丽英自己的意见。杨丽英说她爱上了田福来，准备嫁给他。娘就说，你还是要找个媒人吧，要明媒正娶。杨丽英说，现在哪里还信这些，电影里、录像里都是自由恋爱呢！娘就说，其余事我不管，你必须找个媒人。杨丽英就与田福来商量，就找同在砂石场做事的一个同事当了媒人，来定下了这门亲事。后来，杨丽英就经常到田福来家住，两人睡在一起，杨丽英肚子大起来了，结婚事宜摆上日程。杨丽英还不到十八岁，按照《婚姻法》是不能打结婚证的，到大队开介绍信的时候，把杨丽英的年纪写大了两岁，这样两人就到公社打了结婚证，把亲事办了。

一九九三年二月十三日，二十五岁的杨丽英从娘屋里清水潭回家，走到堤上谢丹新家门口的时候，看到一长溜队伍正在游丧，原来是万家河死了个人，要经过土林港，经过桂林驼子家门口，经过抽水机站，再经过孙发初屋门口，再经过老抽水机站到李家湾，要把白沙游一个遍，不时响起鞭炮声和孝子磕头的喊叫声，举花圈的在前引路，道士敲着铜锣，然后是穿白衣白帽的一大片孝子贤孙，再是十六个人抬着的棺材，经过哪家的屋门口，哪家就要放一挂鞭炮，抬棺材喊出一句“孝子磕头”，然后那些白袂飘飘的孝子贤孙就跪倒一大片，有时抬棺材的就把棺材放下歇气，老板屋里就要每人发一包白沙烟，如果不发，他们就不动身，因此一路游丧，就要歇十几次气，每个抬棺材的都能得到十几包烟。杨丽英跟在游丧的后面，说了一句“搭差去”，不料这三个字，竟成了一句谶语。

搭差，在银城话里面是，跟着死亡的人到阴曹地府去，是一句极不吉利的话，这句话在杨丽英口里说出，当时有好些人听到了，等杨丽英走到前面去以后，有几个老人说，这个妹几这么不晓得讲话。

到下午的时候，丈夫田福来拖着板车回来，板车上放着一个石槽，是银城街上一个石匠师傅凿的，花了三百元，可以供猪栏里三头大壮猪同时吃食。田福来拖回来的时候，吕连生和杨立生在渠道上看到了，连声称赞这个石漕好，石质精美，看样子还结实耐用，石漕里面还刻着几道花纹，在当地，这是一个最上档次的石槽。看来，田福来要养几头大壮猪了。

于是，吕连生几人就商量，每人出两元钱，买了一挂鞭子，到田福来家放。复鳖因为跟杨丽英吵过架，俩人不讲话，他就没来，但他也出了两元钱。鞭子放完，他们对杨丽英说，祝贺老板屋里喂的猪长到八百斤。杨丽英喜笑颜开，说，早点把信好煮夜饭吃，然后要他们坐，并就要田福来去买烟。田福来骑单车到大脑壳店子花了四元钱买来五包长湘烟，杨丽英又给每人煮了两个圆蛋。因为复鳖没来，田福来就端着盛放圆蛋的碗送到复鳖屋里，并递了一包烟，复鳖说，来哥太客气了。

晚上，杨丽英到老九家打五十 K，杨丽英与老九的堂客打对，输得比较惨，总是钻桌子底，打到将近十二点的时候，老九就说算了，不打了，但杨丽英因为总是钻桌子底，输得不甘心，就要求继续打。这时候，就听到田福来的骂声传来：“一个堂客们日不归屋，夜不归屋。深更半夜的还在打牌，这个屋里不要了？”老九堂客说不打了，杨丽英说打，她说，田福来一到天黑倒头就睡，可能是半夜给满伢几操尿醒来了。老九堂客说，我们还打一盘。于是就又打一盘，这一盘打到一半，老九堂客因为牌不大好，就丢了牌。老九的对家盘国才说，你们稀下的家伙，钻桌子底吧。杨丽英不肯，于是就回家了。因为还有一段距离要走，老九与堂客就打着手电送杨丽英回家。

杨丽英还在路上就听到田福来越骂越凶，这个家成个什么家，干脆解散算了，杨丽英也火飙飙地说，你吵死啊，你睡你的，我晚上打几盘牌还归你管？打牌，阎王老子都管不着。送杨丽英到了家门口，老九与堂客就转回家了，看到田福来还把洗脸盆子摔在堂屋里，杨丽英就冲到睡房里对田福来说，田福来，你今天做得太绝了，半夜三更起那么大的高腔骂，丢我的丑。田福来说，你干脆别回来了，你死得外边去，然后就拉灭电灯，盖起被子睡。杨丽英看他把电灯也拉灭了，就用剪刀剪断一根箩筐上的绳索，把它在自己的颈上打了个结，麻绳的一端紧紧系在窗子的插孔上，双脚朝门使劲地蹬，不一会儿，就气绝身亡。

田福来想着杨丽英是去洗手脸了，就没有太在意，继续睡，等了很久很久还没看到杨丽英上床，才觉得不对，就起床到堂屋看，等他拉亮电灯看杨丽英吊颈了，于是哇啦一声尖叫，冲上去看脸，毫无气息，摸脉，也不见任何跳动，他就大喊弟弟谷癞子，谷癞子和堂客过来，惊惊慌慌地又查验一番，确认杨丽英已经死亡。

于是谷癞子就把左邻右舍都喊过来，大家商议怎么办，自然是要请村干部过来，但现在还只有凌晨一点多，只能上午去请。现在还要去杨丽英娘家送信，但假如杨丽英娘家来闹事怎么办，大家一时没有主意，但事不容缓，还是先派人去送信。送信的人急忙跑到杨丽英娘屋里，敲开门，告诉杨丽英吊颈身亡的消息，然后就走了。杨丽英父母还不相信，因为昨天杨丽英还在家里，以为是假消息，就要杨丽英的弟弟先来探看，杨丽英的弟弟走到堤上谢丹新屋旁边，朝杨丽英家的方向一望，看见灯火通明，知道确实出事了，赶紧跑回去告诉父母。杨丽英的父母就绊天绊地来了，看着躺在地上的女儿，杨丽英的父亲就要寻扁担打田福来，他口里喊道，打死这个畜生，田福来长跪在岳父岳母面前，一言不发，呆若木鸡。杨丽英的母亲来到睡屋，看着尚在熟睡中的两个外孙，一个四岁，一个两岁，担心田福来又寻短路，就说，老倌子，女儿人都死了，莫骂了，人死不能复生，就走到田福来面前，说，你跪着干什么，快起来，这么多事要调摆。田福来就站起来，从柜子里拿出两千元，又找弟弟谷癞子借了三千元，一起交给丧事总管。

其实，杨丽英的娘早就有了心理准备，自己女儿的性格太刚烈，自五年前嫁到田家，就有两次自杀的举动，都被救回来了。有一次，她吃了农药，用轿子把她抬到银城医院洗胃。有一次她冬天投水，几个人跳到塘里把她救起。要说田福来这个郎牯子，虽然比女儿大十一岁，但他做事勤快，人也老实，除了做事，从来不玩耍，连扑克牌也不会打，而且一直也心疼女儿，所以女儿吊颈，是女儿的命该如此。老倌子要用扁担去砍他，要是他也寻短路，这两个小家伙怎么办？所以，她还是明眼人，把前前后后的事看透了。

杨丽英的娘这样想着，就从情感上原谅了女婿，就把这种情绪也传染给了杨丽英的父亲，他也不吵了，两老就呆滞地坐着，看着来来往往探忧的人群，不时号啕大哭一番。

杨丽英之死，在村里引起了议论。大家都不解，田福来对杨丽英实在没说的，自己舍不得吃，经常给老婆买口香糖，买巧克力，自己舍不得穿，经常给杨丽英买新衣服，前一向还给她买了一件风衣。田福来有次还去卖了血，说是要给杨丽英买个戒指，杨丽英真是有了好不晓得好。知道内情的人说，他们结婚七年，前五年两人从来没吵过架，这两年就经常吵口嘴。田福来大杨丽英十一岁，一天到晚像只陀螺一样转，累得半死，晚上一倒到床上就睡死了，杨丽英激情勃发，但田福来没有多少反应，杨丽英晚上就到处去打牌。田福来经常一觉醒来，没看到老婆，就开始骂骂咧咧，杨丽英一想到田福来早几年对她那么恩爱有加，现在竟然敢骂她，心里就有了巨大落差。两人吵时，她总是说，现在乡里哪个不是男人在外头做事，堂客在屋里带崽，哪个堂客们不打牌，你睡你的觉，我晚上打牌犯了么子天条，你越讲，我越要打。她有时白天还跑到门口屋场去打，跑到湾里去打。有一天，田福来从街上回来，看到不到两岁的小崽躺在摇篮里哇啦啦大叫，四岁的大崽打着赤脚流着鼻涕在摇动摇蓝。田福来问，你妈妈到哪里去了？大崽说，妈妈打牌去了。到哪里打去了？大崽指了门口屋场的方向，田福来就跑到门口屋场，对杨丽英说，你不能打了，屋里有事，杨丽英问，么子事，田福来说，回去再说，口气很不好，杨丽英说，你先回去，我打完这一轮就回来。田福来就回家了，直等到天黑杨丽英才回来，就问家里有么子事。田福来说，你看家里成了什么样子，喊的喊，叫的叫，杨丽英说，有什么了不起，我们从小长到大，哪个不是这么有一餐、没一餐过来的，哪个不喊不叫，他们又不是皇帝。田福来就不作声了，他板着脸在灶屋里煮饭，不小心把一个蒸钵打碎了，“啪”的一声，在杨丽英听起来就特别刺耳。她冲进灶屋，怒气冲冲地说，你还跟我耍态度，我就把碗柜里的碗一只只摔在地上。田福来说了一句，这日子没法过了，杨丽英说，你说了，那我就死，那你再去跟别人过。说着她就跑到杂屋里拿出农药瓶，把瓶盖拧开就往嘴里倒，幸亏田福来看见了，一把夺过农药瓶，一看，是一个基本用完了的农药瓶，但还有几滴流进了杨丽英的口里。田福来就赶快喊来了弟弟谷癞子，找了一张躺椅，然后从稼妹屋里借了轿杆，抬起就往银城医院跑。

后来还有一次也是为了打牌的事，田福来在家里生闷气，杨丽英感到田福来已经不再爱她，就投了水。几个人跳到塘里把她救起来，都说这个妹几真的不把命当一回事，村里的人都议论说。不料这次采取吊颈的方式，她还是永别人世。

安葬了杨丽英以后，田福来就拉扯着两个崽，又当爹又当妈，他以后也没有再找人了。一方面，是对杨丽英的死表示内疚，他对杨丽英是真切的爱，他无心再找人了；另一方面，在农村养两个崽，需要大把的票子，离异了的女人再带一个来，又怎么养得起呢？再婚也是不现实的事。田福来也就认了，命该如此啊。没娘的孩子早当家，大崽五六岁就开始煮饭，在家带弟弟，小崽也谙事，很少哭闹。田福来还是早晨晚上忙田间的事，白天去外面赚钱，他要让两个孩子吃好点穿好点。日子就这么日复一日地过。现在二十多年过去了，田福来的大崽也三十岁，听说在广东东莞成了家，他初中毕业后就在那打工，竟然赚了些钱，还在广东买了房子，找了个贵州女子为妻。小崽二十八岁，在银城开的士，听说也谈了一个女孩子，对方开口要五万元的彩礼，小崽望着田福来，田福来就问他，你喜欢她不，小崽说喜欢。喜欢，那无论要多少钱都出，田福来就在乡信用社取了五万元钱用一个麻布袋装了递给小崽，不久小崽也结婚了。田福来一把屎一把尿地带大两个孩子，现在他们也成家立业了，田福来说人生的任务完成，可以略开胡子吃稀饭了，但他闲不住，又在贩西瓜卖。吕怀远想，农民都是这个样子，有哪个农民闲得住呢？

第二十八章 大洪水

中午的天空还是碧蓝如洗，下午就乌云翻滚，一下子就下起了杂嘎子雨(杂嘎子雨：资水下游方言为“暴雨”的意思)，吕怀远的衣服一下就被淋湿了，他赶紧跑到瓜棚里。风吹过来，虽还是热风为主，但毕竟有了一丝凉爽之气。吕怀远打着赤膊，望着门外边，雨打得那些西瓜也满地翻滚，不知道它们知道痛不，他忽然想起了歪瓜裂枣这个成语。有几片西瓜叶子，从瓜藤上断裂了，被风吹起，像绿色的蝴蝶，升到半空飘飞，然后就消失在蒙蒙的雨雾里。

干脆睡上一觉，吕怀远就在暴风雨中，躺在床上睡着了。突然夏婆子喊他，他睁开眼，看到夏婆子拿着两把伞，站在面前，他说，看来这雨今天不会住仗(住仗：资水下游方言为“停住”的意思)，今晚到我家里去住吧！吕怀远说，不了，反正你这棚子不漏雨，住在这里可以。夏婆子说，那随你，我晚上再给你送饭来，就放了一把伞在这里，撑着一把伞消失在雨幕里。

其实，早几天吕怀远的朋友圈里，好多银城的朋友，都在转发一条《银城市政府紧急通知》，他当时没有在意，现在他又在他市政府担任处长的同学账号上翻出了那条信息。

据气象部门预测：于本月7日至9日，我市将有新一轮大暴雨来袭、同时伴有大风雷暴等强对流天气，预计本次降雨，集中在银城东部山区乡镇，降雨量会超过200mm，最大降雨将达到50-70mm/小时，如果集雨云在银城市上空逗留的话，此次降雨量将不亚于1996年洪灾！

为确保不垮一堤，不倒一屋，不死一人，现将防灾预警要求建议如下：

1. 居住在高山边、河边、地处低洼地带的村民朋友，暴雨来时一定要多注意自家房前屋后，如山上溢水、山坡上树木有倾斜状态、这是山体开始裂缝下滑现象，这时千万不要迷恋家里财物，必须先及时转移人员确保人身安全！

2. 家里有留守老人和儿童的，如果本人在市内工作的，有条件请假的、请于这几天回家把家里老人和小孩子安顿好，确保安全度汛。

3. 如洪灾来临请大家勿去河边坝边观大水或捞鱼虾，水火无眼更无情！很多危险都是无法预知的，如：1996年祖塔王家湾山体滑坡事件，有一部分人就是因观险而遇险的，望大家重视，谨防可避免的意外事故发生。

4. 特别提醒居住在地灾易发点的村民朋友，如出现险情一定要配合镇、村、干部调度，进行有序转移安全撤离。

5. 为了减少减小生命财产安全损失，有条件的可以提前做好人员和财产转移，防患于未然。

6. 温馨提示：各村的种植户、养殖户利用明天暴雨还未来之时，做好田地防水、饲料备用等准备工作，地势低易淹的地方做好家禽提前转移准备！各农户做好应急灯充电，准备安全度汛。

7. 请广大党员、组长、做好应急防灾抗灾准备，如出现险情，在确保自身安全的情况下及时组织人员撤离并上报支村两委！

银城市人民政府

银城人对于洪水，有过切肤之痛，形成了高度的警觉。抗洪压倒一切，这不，一旦暴雨如注，就向社会发出了警报。中国有句老话，一朝被蛇咬，十年怕井绳。银城的历届政府都对洪水绷紧了一根弦。银城自从一九四九后，共出现了四次大洪水。一九五四年和一九六九年都出现过。一九五四年吕怀远没出生，一九六九年那次，他清晰地记得。那年他六岁，过了端阳节以后雨下个不停，父亲当时在公社的排灌站排积，根本没时间回来，邢家后背的谷烂在田里，又被洪水冲走，所以那一季颗粒无收。在吕怀远的记忆里，一九六九年的下半年到一九七〇年上半年，是过得最惨的。每次母亲煮饭的时候，就是抓一把米，放到锅里，然后舀一瓜瓢红薯丝放在锅里，一起煮，到了冬天，就是抓一把米和着萝卜丝煮，吃得心里发慌，喉咙里都想伸出手来，拣那些白米饭的颗粒吃。

到一九七〇年打谷，终于吃到饱饭了，他放开肚皮吃，还特意跑到月塘的石桥，从水面上看自己，黄皮寡瘦的脸总算露出了点红润。

银城市的前身叫银城地区，现在包括银城区、荷山区和其他四个县和县级市，还下辖一个开发区和一个农场。七十年代，银城县包括现在的除市区以外的荷山区和银城区，现在的荷山区在资水以南，银城区在资水以北。当年吕晖远他们修的烂泥湖现在在荷山区境内，但当时却与王家坪公社都属银城县管辖。

一九九六年的那次洪水对于每一个银城人是刻骨铭心的。吕怀远记得一九九六年他回到老家的情景。那是八月，洞庭湖一带洪水暴涨，临近银城的沅江溃垸垮堤，滚滚波浪，席卷万亩平畴，淹没了七鸭子，朝南门桥席卷而来，继而把王家坪乡的低洼地带全部淹了。吕怀远那次带着八岁的儿子回家，他叫了一个摩的到土林港大堤上，看到大堤上搭建了密挤的帐篷，每个帐篷里有稻草铺的地铺，有煤炭炉子和锅碗瓢盆，大堤上到处都是废物和垃圾，不远处专门有两个油毛毡搭成的厕所，里面放着几个尿桶，大堤上来来往往的都是老人、女人，小孩在帐篷内外穿梭奔跑，若无其事地打打闹闹。站在大堤上，他放眼望去，故乡已面目全非，虽然洪水已慢慢退落，但还是一片洪荒景象。他碰到立昌伢几的堂客喜嫩几，喜嫩几告诉他，他父母昨天已租一条船回家了。怎么租船？他问喜嫩几，喜嫩几告诉他，到堤下卫跛子那里租。他就到卫跛子家，卫跛子说，我昨天送你爷娘回去的。吕怀远就给了卫跛子一百元，要卫跛子送自己回一趟家，最多在家待两个小时。卫跛子看大学生拿了大票子（自从吕怀远考上大学后，家乡人都叫他大学生），就驾船送他和儿子回去。卫跛子说，倒了垸子出太阳，现在天天是黄牯子太阳（黄牯子太阳：资水下游方言，形容太阳大）。小朋友不要怕，这水不深，就是翻了船也只有一脚背深的水。吕怀远看到洪水里到处都是水蛇和蚂蟥，还有漂浮的草把子、破布片，水面上一股难闻的水腥味。包干制后的十多年来，故乡的二层楼房越来越多，茅草屋早就绝迹，父母虽然住的是平房，但哥哥吕晖远早几年也起了三间楼房，但现在这些楼房都泡在水里面。吕怀远到了家，卫跛子说，你在家待着，我过三个小时再来接你。也行，吕怀远说。

家门前一九七四年修建的水渠还在水里面，月塘也在水里，只横七竖八地探出荷杆，石桥连影子都看不到，地坪也在水里，阶基上和屋里没有水了，但屋里都是积湿的。墙壁也被水浸泡得发黄，像东一块西一块颜色深浅不同的地图。家具上散发一股特别浓的水腥子气，儿子闻不得这股气味，有时捏捏鼻子。

电线杆子和几棵泡桐树都挺立着，蝉在白亮的太阳光下大声地叫着。几个堂客们坐在澡盆里把渔网撒在水面上，捞上来几只活蹦乱跳的鱼虾，母亲看着儿子孙子喜极而泣，父亲就点煤炭炉子准备煮饭。煮上饭以后，他就打着赤膊、穿着一条短裤到齐膝深的水里去捞鱼去了。吕怀远就问母亲，他读大学时写的那些札记到哪里去了。母亲说她不晓得，然后母亲说她今年六十多岁，从来没有经历过这么大的洪水，一九五四年洪水没倒垸子，一九六九年洪水也没倒垸子，母亲讲起那天他们逃离的过程。

那天下午，吕怀远的父亲母亲正在屋里吃饭，村里有人敲着锣大声叫喊，沅江垮堤了，乡政府刚打电话来，水已经快淹到南门桥了，各家各户锁好门，带上生活日用品，跑到土林港堤上去。父亲自从一九六九年调到公社水管会，一直与水打交道，他估计大面积的水在两个小时之内就会淹到白沙来，全屋场的人都神色慌张，看着父亲。父亲大喝一声说，瞄么子，都赶快收拾东西跑。吕晖远接了他的班，是乡排灌站的一名职工，现在在南门桥机埠排积，于是，父亲就把柜子里面的衣服棉被，仓里的几担谷，米箩里的米，以及鸡笼子里的几只鸡，都移到吕晖远家的楼上，吕晖远的堂客也带着小孩把猪牢里的猪赶到楼上，就锁了门，挑着一个煤炭炉子和半箩筐米，和几只南瓜冬瓜，带着换洗衣服，祖孙三代就逃到了土林港堤上。白沙村住在垸子里的人都扶老携幼，肩扛手提，风卷残云地来到堤上，虽然有人讲风凉话，但命要紧，大家还是跑来了。乡里戴书记也来白沙坐镇指挥，村里也有序安排，堤上人家每户接待几户垸子里的人家，打地铺。大家还没安顿好，就见有人喊水来了，大家站在堤上看到水排山倒海地从北边席卷过来，汪洋一片。有人就庆幸，说我们好走将（走将：资水下游方言为“走运”的意思），有人说，人都要死了，还走将？那人就说，有死啊，不是走将？不过消得消（消得消：资水下游方言为“差点”的意思）就有命了。有人痛苦地闭上了眼睛，说我家那几只雄鸡肯定淹死了，又安慰自己说，留得青山在，不怕没柴烧，只要人没事，就行。好在村部各组都点了人数，人员都撤离了出来。池密子婆婆，快九十岁了，耳朵听不见，孙子“缺牙膏”附在她耳边大声讲了几遍，她才听清，就说，我死在屋里算了，要她收拾东西，她硬不肯，“缺牙膏”和哥哥只好把她抬上板车拖到了堤上。

那天晚上，水声澎湃，波涛汹涌，青壮年劳动力都集中在堤上。他们举着马灯，打着手电，查看大堤有没有裂缝，有没有管涌。这是他们的家园，是他们赖以生存的地方，现在洪水已经淹没了那些稻田，那些菜园，淹没了他们的房子，他们被逼到了堤上。那些忠诚的狗，不知发生了什么事，跟着他们撒欢儿地来到了堤上，那些白猫黑猫，也箭一样地射到了堤上。倒霉的是那些老鼠，他们白天呆在洞内，现在洪水一来，他们夺路而逃，可能是爬到了树上……当然，村里也在召开紧急会议，研究一些问题，比如调拨所有的船只，处理一些遗留事宜。

吕怀远的父亲一晚没睡，总是站在黑暗中，看着水一寸寸一尺尺涨高。第二天早晨，他跟着村里安排的船回了一趟家，把自己养的几只鸡和大崽吕晖远家的猪和鸡都运到堤上，这里有银城屠宰场的人和桥南市场的鸡贩子在收购。下午，银城指挥部派来了几只大机帆船，把六十岁以上的老人和十六岁以下的孩子都接到银城。吕怀远的父母亲和侄女就坐上了船，他们被安排在银城一中的大礼堂。第二天，吕怀远的妹妹，她在银城瓷厂当会计，就把父母接到了家里。她家只是一间八平方米的房子，父母睡在地铺和沙发上，总比睡在一千多人的大礼堂强。

昨天，听闻水退掉不少，父母亲就回来了，他们坚持要住回自己的家，就花十元请卫跛子开船送他们回家。母亲问吕怀远，卫跛子问你要多少钱，吕怀远说，他没问我要，我给了他一百元。母亲一听，气得手都发抖，说，你钱大，然后她就说，一个劳动力做一天工都只有十五元，他收你一百元。送一趟十元，接一趟十元，最多给他二十元，等一下，我要他退给你八十元。吕怀远说，妈，你千万不要问他要了，他一跛脚，驾着船，把我送回来，还要来接我，不容易。他如果不送我，我还回不了家，你千万别问他要。母亲就答应了。吕怀远的父亲捉了一条鱼回来，他也说算了，不要去要。吕怀远就给了母亲一千元钱，说，妈妈，这是我从银行取出来的，我四个月的工资，你们自己看置办一些什么东西。

过不一会儿，卫跛子驾船来接，他提来一袋子新鲜肉和几条大鱼，说，接送只要二十元，大学生客气要给我一百元，我不能白收，就到小洲垸去砍了五斤肉，买了两条鱼，花了三十元，还有五十元给你，说着就把五十元塞到吕怀远手里。吕怀远不肯接，说一点小心意，你拿了。卫跛子说，大学生，虽然你有工作，拿得几百元钱一月，我的钱肯定比你多，我家开个店子，一个月能赚千把元，于是，他就把钱放到了吕怀远的母亲手里。

有了鱼和肉，吕怀远的父亲就风快地把饭菜搞熟，卫跛子也吃了两碗饭。卫跛子对吕怀远的父亲说，你们还是不要住在这里，还是住得银城街上女屋里，或者省城崽屋里去，你省城两个崽，一个崽在报社，一个崽在公安学校，命几好。现在水还没完全退，这水有毒，邢家湾两个堂客们早几天也坐我的船回家洗东西，打赤脚在水里感染了，脚肿得放光放亮，肿得走不得路。昨天坐我的船出来，现在在人民医院住院，听说还蛮严重。吕怀远也对父母亲说，你们跟着我到省城去吧！吕怀远的父亲说，水退了我们也要收拾屋里，我们不下水没问题。吃完饭，吕怀远对父母亲叮嘱了些注意事项，就坐卫跛子的船离开家。吕怀远八岁的儿子注意观察，回家后写了篇《洪灾区见闻》的作文，吕怀远觉得写得不错，就鼓励他寄给了《中国少年报》，竟然发表了。

这已经是二十多年前的事了，吕怀远还记得这么清楚。银城的历史上，历朝历代溃洪倒垸的事有多少呢？民不聊生的人间悲剧多的是。当时的县官，一般是朝廷派下来的，都是参加科举考试的举人或者进士，这些人写文章可能一溜烟，但治水的水平怎么样？史书上也只记载为数不多的西门豹治邺的故事，那就是说，历朝历代的在水边的官员，肯定把洪水当作心腹大患，要不怎么有洪水猛兽那样的成语呢？人间正道是沧桑。洞庭湖边的人吸取教训，对水的规律摸得越来越清楚了，水与土是共生共存的关系，防水土流失，就要返耕还林，这些事做好，效果就出来了。这十多年，银城就没发生过大洪水。但洪水这东西是不能高枕无忧的，上午银城政府发的那个通知，就是官员越来越聪明、也越来越精明的表现。

这雨下到第二天下午，吕怀远一直待在几平方米的瓜棚里，时而看看手机，时而闭目养神，偶尔站起来活动活动筋骨。他看到大堤上也有三三两两的人穿着雨衣在巡看，夜晚，手电在夜空里划来划去，狗叫个不停。夏婆子来送饭，说他也在大堤上执勤。一朝被蛇咬，十年怕井绳。银城人被洪水吓怕了，他们枕戈待旦、严阵以待是对的。夏婆子也再三邀请他去家里住，吕怀远说这里蛮好。前几十年，热闹惯了，现在难得清静，难得有这份悠闲，这是福气。

雨住了，太阳钻出乌云，披着金袍，光芒四射，乌云遮不住太阳，遮不住的，确实遮不住的。西瓜地虽然是一片狼藉，掺着沙子的水横一道、竖一道地流，但喝饱了水的西瓜越来越圆滚滚，越来越印堂发亮，显得越来越绅士风度，想到这里，吕怀远笑了。

第二十九章 白沙村的河土

停雨的第二天，吕怀远接到陈铁柱的电话，陈铁柱问他在哪里？他说在南门桥，陈铁柱就骑着摩托车赶过来。

陈铁柱主要是来说河土的事，虽然他不当白沙村的支书已经好几年，但是他一直关心白沙的事情。

资水流过，河堤下，河床渐渐裸露出来，慢慢地风化一大片，这些风化的部分就是河土。白沙村边上的资水河流比南门桥村边的河流要宽广得多，资水流到南门桥，越来越窄了，因此夏婆子种西瓜的河土也远远赶不上白沙村的河土宽广。

白沙村河土的实际情形是，前面几个依傍河流的生产队像土林港、李家湾、万家河等都自然分到了河土，后面几个没有依傍河流的生产队也想要河土，白沙大队就只好拿茅屋湾附近的一百亩良田换取张家河大队的一百亩河土，这样后面七个生产队每队就分了十几亩河土。这应该是六十年代的事了。小时候，永新生产队的河土先后有先老倌、郭少江和华友几在这里守过，吕怀远在他大学期间写的札记中说过这事。吕怀远小时候在暑假和星期天跟着堂客们在这里摘过棉花，扯过草，这里作为永新生产队种水稻以外的多种经营的种植地，种了芝麻、黄豆、绿豆、红薯、棉花、西瓜等，收获的大头卖给国家，从此生产队就有了一些余钱，家家户户年末可以分一点红。收获的小头呢，家家户户分些成果。比如芝麻和黄豆，过年的时候放在锅里炒了，泡些芝麻豆子茶来招待客人。比如红薯，既可以在大米短缺的时候，直接与大米一起煮，又可以切成红薯丝晒干，与大米一起煮，还可以把红薯煮成一锅粥，做成红薯片、甜羊几（甜羊几：资水下游方言为“红薯干”的意思），然后拿到太阳下晒干。红薯片在除夕夜，在放了沙婆子（沙婆子：资水下游方言为“沙子”的意思）的热锅上炒得嘎崩脆。守岁的时候，一家人围着熊熊燃烧的树兜咀嚼红薯片子，这是资水一带人的守岁乡俗。比如棉花，可以请弹匠师傅弹成一床十斤的棉被，冬天里几个人睡在一个被窝里就热和和里（热和和里：资水下游方言为“暖和”的意思）。河土的产品，能够给大家带来实实在在的好处，生产队没有理由不重视。当然，生产队长派工的时候，一般是派妇女、老人和小孩来这里，因为河土毕竟不是泥里来，水里去，也带有一种照顾性质。河土离生产队有三四里地。日上三竿的时候，妇女队长就呼朋引伴地招呼干活的人，大家就扛着锄头，锄头的另一端是一个竹篮，篮子里放着饭菜，慢悠悠地来到这里，边干活边讲笑话打趣。这些堂客们，总是说一些莫名其妙的话，总是给吕怀远这一班未成年人配对，当时一听到与男女有关的事，他们就气不打一处来，有时候脸红脖子粗，扯着土里的草朝这些堂客们扔去，引来一阵阵大笑。其实，在河土里干活是不累，倒是这样说说笑笑，慵懒的时光就容易过去。到了中午，大家就在守河土的棚子前，把锄头搁在地上，坐在锄头把子上，把篮子里的饭菜打开，你看看我吃的什么菜，互相交换着菜。有的油放得重一点，有的没有油，但一般没有鸡蛋和肉之类的，都是辣椒、豆角、黄瓜、菜瓜、辣椒粉子之类。吃完饭，南风吹来，大家就坐在锄头把上闭着眼养养神，等到大家觉得有精神的时候，又开始干活了，又是说说笑笑，打打闹闹，直到下午四五点钟的时候才懒洋洋地回家。

后来，搞责任制了，吕怀远又考上了大学，守河土的华友几从这里撤离，住在队屋里，不久就去世了。政策变了，发财致富不再藏着掖着，成了公开的口号。永新生产队的劳动力，也不安分了，票子吸引人啊，他们或走南闯北，干脆到南边去，或者在银城街上建筑队里挑水泥桶子。有的自家的责任田都懒种得，河土自然在一段时期被人遗忘。吕怀远有次来到这里，看到茅封草长，一片荒芜，心中黯然。张家河村的一些村民就在这里重新开荒，种起蔬菜。白沙有人察觉，就动员群众写了小字，说村领导不作为，让好好的河土流失了，村里正准备与张家河村村民交涉，就发生了一九九六年大洪水，接下来好几年河土都泡在水里面。到二十一世纪，洪水全面退出，河土又露出了原有面目，村里就拿出霹雳手段，把整整三百亩的河土集中管理，公开承包。首先是刘秋中承包了，他说他是白沙人，愿意为白沙守住这点家业，就把它建成一个蔬菜基地。刘秋中承包过市里面通往王家坪镇政府的班车，赚了些钱，所以他有余钱，每年都提前交了租金。到二〇〇三年，市委书记号召全市种欧美杨，乡里的意思是白沙的河土就不要种蔬菜，就种欧美杨。村里就与刘秋中商议，成立秋柱公司，以刘秋中为总经理，村里的几个干部也参股，让河土全部种欧美杨。此树种到三年，就枝粗干壮，银城园林局来收购，因为此时全国各地的城市都注重形象，欧美杨在城市主干道一排排移栽，就成了耀眼风景线。后来，上面大力反对形象工程，欧美杨就没有了市场，加上村干部参股也是上面反对的，秋柱公司就注销了，刘秋中结清给村里的租金，就到银城街上做别的生意去了。

在河土又陷入荒芜之时，人们发现，一到夜晚，河土的边上就来了挖沙船。

挖沙船是挖沙卵石做建筑材料的。资水这几十年来，像这样的挖沙船不断，开始是挖金，在泥沙俱下之时淘金，后来淘不出什么金就在河里挖沙，其实挖沙有巨大的利润空间。河里的沙挖得差不多了，就瞄准了河土，因为河土的土质是由细沙构成。听说挖沙的人绝对不是小民百姓，一定是有深厚背景的人才能够做此事。在白沙河土边挖沙的是八林公司。整个银城全市管理挖沙的主体是银城沙石协会，此协会对银城挖沙统筹管理，又代行河道管理的职责，对银城区域里的河流进行一个个河段地招投标，八林公司就中标了清水潭到张家河这一段。八林公司由九个股东组成，为头的叫石启和，石启和又把这一段转包给一个彭正奇的专门挖沙的人。彭正奇的三艘船白天在河土边停靠，船上人都回家睡大觉，一到夜晚，几十台摩托车呼啸而至，停在河土的围堤上。这些人跳到船上，挖沙机就张开吊臂，把河土上的沙土一块块地挖出，装入巨大的筐子，通过升腾和降落，船上就堆满了沙子。

彭老板首先是把摆渡的张运文搞定。张运文是张家河人，河土跟他一毛钱关系都没有，他一直在这里摆渡，白沙人要去对岸的三岔堤，或者更远的沙头、兰溪和羊角，都要经过这里。张运文早晨来到渡口，天还没黑了就回去。彭老板的人天黑突袭，本来可以与张运文失之交臂的，无奈一次晚上十一点有人要紧急过渡，去对岸报丧，把张运文从被窝里拖了下来，张运文与那人来到这里，看到这里的汽灯闪烁，机声隆隆，就觉得不对，把那人送到对岸以后，返回到河土的时候，找到彭正奇说，好啊，你们在挖社会主义的墙脚，彭正奇没有多说一句话，从袋子里摸出五张百元大钞，递给张运文。张运文接过钱，说，我什么都不知道。

张运文果然守口如瓶，但不久的一个晚上，这事还是被白沙的人知道了。

那天晚上十点多钟，河土边熙河水颤（熙河水颤：资水下游方言为“喧闹”的意思），人搞搞里（人搞搞里：资水下游方言为“围了很多人”的意思）。不得了了，白沙几百号人在陈铁柱的带领下，扛着锄头耙头一窝蜂地涌过来了。马灯像流萤一样匆匆卷来，手电光线在夜空胡乱划过，当几百人包围了挖沙的几十个人，江翠华举着手中的海鸥牌相机不停地拍照。事实胜于雄辩，只有照片能说明一切，显然这是经过精心谋划的。陈铁柱大声叫嚷，为头的出来，我有话要说。喊了好多遍，还不见彭正奇出来，李满飞就大吼，还不出来，我们就把船打沉，于是大家就都要涌向挖沙船。这时彭正奇从船上出来，他拿出诺基亚手机，打通110，说，我是砂石公司，我们的挖沙船在张家河外河土工作，现在白沙村几百人包围了我们，随时有人命案发生，请你们赶快出警。然后彭正奇对陈铁柱说，真的是误会，误会，我们根据政府指示，在这一段河道上挖沙，把这里作为停靠点，因为我们不了解情况，没有与你们及时沟通，请你们谅解。他话还未说完，就被此起彼伏的喊叫声淹没了。“白沙的河土，是老百姓的良田，你们凭什么挖?”“河土挖空了，保不了大堤，下次发大水，我们随时都会被淹死，你们就是杀人犯。”“你这是在转项子（转项子：资水下游方言为“无端找理由”的意思），一张寡嘴，你以为我们是三岁细伢子啊。”有人说着就要冲上船，陈铁柱手往下一压，大家就止住了。陈铁柱对彭正奇说，既然你已经报了警，我们就等警察叔叔来处理。

不一会儿，警车尖利的叫声呼啸而来，来了两台警车，四五个警察从警车上跳下来。为头的一个说，我是龚警官，什么事？陈铁柱就说了，河土因为一九九六年和一九九八年洪水之后，我们关注少了，但它是我们白沙村的集体财产。最近几个月，我们感到白沙的田里渗水严重，并且田里种不了田，塘里养不得鱼。别的村种田，是亩产一千多斤，有的到两千斤，白沙挨张家河村几个组的田，亩产还不到五百斤，我们百思不得其解。前几天老班子就说，肯定是资水大堤出了问题。我们村委会就组织几个人白天看大堤，发现了一些裂缝，张家河村有人就说，你们晚上去河土看吧，你们蒙在鼓里啊。昨天晚上，我们几个支委就到了这里的不远处，看他们除用挖沙机挖我们的河土外，还用锄头箢箕，把河土上的沙子挑到船上。今天上午我们几个又来看，这里的河土原来是三百多亩，现在不知是不是还有一半。我小时候站在这里可以把一枚明钱扔到对岸去，现在河流越来越宽，水土流失也越来越严重。今天晚上，我们白沙的壮劳力都非常愤怒，有好多是从广东打工回来的，我们要一个说法，对于危害农民利益的行为，我们农民本来可以把船砸烂，把船沉到河里去喂江猪子。但考虑我们不能给政府添乱，所以请警官们明镜高悬，给我们主持公道。

陈铁柱不急不躁地讲着，他显然讲得有条有理，他讲完以后，警察对站在一边的彭正奇说，是你报的案吧？打起来了没有，有没有人流血受伤？彭正奇说，我要跟警官解释一下。我们八林公司是中标来挖清水潭到张家河这段河道的沙的。现在一切都是国有资产，河道也是，这段河土一直荒废着。与其让它荒废，不如利废为宝，为国家的建设做贡献，现在沙石越来越稀缺，银城的发展越来越急迫，这是硬道理，我们也是奉命行事。今晚来这么多人带着锄头耙头，口口声声要沉船，我们不想打架，所以就报警了，好在没有打起来，没有人流血。

白沙的群众就七嘴八舌吼叫："完全是狡辩，你说，你们挖我们这么多河土，赚多少钱，有几个钱归国家，不都落在你们这些四脚畜生的腰包里？""现在电视里天天说要维护农民利益，这是我们的集体财产，是受国家政策保护的。""吃了多少，就连骨头都要吐出来。"白沙的队伍里群情激昂，一个个额头上豆角子筋爆爆的。

龚警官说，你们不要吵了，你们还吵，我们就走。然后他对陈铁柱说，我们公安主要是处理治安纠纷。好在没有打起来，也没有伤亡，现在你们都回去吧。赔偿的事，你们找相关职能部门。然后，又对彭正奇说，上面没有做出结论之前，你的挖沙船不能在这里挖沙，听明白没有？

江翠华不停地按着海鸥牌相机，他把彭正奇的相片拍了几十张，还把那些挖沙的民工也拍了好多个，他对纯婆说，这下烧成灰，也认得他们。

挖沙船开走，那些挖沙的民工也骑着摩托车走了，陈铁柱对几百群众说，现在你们回去休息吧！我陈铁柱发誓，一定要把这个事搞得水落石出。

待白沙人散后，龚警官对陈铁柱说，你不要搞得我们紧张，动辄几百人聚众打架，幸亏没打起来，要打起来，马上就要层层上报，现在稳定压倒一切，你不是不知道。如果下次白沙再聚众闹事，我就对你不客气。陈铁柱说，你这个警官是非不分，你把这些话收回，不收回，我明天就到省公安厅去告你。龚警官说，拜托了，去告吧，说着两部警车就闪着血红的灯，绝尘而去。

第二天，张家河的治安主任找到陈铁柱说，你们白沙人厉害。其实，我们张家河也是受害者，我们吴支书找八林公司交涉过一次，不久，他们就下黑手，在一个夜里，有几个人把我们吴支书抓了，踢得跪倒地上，拳打脚踢了一番，案报上去，派出所到现在还没破案，我们估计是八林公司找人干的。他对陈铁柱说，我们俩村要联合起来，要他们巨额赔偿。

陈铁柱马上把昨晚发生的事报告乡政府。乡政府说，我们知道了，建议你们去找赵区长，赵区长是陈铁柱的中学同学，是银城区分管农业的副区长，陈铁柱就去区政府找他，赵区长对此很重视，专门到白沙村的河土察看情形，说，八林公司是违法的，我来交涉这件事吧！但不久，赵区长就被调到区人大当副主任。陈铁柱听说赵区长在一次市里的会议上大声为白沙的河土疾呼，坚决要求市里相关部门对白沙村民赔偿，听说挨了批评，果然不久就动了位子。那个人对陈铁柱说，你知道八林公司的后台是谁吗？陈铁柱摇头，那个人在陈铁柱的手心上写了一个“牛”字。“牛书记，不可能吧！他天天在银城电视台说，要维护农民利益，怎么可能呢？”那个人说，你不知道吧，牛书记刚到银城当市长，他弟弟立马跟到银城开了一家大餐馆，所有部办委局的请客都要到他弟弟的店子，八林公司攀上牛书记的亲属，现在逢山过山，八林公司的几个股东都是几千万以上，有几个还是几个亿的富翁。

陈铁柱大吃一惊，他怕这消息不准，又继续跑相关职能部门，有的还跑了多次，每个部门接待他的人都说好好好，一定向领导汇报，下次去，人家都是原话伺候，不过一次比一次态度好，脸上都笑成了一朵花，但问题一直得不到解决。陈铁柱有一次还去省城找了吕怀远。吕怀远给农业局办公室主任打电话，主任还真去问了有关部门，有关部门说，白沙的河土已经列入了平垸行洪的计划，卫星都定好位，已经归政府了，因此白沙的赔偿没有了。

那个晚上，陈铁柱家里的地坪上停了一辆宝马轿车，一个人提着一个黑提包进屋，陈铁柱正好在家。那人对陈铁柱说，八林公司实在不想你们到处败坏他们的形象，如果你睁一只眼闭一只眼，不再说八林公司，八林公司愿意给你个人二十万。你只要同意，我这袋子里有十万，另外十万十天之内就给你送来。陈铁柱一听，勃然大怒，你马上给我出去，我明天就去法院递状纸。

到法院打官司，是陈铁柱想了很久的事，他还专门请律师写好了打官司的意见书，这次八林公司派人来利诱，更使他坚定了只能走法律途径这条路。江翠华把所有的照片都拷在一个U盘里交给了他打官司用。陈铁柱还请吕怀远给他找了一些法律依据和政策依据，人证物证俱在，他第二天上午开了一个支部会议，七名支委成员，全都同意上诉，第二天下午他就把上诉状递到了银城区法院。

银城区法院收到上诉后，一个法官来到白沙找到陈铁柱，说，法院找了八林公司，对方的意思是最好不对簿公堂，打官司不好，他们愿意赔偿。陈铁柱就问，赔偿多少，法官说，那就要你们协商，陈铁柱说，既然他们愿意赔偿，我们也可以撤诉。几天后法院约了陈铁柱与八林公司的代表开会，陈铁柱想至少要八林公司赔五百万，八林公司的人说，你们真会说相声，说句不怕你们生气的话，你们的口张得太大了。跟随陈铁柱来的纯婆一听，拳头就捏起来了，你说我们是老虎？到底谁是老虎？法官说不要激动，陈铁柱问八林公司代表，八林公司愿意赔偿多少，代表说，最多五十万，陈铁柱说，没有谈的余地，我们还是继续起诉。这次协调会不欢而散。

过了一段时间，市里的牛书记调到省里去了，八林公司也成了空壳，八个股东纷纷跑路，挖沙业务也停止了。陈铁柱的起诉书一直没下文，陈铁柱问过法院几次，法院都说正在积极找八林公司的人，找到就开庭。坊间传言很多，说牛书记可能危险，他几年前攀上北京某高官的秘书，高官在省里调研时专门到了银城，在银城还住了一个晚上，这次高官系列腐败案被查处，牛书记可能牵连上了。还有人说，牛书记认识一个江浙的老板，老板的崽在银城杀了人，牛书记竟然找到银城相关人员，让杀人犯只判了五年，这次上面还来了调查组。舆论沸沸扬扬一段时间之后，终于有一天，省纪委对牛书记进行了双规。又过了一段时间，八林公司几个老板因为非法挖沙被公安捉拿。

陈铁柱专门跑到省城去与吕怀远讲了上述情况，他问吕怀远怎么办，吕怀远说，继续起诉八林公司，他们是侵吞农民利益，是典型的犯罪。陈铁柱说，八林公司都散了，吕怀远说，那些人还在，他们的昧心钱还在，法院肯定会还你们一个公道。

过不久，白沙村支书改选，陈铁柱落选了。陈铁柱有点忧伤，特意拜托新班子，新班子也去找了法院几次，法院说现在检察院正在调查八林集团勾结腐败官员垄断银城砂石的事，结果出来后，会有一个说法的。陈铁柱虽然下来了，但一直关注这个案子。

这次陈铁柱来到西瓜地，说河土案已经有了结果。有关方面做了评估，八林公司赔偿白沙村河土一百五十万元，从几个入狱的老板罚没资金中提取，现任班子没有异议，陈铁柱认为赔偿太少了，河土原来有三百亩，后来被他们暗中挖得只剩一半。但听说法院认为，既然政府已把这里划为平垸行洪，这里就是国家的，八林公司挖沙非法所得大头应给国家，这事总算有了定论。现任村委会决定留三十万元给村部，其他一百二十万元按每户平分下去，白沙村民每户都分到三千元，从此河土就是国家的了。银城市已经做出规划，这里将是银城市的外滩，到春天这里百鸟翔集，大人带着孩子拉扯着风筝在这里奔跑，到时，白沙村还会更加受益，所以白沙村民对这个结果比较满意。只是陈铁柱的老婆对陈铁柱说，你当时为了跑这个案子，请客吃饭喝茶，发票一大沓，我给你都贴上了，你拿去报销啊。妻子果然有心，妻子拿计算器算了一下，几大叠发票共计一万五千元。她说，你找柳支书去要他们报销啊。陈铁柱说，算了，我如果去报销，就违背了我的初衷，好像我要在这个中间得些什么。老婆说，那我去找柳支书去，陈铁柱说，你敢，你去了，我就与你离婚，你给我老实点，什么都不要说。

第三十章 陈铁柱

陈铁柱是吕怀远的同学，说同学，主要是从小学一起读到初中。在白沙小学，陈铁柱打架是出了名的。他从小在一个叫刘跛子的那里习武，每当到寒假，他都只身一人去沅江万子湖，刘跛子就把终生绝技都传授给了他，因此初中毕业的时候，十多个男同学与他打架，根本近不了他的身，谁刚接近他，他一下子就把谁放倒。他也牛皮哄哄，我陈铁柱有万夫不当之勇，你们来吧！把十几个人一个个打翻在地。后来他走入了社会，在银城一桥下面贩水果，搞批发，到了二十多岁开始包工程，当项目经理，当助理工程师。晚上，他去银城业余体校，看着人家擒拿格斗，有时也试一下身手，总是没有遇到敌手。陈铁柱认定，与他打过耍架子的，都是他的朋友，晚上刚打过架，就去银城街上喝酒，吃口味虾，互相之间丢根烟和一包槟榔，就称兄道弟了，他陈铁柱就像一块吸铁石，走到哪里，哪里就有人跟着他去。

几年之间，陈铁柱的朋友越来越多，他也变得爱打抱不平。银城公安局刑侦大队的徐副队长把基建包头潘大牛的摩托车扣了，每次潘大牛去要，都不给他，潘大牛跟陈铁柱说了，陈铁柱就去侦察，原来是徐副队长自己在用摩托车。陈铁柱的朋友方大平跟红合牌一个妹几搞婚外恋，两人在银城一家小宾馆开房，被徐副队长知道，就去查房，罚了八千元，方大平很苦闷，又不好跟人说，只告诉了陈铁柱。陈铁柱说，我给你扳回来。他带着方大平找到徐副队长，问徐副队长要八千元的罚款单，徐副队长觉得这事不好在办公室说，就把他们喊到了吉龙堤上一个无人的地方。徐副队长对方大平说，你在外嫖宿，你还好来要罚款单。陈铁柱说，公安局的罚款，都是有罚款单的，现在你就把罚款单给他。徐副队长看着陈铁柱说，你是什么人，你还干扰公安机关的执法，我马上就把你抓起来。陈铁柱说，我看你敢抓。徐副队长就真的上来抓陈铁柱的手，陈铁柱说，打架你还真不是我的对手，但今天我不是来打架的，也请你把手放下。徐副队长说，你到底想干什么。陈铁柱说，刑警队并不是打人的，请你自己遵纪守法。我来，是帮方大平要罚款单的。方大平搞婚外恋是受到了道德谴责，假如真的是嫖宿，也应该由治安大队来罚款，并且会开有存根的罚款单。你一个搞刑侦的去抓嫖宿，还不给罚款单，我们今天一起去局领导那里说说，好不好。徐副队长一听，面如土色，马上就露出笑颜，说，好，我就喜欢你这样性格的，今天我请你们喝酒去。陈铁柱说，那倒不必，罚款单你到底给不给，不给你就退回他八千元钱。徐副队长说，真的是一个误会。我没有要他钱的意思，我是想通过这样一个手段，提醒他珍惜家庭，不要在外面乱搞。他对陈铁柱说，钱我可以马上退给他，但这件事，请你们不要讲出去。陈铁柱说，那你退钱吧。于是陈铁柱二人跟着徐副队长到他家门外，徐副队长进去拿出一沓钱交给方大平说，你数吧！徐副队长返身要走的时候，陈铁柱又喊住他，说，还有一件事，还请你看怎么办。潘大牛的摩托车，你可骑了两年。说完，陈铁柱与方大平就走了。当天下午，徐副队长通知潘大牛，说你来领你的摩托车，就把骑了两年的摩托车归还给了潘大牛。

没有不透风的墙，几天之后，陈铁柱的朋友中很多人知道了这件事。有个说话爱拽文的人说，陈铁柱是有勇有谋，与徐副队长是斗智斗勇，这次是一石二鸟。不久，到公安局和纪委举报徐副队长的越来越多，徐副队长被纪委立案调查，后来被判了六年，还被当成公安队伍的败类和害群之马，不断出现在各种警示材料里。有的说，如果不是陈铁柱那一次出马，徐副队长至今肯定还在作威作福，残害百姓。

从此，陈铁柱的江湖地位就提高了。有了难事，有打抱不平的事，都来找他，大家发现，陈铁柱从不乱来，要搞成一件事，总是先分析大道理，再分析小道理，大道理小道理都充足，他才去干，他说做人要有正能量。每天晚上，总有人拖他去喝酒，每次喝酒都有几桌的人陪，这里面都有人轮流买单。有一次陈铁柱对喝酒的十多个人说，我不吹牛皮，你们十几个人都打我不过。有的就笑笑，认为陈铁柱吹牛皮，有的硬要试试，说开开眼界。陈铁柱说，你们准备吧！但有一条，不准拿棍子拿刀，只能赤手空拳。于是，那十多个人就商量了，站什么队形，哪几个先上，哪个去抱陈铁柱的腰，哪个去按他的头，哪个去扳他的手，哪个去搂他的脚，里面有七八个彪形大汉，而陈铁柱才一米六五，只是身体很结实，手臂鼓起一疙瘩一疙瘩的肉。打架开始了，陈铁柱很轻松地站着，嘴角扬起笑。他说，来吧。这时三癞子先进攻，他刚扑向陈铁柱，就见陈铁柱腿一扫，就让他吃了一个狗吃屎，其他人纷纷上场，刚拢边，陈铁柱左手一劈，右手一扬，左右腿来回扫去，像疾风扫落叶一样，十几个好汉都纷纷落地。这时三癞子带头跪下，说，你捏像（捏像：资水下游方言为“很像”的意思）哒电视里的宋江，我们结为兄弟吧！其他人也纷纷跪下，有一个人说，其实我们可以排出座次的，卢俊义、吴用、林冲、李逵都有，偌大的银城，一百零八条好汉都有。陈铁柱说，你们都起来，我陈铁柱不搞古代那一套，古代是古代，现在是现在，你们搞那一套，就会犯错误，甚至进班房。如果你们信任我，这是今生今世的缘分，希望我们相互有个照应，我们就成立一个学雷锋小组，为社会做点好事。我再重申一条，做人要走正道。

陈铁柱的父亲五十多岁就死了，下葬的那天，竟然来了几百个朋友来送葬。陈铁柱根本没有料到一些一面之交的人也来了，办丧事的也没有准备那么多孝布，只好临时跑到白马山，把那个商店里所有的白毛巾都买了，没有发孝服的，就在头上箍一条白毛巾。游丧时，喊孝子磕头的时候，几百个人都与陈铁柱一起跪下去。游丧游了三个小时，游到哪家门前，哪家就放鞭子，这般山呼海啸的声音，在白沙的历史上恐怕很少出现。这使人对陈铁柱刮目相看，他怎么有那么大的能量，身边能聚集那么多朋友。

树大招风，正当陈铁柱有点飘飘然的时候，麻烦找上他了。开始是附近一些什么扯麻纱的事情来找他，他有时候出面，有时候出主意，好在没有什么负面效果，也就没有什么麻烦，直到先锋湖划龙船，出了人命案，陈铁柱的好日子就结束了。

端阳节那天，四合村与张家河村在浩渺的先锋湖划开了龙船，这次龙舟比赛，是由陈铁柱策划的。本来陈铁柱给白沙村的村支书王乐成提建议，王乐成开始同意了，但那时他跟着银城组织的村支部书记去温州学习考察去了，二把手介胡子胆子小，怕出事，不敢表态，他就只好去找四合村和张家河村的几个兄弟，两支龙船队就组织起来了。银城以划龙船著名，六、七十年代，这里的龙船划得汹涌澎湃，生产队取消以后，大家就都忙着赚钱去了，对划龙船这样的事，大家也就不上心，因而资江河里和先锋湖里，好多年没有划过龙船了，但对划龙船，大家就都是有记忆的，“龙船嘞，鼓响啦，划啦划咿呀啊，划嘞，闪嘞，呃”，那样好听的声音，比吃了池蜜子（池蜜子：资水下游方言为“荸荠”的意思）还有韵味。因此陈铁柱一提议划龙船，四合村和张家河村的领导也就同意了。那天，丽日晴天，虽是农历五月，但蝉在树上叫得挺凶。中午刚过，大家吃了粽子、盐鸭蛋和马铃薯蒸肉，拿出柜子里的还有卫生丸子气味的新衣服穿上，就成群结队去先锋湖看龙船。就连那些驮肚婆（驮肚婆：资水下游方言为“孕妇”的意思）也来了，一些细伢子，起着猫公罩（猫公罩：资水下游方言为“快跑状”的意思），跑到了先锋湖边上。而湖面上，两只从银城航运局租来的龙船，箭一般驰过湖面，四合村三十六人穿黄衣，张家河村三十六人穿绿衣，一会儿黄队在前面，一会儿绿队又超越了，两队里都有大汉使劲擂着红皮大鼓，整齐划一的桨片翻飞，船飚过去，身后都是一长串浪古子（浪古子：资水下游方言为“浪花”的意思）。按照原来的约定，两队要绕先锋湖划三圈，看谁先到达司令台，谁就赢了。裁判就是陈铁柱，这三圈就是两个多小时，结果是绿队先到，张家河村民爆发出欢呼。四合划龙船的都不服，硬要争个赢高，说要再比一次。张家河队说，没劲了，再比一次，天就会黑了。四合村说，不划三圈，只划一圈，张家河村人还是不同意，四合村就有人用桨片撩起一大片水朝绿队泼，绿队人的头上落下一大片水珠，绿队也就反击，于是斗水仗开始了。两只龙船东摇西晃，船上的人像发了疯一样地撬起水上的桨片，这一区域就成了水帘洞，看热闹的人越来越多，两只船也越靠越近。突然桨片不再伸向水面，而是指向了人，砰砰砰砰，有人惊叫一声，倒在水里面，陈铁柱赶忙喝令大家住手，有几人就跳进水里，捞起水里的人，是原王家坪公社副书记、组织烂泥湖会战的公社指挥长吴年庆的儿子。捞起时，他的头顶鲜血汩汩，送医院，送医院，有人嚷着，昔日镇定的陈铁柱此时乱了方寸、面如土色，赶忙叫身边一个人骑着摩托去先锋村村支书家给120急救中心打电话。

现场一片叫喊，大家把吴年庆的崽抬到岸上，有人扯了一把车前草敷在他头顶止血，陈铁柱把他的上衣解开，用手扳开他的嘴，自己的嘴对着，吸他喉咙里的水，一股黄水冒出，突然他白眼一翻，就闭上了眼睛。有人摸了他的脉，已经没有气了。黄队的人惊恐万状，绿队的人眼睛冒血，不管三七二十一，就开始对黄队的人拳打脚踢，“我们要报仇”“血债要用血来偿”。陈铁柱跳起来喊，都给我住手，你们要打就打我，要坐牢我来坐，要枪毙人我来挨子弹。他这一叫，大家就不作声了，陈铁柱又喊了一人，要他骑着摩托赶快去王家坪派出所报案。王家坪派出所干警比120急救车先到，到了以后，命令黄绿队的人原地不动，就拉起绳子，划出警戒线，把两只龙舟划在警戒线以内，所长就拿出报话机向银城公安分局刑警队报告情况，然后，留下离龙船近、看打斗仔细的十多个目击群众，让其余围观群众都先回家。

不一会儿，120急救车赶到，医生摸了脉，说还救什么，人都死了，不一会儿，就开着急救车走了。

刑侦队的人到了后就开始拍照，找人谈话，做笔录，死者的家属也赶来了，呼天抢地。刑侦队长决定，把死者尸体拖到公安局法医鉴定中心鉴定，把陈铁柱和黄队的三十六人都带到公安局继续审问。

第二天，法医鉴定中心结果出来，死者是因头被桨打出了血，导致脑供血不足，落入水里面淹死的，如果是直接被桨打死，问题更加严重。相关的审问也慢慢有了眉目，第一个撩水发起打水仗的人也清楚了，但是哪一个的桨打在死者脑袋上，因为没有摄像，确实搞不清楚，所有人都不认账。几天后，除首位撩水者和陈铁柱外，其他人都放了，陈铁柱主动承担责任，并要求为此承担后果。

几个月后，法院判决下来了，首位撩水者判五年，陈铁柱无罪释放。

陈铁柱回到家的时候，发现老婆胡氏对他十分冷淡，他就跑去找妹妹，才算搞清楚了。陈铁柱承包的几个砖窑，在这段时间被胡氏全部转让给了她哥哥，陈铁柱的妹妹知道这个事情后，就对陈铁柱的母亲讲，说哥哥现在还在拘留所，全家指望这些砖窑赚点钱维持日子。陈铁柱的母亲一听也气呼呼的，就跑来兴师问罪，陈铁柱的老婆也发飙，婆媳之间发生肢体冲突，儿媳用麻鬼凳朝家娘的太阳穴顶去，太阳穴顿时血流如注，幸亏陈铁柱的妹妹正好赶来，送母亲到赤脚医生可嫩几家进行包扎，总算把血止住。陈铁柱就赶紧到母亲屋里去，母亲一看到他顿时号啕大哭，得知崽无罪释放，就说，我就知道人民政府不会冤枉人。崽啊，你为什么要承担下来，你去坐牢，一家子怎么办？我怎么办？陈铁柱看到母亲头上扎了一条绷带，就问好点了吗，情况我都知道了。母亲说，算了，算了，我自己修六福，不怪别个，只怪自己，说着就哭死去了的老倌，我的老倌呃，你何解不寻了我一起去啊。陈铁柱知道堂客胡氏对母亲的打击很大，就下定了离婚的决心。

第二天，陈铁柱对堂客说，你不怀好心，知道我会坐牢，就把家产转移给你哥哥，这都算了，你还打我母亲，你知道我是讲道理的人，如果这件事还能容忍，天底下就没有可以容忍的事情了，我们好合好散，崽归我养，你自己再去嫁人吧！但我不会把你当仇人，我们还是兄妹一样。堂客说，夫妻一场，就像做梦。她知道陈铁柱的性格，他说定的事，九头牛也拉不回。第二天，陈铁柱与老婆去了王家坪民政所办了离婚证，然后就在窑山口赵国忠办的餐馆点了几个菜，吃了分手饭。傍晚时候，陈铁柱提着两个大箱子，里面是堂客的衣服，还有陈铁柱为她买的金项链、金戒指，送她回了娘家。一路上，萤火虫特别多，胡氏头上的蚂蟥箍掉了，披散着头发，她对陈铁柱说，你以为我离了婚就是赖巴几（赖巴几：资水下游方言为“最差劲的”的意思）了，我一不跛脚瞎眼，脸上连笋壳斑（笋壳斑：资水下游方言为“雀斑”的意思）都没长，二不好逸恶劳，我照样再嫁一个好人家。陈铁柱对她说，当然希望这样。尽管女方父母气得发抖，但陈铁柱把离婚原因一五一十讲清了，说你女儿太不晓得做人做事，女方父母也只能接受这个现实。

一切都得东山再起，陈铁柱让母亲帮自己带崽，自己又去包了一个沙场，请了二十来个人没日没夜地干，不到两年就狠狠赚了一笔。他又结婚了，堂客姓姚，为他生了一个女儿。陈铁柱一直记得银城区里一个领导对他说的，老弟，要多参加一些社会活动。企业在一定程度上强调与社会的协调性，不要暴饮暴食，纸醉金迷，拥有财富是一种责任，财富越多，对社会的贡献也应该更大。

几年后的一件事，让陈铁柱在白沙声名大震。

红合牌组的邢茂才家正在打一口井。白沙人祖祖辈辈都是靠水吃水。就说邢茂才吧，他家原来都是到屋门口的邢家塘挑水吃。这塘水，春天鸭子淌过，把塘搅得浑黄的，又留下大量的鸭屎，臭不可闻；夏天，牛背了一天犁以后就往水里跳，大量绿头蝇也在塘边飞舞。虽然塘里的环境恶劣，但乡里人习以为常，他们也有他们的理由，就说“越是叫花子身体越好”来为自己壮胆。后来国家提倡在乡村打井，慢慢形成了一种风气，邢茂才也请专业打井施工队打井，还没有触及水源，所以打井还在进行中，又因为是周末，打井的师傅回城里去了，因此也没盖井盖子。只是师傅离开时在井旁边拉了一圈绳子，作为警戒。

邢茂才三岁的孙女正在追着一只鸡，边追边支支吾吾念诗：“鹅鹅鹅，曲项向天歌，白毛浮绿水，红掌拨清波。”邢茂才就在旁边说，蠢宝，这是鸡，不是鹅，刚说完，就看到鸡钻进了警戒线里，小女孩也跟着进了警戒线，小孙女双脚踩空掉到了井里，邢茂才恍如晴天霹雳，急急地跑到井边，井深不见底，完了。邢茂才的儿子和儿媳从家里赶出来，脸色煞白。儿子试了一下，要下井去救孩子，无奈人太壮实，根本下不去，就给围观的瘦子们一个个跪下，求人家下去救小孩。旁边一个人说，井有三十米深，不能冒昧下去，要想办法，很快家附近就围了几十号人，这时，陈铁柱来了，他看了看，用耳朵竖在井边听，说不大要紧，还有哭声，人们就都竖起耳朵听，确实有微弱的哭声。陈铁柱说，现在大人都没有办法下去，只有小孩子能够下去，你们等着我，然后，就骑着摩托车走了，不一会儿，陈铁柱回来了，他的后座上坐着他老婆和十二岁的儿子。一下车，他就说，儿子，你下去救人。陈铁柱的老婆说，不行不行，陈铁柱，你要这样，我就跟你拼命了。虽然崽是他与前妻生的，但现在的老婆确实对崽好，也使陈铁柱对她很满意。陈铁柱说，你放心吧，一点问题都没有，他是我的崽，我难道把他往死里送。这两年，我教给了他那么多本事，飞檐走壁，这下去是小事一桩，绝对一点问题都没有。儿子在井边看了看，对后娘说，阿姨，真的没有问题，我保证把小妹妹救上来，不伤一根毫毛。陈铁柱的老婆就对陈铁柱说，开不得玩笑啊，一定要万无一失。陈铁柱说，我保证。陈铁柱从摩托后座拿出两根绳子，一根把儿子的腰捆得严严实实。他对儿子说，你下去后，我把另一根绳子抛下来，你也把小女孩捆住，就像我捆你这么捆，然后他又从摩托车尾箱里拿出手电筒，交给儿子说，下去吧，一定要捆紧点，然后，陈铁柱就拉扯着绳子的一端，慢悠悠地把儿子放了下去。儿子到了井底了，就说，我到了，陈铁柱就把另一根绳子抛下去。过了十来分钟，儿子从井底喊，已经捆好了，先拉小妹妹的那根绳子吧，陈铁柱就把后面抛下去的那根绳子往上拉，拉到上面，小女孩看到父母又是一声哭叫，她父母抱着她检查，看没有明显的伤。旁边人说，赶快喊田国军的车送到医院去做 CT，小女孩的父亲就打电话。陈铁柱就朝井底喊，准备好了没？儿子说，你拉吧！陈铁柱拉扯绳子把儿子提上来，陈铁柱就把儿子抱在怀里，又举了起来，说，是我陈铁柱的好崽。大家就都说，这个角色下不得地。解掉捆绑腰身的绳子，儿子马上活蹦乱跳，高兴得大声嚷嚷，天马流星拳，庐山升龙霸，又长叫一声，我是齐天大圣孙悟空。大家都用崇拜的眼光，望着陈铁柱和他的儿子，趁田国军的车还没到，邢茂才的儿子和儿媳走到陈铁柱身边说，你们父子就是我家最大的恩人，我们全家一辈子都忘不了你们。

为众人抱薪者，不能让其冻毙于江湖。这件事，让白沙人感到陈铁柱实在，帮助人不惜一切代价，为了救人，把自己的儿子的性命都赌上了。幸亏他儿子没事。于是，有人就合计，支部书记王乐成快退了，王乐成推荐的接任人年龄也偏大，不如让陈铁柱接班。陈铁柱年富力强，办法多，在银城街上什么事情都摆得平，加上他又认识许多当官的，可以要项目要钱，白沙需要这样的能人。有人就到离白沙十几里地的地方找到陈铁柱，与陈铁柱推心置腹地说，你在社会上是混得好，虽然你混得好，但在人们的心目中是个“打酱油”的，你不如回去当一届一把手，为家乡做点贡献，对子女也是个交代。陈铁柱说，我连党员都不是呢。那人说，你可以入党啊。陈铁柱说，这不是以我的意愿为转移的，上面对一把手把关很严。看着陈铁柱同意了，村民们就联名给乡政府写一封信，希望陈铁柱当白沙的一把手。乡里真的派人来白沙进行考察，陈铁柱虽社会接触面广，但没有干过任何不良的事，考察者听到的都是一些陈铁柱口碑好的事，虽然上次划龙船，他有责任，但没追究法律责任。主要是上面也有导向，要让乡村的能人带领村民致富，乡里就决定，白沙村只选村主任，至于村支书，先摆着。陈铁柱就作为唯一的村委会主任候选人，在全村有法定投票人投票时，满票当选村主任。

陈铁柱当了一年多村主任后就入党了。他上台后重点抓水利设施，把每个村民小组的沟港全部疏通。陈铁柱当了八年的一把手，在河土事件闹得沸沸扬扬的时候，他离开了白沙的中心舞台。为什么会离开，主要起源于这样一件事。早几年，他就制定了村级公路计划，一般村级公路都是政府出大头，村民自筹出小头，村民的自筹款都上交到乡政府去了，由乡政府组织工程队施工，但乡政府资金短缺，就动用了这笔自筹款，村级公路计划泡汤了。陈铁柱找到当时的乡党委书记和乡长，希望乡里马上动工修白沙的路。书记说，现在上面还没拨款下来，等拨款下来就修。陈铁柱说，我前年托关系找省财政厅要了八万元专门修这条路，可是钱打到乡政府就被你们截留他用了。你们到底是什么时候修？乡长说，你一个村支书，口气好大啊，你竟敢要挟书记和乡长，陈铁柱也来火了，说，乡政府失信，不要脸，老百姓的血汗钱都被你们挪作他用。丢下这句话，陈铁柱就急匆匆走了，不久他就给乡政府递上一纸辞职书。

递上辞职书的那天，陈铁柱盘点着当支书这些年为白沙做的事，觉得自己还是有力为（力为：资水下游方言为“能力”的意思）的。为几十户人家办了低保，每年上级政府给白沙的低保费用和田亩补贴，民政的救济资金都是大几十万，当然，如果按照正常指标，不可能有这么多，好些是他跑来的，要求人，要拜码头。开始些年，都是门难进，脸难看，一请客，一喝酒，一推心置腹，很多问题就解决了，村里没有这笔接待费，都是他自己买的单，幸亏前些年当包工头赚了一笔钱。在村上干几年一把手，他的经济损失大了，但人生在世能够为当地办几件事，他也觉得够了。离职后，陈铁柱到银城街上开了一家茶馆交给妻子管理。他自己呢，还是承包一些建筑业务。辞职几个月后，他倒是脸上作了一些肉（作了一些肉：资水下游方言为“胖了”的意思）。妻子呢，喜欢炒股和上网“偷菜”，她每天都听收音机，比如今日两市股指低开后全天震荡，沪指早盘曾下探至八月六日创下的本轮熊市低点2284点；管理茶馆这样的事，显然在她的能力范围之内。前妻一直还没嫁人，因为是儿子的母亲，所以她还经常与陈铁柱联系。陈铁柱说，我离婚前对你说过的，虽然我们离婚了，我们还是兄妹关系。你有什么困难，你跟我说。前妻说，我想去你开的茶馆做事。陈铁柱说，不行，第一个，两个女人一台戏。你与她搞不好关系。第二个，人家会笑话我，把前妻和现任搞在一起，以为我妻妾成群。前妻说，我除了是儿子的妈，什么也不是，我不会威胁她老板娘的地位，我除了干活，不会探（探：资水下游方言为“管”的意思）你家任何事。陈铁柱对前妻说，这个事要商量，我回去跟她讲，看她同意不同意。陈铁柱回家就跟妻子说了，妻子说，我有足够的自信，她那个样子，相信你也不会对她感兴趣。陈铁柱就笑，你同意就好了。陈铁柱的前妻来到茶馆，基本上是端茶倒水，平常陈铁柱也不与她有任何私人空间的交谈和聊天，一副公事公办的样子，因此陈铁柱的前妻和现任妻子倒也相安无事。有熟悉这件事的人来喝茶，有时开开玩笑，她们也笑呵呵的，自报家门，我是陈铁柱的前妻，我是陈铁柱的第二任老婆，大家看着她们和睦相处，对陈铁柱更加佩服了，陈铁柱的茶馆也就车水马龙，生意格外红火。

陈铁柱这次到河土来，除了告诉河土的事外，还谈及了他心中最苦痛的事情，他的儿子出须须（出须须：资水下游方言为“出状况”的意思）了，坐牢了。

陈铁柱的儿子陈小海高中毕业后，上了专科，陈铁柱找人，让他读了公安专科学校，蹲马步、踢腿、拧手腕、打沙包，在地上打一个滚爬起来，这是学习擒拿术的基础。这样读了几年，拳脚功夫了得。陈小海在班上当副班长，还兼学习委员。班上的同学来自全省各地，或者是官二代，或者是富二代，家里有专车，来校有人接送。他们看到陈小海天天习武，就觉得这人神经不怎么正常，因为有他的存在，让无所事事、只图混个文凭的他们好生嫉妒，他们就结盟经常向他发难。有次放寒假，十来个同学围在一起打他，这十来个同学哪是他的对手，他把一个同学的牙齿都打掉了，对方报案，警察就把他带到了派出所。他坐在审讯室里，回答警察的讯问，在纸上签下名字，按上手印，审讯完，他被带到了拘留室，他蹲在拘留室的墙角，闷着头望着地上，整整一个晚上。第二天，陈铁柱和对方家长见了面，对方拼命要求学校开除陈小海，学校只好把陈小海开除了。陈铁柱又让小孩去复读，他找关系找到了银城一中的校长，校长破例接受了陈小海，上了一周课，陈小海根本跟不上班。银城一中的升学率非常高，陈小海就只好又退学了，交的一万五千元赞助费却没有退。陈铁柱说，不退就不退，就又找了一个北京大学退休的周姓老爷子办的学校。这是一所民办学校，因为坚持高质量、平民化的办学方针，被教育杂志写了通讯,上了《光明日报》，还被《新华文摘》全文转载，省委吴副书记还写了个批示给省教育厅长，要全省教育界向这个学校学习。这样的盛名，陈铁柱自然希望儿子能在这里补习。儿子也在这里安下心来复读。第二年高考，儿子还是只能够读专科，就只好填报了民政职院。陈小海非常崇拜邓超，他说，邓超少时都染头发，扎耳洞，打群架，邓超也是个古惑仔。因此，陈铁柱的儿子在职业学院毕业那一年也把头发染成五颜六色，外加扎一个小辫，染成绿色，留得很长。职业学院毕业后，陈铁柱给他找了一份保安的工作，他不去，听说在迪厅当领舞。陈铁柱打着手电去迪厅找儿子，哪知儿子却在跟几个穿荷叶裙的女孩子谈体育，开口就是英超来了一个比阿布更狠、更有钱的老板，还有曼城准备了八万英镑，向西甲瓦伦西亚的席尔瓦、德甲斯图加特的戈麦斯，还有热刺的贝尔马托夫抛出了橄榄枝，陈铁柱听得一头雾水。看到陈铁柱打着手电来了，他根本没有什么反应，还在说曼城主帅马克休斯对罗比尼奥的加盟感到振奋，罗比尼奥确实是一个天才，他无疑是世界上最好的球员之一。这时，迪厅的音乐响了，刀是什么样的刀，金丝大环刀，剑是什么样的剑，闭月羞花剑，随着一群人的合唱，陈小海入了舞池，当起了领舞。

陈铁柱只好拜托朋友在省城一家投资公司给他找了个差事，陈小海去上班了，他业余还辅导几个小孩学跆拳道和散打，辅导的一个还考入了省专业队，在全国散打比赛中夺得冠军。陈小海经常跟着老板走。有一次他跟随老板去涟源收钱的时候，中了对方的埋伏，老板被打伤，他为了保护老板，把一个人的眼睛打瞎，还把一个人的手打成骨折。当然，在法庭的辩护中，虽然律师说是正当防卫，但因为故意伤人的情节也很明显，被判了个故意伤人罪，判刑五年。那段时间，陈铁柱为儿子的案件，在省城和银城之间来回跑，到处找人，还给吕怀远打过电话，问他认识省法院第二审判庭庭长不，说他是银城人。吕怀远说，认识，但多年没打交道，不好去找，这事就拉倒了，陈铁柱这次来，就是顺便告诉吕怀远，他儿子的事是怎么处理的。

送走陈铁柱，吕怀远感叹，都不容易啊，酸甜苦辣，悲欢离合，每一个人都在创造自己的历史，将来是福是祸，谁都料不到。陈铁柱也是白沙的一个人物，却长期游走在法律的边缘，终于他的儿子以身试法了，这样的因果关系是不是早就注定了？

第三十一章 田马桶

下了两天雨之后，洪水没继续涨上来，夏婆子的西瓜生意却越来越好了，只要有人来买西瓜，吕怀远打他手机，他马上就会过来。这不，吕怀远又看到一个熟人，那人还隔好远就主动跟他打招呼，他看清楚，是原来永新生产队的记工员田马桶。他是陪他的儿子大电婆来的。大电婆在银城做生意，有时候要去见客户，就提两个西瓜去，南门桥的西瓜在银城市场都有名，他就直接到瓜地来摘。大电婆是开奔驰轿车来的，大电婆不认识吕怀远，吕怀远也不认识大电婆，吕怀远上大学的时候，大电婆还只有几岁，隔了这么多年，碰到自然不能相认了。但田马桶的面像依旧还是眯眯眼，看人的时候眯着眼睛笑。田马桶就装烟，吕怀远说不抽，田马桶说，何的呢？做了官赚了钱就是吃吃喝喝，连烟也不抽，真的细谋（细谋：资水下游方言为“精打细算”的意思），赚那么多钱搞么子呢？

很快，他们买了两百斤西瓜开着奔驰车离开。这些年来，吕怀远虽远在省城，但田马桶和大电婆的一些事还是经常传到耳朵里。等他们走了，吕怀远又细细把那些事回味和梳理了一遍。

田马桶的儿子大电婆只有十八岁就到深圳打工，他从一个纱厂当学徒工干起，十年打并后才回到银城发展。在深圳回银城的火车上，他的邻座正好是银城金凤凰娱乐场的老板，于是就聊起来。老板说，他开娱乐场，现在最苦恼的就是停车问题，来金凤凰玩的一般都是当官的，要不就是发了财的老板，晚上都是开车来，车子停得乱七八糟，要不停在别人家的屋檐下，要不挡了人家的道，交警都来了好多次。有人干脆用锤子把车子挡风玻璃砸烂，还有的用刀在车上划几道痕迹，车老板就欲哭无泪了，所以他金凤凰的生意急剧下降，此番回去就要解决这个问题。大电婆说，你就包给我吧，我在深圳一个停车场做过事。于是他问老板，你附近有地下车库没有，老板说，这个我不知道，如果附近没有地下车库，要在附近租一块空地。大电婆就给老板讲深圳停车场发生的各种各样的事，经验教训都是宝贵财富。老板说，什么里面都有学问。下车时，老板给大电婆递了名片，表达了合作意向。

第二天，大电婆到金凤凰见到了老板，老板就与他一起到金凤凰附近察看地势，确认可以用倒闭的达力袜厂的一块空地作停车场。老板与大电婆商定，金凤凰租这块空地做停车场，停车场的出入口设施都由金凤凰负责，由大电婆负责管理停车场，保证二十四小时都要有人，每台车三小时之内收费五元，三小时之外每隔三小时加收五元。老板说，分成的话嘛，三七开，大电婆得三，老板得七。大电婆说，你二十四小时都要有人，我至少要安排三个人轮班，如果三七开，我划不来。老板说，再加五个点，你得三成五，不要讲了。大电婆说，先试试看吧！于是，等金凤凰与达力袜厂签署协议，金凤凰紧锣密鼓把出口入口的设施搞好，大电婆就与金凤凰也签了个一年的协议。大电婆回家把这事情告诉父母。田马桶说，我去帮你收钱，堂客陈小桃不肯，她说一个人住得屋里怕，夜晚发吓梦憧（吓梦憧：资水下游方言为“做噩梦”的意思）。但肥水不落外人田，于是一家就商量来商量去，请大电婆的妹夫和陈小桃娘屋里的两个侄儿子，三人轮班，收钱给票，看护停车场，每人六百元一月。

大电婆到二十八岁还没结婚，陈小桃着急，每次都要问大电婆，大电婆说，不急不急，电视里不是说吗？男子汉大丈夫以事业为重，事业不成，何以家为？全白沙的人都知道，李满飞都结婚了。李满飞是个谈恋爱专家，脑壳上都搞成了纠纠毛（纠纠毛：资水下游方言为“卷发”的意思），村里人说他是钓妹子的高手，过一个月就要带一个妹几回家。她娘不知他带的到底是什么人，但死死相信一句话，叫野花进房，家破人亡，所以，每次李满飞带妹几回家，娘就要拿张红纸，放到神龛子上，避免他带一些不三不四的人惊动祖宗。李满飞说，自由恋爱啊，什么不三不四，我又没带过小姐回家。

李满飞与大电婆是初中同学。有一次两人见面，李满飞说他结婚了，问起大电婆，大电婆说一直没有合适的。李满飞就说，你在金凤凰做停车场老板，那里的漂亮妹几撒饱（撒饱：资水下游方言为“很多”的意思)。大电婆说，娱乐场所的女子我不得找，我想找良家女子。李满飞说，我告诉你，你要找堂客，你就买一台高档一点的车，过年开回来，故意开到田里，然后就请附近的人来推车，请的人越多越好，最好有十多个，你袋子里放几包“和天下”，每一个来推车的人，你撒几根“和天下”，然后你说你没有女朋友，请大家帮忙介绍对象，用不了几天，做介绍的会跑断腿。

大电婆哈哈大笑，说，你真的是一个恋爱专家。

过不久，大电婆果然买了一台蓝鸟，他是永新组第一个买小车的，开回来的时候，陈小桃在大脑壳的店子里买一挂万子长鞭放得惊天动地。陈小桃要大电婆开着车去走亲戚，她和田马桶坐在车上，每到一个亲戚家，亲戚也都放了万子鞭。田马桶眉开眼笑，人活一世，不就是要这种感觉？

过了正月十五，田马桶看到有三个人站在屋门口不远说话，一个为头的人见到田马桶，递了一根烟，说，师傅，我们是电信局派来安电信塔的，田马桶问什么是电信塔，回答说，手机电脑电视都需要信号，信号是要靠电信塔来传递的。那人还问田马桶，我们想请几个人做事，一百块钱一天，田马桶问，是做什么事，那人说，帮我们把电信塔安起，可能要三个人，搞两天。田马桶看着几人就搬一个仪器，到处测量，为头的那人还拿出一个盖有银城电信局印章的证明给他看，田马桶相信了，就喊来溃眼珠和郭立昌，三人都乐呵呵的，坐得屋里一天就可以赚一百块钱。

测量好位置，就在田马桶家附近的一块空地上开挖。这里似乎有挖动过的痕迹。田马桶他们挖了一会儿，那人说，你们休息一下，我们三人来挖一下，挖着，挖着，一个金光闪闪的东西映入眼帘，原来是一个菩萨，那个为头的人捡起来，说，今天发财了，我们挖到了金菩萨。另外一人说，真的啊，这么巧？腿有点跛的人说，听说当年钟相杨么在洞庭湖起义的时候，抢了朝廷一船的金菩萨，有几个军官就偷了百十个金菩萨跑路，钟相杨么就下令追，难道军官逃到这里，埋了一只在这里，那有千把年了。为头的说，这个金菩萨怎么办。田马桶等人不作声，为头的说，今天我们就不挖了，因为我们是电信局派到这里安电信塔的，这个文物应该归国家。跛腿说，这是我们挖出来的，国家应该给我们奖励吧！为头的就说，奖励是有点，才两万元。郭立昌说，那你们不能吃独食啊，我们也挖了，并且是在我们的地盘上挖出来的。为头的说，那当然。但国家有政策，公职人员执行任务挖掘出的文物没有奖励，农民挖出来上交，还是有奖励。跛腿说，我们空欢喜一场，这样太不公平了。为头的说，这样吧！你们得了奖励也不要吃独食，分给我们一半。溃眼珠说，当然可以。为头的说，今天是星期天，不上班，你们明天拿了它交到银城文物馆去，你们一定要交，你不交的话，私藏或者卖到别的地方，是要判劳改的。你们去交，会得两万元奖金。我们一万，你们一万，这样吧，给我们的一万，你们先给五千，后天再给五千。田马桶就坚持要得了奖金一起给，说，我们住在这里，又不会跑掉。为头的人说，天知道，知人知面不知心啊，这样大的金菩萨，至少可以卖上百万，你们可以拿到香港去卖啊。你们要是躲得哪里，我们怎么找得到你们。溃眼珠说，我们对天发誓，一定不跑。那为头的就说，是我挖出来的，我去上交。虽然我得不到奖金，银城晚报会采访我，我还成个名人，说着抱着金菩萨就走。田马桶就说，你先不走，我回去拿钱。就示意溃眼珠和立昌伢几二人，看住他们三人和金菩萨，回到家在堂客陈小桃手里拿了五千元，因为前几天大电婆放了一万元钱在家里。他说，钱我先垫着，金菩萨我们明天三个一起上交银城文物馆，你们后天来拿另外的五千元。于是，为头的就把金菩萨交给了田马桶，三人收好仪器，骑着摩托走了。

田马桶、溃眼珠、郭立昌三人喜笑颜开。溃眼珠说，硬要上交到文物馆吗？田马桶说，那肯定，他们刚才不是说了不交会判劳改吗？现在日子好过了，我才不愿意去坐牢。溃眼珠说，明天得了一万元，我们三人怎么分？郭立昌说，那当然是三一三十一，平分啊。田马桶说，如果这样，我先出了五千元，那你们现在每人拿一千六百六十六元来。溃眼珠说，我屋里没现钱，妹子还没汇钱过来。郭立昌说，我家也没有现钱。郭立昌就说，那你得三千五百元，我们每人得三千二百五十元，可以不？溃眼珠说，我同意，今天我们要庆祝一下，到田马桶家喝酒。田马桶说，那要得，要得。于是抱着金菩萨，对陈小桃说，你先锁到柜子里，再做饭，我们今天要喝一顿酒。陈小桃就从楼上的竹篙上砍下来一块腊肉，在菜园里砍了两兜莴笋脑壳，搞了一个火锅，再炒了一盘花生米，拿出一瓶开口笑酒来，三个人就喝起来了。

溃眼珠说，我们能不能晚一点交政府？

田马桶说，你要怎么办？

溃眼珠说，我家妹子的男朋友在香港，要他先带到香港去，看值多少钱。田马桶说，你不要鬼搞四气（鬼搞四气：资水下游方言为“名堂多”的意思），到时我可不愿意去坐牢。溃眼珠就不作声了，几个人继续喝酒。郭立昌是演过李玉和的，陈小桃就说，郭立昌你唱一首《临行喝妈一碗酒》，郭立昌说，现在不流行唱样板戏，现在唱妹妹你坐船头。大家就都要郭立昌唱《临行喝妈一碗酒》，郭立昌就站了起来，右手作提红灯状，左手在前额处一挥，唱了起来："临行喝妈一碗酒，浑身是胆雄赳赳，鸠山设宴和我交朋友，千杯万盏会应酬。时令不好风雪来得骤，妈要把冷暖时刻记心头。小铁梅出门卖货看气候，来往账目要记熟。困倦时留心门户防野狗，烦闷时等候喜鹊唱枝头。家中的事儿你奔走，要与奶奶分忧愁。"

郭立昌唱完，就号啕大哭，哭得把酒肉都呕了出来。他说，几十年了，这些年，一直没唱过，还记得，没忘记。

第二天，田马桶用大电婆跑业务的那个黑提包，装了金菩萨，三人到了银城文物馆找到工作人员，说捡到个一千年前的宋朝的金菩萨，特意来交给政府。工作人员就把他们带到了二楼的一间房子，门上挂着文物鉴定中心的招牌，一个戴眼镜的看到他们拿着金菩萨，就问是怎么来的，他们便把昨天的一幕说了。戴眼镜的说，假的。二字一出，田马桶的脸就变形了。戴眼镜的就在金菩萨上洒了点溶液，金菩萨上的金色马上就溶解，变成银色，知道了吗？戴眼镜的说，这是一个铁做的菩萨，骗子镀了一层金水。田马桶说，他们拿介绍信给我看了，是盖的银城电信局的章。戴眼镜的说，他们就不会伪造公章？不信，你们去电信局问。田马桶说，这个菩萨值多少钱？戴眼镜的说，三十元左右。

田马桶快要崩溃了，溃眼珠说，我们现在马上去电信局问。溃眼珠这次就大方招来一辆的士，朝电信局驰去。到了电信局传达室，门卫问他们去哪里，他们说找在农村安电信塔的，门卫就要他们找107房的业务二科。他们到了业务二科，那个科长问，找哪个，田马桶就把情况说了。科长说，这半个月，我们并没有派人去安电信塔，我们要安电信塔，都是与乡农电站联系，农电站会来人陪技术人员找村干部。你们这个情况，是骗子打了我们的招牌，我现在给你们王家坪派出所打电话，你们现在就去王家坪派出所做笔录，说明情况。于是科长就翻电话本，把电话打到王家坪派出所，派出所等他们去做笔录。

田马桶万分沮丧，其他两个也铁着脸，不发一言。他们来到汽车北站坐短途班车去王家坪派出所，当然，他们知道，派出所是破不了案的，但做个笔录比不做好。

做笔录时，民警再三问他们，他们是外地口音，还是本地口音，三个都说，是本地口音，与我们讲话是一样的。民警就提示他们，根据这些犯罪分子的作案规律，他们一般做完一个，就不会在附近再诈骗，估计他们应该是附近几个乡的，也有可能是银城街上的。

从王家坪乡派出所出来，田马桶就说，这次我们三个每人都损失了一千六百多元，说着，就望望他们两人。溃眼珠说，主要是你损失了五千元，我与郭立昌陪着你，跑上跑下，耽误了我们几个工。郭立昌不表态。田马桶说，溃眼珠，我们现在在这里讲清楚，难道这笔钱要我一个人出？当初，说要分钱，你说要三一三十一，现在，你要我一个人出。溃眼珠说，不是你一个人出，难道还要我们出？当时，是你喊我们做小工，说有钱赚，后来，我们都没作声，你又跑到自己屋里拿钱，我们当时都没作声，现在上当了，要我们陪着你出钱。郭立昌，你出不出，反正我是不出的。我还没问你要一天一百元的工钱就是好的。田马桶说，当时说分钱是怎么分法，赚一万元钱，我分三千五百，你们每人分三千二百五十，都同意了的，现在还是这个比例，我出一千七百伍十元，你们每人一千六百二十五元。郭立昌说，按理，田马桶是说的有道理，有福共享，有难同当，但我家实在没钱。要不是这样，回去打张欠条，我以后有钱了还给你，如果我没能力还就要我崽还。溃眼珠对郭立昌说，你打欠条吧，反正我是不出的。

于是，溃眼珠就冲在前头，一个人先走回家了。郭立昌安慰田马桶，莫急莫急，这几天，我们去银城街上走走，看碰得那几个骗子到不。田马桶说，丢几千块钱谁不心痛？只怪得我鬼摸了脑壳，也看清了人。老班子说，远亲不如近邻，我与溃眼珠做了几十年邻舍，这次他的五脏六腑我都看清了。假如我们获得了一万元奖励，不分给他三千多，他会干吗？郭立昌说，是的，是的。

田马桶回到家，把袋子里的金菩萨递给陈小桃，说，还没处理好，你先收着。陈小桃就把它锁在柜子里。接下来，田马桶天天早晨吃过陈小桃打的荷包蛋，就走到银城街上转，他看能不能再碰到那几个骗子，桥南桥北，那些剖鳝鱼的地方，他都去了，那些卖翘白子鱼儿和淡干子鱼儿的地方，他也去了，一无所获。他特别注意有没有跛子，只要看到有跛子，他就要细细地看，走了几天，他觉得他得了鸡毛眼，看东西也模糊不清，甚至发黑眼晕了。有一次在街上回来，他碰到介胡子，介胡子脸色铁青，说真的气死人，走背运。田马桶问他何解？介胡子就把事情细细说了。

介胡子要嫁满女，准备办几桌酒席，他挑了担箩筐到了银城街上买东西。路上就有一个人喊他“介嗲，介嗲”，他一会儿懵了，不认识啊，那人说，你不认识我啊，我是你大女家的隔壁邻舍啊。介胡子说，人老了，六十几了，记性不好了，说着，就从袋子里掏出一个旱烟袋，卷起一根旱烟，那人说，还抽什么旱烟，就递给了他一根白沙，介胡子就接了。那人问，你是到哪里去，介胡子说，我去桥北百货商场买点菜，要嫁满女了。那人说，正好我也去那办年货，我们一起走，于是，就到了百货商场。百货商场很大，介胡子说，我好多年没到过这样的地方了。那人说，里面人搞搞里，你老人家要什么，我帮你挑。介胡子就说，要十斤笋子，十斤蘑菇，十斤木耳，十斤粉丝。他就挑好了，介胡子要去交费，排队的很长，那人说，你去排队，今天还不晓得排到么子时节，我去给你插队，你把钱给我，介胡子就把手中捏着的五百元递给了他，说，要得，你去帮我交一下费，我在出口等你。于是那人挑了箩筐，朝交费处走去，介胡子就跟着到了出口处，站在那里。他想，到这个地方脑壳都是昏的，幸亏碰到他了。他看着那人把箩筐放在旁边，就在排队的人流里挤来挤去。他又从袋子里拿出旱烟袋，卷起一根旱烟，看到箩筐还在原地不动，人不知插到哪里去了。这伢子灵泛，等一下他看到人少些了，但箩筐还是没动，眼睛搜索那人到了哪里，但没看到那人。他想也许是自己眼睛看不清，就走到排队的队伍旁，一个一个人头地看，还是不见那人，他有点着急，这时商场的保安来了，他把情况跟保安说，保安说可能是去上厕所了，让他继续等等。他左等右等，还是不见那人来，就又找保安，保安问，你与那人是熟人不？他说，原来不认识，他说，是我大女的隔壁邻舍，我其实也没见过。保安说，你碰到骗子了，商场经常出现这样的事。介胡子就说，我一直站在出口这里等啊，他如果要出去，是要经过出口的。保安说，那边还有一个出口，你不知道吗？介胡子就彻底相信今天受骗了，他都算好的，就只带了五百元钱，他气得猛把自己的拳头朝脑袋上捶，保安看了他有点同情，就对他说，你要不到汽车路派出所去报个案，不过，报了也是空的，没查出来过。介胡子就把那些买了的东西放在原来的地方，挑着空箩筐，返回了。

田马桶听完介胡子的叙说，就说，现在骗子多，是要小心。介胡子说，我就不知道他怎么知道我的，那人是不是我大女屋里的邻舍，我干脆赶到狮子山去，麻烦你帮我把箩筐挑回去，先放到你自己屋里，我晚上来取。

田马桶就挑着介胡子的箩筐往家赶，他心里又平衡了些，到处是骗子，连介胡子这样当过大队干部的人都受骗了，他决定今天晚上跟陈小桃讲清受骗的事，两口子商量好那笔钱到底怎么搞，再与溃眼珠、郭立昌摊牌。

他回到家，看到屋门虚掩，显然陈小桃没有出去，出去是要锁门的，几个屋里的门都关了，他便喊陈小桃，没有声音，怎么了呢。他到灶门口去看，没有。他以为可能在楼上崽的房间，便从堂屋的房间直接到了楼上，几个房间都看了，没有人。他只好走进自己的卧室，就看到柜子门打开着，陈小桃跪在地上，对着放在柜子里的那尊金菩萨，正在使劲地磕头，口里喃喃有词，说，菩萨保佑，保佑我家崽生意兴隆，保佑我们全家没有病痛。念完以后，她看到老倌回来了，便站起来说，回来了啊。田马桶点了点头，她说，大电婆今朝上午回来了，说这几天简直走狗屎运，金凤凰娱乐场停车场每天能赚八百元到一千元，说在深圳打工的一个重庆姑娘也准备与她好，也准备到银城来，下个月带回来给我们看。估计是这个金菩萨显灵，这几天，我天天磕头，你看好灵。田马桶脸上就有了笑容。

陈小桃就到灶门口做夜饭，他把中午没吃完的那半边鲢鱼和大半碗萝卜丝炒肉在锅里热了，又炒了一个黄芽白，两口子就开始吃饭。她知道老倌爱喝一口，就倒了一杯米酒，放到老倌面前，两口子吃完饭，田马桶说，我有个事给你说，就把那天去银城文物馆的情况以及去银城电信局和王家坪派出所的情况，以及这几天到银城去找那几个骗子的情况一五一十地说了。听完以后，陈小桃不但不生气，反而很高兴。她说，我不管这个金菩萨是真的还是假的，只要他灵。你这些天上街，我都只想你不带这个金菩萨去，我天天敬，不就有好消息了。田马桶说，那我们还问溃眼珠和郭立昌要钱不？陈小桃说，你问他们要钱，这个金菩萨怎么办？他们也会请金菩萨到他们家去，请来请去，肯定会不灵，还会弄丢。现在我们丢了五千元，把这个金菩萨请回了家，菩萨保佑我们。大电婆不就赚大钱了？

田马桶一听，有道理，他顿时觉得脑壳开了窍一样。堂客的见识比男人家还要高，他觉得陈小桃讲得挺好的，我怎么没想到呢？田马桶说，这个金菩萨的事，我估计溃眼珠和郭立昌都不会作声，他们不愿意出钱，我们不讲出去。陈小桃说，那当然，我这一向都没作声。

晚上，介胡子过来了，他说他到了大女屋里，把情况跟女儿女婿一说，女儿女婿就想，是哪个呢？便把左邻右舍乃至全小组的成年男人，都弯手指数了一遍，确定没有这个人。介胡子就知道今天确实遇到了骗子，他这么一讲，陈小桃就笑，介胡子说，今天还不知道如何跟堂客讲，堂客会骂他的。陈小桃说，你要不在我们屋里先支五百元去，你堂客钱管得死。介胡子说，也要得，我屋里还有几捆旱烟叶子，卖的钱，不归她管，嫁了女后，就挑到街上去卖了，再还你钱。田马桶说，介胡子呃，现在怎么还吃旱烟叶子喽。介胡子说，还有人吃啊，我年年都卖几百元钱。于是，陈小桃就进里屋拿出五张毛哆哆递给介胡子。介胡子说，好，那就劳烦了。

看到介胡子挑着空箩筐消失在夜幕里，田马桶说，介胡子当惯了大队干部，现在不当了，又碍于体面，不去做生意，也不做副工，只能赚几个呆钱，骗了他的也作孽。田马桶现在想通了，杨保生在世时经常讲古书，说塞翁失马，焉知非福，他丢了五千元，请回来一座灵菩萨，能招财进宝，这不是因祸得福吗？

在乡村，故事是不胫而走的，经过添油加醋、添枝加叶，经过过滤、扭曲、夸张，有时再传回到当事人耳里，已经是面目全非，真是一部现代版的变形记。乡里人爱传这些东西，有家长里短，有野心梦想。在乡村，是没有多少隐私的。田马桶和大电婆后来的事听说得少了，从大电婆雄赳赳开着奔驰车来买西瓜的气场来看，应该是混得不错。这是一个让各类人都可以价值上扬的时代，关键是看你抓不抓得住机遇，有没有一颗勇于求变的心。

第三十二章 夏进雄

这些天，瓜地里人来人往，热闹非凡。天气照样还热着，但瓜地里却自有一番炎热中的清凉。河风不时吹过来，对于那一股股清风，你要去捕捉，你也要去领悟，如果你敏感，你会感到自己是有福之人了。在这里，吕怀远感到，大自然是本，任何形形色色的概念都是末，我们应该做心到形随的自然之子，而不能做物质的仆人，概念的奴隶。他想，在这流了不知多少万年的河边，有小木船和乌篷船行驶的景象也有几千年了吧！现在乌篷船河面上看不到了，几天都没有一只船。车子在陆地急急奔驰，河面上不需要船了，这也是物竞天择、适者生存吗？吕怀远老是跑到河边去，希望看到一只船，但始终不见船的踪影。夏婆子告诉他，河里还是有船的，比如离这里三里地的曹家渡，就有一个跛子在摆渡，要到对面的沙头和张家塞去，就要从曹家渡过渡。现在总是能够碰到白沙来的买瓜人，有的人认得他，主动打招呼，这不，夏尧阶的孙子夏进雄开着手扶拖拉机来了，夏进雄主动跟他打了招呼，吕怀远喊他夏组长，夏进雄说，我早就没有当组长了。吕怀远问他干什么，他说，跑些这样的小买卖。吕怀远一想，现在的永新村民组组长是成婆的满崽强巴，但是当年夏进雄那些年当组长的掌故，他是清清楚楚的。

母亲当年中风在家时，吕怀远每个周末都回来，他知道母亲来日无多，就多回来陪陪她。母亲不能讲话，但心里很明白，遇到有人来看她，她总是对人伸出大拇指。然后，伸出小手指指向自己。永新生产队也不断有人来看她，聊聊天。这样，永新生产队的一本经，吕怀远就都了解了。永新生产队变成组以后，一直是邢尚志当组长。二〇〇〇年年初，他到深圳打工去了，没有跟村里讲，他也没有辞职，村里有什么事找他，他在电话里支支吾吾，拜托找他叔叔成婆，后来村里知道真相后，就有了换掉他的打算。渍眼珠想当组长，他找到刚担任村主任的陈铁柱，毛遂自荐要求当组长。他对陈铁柱说，我们永新生产队原来在白沙是什么都争先的生产队，划龙船我们是第一，七十年代大队买拖拉机耕田，也只有我们永新生产队丰收了。当年修水利，上缴公粮，我们不比别人差，可现在我们什么都落后。邢尚志当这个组长应该在家里履行职责，带领大家发家致富，可他占着茅坑不拉屎，只顾自己一个人发财，跑到深圳打工，一不交辞职信，二不拜托人搞工作，所以永新生产队的工作接近瘫痪，我在毛主席手里也是当过两年生产队长的，我实在看不下去了，这个组应该有一个人出来负责，我毛遂自荐当这个组长。陈铁柱觉得他讲得有道理。

因为永新组一盘散沙，各项事情都拖后腿，所以陈铁柱就默许渍眼珠当这个组长，但陈铁柱不是党员，所以就不是村里的支部书记，组长人选必须是组上的成员选举，村支委会批准，现在村里连支部书记也没有，其他几个支委成员又都做不得主，因此这个事就吊起来了。

陈铁柱找到渍眼珠，希望他召集永新组的开个会，根据乡里面的指示，要重新分配责任田。渍眼珠骑着单车到各户去通知，说村上要他召集开个会，就在他家开。等到开会的时候，没有几个人来，会议还是没开下去。渍眼珠就找陈铁柱，说大家不听他的调摆，可能是他名不正言不顺。陈铁柱就走路到永新组一户一户去问到底是什么原因。稼妹说，渍眼珠又不是组长，他有什么资格召集会议，要论资格，渍眼珠以前只当过两年生产队长，我当过好多年政治队长呢！陈铁柱就认为稼妹想当组长，于是问他是不是想当组长。稼妹说，我们的组长应该让年轻人当，我都是五十几了，还当什么组长，政治队长我都当过，队长总比组长好听些。陈铁柱问，你觉得哪个年轻人可以，稼妹说，夏进雄。陈铁柱一惊，说，夏尧阶当年不是恨死了你吗？说你们两家是冤家，你推荐夏进雄，我就搞不懂。稼妹说，中国有句古话，叫此一时彼一时，过去我反对夏尧阶最积极，现在我推荐夏进雄当组长也最积极。我觉得这个小伙子初中毕业，有些文化，人又聪明，他当组长，比渍眼珠要好多了，他会真心帮大家办事。陈铁柱说，你们全组有个推荐，村里才好定。稼妹说，就投票嘛！陈铁柱就召集几个村干部开会，讲了永新组的情况。大家觉得首先还是要免去邢尚志的职务，村里也要张榜公示一下。另外，既然渍眼珠没有号召力，那就投票初选，支部再确认一下。陈铁柱就给邢尚志打了个电话，告知要免除他组长职务的事，邢尚志也讲好，他这么一走了之，对不住村里也对不住组上，但崽读高中，将来想把他送到大学，不得不到外面打工为他赚点学费，我同意免除我的组长职务。然后陈铁柱就来到永新组召集大家在田马桶家选举组长。

每家每户来一人，陈铁柱开场白讲了要选组长，进行投票选举，每家的户主都是候选人，请大家本着认真负责的精神选出一名组长。陈铁柱就拿出准备好的一叠票，票上面有三十五个名字，要大家在上面打钩，多打的无效。票收上来以后，村里随同来的会计进行点票，票比较分散，三票以上的四个，夏进雄五票，溃眼珠五票，稼妹三票，云鸡公三票。陈铁柱说，现在还看不很明显，这样吧，现在的候选人由三十五个缩为四个，三票以上的请大家再投一次。稼妹就发言，我申明，我五十几岁的人就不进入名单了。溃眼珠对稼妹说，试一试嘛。稼妹就火了，我坚决要求把我的名字撤下，不撤我就走。陈铁柱指示会计裁纸做票，每张票上就只写三个候选人。

经过又一轮投票，夏进雄十八票，云鸡公九票，溃眼珠八票，陈铁柱说，这是你们组里的推荐情况，村里还要讨论决定，这两天会有结果。于是就散会了。陈铁柱刚回到家，溃眼珠就跟来了。他说，村长，我真的想不通，夏尧阶当年是地主，判了劳改的，现在大家都拥护他的孙子，夏进雄不就是见人撒白沙烟吗？过去，我们说，印把子要掌握在劳动人民手里，难道现在那些徒子徒孙都可以掌印把子？陈铁柱说，你给我讲这些有什么用，我连党员都不是。这个事由支部定，曹会计也去了，他是支委，你去找一下支委。溃眼珠就去找各个支委，把跟陈铁柱讲的话跟他们都讲了一遍。第二天，陈铁柱与支委们碰了面，大家觉得，根据永新组的民意情况应该是夏进雄上，现在农村都没划分阶级，只要不违法，都是公平站在同一起跑线上。溃眼珠这次票数是第三，就算夏进雄不当，溃眼珠也没希望。为了更稳妥，陈铁柱要曹会计去一趟乡里，请示一下党群副书记。曹会计就骑摩托，到乡里请示领导，领导说，现在不讲成分，只讲表现。一锤定音，曹会计回来，村支委四人就表决，夏进雄为永新组组长。陈铁柱原来默许溃眼珠，但大势当前，没有办法，又去找溃眼珠，表扬他的担当，讲了一些好话，溃眼珠一看如此，也就不存幻想了。

夏进雄新官上任三把火，他想做一些政绩出来，从何入手？有人说，一九八一年搞承包制时是老班子主持分的田，明显胳膊都往怀里拐，比如稼妹、松友几、溃眼珠、田马桶他们承包的田都好些，而夏进雄家当时还住在湖里，说是就近，分给他家的都是一些水亩，田二十年没动，但时过境迁完全打乱了当时的格局。有的人家考出去几个大学生，有的女儿出嫁，如果家里有几个崽，都分枝发丫，吃茶饭的人就多，因此当务之急是按照现有人口再分一次。

稼妹也找到夏进雄，说，我家还有一个特殊情况，我满崽五岁时，他舅舅帮他把户口迁到光家坪去了，现在满崽堂客和崽都没有田，怎么办？夏进雄是稼妹力荐上来的，当时他说自己都五十几岁不用再提名了这番话，实际上是在暗示大家，溃眼珠也五十几，也没有必要搞了，否则我夏进雄还真不一定竞争得过溃眼珠。所以按照电视剧里面的说法，稼妹就是他的恩人，就是他的伯乐，因此稼妹提的问题，夏进雄就一定要用心。他就对稼妹说，把你满崽的户口再从光家坪迁回来。稼妹就说，光家坪在搞开发，都说会划到城里去，当年，他舅舅费了多少力气才把他的户口迁去，现在眼看他就成了城里人，又搞回来，如何划得来？夏进雄说，老队长，这你就不知道吧，现在城里户口都没有用了，过去我们乡里人饿得要死，城里人每月有粮票、有肉票，所以当时都想办法搞个城里户口。前几年城里工厂都倒闭，你看银城过去的橡胶厂、袜厂、蚊香厂，说没有就没有了，你的邻舍吕秋香财专毕业，分到资江瓷厂当会计，不也是下岗了，现在在省城打工。国家现在在搞城镇化，你看现在到处在搞开发，国家征收农民土地，一亩就是几万，将来还要涨到几十万一亩呢！你不晓得吧！好多迁到街上的户口现在又都要迁回乡里来。另外，你满崽的户口不迁过来，你媳妇的户口就要迁到光家坪去，他们一家就在这里分不了田。稼妹一听，说，你说的都是真的吧？就心中暗暗佩服夏进雄，这个年轻人见识广，选得不错。夏进雄的话对稼妹的冲击力特别大，稼妹就回家与堂客商量，堂客说，我们还是去光家坪问问我老弟。于是两口子就到光家坪，好不容易见到了稼妹堂客的老弟罗跃威，他现在是一家房地产开发公司的总经理，这一向正在闹离婚，搞得家里鸡飞狗跳，他一听说小外甥的户口想转到白沙去，就说，好，我早就想说了，不好开口。这事就定了下来，十几天后，稼妹满崽的户口又迁回了白沙。

夏进雄在分田上又显示出他的才干，他把永新组的田分成三个等次，好田，一般的田，水亩，就是每家分田的时候，都要三样搭配，这样公平。凡考大学出去的，嫁出去的，都不再分田。但有人就说，原来考大学出去户口都会迁出去，但读自费大学就不迁户口，前两年大学扩招，更不迁户口了。夏进雄说，那就以迁户口为准吧！反正，田土十年二十年就会再调整一次，有什么新情况就再调整。

丈量田地，夏进雄也搞得很仔细。他把丈量田地的分成两个组，每组都有拉皮尺的，做记录的，敲计算器算的，甲乙两组各量一遍算一遍，再来核对，核对完了，还要把一九八一年量的记录找出来，如果三者是一致的，就不再量了。如果不一致，就要甲乙两组的人再去一起量，一起算。当然也有争议，比如埋人的坟墓在田角，占了田算不算，如果不算的话，那些把老人埋到潘家嘴的乱坟岗的人家就要吃亏，如果算的话，又不产粮食，种田的就要吃亏。夏进雄就与大家商议，原则上哪家埋了老人在田里，那块田就分给哪家。乡里乡亲，入土为安，就不再计算面积。乡里人种了一辈子田，死了埋在田里，不算过分。今后就不要再埋在田里了，按照上面的要求，统一埋到规定地点。大家看夏进雄讲得有情有义，就没在这事上纠缠了。

夏进雄一当组长，永新组不到半个月就把责任田又重新做了调整，三十五户人家，都按现有在户人口调整责任田，乡政府戴书记坐桑塔拉来白沙调研，陈铁柱特别向戴书记汇报了永新组重新调整责任田的情况，戴书记很感兴趣，就特地到永新组。夏进雄就详细向戴书记汇报了。夏进雄说，就像我们乡里人去砍肉，屠夫师傅也要精的搭肥的，否则，大家都砍精的，肥肉就冇人要，调整责任田也是这样，也要搭配，这样就不会产生矛盾。戴书记说，这个比喻非常好，为什么毛主席的书我最爱读，就是毛主席写的文章，写的书，比喻用得好。他就对跟着他来的刚从师专中文科毕业不久的秘书说，以后写报告多用这样的比喻，秘书连连点头，说，书记就是高屋建瓴。

后来，戴书记在全乡的村组负责人会议上表扬了夏进雄，说他会想办法，一年多后，秘书写建立社会主义新农村的汇报时，还把夏进雄调整责任田的做法写成是建设和谐社会的明智之举，这样夏进雄就有了积极性。

夏进雄琢磨着更进一步，真正干出点政绩出来。湖里那几十亩甩亩，每户都摊了一点，那田间小路都松松垮垮，特别是组上人多数都离这些田有三四里远。一九七四年大队实行田园化，修建了三纵三横的渠道，邢家后背也修了一条，直通四合大队。湖里离邢家后背的那条渠道都有两三里远，原来在湖里打禾都要挑到队屋，后来搞承包，大家就用板车拖，一个板车上可以放几个箩筐。现在，很多人家有手扶拖拉机，但是这条路太烂了，不但手扶拖拉机开不到湖里来，就连板车也过不了，常常拖着拖着，轮子就陷到路下面的泥田里，没有半个小时都拖不出来。因此，从湖里修条路，通到邢家后背的渠道，就摆上了夏进雄的议事日程。

夏进雄反复用皮尺量距离。当然，这条路只是一条简易路，在原有基础上加宽点，加高点，把路修结实点，再铺些鹅卵石。这主要是为了方便板车、三轮车、手扶拖拉机的通过，费用大概需要七千元，主要是土石方材料钱，人工钱倒不需要。钱从哪里来？如果平摊，每家就要两百元，很多人肯定不干，甚至有人以为他在为自己谋私利，因为他家就是住在湖上，夏进雄就想组上每人出十元，可以筹集到一千五百多元，湖里住的几户人家每家出两百元，再向村里面要求补助两千元，其他的钱，自己一个人出算了。

路就在大家毫无争议中开始修了，因为每家只要出几十元，天下哪有这样的好事。在黄金坝挖几天黄泥巴用板车运来，把它们倒在田间小路的两边，扩展路面宽度，用手扶拖拉机运来卵石，用锄头把它们理均匀，再铺上一层沙子，用水泥把它们抹平，一条大路就出来了。大家也就觉得这个年轻人能干事，干得成事，并且，他自己还出了两千多元，这样不谋私的组长哪里找？

戴书记这一次到白沙来，就对陈铁柱说去看看夏进雄。陈铁柱带他到夏进雄家。戴书记问夏进雄有些什么想法，夏进雄说，这样各家各户单干还是没有什么出路，还是要搞点集体经济，大河涨水小河满。戴书记就对陈铁柱说，你手下这个组长不错啊，有想法就好，这也符合党在农村的政策，你们要敢想敢干。聊到十点多，戴书记要走，夏进雄留戴书记在家吃饭，他说自己做，手艺还可以。戴书记说，我倒要看看你的手艺，夏进雄就问戴书记，喜欢吃些什么菜，戴书记说，我喜欢吃六七十年代给猪吃的菜。待陈铁柱陪他到附近湖边走走，夏进雄就跑到他父亲的鸭棚捉了最肥的那只鸭子，拿了十个鸭蛋，然后他还问父亲，六七十年代给猪吃的菜是什么菜。父亲就给他数，马齿苋啦，鱼腥草啦，南瓜藤啦，南瓜藤菜园里有，马齿苋和鱼腥草路上到处都是，夏进雄交给父亲一个任务，用鱼叉子赶快去鱼塘叉一条青鱼来，又吩咐堂客赶快骑摩托去大脑壳店里砍几斤肉。于是他就做菜。到中午十二点半，一桌热腾腾的菜出来了，他喊戴书记吃饭。

夏进雄这次做了一个啤酒鸭，一个红烧肉，一个蒸青鱼，用红辣椒炒一大碗鸭蛋，炒马齿苋，南瓜藤，还用醋凉拌了一个鱼腥草，最后还把父亲爱吃的腊八豆豉、辣椒萝卜、辣椒粉子，都做了一份。戴书记说，这鱼肉鸭大可不必，马齿苋、南瓜藤、鱼腥草是六七十年代给猪吃的菜，但也是最健康的菜。其实，腊八豆豉、辣椒萝卜、辣椒粉子是银城的特色菜，但银城街上的餐馆饭店基本上没有这三种菜了，这是不对的。陈铁柱说，毛主席最喜欢吃红烧肉。戴书记一听谈毛主席的话题，就来了劲，他说，老人家什么山珍海味都不吃，解放军打下南京后，就要求吃一餐红烧肉庆祝胜利。这一餐饭，戴书记吃得特高兴，足足吃了两碗饭。

夏进雄把饭盛出到盆里以后，他还把米汤倒进锅里，就着锅巴压了几碗粥。吃完饭，听说还有粥，书记又盛了一大碗，特别是吃到青鱼的时候，戴书记就问，你这个青鱼是自己养的？夏进雄说，是的。

一般要养多久？戴书记又问。

一年，夏进雄答。

一般是几斤？戴书记看来对这个话题蛮有兴趣。

五六斤。夏进雄恭恭敬敬回答。

一般吃什么饲料？戴书记又问。

青草啊，鸭屎啊。夏进雄回答。

戴书记说，农学院一个教授发明了一种青鱼饲料，青鱼半年可以长得十多斤。我昨天还与南门桥的书记说，要他们去农学院，引进这个饲料。

夏进雄马上就给陈铁柱使眼色，陈铁柱马上说，我们也可以养青鱼，我们白沙村的塘都是水域上百亩的大塘，您指示我们要发展集体经济，我们以村里的名义养青鱼。

戴书记就说好，可以个人承包，签合同，规定每年交村里多少钱。资金不够，可以向乡信用社申请启动资金，信用社可以无息贷款。如果一间塘每年能养一万斤青鱼，就能够纯赚五六万元。如果白沙把大塘小塘全部利用起来，村里面每年就有一百多万的收入。共产党的干部，不能够吃干饭，要有所作为。

陈铁柱连忙点头，但马上就说，戴书记，我连党员都不是，工作不好开展。

戴书记说，铁柱，你写了入党申请书吗？你现在是村主任，你要创造条件，搞出成绩来，让全体党员信服，也让全体村民信服，这样，你加入党组织就会快些。

戴书记走后，陈铁柱就琢磨他这番话，他想既然书记讲了养青鱼的事，何不在这个事情上做些文章。

白沙的十几口塘坝，早些年也是包给了几户人家，这都是在前任的手里搞的。陈铁柱在曹会计那里找到合同，都是几张白纸上写明某某承包哪眼塘，每年上交村部多少钱，几行字歪歪斜斜，甚至有一张上还滴了一滴蓝墨水，不是严格的合同，也没有甲方乙方。塘坝的承包价格很低，每眼塘才交村里三百元，总共也就是五千元，这与戴书记的要求相差太大。另外，陈铁柱看了合同，并没有规定承包期限，有的合同是十几年前签的，有的是几年前签的。陈铁柱就召集村干部开会，讨论村里塘坝新一轮承包的事，大家就谈想法，谈见闻，思路慢慢就形成了，最后决定从明年元月一日起终止过去的承包合同。

村里成立青鱼养殖公司，所需的启动资金至少需要十万元，就按每个组六千元募集，剩下的一万元由每个村干部出两千元，年底分红就按出的钱的比例分。养殖公司的董事长肯定是村主任陈铁柱，总经理是谁，大队会计自告奋勇，说我不当这个会计了，我要来当这个总经理。陈铁柱说，什么董事长，我们不搞这么复杂，就选一个经理，村干部都不能当经理。至于谁当经理，我们开完组长会再确定。

陈铁柱就召集组长开会，把村里形成的意见给大家说了，要大家发表意见。夏进雄首先站起来发言，他说，戴书记亲自到我们白沙指导工作，在我们湖里视察时，对村主任说要我们养青鱼。我长期住在湖里，对青鱼还是有一些观察。我认为，我们白沙养青鱼是能够养出一些名堂来的。大家就把眼光投向夏进雄。陈铁柱对养青鱼做了描绘，夏进雄又第一个站出来支持，他进一步说了是乡里戴书记亲自拍板，大家都认为夏进雄想来当这个经理。有人就问夏进雄，你是不是想当这个经理？夏进雄说，我哪有这个能力？于是大家发言，有支持的，有反对的。反对者说，我们又不是在正宗的洞庭湖，养青鱼需要有很深的湖草，我们这里的鱼养不大。陈铁柱就说，这个不用担心，书记说农学院有个教授发明了一种青鱼饲料，吃饲料可以长到十几斤。大家就不作声了。

组长会开完以后，陈铁柱心中有底了，这个经理让夏进雄当。开始还没想到，后来一想，书记这么喜欢夏进雄，书记也是在夏进雄家吃了青鱼以后提出养青鱼设想的，怎么没有想到他呢？于是，他召集村干部开会，提出想让夏进雄当经理的事，大家也觉得夏进雄住在湖里，对养青鱼内行，是一个人选。陈铁柱就找夏进雄，说了村里的意思，夏进雄说自己没能力，一口回绝。陈铁柱又委托曹会计去找他谈。夏进雄说，会计，不是我不想为村里分忧，是因为我如果搞出成绩来了，大家就会说我有想法，如果我搞砸了，大家就会说我是夏尧阶的孙子，夏尧阶的孙子还能搞出什么名堂来？会计就说，你说怎么办？夏进雄说，你去给党员做点工作，让陈铁柱入党，他能入了党，我就做这个经理。会计一听，心里不是滋味，心想你一个地主的孙子，一个小小的组长，竟然管起村主任入党的事来了，但他进一步想，是不是陈铁柱与夏进雄串通一气了？如果他们串通一气，以后村上的工作就不好做了。

于是他就极力反对夏进雄当经理，并且连夜与其他几个支委通气，说夏进雄以要陈铁柱入党相要挟，他还专门跑到乡里找戴书记，把他的担忧说了，说，这要是被舆论部门知道，曝了光会成为一个大事件。戴书记也皱了很久的眉头，说，这个事情到此为止，我跟你们推荐南门桥一个专门养青鱼的当经理，你们请他，让他占股份。

村里请了书记推荐的人当经理，公司招聘五个人由这个曹姓经理亲自调遣。曹经理拿着书记的介绍信到农学院找教授取得饲料配方，又从沅江渔场买了青鱼苗散布在较小的几间塘里，然后每天撒饲料喂鱼，还组织人去长白湖捞湖草子，用手扶拖拉机运回来，也撒在塘里。

这一年，白沙村的青鱼产了八万斤，销到省城和株洲等地，除掉开支，净赚三十六万元，除留下一部分给村里外，每个组都分了一万多元，村干部也每人都分了四千元。陈铁柱说他不要这笔钱，夏进雄也把领到的分红分给了组上的每家每户，他自己也没要这笔钱。白沙村只有陈铁柱与夏进雄没要分红款，这就使会计感觉到不好意思了。

到六月下旬，村里的二十五名党员讨论陈铁柱的入党事宜，大家觉得，陈铁柱担任村主任这一年多带领大家致富，另外，公而忘私，不要分红，这些都是共产党员的品格。还有陈铁柱这一年沉稳多了，大家同意他入党。

就在陈铁柱成为预备党员以后，夏进雄向村党支部递了入党申请书，并且找到曹会计，要曹会计做他的入党介绍人。曹会计就问他的入党动机。夏进雄说，我生在新社会长在红旗下，虽然只读到初中毕业，但也经历了很多，共产党的宗旨是为人民服务，我只想为群众多做点事。曹会计点了点头，然后，曹会计就问你怎么看待你的爷爷夏尧阶和他判刑的事。夏进雄说，爷爷旧社会是地主，共产党斗地主是对的，我绝对不会因为他是我爷爷，就为他说话。爷爷判刑，有当时的大气候，后来政府已经做了结论。曹会计听了又点头，沉吟了一会儿，就要求夏进雄表现得更好一点，同时要经常给组织写汇报。

夏进雄写入党申请书之后的这一年里，不但全组家家户户的双抢他都去帮过忙，而且哪家有人生病了，他天天都要去医院看望，还把他父亲看的鸭子杀了，买天麻和当归蒸了，给病人带上。他几乎三天两头都往曹会计家跑，去曹会计家，他从来不提东西，他把思想汇报交给曹会计，由学习党的理论，到从电视上看到哪个时代楷模的优秀事迹，他都写上，这一年他写了七十五篇思想汇报。第二年年底，会计在全体党员大会上，向大家介绍夏进雄，说他创下了白沙村乃至王家坪乡入党积极分子写思想汇报的奇迹。曹会计还说，这个小伙子原则性很强，群众有困难，他慷慨解囊，他三天两头到我家跑，从来没有带过东西到我家里。大家觉得，这才是个党员的样子，就讨论同意他为预备党员。

先前吕怀远的母亲病了的那一年多，夏进雄作为永新组的组长，来探望过几回，一次他提来两瓶橘子罐头，一次提来十几个鸭蛋，亲切地与吕怀远父亲谈田里的情况，还与吕怀远握手，说等他干出点名堂来了，要吕怀远报道他。吕怀远母亲去世以后，吕怀远父亲来省城也经常谈夏进雄的情况，说他后来成了预备党员。吕怀远的父亲说，夏尧阶当年哪里会料到他家会翻身，哪里会料到他的孙子会当组长还入了共产党。

村里又要增加一名村干部。现在，村干部都是逢增必选。夏进雄和田德春，都报了名。到了投票的前一天，选票发下来，稼妹家有六个人吃饭，就领到六张票。稼妹就犯难了，夏进雄是他提议当的组长，当组长的这几年，对他老队长也很尊敬，堂客住院她还去看望，理应全力支持他，但不料事情又起了变化。本来田姓在白沙村是大姓，但这样的大姓，几十年时间，不管是原来的大队干部，还是后来的村干部，居然都与田姓无缘。这次与夏进雄年龄一般大小的田德春是王竹山的组长，高中毕业，考几次大学都没考上，就拜老九为师当了木匠，但心里还是有些雄心，结束在街上的装修生涯，回来当起了组长。这次田家的老班子就鼓励他去竞选村干部，让祖坟也要开一次裂。田家人奔走相告，这次一定要投田德春。稼妹犹豫了很久，终于做出了决定，他三张票写夏进雄，三张票写田德春，这样人家问起他的时候，他都会说“投了投了”，内心也比较安宁和平静。

夏进雄在窑山口摆了十几桌，请人吃饭，每人还发了一包白沙烟，后来结果出来，夏进雄花了九千元请客送礼，排名第三，田德春排名第二，倒是那个什么想法都没有的万家河的万立才排名第一，当上了村里的治安主任。

夏进雄的梦想破灭了。他想，自己的爷爷是地主，并且还判了劳改，夏家一直抬不起头，后来家里摘了地主帽子，并且爷爷也平了反，夏家出了他这样一个人物，自己也要求进步，能得到乡里戴书记的重视，又入了党，本来进村班子是有望的，但还是落了下来，问题到底出在哪？是不是一些人还是唯阶级成分论，认为他是地主的孙子？当然他知道这样的人大有人在，他也听到过议论；还有，谢丹新见了他理都不理。夏进雄比任何人都希望成为村干部，以此来证明自己，来向他的叔叔们和弟兄们证明夏进雄才是振兴夏家的第一人选，可这次落选，他顿感天塌下来，就萎靡不振了。后来他爱上打牌，亏了一身的账，上面的干部和永新组的人也不像原来那样信任他，他就把组长辞了，又回到原点，当起普通村民，到银城街上跑起了买卖。

第三十三章 非典

这天，农业厅退休群里有了些动静。平时这些退休的厅长处长科长都是潜水，也不知道他们平常干些什么，估计是寂寞一段时间，不说说话会憋得慌。首先是侯处长发一段话说季处长开车的二三事，文笔很生动，说得绘声绘色，说季处不曾进过驾校，当年他去滋江扶贫，县里给他配了一辆吉普车，他在一块空坪里胡乱开了两小时便出发了。一骑自行车的女生看他开车过来赶忙避让，可吉普车跟着她追，直把她逼到墙根边。幸亏及时停了，只惊出那女生一身冷汗。季处调整好车继续往扶贫村赶，在一上坡路段遇一大娘正在路边晒谷，季处刹车不及，轻轻撞了人家屁股。那大娘也没说什么，只是绕到车后，背对汽车继续用耙子耙谷。谁知季处上坡起步时车又往后退了一下，又撞到了大娘的屁股，吓得季处猛踩油门跑了。等季处把车开到村里天已经黑了，季处方向盘打偏了，一个车轮掉到路基下。路基下面似乎是深渊，吓得季处不敢动弹。约莫过了一个时辰，有幸遇到一老农经过，就牵来几头牛来帮他把汽车拖上来。经过几次这样的遭遇之后，季处就成了开车高手。

过了一会儿，群里有了一个个竖起大拇指的点赞。季处也冒泡了，说，事实有，但情节不符。这时谭副厅长也出来说话，说，那年在滋江开会，我要去扶贫点看看，就是老季开辆吉普，逢山不开路，遇水不架桥，一直往前冲。不过专撞女人屁股嘛，我未见到，就此补充老侯的描述，顺问大家安康。这时杨副厅长也冒泡了，给大家发了个笑脸。季处对杨副厅说，还记得我们开车去南昌的事情吗？你压死母狗一条，慌煞，逃之夭夭。侯处也跟着说，杨厅压死狗后留下一句名言：这狗怎么蠢得像猪一样。他又对季处长说，不是只有你俩，杨厅、你我和小柳四人去南昌开会；当时，杨厅还是处长，小柳不敢坐杨厅开的车，独自乘火车去的；杨厅曾让我陪他练车二十日，所以我只能留在车上；你是喜好开车所以也陪着；有时你俩还抢方向盘子争车开；其实最好玩的是杨厅压死狗后不知该不该停车；你在一旁忽悠他，说停车就会有人找他赔，一条狗要赔上千元，而且索赔人不见得就是狗的主人。杨厅忐忑不安往前开，忽然看见一摩托跟在车后，疑似索赔人。杨厅初学车又不敢加速甩掉，只好并驾齐驱。结果前头是一座收费站，心想这下子完了，非得停车缴费不可，正当他担心被别人索赔时，只见那骑摩托的一溜烟过了收费站不见了踪影，这才让杨厅的心回到肚子里。季处又接话，哈哈哈哈，往事历历如昨，人已白发苍苍，思之徒呼奈何！

不一会儿杨副厅长就留言了：老侯同志回忆是准确的。我初学开车第一次就跑南昌，那时还是走土路，没有高速。返回时，路过教育部柳部长的家乡上栗县某镇，狗在马路上“散步”，车速一下没减下来，那狗不禁碰，与车头一“接吻”就“休息”了。我当时是想下车察看并处理此事的，老季同志坚决地认为身处外地怕难以脱身，老侯同志也不主张停下。摩托车司机紧随我们，我们认为那人是找我们麻烦的……胆大艺高，一直开到收费站。其实，那人不是，一场虚惊啊。往事悠悠，不堪回首。季处长又发感慨：悠悠往事，宛如人生一段歌！今不如昨，兀自向月任蹉跎！侯处长又补了一句，我记得那年是非典那一年，二〇〇三年。

吕怀远饶有兴致地看着，这就是退休生活啊，在回忆中打发日子。但他觉得，农业厅真是人才济济，这几个处长和副厅长，都不是搞文学创作的，写的东西像作家的笔调一样充满情趣和幽默。特别是看到最后，非典那一年，一下子十五年了。非典那一年，我在干什么，吕怀远细细回忆。想起来了，闹非典的时候，他还回了一趟白沙。

这是五月的春夏之交，广东佛山有人吃果子狸感染上非典病毒，然后病毒传染开来，突袭到广东、北京和香港，城里的医院在门口设立发热登记点，医疗巡视组成员戴着口罩，穿着防护服，全副武装给发烧病人查房。银城卫生防疫站的医生在各处公共场所消毒，银城各街口都设置预防非典型性肺炎的药品发放站，银城的中学和小学都放假了。公交车上出行的人很少，司机和乘客全都戴着白色的口罩。由于坊间传言喝板蓝根可以预防非典，银城药店里的板蓝根被抢购一空。白沙村土林港的大堤上设置了一个关卡，有几人在把守，对所有进村的人，问的就是三句话，你是谁？你从哪里来？你要到哪里去？吕怀远想，这三个问题，也是哲学家所说的终极问题啊。赤脚医生可嫩几和他崽，拿着温度计让所有进村的人先量体温。上面通知，发现体温高于三十七点二度的，一律送往银城人民医院发热门诊。村干部在摸底，有没有从广东、香港和北京回来的，溃眼珠到支书陈铁柱家里，说他女儿燕子想从广东深圳回家，陈铁柱坚决不同意，说你不能因为一人就害了全村。后来，有人说燕子其实早两天已回到家里，有人就听到溃眼珠堂客咳嗽，陈铁柱就急了，他要永新组的组长夏进雄调查燕子是不是在家，夏进雄就戴着口罩去查看，看到一个年轻女孩的背影，又听到溃眼珠堂客不停咳嗽，马上报告陈铁柱，陈铁柱就马上报告王家坪乡，乡里一看有疫情，马上让派出所民警赶到白沙村部，陈铁柱也戴着口罩坐上了警车，警车尖利的呼啸声让白沙好多人胆战心惊，不知道发生了什么事情。警车停在溃眼珠家，溃眼珠正在家里夹篱笆，民警问他女儿回家没有，他说，女儿打电话说想回来，请示村主任不让回。于是，派出所民警就冲到溃眼珠屋里，一个年轻女孩子出来了，一看，不是燕子，是溃眼珠堂客娘屋里侄女，与燕子年龄相仿，但她说到深圳打工过年回来的，后来一直没去。民警怕她说的有假，就让她坐上警车去银城人民医院检查，并要溃眼珠和全家都一起去检查。溃眼珠说，我又没犯法，坐什么警车。民警说，万一传染了呢。溃眼珠说，哪有那么容易传染。真的传染了也是命中注定。阎王叫你三更死，绝不留你到五更。陈铁柱说，都是为了你一家人好，为全白沙的人好，我陪你们去，不就得了，溃眼珠才与老婆和老婆侄女上了警车，民警拿出几个口罩，让他们戴上，陈铁柱履行诺言，也上了警车。在一旁看热闹的黄路生说，这都是爱吃闹的，果子狸能吃吗？我们乡里人说，狗肉上不得台面，过去我们银城，乌龟王八这些东西都不上桌子，现在那些有钱人什么都吃，听说猫肉都吃，与蛇一起，叫什么龙虎斗，更奇怪的是蜈蚣蜘蛛蝙蝠都吃，什么小孩子的尿，燕子的口水，奇奇怪怪的，还有未婚先孕者打胎的胎盘，这些家伙都有毒，它怎么能补男补女、补肝补肾，它只能伤心伤肺，伤天害理。这是老天对现代人贪得无厌的惩罚啊，老班子过去总是说老天要收人了，讲得不假啊。来八子对黄路生说，你讲话总是文绉绉的，你是天上的事晓得一半，地上的事全部晓得。你说，非典这样的事，以后还会发生不？黄路生说，我又不是批八字的，我何解晓得？不过，一件事既然发生了，就有可能再发生，它不在中国发生，就在外国发生，九州外国一样发生。后来，来八子跟别人聊天时，就把黄路生这番话说了，有人说，黄路生，做好事，书呆子一个，他如果什么都晓得，何解讨不到堂客？

第三十四章 朋友罗国良

天气有点凉快了，晚上睡觉睡到后半夜，不盖个毛巾被什么的，还真有点冷。夏婆子及时拿来了毛巾被。早晨也是，大面积河风吹来，有一点点冷意，但穿单褂子还是不觉得冷。有一些薄薄的雾气缭绕，让人走在瓜地里都看不清西瓜。当然，西瓜也经不起摘，圆滚滚、胖乎乎的西瓜越来越少了。太阳从很远的水天一色的地方跳出来，一抹、一轮、半圆、整圆的时候，颜色越来越浓，火红的太阳占领了东方的中央，接着千万缕光线射过来，雾渐渐消散，碧绿的西瓜地一览无余。吕怀远观察着这些变化。工作繁忙的时候，他很少能这样观察。现在有时间了，有时间观察和领略大自然的一点一滴的变化，甚至一丝一缕的变化，观察的好处就是，人变得越来越心细如发。

上午，《农民必读》编辑部小窦打来电话，他说，吕老师，您有一个朋友来找您。然后，就听到小窦把手机递给那个来找他的人，那人说，吕记者，你还记得我吗？我是罗国良。吕怀远愣了一下，说，好多年没看到你了，你现在在哪做事？电话那头说，我到深圳去了几年，现在在省人民医院传达室，我今天休息，特意来看看你。吕怀远说，我现在银城乡下，你的手机号码是多少，我回省城以后再联系，罗国良就报他的手机号码，吕怀远记下来，等通完话以后把号码存在手机里。

那年，吕怀远要搞一个进城务工的农民工专题，就满大街找农民工采访。他到建筑工地找那些头戴安全帽的农民工，那些人讲两句话就要去干活了。他到了酒店饭馆找那些端盘子的大嫂采访，那些人用狐疑的眼光望着他，怀疑他动机不纯，往往采访几句人家就找借口走开。他到省人民医院传达室时正好看见矮个子罗国良，他很健谈。他在传达室与自己谈了足足一个小时，还没有打住的意思，正好他要交班了，吕怀远就请他去吃盒饭，于是饭后继续到茶馆里聊，一直谈到晚上十点多。后来，那选题还是没成稿，主要是采访的其他人都只有三言两语，虽然罗国良谈得深入，但整个稿子主题出不来。这是吕怀远从业生涯中做得最惨的一次策划。但采访那次以后，他与罗国良就经常来往。罗国良有个习惯，黄昏爱去沿江大道散步，吕怀远也爱散步，所以经常在江边碰到他，后来不知什么缘故好久没看见罗国良了，他打罗国良的手机，提示机主欠费，手机已停止使用，后来就再也没有看到罗国良了。

但罗国良的身世和一些人生际遇，他还是搞清楚了。这是一个遭遇过苦难的普通农民工，让他产生了悲悯之心。

罗国良生于一九五六年。三岁的时候，他妈妈眼睛发炎，去了好多地方都没诊好，左眼就看不见了。妈妈命苦，在他六岁的时候，又得了心脏病。爸爸在外面当锯匠顾不到家里头。罗国良八岁上学读书，家务事样样能干，砍柴、喂猪，到了十岁这年，妈妈还是病死了。当时，他有两个妹妹，大的五岁，小的两岁。妈妈死的那天晚上，他还跟妈妈睡在一头，爸爸睡在另一头，两个妹妹跟爷爷奶奶睡。半夜，突然听到妈妈一声惨叫，他跟爸爸赶快起床点燃煤油灯，就见妈妈已经没气了，于是爸爸就拼命掐妈妈人中，但妈妈永远闭上了眼睛。有人去给罗国良的外公家送信。外公得了信，半夜里走了二十多里赶过来。开始送信的人没有说他女儿死了，只说是病重，但他在路上碰到只野猫子，这就让他感到事情不妙，结果果然女儿英年早逝。埋妈妈的棺材是动用了爷爷的。那时候，两个妹妹还不明白死是怎么回事，她们使劲摇妈妈，叫妈妈起来吃饭啊。看着这一情景，所有人都眼泪直飙。

母亲病逝不久，罗国良的父亲就去湖北锯木头了，把三个未成年的子女丢在家里。罗国良的爷爷眼睛看不见，奶奶患有痨病，说照顾不了孩子们，罗国良就失学了，在家带妹妹。一年后，罗国良的爸爸就在本村又找了个女人结婚，罗国良就有了后妈。后妈是死了老公的，前老公是去抓鱼时在塘里淹死的。罗国良带着妹妹在后妈家住了十多天，后妈脾气暴躁，动不动就打人，她经常把蜈蚣虫之类的虫子一脚强（强：资水下游方言为“踩”的意思）死，实际上这是做给罗国良看的。罗国良只好回自己家里与爷爷奶奶一起住，爸爸把柴米油盐安置好，就又去湖北锯木头去了。

罗国良十六岁跟着父亲到湖北荆州，父亲把他托付给三十岁的木匠师傅张友良，让罗国良跟着他学木匠，学做家什。荆州这里流传着许多刘备当年的故事。当学徒开始是拿刨子，当地的木材全都是柳树木，刨的时候阻力较大，木花就不是呈薄片轻盈地泛起落下，他刨得手都起茧了。凿子凿眼就要学三个月，挨了师傅张友才不少骂：你是个蠢家伙，凿得都要不得。这样的骂是鞭策，是激励，一般学手艺的都要挨师傅这样的骂。罗国良在师傅的督促下，总算凿眼过关了，师傅就要他用开山子砍木头，刚开始砍不动，但砍不动也要砍，慢慢地他就掌握了方法，琢磨运力的技巧和木头的易碎处，终于能够砍得动了。虽然累，老板屋里却餐餐都有腊肉和鱼，饭也吃得饱，但罗国良舍不得两个妹妹，妹妹一个十三岁，一个十岁，都失学在家，所以罗国良学了半年，看看木匠几样主要的手艺基本学会了，他就回家了。

家里原来只有两间泥砖房子，罗国良决定重新起四间。他到山上去砍树，自己锯成木材，然后做门和亮窗。家里缺吃的，他就把红薯渣子打成红薯粉，天天吃，照样长得身强力壮。他盖房子时，不要喊，晓得的邻居都来帮工，他也没有工钱给，就只有饭吃，遇到下雨很久，他就歇个把月。经过几个月，新屋子还是盖好了。

罗国良二十岁的时候，他爸爸拿出八百元钱给他，说要为他订婚。早两天罗国良相亲看了个妹几，那女的蛮发调（发调：资水下游方言为“有活力”的意思），媒人说女的也同意。订婚的那天，罗国良买了肉、豆腐、鸡翅膀，等着媒人带女的来，一直等到下午五点多钟还没看见人来，于是他就到关沙口找媒人，媒人说搞不成，女的妈妈不同意了。此事就只好作罢。回家路上他碰到了文嫩子，是个专门做媒的。文嫩子对罗国良说，文兆书的女你同不同意？罗国良知道，文兆书的女是个麻子，但自己十六岁也得过眼病，虽然不是边光，但眼睛也破了相，如果不同意，可能就要打光棍，不如就着家里买的菜，第二天就把婚订了。

第二天，文兆书两口子带着妹子，跟着文嫩子来到罗国良家。现在罗国良已经当家了，他菜搞了十样，有肉、鸡翅、鲢鱼、蘑菇、豆腐、海带、油饺、粉丝、蛋丝、小菜，定亲的礼金是五百元，还给女方一个东风牌手表，给文兆书一顶冬帽，给文兆书堂客一段布。

第二年，罗国良就结婚了。结婚那天，他的酒席办得特别阔气，上了膀子肉、鳊鱼、鸡、鸭、肉枣子、猪肠子、猪腰子，这些菜在当地是上了档次的。晚上，他还请来耍花鼓戏的。他与新娘子坐在床边，花鼓队的丑角和妹子，边唱“正月怀胎正月正，新郎新娘结知音”边讨红包，他就给耍花鼓戏的打了五元钱红包。他穿着中山装上衣和的确良裤子，新娘子脸上有麻子，所以擦了很厚的粉。亲家籂脚（亲家籂脚：资水下游方言为“亲家见面”的意思）的那天，罗国良的父亲喝了很多酒，老人家高兴啊，喝着喝着，眼泪就流下来了。

过几年，罗国良的大妹妹长大成人，到谈婚论嫁的年龄了。做哥哥的是一家之主，罗国良决定要让妹妹体体面面出嫁。他为大妹置办了书桌、木箱、皮箱、挂衣镜、脚盆、马桶、三铺三盖等嫁妆，还打发一辆自行车，租了一辆东风牌卡车送亲。到小妹妹结婚的时候，他也同样的阔气。当地人都说他们做哥哥嫂子的重情重义。两个妹妹也说，哥哥对她们恩重于山，当终生相报。

罗国良家里喂了两头猪，年底送一头给公社供销社，自己杀一头，小日子过得还蛮红火。后来他到公社水泥厂上班，每天抬石头到粉碎机边上，开机把它们捣烂，每天八个小时，水泥厂每月交六十元给生产队，换取罗国良每年的四千八百个工分。

上班之余，他开始在家旁边烧起红砖。烧头一窑砖的时候，先把黄泥巴踩熟，然后，把一块块的黄泥巴塞到红砖模子上，再用手抹平放在地上，然后把砖模子提起来，新做成的砖就立在地上，等到完全干了，就把它们挑到红砖窑里。几个月时间，他利用早晨和晚上一共制作三万五千块砖坯，没要一个帮手。砖进窑子码起以后，就把煤炭放在砖上面，底下烧起柴禾。砖烧成后，他整整放了好多年，期间有人要来买他的红砖，他说我自己起屋要用。他有一个想法，要给家里盖起一栋楼房。

时间到了九十年代，罗国良的孩子也有十岁了。他姨夫子当时在广东赚钱，然后他也去了广州，在白云区当搬运工，那半年他赚到一千元。第二年他赚到二千七百元。第三年，老婆听说广东那边有很多女人会勾引男人，担心自家男人会变坏，就要跟他一起去，于是他们把孩子放在小妹妹家里带，把家里的田包给别家种，就两夫妻一起到了广州，租一间小屋子住下来。

罗国良给一家饭店搞装修，第一次店老板给他钱去买水泥，买沙子，买瓷砖，买材料，他把材料买回来交给管装修的店主，并把剩余的钱全部交给店主，连夹在烟里面的一分银毫子都摸出来放在他手上，店主十分高兴。其实那家店主就是饭店老板的亲戚，亲戚如实向老板说，与罗国良讲的完全一样，老板就觉得罗国良是个诚实的人，十分值得信任。罗国良的堂客在一家建筑工地当小工，有时搬红砖，有时提灰桶子抹墙，两口子天天在一起，虽然老婆脸上有麻子，但罗国良爱在心底口难开，他觉得那是点点星光。罗国良接受吕怀远采访的时候，就是这样讲的。

罗国良尽心尽力给老板做事，老板也对他不薄。有个周末，老板让人做了鸡、鱼等一桌子菜，要他喊了堂客一起来吃饭。老板对他说，罗师傅，你辛苦了。吃完饭，老板又说，装修会有些废品，你全部收拾好，卖掉的钱归你。

把这个饭店装修搞完，老板给了他两万多元工钱，加上他把装修中没用的边角余料卖掉，比如一小节一小节的铝合金钢材，卖了三千多元，再加上老婆也赚几千元，这一年两口子赚了三万多元。春节时，两口子高高兴兴回到家里。他望了家里堆的那几万块红砖，已经被人偷掉了上千块。其实，他也知道，乡里乡亲，也算不得偷，就是有人家要起个猪栏屋，有人要搭个灶，需要几十块红砖，也就顺手到他这里来拿了。问题是他知道，如果还不赶快把家里的楼盖起来，过两年这些红砖就都会被搬光了。所以他做了一个决定，明年不去广东，留在家里盖房子。

正月罗国良开始做规划，起三间一层，盖三层，每层两百个平方，一共六百个平方。问题是现在已经到了一九九九年，现在起屋可不像七十年代、八十年代，不用喊就有一大片人来帮忙，现在是市场经济，你要请人家干活，除了每天按照当时的标准一天开五十元工资，还要搞一餐饭吃，每人还要一包白沙烟。罗国良盖屋是熟门熟路了，想想二十年前盖起四间泥砖屋，门框窗子都是他自己做的。这次同样，该自己做的先做好，就这样忙了几个月，到下半年插完晚稻，到了农活松泛的时节，他就开始盖新屋了。包括泥水匠、做小工的，每天有十六个人在他家的地基上忙碌。两个妹夫当然可以帮些忙，在锰矿的叔叔周末也来出份力。

他合计一下，买材料就两万多元，还要留一部分钱给工钱，有些款只能先赊账。动作很快，新屋二十天就封顶，一栋毛坯房立起来了，就差装修。

他把该付的工钱都给了，一算账，还差一万多元。烟是赊的，肉也是赊的，还有一些零七八碎的东西都是赊的。

他只能又出去打工，这次他选择的省城。他于千禧年的正月来到省城，找到了龙成物业公司。这是一家家政公司，承包了康雅医院的病房、走道、大厅的卫生。罗国良每天工作八个小时，每月七百五十元工资，但每月有四天假。于是罗国良就每个月回家两次。有次回去时，他在银城街上花八十五元钱买了一百斤白炭，又买了根竹扁担把白炭挑回家。可他进门时，看到老婆正在吐血，一摊摊的血吐出来。他急了，第二天早晨就扶着老婆坐班车到了省城。在康雅医院照片，查CT，最后确诊为肺癌晚期。罗国良身上仅有几百元，他问医生，医生说住院先要交两万住院费。罗国良就要老婆坐在大厅的椅子上等等，他说要回家去借钱住院。但老婆坚决不肯，说，我知道我这是死病，家里还欠一万多元，还去借钱，将来怎么还？要回去我们一起回去，你如果把我留在这里，我就死给你看。没办法，他只能陪着老婆又回到家里。不到十天，老婆就死了，他只好把儿子留在妹妹家里带，自己又到省城来打工了。

二〇〇三年十一月十八日，罗国良手提着两个蛇皮袋子，里面装着剁辣椒、干辣椒、花生、腌萝卜、腌菜、红薯片，把儿子送到银城汽车站，儿子是去广东平海纱厂打工。罗国良叮嘱他：儿子，你已经二十岁了，你要谙点事，平常注意点，天冷了要加衣，不要凉哒。爸爸在屋里种田赚不了什么钱，要赚钱，就种不了田，这是矛盾。我只能在屋里种田，一年喂几只猪，种点菜，到时候把房子装修一下，给你找个对象。儿子连连点头。汽车开走了，没想到儿子这一走，却永远地走了。

后来小妹妹告诉他，儿子买了一部摩托车。是两个妹妹凑了一万元钱给他汇过去买的。当时，他也没说什么。但那年春节儿子没有回家。二〇〇四年十一月下旬，他儿子骑着摩托车去看歌舞，撞在树上死了。他得知这个消息时是十二月的一个雨夜，平海纱厂来了两个年轻人，护送儿子的骨灰到了银城，他接到他们的电话，要他去银城汽车站接东西，当那两个年轻人告诉他这个消息时，他一下子昏倒在地上。

安葬儿子以后，只要一看到儿子的坟墓，他就感到万箭穿心，天崩地裂。他在家实在待不下去，就又来到了省城。经人介绍，他在树木岭一个货运站当搬运工，搬纸箱、搬书，干了一段时间后他又到一家干洗店开甩干机，但每天要工作十多个小时，虽然每天能吃四餐饭，他却感到身体越来越吃不消了。他心里不好过，头痛欲裂，一身酸软。

他以为自己感冒了，就吃感冒药，吃牛黄解毒丸，说明书上说一次吃五粒，他吃十粒，有一次吃了二十粒，他感到又热又冷。宿舍里有六个床铺，其他五人以为他得了传染病，就再三问他是什么病，他感到自己做不下去了，就结了工资回到老家。

乡里的医生说他神经衰弱，给他开了很多药丸子，又给他打吊针，都没有好，他去看中医，吃了两个月中药，慢慢地好点了。在这期间，他做点小菜，砍点柴火，有时候做做小工，他觉得还是要去省城，因为在家里，睹物思人，他的情绪没办法平复。

他把自己的三亩五分田包给了叔叔。一季稻每亩给一百斤谷，按双季就是二千四百五十斤谷，当时的谷价是每一百斤五十元，叔叔每年给他一千二百元。

二〇〇六年正月初四，他又来到了省城，在省人民医院扫地，五百五十元一月，他干了七个月。他住在人民医院提供的一间四个平方的地下室。里头只能开张床，而且潮湿，空气不好。他不上班的时候，就都在外面捡废品。

直到有一天，有人介绍他到一家单位守传达，他才花一百五十元买了一只摩托罗拉手机。手机他还不会使用，这里按一下，那里按一下。因为是在康雅医院的后门口买的，一个女人拿着两只手机，说是一百五十元一只，开始他怕是假的就没有买，后来他与几个保安一起打一块钱一盘的牌，一下子就输掉了二十多元，这时他就决定买了。他觉得钱不可能永远是自己的，像水一样来来去去，既然来来去去，何必舍不得钱呢？就算是假的也无所谓，就当打牌输掉了，就当是只玩具。他又返回康雅医院后门，看到那个女人还在，就买了一个。那女人对他说，你要去电信营业厅去买个电话号码和充话费卡。他就去营业厅，选了一个131的号码，又花了一百二十元。第一个电话打给谁呢？他来到传达室查主管刘志新的号码，就拨过去："喂喂，刘总，我是罗国良，这是我的电话号码。"刘志新听出了他的声音，就说好喽。几天以后，一个守传达的同事告诉罗国良，说刘志新找他问，罗国良的手机是不是偷了医院的，因为派出所找他说医院最近丢失很多手机。罗国良就急了，赶紧找到刘志新说那天买手机的来历。刘志新说，来路正就好，我再三叮嘱你们，如果我们单位哪个犯事，我们年终的市文明单位奖就要取消，每个人要少几千元，我吃不了兜着走。罗国良听了，眼泪就流下来了，他说，偷东西，我怎么会呢？

这些都是罗国良告诉吕怀远的，罗国良也把自己的电话号码告诉了他。罗国良给吕怀远又打过几次电话，后来他就蒸发了，再也没有过他的消息。这次他再次接听到罗国良的电话，听到他的声音，知道他还活着，还活得好好的，就很高兴。他想，罗国良把自己当朋友，很多年不联系了，这次还专门去杂志社看他，让吕怀远十分感动。相交无贵贱，要好好珍惜生命中每一个认识的人，吕怀远就想，回到省城以后，他要请罗国良去毛家饭店，好好吃一顿毛氏红烧肉。

第三十五章 非洲猪瘟

这几天，来买西瓜的人喜欢谈论死猪的事。吕怀远想起来，早些天朋友圈就在传播两条消息，第一条消息说，工商银行职工牛某，吃了一块猪肉，高烧不退，送到中心医院救治，诊断为疑是非洲一号传染病，由猪瘟传染，后送到长春救治无效，现在病人生命垂危，送回市传染病医院。大家千万别吃猪肉了，珍爱生命，快乐生活。现在很多猪都死了，请告诉亲戚朋友，疫情严重，新闻报的只是表面现象，牛羊肉也别吃，熟食和肠一类的，盖章的也别吃。第二条消息说，省人民医院一患者昨天凌晨两点十一分因 A/N9 死亡，年龄三十二岁，患者肚子里还怀着孩子。参与抢救的医生已经被隔离。紧急通知，暂时别吃猪肉、鸡肉和鸭肉，饭店也尽量少去，省里有五千五百七十只家禽感染，省里刚开完紧急会议。收到后马上发给你关心的人，预防永远胜过治疗，这绝对不是传言，转给身边人。

结果刚过了一天，警方就开始辟谣，其中的第一则文字谣言曾变换地名在全国多地传播，官方媒体已多次辟谣。第二个谣言为银城网民曹某加工修改后上传网络，造谣者因扰乱公共秩序，分别被警方依法行政拘留十日。公安部门还提醒，网络不是法外之地，请勿随意发布、传播、转发未经核实的信息，坚决抵制、积极举报造谣传谣等违法犯罪行为，共同维护健康有序的网络环境。对散布虚假消息、恶意造谣传谣的行为，公安机关将依法查处。

公安部门查处造谣者，起到制止社会恐慌的作用。这两个造谣者，也确实捏造具体事实，受到了应有的惩罚。可有些事就是阴差阳错，非洲猪瘟这一向在银城蔓延开来。买瓜的人说，现在猪肉一天一个价，早一阵子还是每斤十二元，后来涨到十五元，十八元，二十元，一天天攀升。来这里几天时间，一向大方的夏婆子夫妇都没有准备一餐肉给他吃过，这不单单是银城一带的猪肉涨到了每斤三十六元的问题。据夏婆子说，南门桥一带根本就没有猪肉卖。

下午三点多钟，夏婆子与几个人来到瓜地。从他们的谈话得知，那几个人分别是王家坪乡的夏乡长和乡政府办公室陈主任以及南门桥村的村支书和村主任，有一辆小车停在大堤上，应该是乡长的车，司机躺在驾驶座的后排睡觉。夏婆子开口欲介绍吕怀远，吕怀远摇了一下手要他莫介绍。其实，吕怀远与王家坪乡的前两任乡主要领导是认识的，这几年疏远些了。吕怀远听出他们的意思，乡长想把这附近七八个村发猪瘟的猪都放在夏婆子的瓜地里掩埋，村支书和村主任面面相觑，夏婆子一听就跳起来，说我坚决反对。乡里的陈主任就说，你反对什么，这河土是公家的，又不是你私人的。夏婆子说，我承包了啊。村主任说，特殊情况，承包可以终止。陈主任嚷嚷着，夏乡长马上制止陈主任讲话，说，我们好好讲话，现在由于非洲猪瘟，养殖户们受到了强烈冲击，老百姓的餐桌上也少了肉，但猪发了瘟，肉确实吃不得，现在就怕不法商人杀了这些猪拿来卖，所以这些猪都要埋掉，银城无害化处理中心已经无法集中处理。所以我们乡想集中几个点埋，现在选了几个地方，觉得还是这里比较好。村集体和农民的损失我们会赔偿，请你们放心，政府不会让你们吃亏。村支书和村主任一听赔偿的还有村集体三个字，脸上都露出喜色，村支书还给夏婆子使劲地递眼色。夏婆子说，请问怎么个赔偿法？夏乡长说，我们会根据上面的要求和我们乡的实际，制定标准。夏乡长说，这只是我的初步想法，乡里面最后还要根据银城区里的指示，召开会议明确，一旦确定了，再通知你们。

夏乡长说着要走，村支书对夏婆子示意了一下，夏婆子就要去摘西瓜，夏乡长制止了，说你们不要害我们，我们吃你这一个瓜就要撤职，划不来。乡长话说得这么重，村支书也就示意夏婆子不用摘瓜了。他们一行离开。

下午，夏婆子一直在考虑这十几亩瓜地剩下的西瓜怎么办，他一直在打电话，往年的这个时候，每天都有人来买瓜，一般每天都要卖掉上千斤，到盛夏过去，瓜也卖得差不多了，现在西瓜还没卖完，瓜地就要毁了。那剩下的西瓜怎么办？

下午四点多钟，夏婆子说，我现在去村支书家，村里既然要中止合同，就要村里想方设法给我把瓜推销掉，这也是维护我们农民的利益吧。

到来送晚饭的时候，夏婆子面露喜色，说，谢天谢地，那些发瘟的猪不要埋在这里了。原来夏婆子到村支书家里，村支书正在接夏乡长的电话，夏乡长告诉他，下午区里通过工作群对处理非洲猪瘟的事下达了五点指示：1. 对现有养殖户进行详细的摸底，掌握情况，加强对动物疫病的防控；2. 对养殖户做好宣传解释工作，发生生猪非正常死亡，不能乱丢乱弃，更不能丢至他村或河湖塘等水源处，必须由养殖户自行无害化处理，或报告村委会后，由村组织深埋消毒处理；3. 各村对集中处理的无害化处理点，来一次回头看，确保掩埋深度、消毒措施到位；4. 各村组织人员巡查，防止养殖户乱丢乱弃；5. 各乡镇派出所加大对乱丢乱弃行为打击力度。根据这五点指示，乡里几个领导开了碰头会，乡党委书记认为埋在南门桥河不行，资水流经面积广，还要流入湘江，把死猪大面积埋在河土可能会造成河流污染，绝对不行。会议做出决定，现在死猪乱丢乱弃现象严重，要以村为单位采取就近就地消毒深埋的措施，处理时，必须经镇动检站工作人员全程指导监督，合理选择掩埋地点，按照畜禽部门无害化处理标准操作，填埋坑深度为十五米，覆土一米以上，并泼洒消毒液、石灰粉等，严格进行消毒处置。

吕怀远说，也好，我还准备再发一次朋友圈给你推销西瓜的。夏婆子说，你还是要给我发啊。猪肉少吃一点对身体肯定好，但多吃点西瓜，身体会更好。

吕怀远就问夏婆子，你们南门桥的猪埋在哪里？夏婆子说，现在南门桥没有多少家里喂猪。我记得小时候，我们家家户户都喂猪，国家有统购统销任务，好多猪都支援三世界人民去了。后来，家家户户都觉得打工比喂猪容易来钱，喂猪的人就日渐减少。这些年环保抓得紧，喂猪的，养鸭的，还是按老套路，导致臭气熏天，脏乱差现象严重，有人投诉，一投诉环保就过不了关，一票否决，所以乡村干部都劝一些家庭不要喂猪。现在喂猪都集中在一些养猪专业户。这次，专业户亏大了，一般都喂了几十头上百头猪，猪瘟一来，猪就那么死了，听说每头猪国家补助六百元，但还是损失惨重。南门桥没有养猪专业户，也就几户人家零零星星养了两头，听说是要埋在自家菜地里，明后天乡里动检站会来人监督。

第二天早晨，吕怀远到大堤上转了转，不料在这里他又碰到一个熟人，是同村的大脑壳。大脑壳骑着摩托车，摩托车后放着一个箩筐，里面装着几十斤猪肉。他说是南门桥一个人打电话要办酒，要他送来的，吕怀远对大脑壳最熟悉不过，他就对大脑壳说，现在到处发猪瘟，猪肉都吃不得，你这猪肉有问题吧？大脑壳说，这些猪肉不是本地猪，你看防疫站都打了蓝色的印章，就证明冇问题，如果我送发猪瘟的猪，不早就被抓起来了。吕怀远说，我退休了，在我老表这里守西瓜，已经好多天没闻到肉味了，你无论如何要分两斤肉给我，说着就从口袋里摸出张一百元递给大脑壳，大脑壳说，那我就分三斤肉给你。说着就拿出公平秤和砍刀，砍了一坨五花肉过秤。吕怀远马上就提了这坨肉送到夏婆子家里。夏婆子堂客怀疑，说，表哥，万一是瘟猪子肉，怎么办？夏婆子说，人家办酒都吃得，我们就吃不得啊，据我所知，这是国外进口的冷冻肉，冇问题的。

有了猪肉吃，吕怀远坐在瓜地里不由得就想起了与大脑壳有关的那些事儿。

第三十六章 大脑壳

大脑壳的本名叫黄庆先。铁匠师傅陈跃飞爱拽文，他说大脑壳是头如巴斗，眼如铜铃。大脑壳小时爱画菩萨，画黄世仁画得非常像。他父亲问他，“你认得黄世仁不？”大脑壳学着大人的话说：“认得他姓秋”。大脑壳也爱捉鱼，在白水田的田间小路用锄头挖个越口，在越口里装着簝，又置起了扎鱼的镣，湖里一涨水，他戴着尖角斗笠，披着蓑衣，穿起深桶子套鞋，四外（四外：资水下游方言为“到处”的意思）去弄鱼，出去一趟就搞一圆篮几鱼回来。母亲说，本来屋里冇菜吃，你搞得鱼几回来了，那还管南风（那还管南风：资水下游方言为“那还用说”的意思）。他的头发上有几只虱婆子，他复得碌急（复得碌急：资水下游方言为“异常焦急”的意思），请黄永年剃了一个光头，后来他脸上长个疖子，大腿那里长个包。他说，真的一个冒三爷（冒三爷：资水下游方言为“见鬼”的意思），他就吐了一口痰到长包的地方，让很多人笑得要死。大脑壳十八岁时，就背着喷雾器，打农药干农活了。杀猪的许德保看了大脑壳是个人才，想把自己的女玉儿给大脑壳做堂客，就请了太平伢几做介绍。太平伢几每次问大脑壳，大脑壳都是今朝没得空，明朝也没得空，许德保气得豆壳子筋直暴，他对自己的崽许国平说，古人讲冲得起的杨六郎，这个庆伢几也冒冲出名堂来，我玉儿哪里配他不上。没想到过了几天，大脑壳来到许德保屋里，提个篮子，篮子里一块肉，两筒面，还有一段的确良布，他对许德保说，听了讲你老人家今朝生日，我给您老人家做个寿。许德保喜得脑壳顿（顿：资水下游方言为“捣”的意思）大蒜一样。不久，玉儿与大脑壳结婚。有人听了墙脚，大脑壳对玉儿说，我们是天生的一对，地配的一双。因此，后来很多年，白沙都把这件事当歌唱。

大脑壳与玉儿结婚后，许德保就要求大脑壳跟他学杀猪。许德保是白沙第一杀猪手。许德保常常感到自豪。你想，每个家庭每年一般喂两头猪，一头送给国家，一头自家杀了，杀一头猪，可以得五元钱，另外，老板屋里客气，还会打发两斤肉，许德保家经常猪肉飘香，乡里人都黄皮寡瘦，唯独他家个个巴胀（巴胀：资水下游方言为“胖”的意思）的，因此，他也劝说自己的崽许国平也学习了杀猪，他每每杀猪的时候，崽就给他打下手。大脑壳开始不想杀，后来，看到玉儿天天要跑回去，有时不想来，每次大脑壳去接的时候，还找各种借口赖在家里不回。有一次，玉儿就说真话了，你又不分家，你屋里七八个人吃饭，天天吃辣椒粉子和擦菜子，我过不惯。大脑壳就明白了玉儿老往娘家跑，是因为娘家天天有肉吃。玉儿不回家，他哪里忍受得了，就只好答应许德保，给他做徒弟，学杀猪。

许德保就对儿子许国平说，你出师了，可以单独去杀猪了，我要收你妹夫做徒弟，大脑壳这下也明白了许德保的良苦用心。除了白沙，还有徐家洲等地方也接他们父子俩去杀猪，生意搞不赢，这样，原来是一路，现在兵分两路，可以赚更多的钱，也可以得更多的猪肉。另外，许德保对大脑壳说，别人要跟我学杀猪，我还不愿意呢。大脑壳想，这就是肥水不流外人田。许国平自立门户杀猪，许德保收了大脑壳这个徒弟，多一个帮手，这真是一举两得啊。虽然大脑壳当徒弟是替补许国平，大脑壳有点隐隐不快，但一想到杀猪以后，经常有肉提回家，他的宝贝玉儿经常会待在家里，天黑以后，两公婆，拱被窝，可以拱个毛毛几打呵嗬，大脑壳就喜不自禁。

他第一次学杀猪，是腊月二十三。李圃林屋里养了一头大肥猪，李圃林先天晚上到许德保屋里，正好大脑壳来接玉儿，许德保就说第二天吃了早饭去。腊月二十三这天上午，大脑壳跟在许德保后面，提着装杀猪刀的大篮子，来到李圃林家。李圃林堂客黄伏秀在锅里烧开水，李圃林就背着澡盆放在地坪里，把一张桌子放在澡盆旁边。许德保说，你还要喊几个人来捉猪，李圃林就喊李小友、田马桶和溃眼珠三人，待黄伏秀把猪从猪栏里赶出来，李圃林就放了一挂鞭子，许德保把一根抽了一半的红桔烟扔在地上，然后，就慢悠悠地把衣袖子卷起，咳一声，朝地上吐了一口痰。他对黄伏秀说，把桶子拿过来，准备接猪血。几个劳动力就围到猪旁边，李圃林一个箭步跑到猪的身后，用双手握住猪的左后腿提起来，猪就发出一阵嚎叫，李小友、田马桶和溃眼珠三人就一人提起猪的一条腿，猪腿使劲踢蹬着，许德保从大脑壳手里接过刀朝猪的咽喉捅过去，猪发出一声惨烈的尖叫，黄伏秀马上把桶子递到猪汩汩鲜血流出的地方，猪的叫声慢慢淡下来，直至消失。待猪血流得差不多了，几人就把猪往盛满开水的澡盆里一放，猪仰面朝天躺在澡盆里，许德保要大脑壳用铁钩子钩住猪鼻孔，他自己用瓜瓢把澡盆里的滚烫开水一瓢瓢泼在猪毛上。他对大脑壳说，要多泼几遍，才刮得干净猪毛，许德保拿另一把尖利刀子插进猪的耳朵。许德保说，刮猪毛要从猪耳朵开始，然后大脑壳就用刮刀刮猪耳朵上的毛，许德保又进行了一轮示范，大脑壳又按照示范刮了一遍，然后刮猪头的其他地方，再刮猪的身子。许德保说，刮猪身时，要多泼开水，这样才刮得干净。待猪白白净净地泡在澡盆里，许德保就用铁钩子钩住猪的鼻孔，把整个猪挂在一个高大的桩子上，许德保就开膛破肚了。猪的肚子打开，大脑壳按照许德保的指令把板油割下来，搁放在桌子和门板搭成的案板上，然后把肠子割下来丢在地上，大脑壳就用手去挤，把肠子里的猪屎一段段地挤出来，然后，就舀几瓜瓢脚盆里的清水清洗肠子。大脑壳把猪尿泡割下来往地上一丢，哪知狗、鸡和几个小孩扑过来抢。李小友的崽军伢几抢到，就要拿到嘴巴上吹。李小友说，吃了猪尿泡不尿床，你每晚把床铺都尿湿，搞点单方给你蒸了吃。军伢几说，我要吹，李小友就用清水把猪尿泡洗了，说，吹完了等下给你妈妈，晚上蒸了吃，军伢几就欢天喜地地把猪尿泡放在口里，吹得像气球一样大，哪料不一会儿就一声爆响，掉在地上。李小友只好捡起来，把它递给堂客。

许德保手起刀落，拿大砍刀把猪脑壳砍下来，把四个猪脚砍下来，丢在脚盆里，他对李圃林说，你烧一盆火，等下我来给你烧猪脑壳。他继而有条不紊地把猪肺割下来，把猪心割下来，把猪肝割下来，把猪尾巴割下来，然后对李圃林说，你留多少斤肉？李圃林说，留十五斤，再留十五斤排骨，许德保就要大脑壳用带来的大秤称了十五斤护心肉和里脊肉递给黄伏秀。然后，许德保对李圃林说，按规矩我与庆先一人两斤。李圃林说，那当然啦。许德保也就割了两块肥瘦搭配得好的五花肉，递给大脑壳称，并要李圃林看秤，李圃林说，不看。许德保对李圃林说，那就卖肉了，你收钱。来砍肉的人有二十多个。因为要过年了，一般人家里都要砍五六斤，再搭一两斤排骨。李圃林就要黄伏秀来收钱，其他人都交了钱。肉两元八角钱一斤，交了钱、砍了肉，大家就回家。

李小友说砍十斤，许德保就砍了十斤。李小友对黄伏秀说，嫂子，我这次只能够赊账。黄伏秀平常脾气特别好，不料这一次发火了，说，你赊多少年账了，你知道吗？你自己又不如猪（如猪：资水下游方言为“喂猪”的意思）。李小友说，也只赊了三年，等我有钱了，会还给你们啊。黄伏秀说，只三年吗，你结婚七年，哪年不是赊账？李圃林过来说，不要吵了，不要吵了，就对许德保说，给他砍五斤。许德保就只好把那砍好的肉剁了一半下来，让大脑壳称了五斤递给李小友。李小友堂客赵曼丽冲出来说，嫂几，你不要欺负人，我到我娘屋里借几十元还给你们。黄伏秀说，你不知道养猪的辛苦吗，一瓢瓢糠把猪养大，自己都舍不得吃肉，你一开口就要十斤，你们自己养啊。赵曼丽就冲出去了，她要到娘屋里去借钱，事实上每次去借钱都没有借到过，黄伏秀太了解了。

案板上的肉砍完以后，许德保就指导大脑壳烧猪脑壳，烧猪脚，他要大脑壳把火钳放到火里烧得通红，放在猪的鼻子上去烫，然后又烫猪脑壳的各部位，把整个猪脑壳烫得到处墨黑的，然后，就用一把刮刀刮猪皮，把猪皮刮得干干净净。四个猪脚也是采用这个办法，先用火钳烫，再用刀子刮。再然后，就把它丢进清水里洗干净，许德保才对李圃林说，都干净了，你拿到厨房里去。

李圃林的女儿六满把饭煮熟了，黄伏秀就割一块肉用大蒜炒了，再炒一碗猪肝，一碗腰花，一碗猪耳朵，然后煮猪血汤，加上几个小菜，留许德保和大脑壳吃了饭。饭后，黄伏秀分出每人家一碗猪血，半斤肉，让女儿端给李小友家和几家邻居。这是永新生产队的规矩，谁家杀猪都要送邻家尝尝鲜。

大脑壳揣着杀猪的五元钱，提着篮子里的两斤肉回到家，他把钱交给玉儿，把肉递给母亲，全家都高兴。晚上，玉儿说，我们什么时候分家？大脑壳说，你是怕得的猪肉给全家吃了？大脑壳就不高兴，玉儿一看如此，就说，我只是问问，我只想我们两人单独过。后来，在玉儿肚子里怀毛毛儿的情况下，大脑壳的父亲主动提出了分家。大脑壳与玉儿就过上了幸福日子，有时候煮了猪肉，玉儿都要装一碗给父母送过去，大家就夸玉儿是贤惠媳妇。

大脑壳就这样走上了这条杀猪路。哪个屋里的小孩子结尿，大人就问大脑壳要猪尿泡，小孩吃了猪尿泡以后，不但不结尿，而且猫弹鬼跳。他先跟许德保当了几年徒弟，几年帮手，到他能够游刃有余杀猪的时候，许德保也说自己老了，就不再杀猪。许德保把崽许国平和郎牯子大脑壳喊到一起，说，我也六十多了，就不杀猪了，现在我们白沙的杀猪师傅只有你们两个，我有个初步的打算，你们将来接业务的时候要有个分工，白沙前面七个生产队和徐家洲的杀猪业务，由国平接，白沙后面八个生产队的业务，由庆先接。你们郎舅不要搞混了，不要搞得生意见。许国平和大脑壳点头称是。许德保后来还活了十年，他死于喉癌，死在手术台上。他住院的时候，出现了幻听，他总是听到猪的叫声，他用手捂着耳朵，那些叫声越来越尖利。后来，白沙人说许德保杀猪太多，是猪的魂魄在寻找他报仇，让他得了喉癌，让医生在他喉咙动手术的时候，接他去阴曹地府，这也是报应。大脑壳越来越巴胀的，他说，我越长越素（素：资水下游方言为“丑”的意思）哒。玉儿对他说，你不素，你在我眼里武高武大。你记得毛主席是怎么说的吗？毛主席教导我们，我们的同志在困难的时候要看到成绩，看到光明，要提高我们的勇气。大脑壳再也不讲自己素了。由于许德保死于喉癌，许国平和大脑壳都不敢杀猪了，两人就商议不直接杀猪，每个人开个南食店，同时也把它当作肉铺，直接去银城屠宰场去进猪肉，以后就只卖肉。于是，大脑壳就在田家湾后面的马路边搭一个棚子，开起南食店。每天，大脑壳骑着摩托，摩托后座吊着两个箩筐，他到位于吉隆堤的屠宰场去买半边猪回，白沙村的村民都不养猪了，所以来砍肉的络绎不绝，大脑壳和玉儿每天忙得不亦乐乎。后来，他们还想了一个发财主意，就在店子里放两台麻将机。每当春节的时候，到南边打工的回来，都准备了千儿八百的到他这里来玩几把，来玩的除开每人五元的茶水费，还要消费店里的槟榔、烟、方便面、饼干，店子里烟雾腾腾，在旁边看的人也多，手痒了的就排队上桌搓几把，大脑壳的店子越发生意兴隆。大脑壳发誓要把自己的崽女送到大学，他到处打听有什么贵族学校没有，要把自己的崽女送去学习，他说多出点钱都可以。后来，他在银城买了房子。不过，他生意繁忙，一直没去住。吕怀远每年清明节到黄金坝翁妈的坟山去祭奠的鞭子和白球，都是在大脑壳店里买的。每次给的一百块，找回来的都是好多零票子。

现在到处都死猪。大脑壳每天骑着摩托到吉隆堤屠宰场去调猪，那些调的猪都经过工商部门和防疫站检测，打上蓝色的印戳。这些猪，听说是国家从外国进口，一直放在冷库，因此大脑壳对来砍肉的说，你们可以吃放心肉。其实，他自己也知道只能够碰运气。是否本地也有把得了非洲猪瘟的猪杀掉，运到屠宰场，给工商部门和防疫站的检测人员一包烟，也打上了印戳的，人家怀疑的时候，他也不能肯定。但是他越来越相信，政府只要一发现这样的事，肯定会严厉打击，有关部门在这方面是诚心实意的。

第三十七章 庄义蕴

转眼间，吕怀远到西瓜地十二天了，他在这里获得了一种内心的平静。他看过美国作家梭罗写的《瓦尔登湖》，人能适应澄明的环境，就是透彻，就是开悟。人一辈子，喧嚣过后，都要回归平静。在这里，他感到了天蓝云白；在这里，他大口地呼吸新鲜空气；在这里，他细研沙土的原理，努力想穷究一沙一世界的奥妙。特别是在这里，把过去写故乡的札记通读了一遍，又碰到很多熟人和故人，感到那些皱纹成堆的老乡亲，在岁月的风霜里渐渐老了，但他们还在为生存、为生活奔波。

现在来西瓜地的人渐渐少了，西瓜地里的西瓜也屈指可数。他跟夏婆子说，我在这里十多天了，要回白沙住几天。收拾行李时，夏婆子拿出一沓票子，对他说，我们这里做一天工是一百五十元，这里两千元，你收下。吕怀远说什么也不肯要，说，你真要请守瓜人，哪里会请我这样的。我在你这里等于休息，等于疗养，你还包吃包住。夏婆子又执意塞给他，他坚决不肯收。夏婆子就没有坚持，喊了一部车，又在地里摘几个大西瓜，叮嘱司机把吕怀远送到白沙。吕怀远就去跟嫡爷和嫡妈告别，说，现在退休了，以后可以经常来看你们。嫡妈流着眼泪，使劲抓住吕怀远的手，说，嫡妈舍不得你呢，你要经常来啊。吕怀远连声说，会来的，会来的，就坐上了夏婆子喊的那台车。

经过窑山口的时候，车子就走得慢起来，他看到一群人正围着一个人，而那人在指指点点说什么。吕怀远打开车窗，听到那人说，所有的死猪都要埋掉，这是没有二话讲的。他仔细一看，是庄义蕴。七八年不见他，听说现在是银城区市场监管局局长，还是那么英俊帅气。吕怀远本想下车去打个招呼，但又想，他现在在处理公务，自己去打招呼不好，就没有下车，车子继续向白沙开。

庄义蕴是省商业专科学校毕业，开始分到乡财政所，几年后就担任乡团委书记，后来报考银城区农业局副局长，考上了。在当副局长的时候，他写了几篇农业科普方面的文章寄给《农民必读》杂志，吕怀远看看质量蛮高，就给发表了，于是两人就有了联系。庄义蕴在农业局工作没有两年就到了区委办，进入银城区的枢纽中心，专门服务于区委书记。他当时很有雄心，报考了省委党校的函授，要在两年之内拿到本科文凭，竟然与银城区区长是党校同学。他有点纠结，他是服务于区委书记的，但周末区长总打电话给他，叫他坐自己的车一同去党校，后来，书记与区长在某些问题上有些矛盾，知道他与区长一起在党校读书之后，就认为他可能把自己随口而出的看法讲给区长听。其实庄义蕴历来是守口如瓶的，区长也从来没有向他打探过书记的情况和看法，但庄义蕴明显感到书记对自己的冷淡。有人就给他出主意，说要求到乡镇去。庄义蕴就跟书记提了，书记就把他派到长霞乡当书记，从副科提拔到正科。

在这里他一干就是两年。区委书记调走后，新的区委书记是从市委副秘书长位置来的，姓孙，才三十六岁，年富力强，具备充足的使命感和责任心，并且气场也强大。第一次开乡局级干部会议，一个乡党委书记和供销社主任在讲小话，他就大声说，你们两个在讲什么？站起来！两个就不好意思地站起来，向大家拱手致意后，尴尬地坐下。有一次，区里召开座谈会，有十几个局长参加，但一个局是副局长代为参加。发言时，副局长刚开口，孙书记就说，你们局长死了吗？局长没死，你就不要发言，搞得副局长很尴尬，只得坐下了。孙书记说，连一个这么重要的会议都不参加，都要派人来，这样的积习不能再存在下去，以后如果确有特别重要的事来不了，要向我请假。孙书记的魄力还表现在拆迁上，银城街上的旧城改造进行多年，基本推不动。孙书记让全县三十多个局对应要拆迁的三十多户人家一一做工作，如果在规定期限内工作没做通，一把手就要停职，专门去做拆迁工作。

其时，长霞工业园已成了银城区新的经济增长点。长霞工业园有三万八千人，下辖六个村，开办了机械厂、电子厂、纺织厂，每年开票四千多万，利税二千六百多万。九十年代，它是长霞乡的工业小区，因为要承接产业转移，世纪之初，县里单独成立长霞工业园管委会，征地修建。根据省里的标准，开始是一亩地需要两万四千六百五十元，后来是两万八千零五十元一亩，再后来到了三万四千六百五十元一亩，这些征地的钱百分之七十要支付青苗赔偿款、劳动力安置补偿款、农民土地征收补偿款，村里留百分之三十。村里留的部分，充作集体经济，用于修路和农业基础设施的日常开支。被征收土地的农民由村里负责，一般是安排到厂里上班。工业园的人尽量办理城市低保，街上户口的城市低保是每月一百八十元，乡村低保每月只五十元。因为工业园的六个村是长霞乡划出去的，工业园一个阶段的重点工作必须与村民打交道，区委就安排庄义蕴同时兼任长霞工业园的管委会主任。当然，长霞工业园的书记是由一名区委常委兼任的。孙书记上任后与庄义蕴谈过一次话，表达了对庄义蕴的期望。一方面，庄义蕴与自己同龄，也很能干，是银城干部队伍中的少壮派；另一方面，庄义蕴这两年有点压抑，自己对他用得好可以激发他的潜能。谈完话后，庄义蕴对孙书记非常感激。他兼任管委会主任，努力化解与失地农民的矛盾，虽然去年底工业园出了一个笑话，是副省长到工业园考察，由于下雨天地滑，摔进了消毒池里，但这是副省长自己不小心，所以工业园并没有为此受批评。

银城市委书记牛刚到美国进修过，对工业园区格外重视。市委准备召开全市工业园区推进会，这次推进会规格很高，各区县书记、区县长、人大主任、政协主席，还有市直单位一把手，都要参加。荷山区的龙山工业园和银城区的长霞工业园都是现场。这对于银城区也是一个展示形象的好机会，因此孙书记非常重视。早些天区委开常委会研究，责成区政府办主任总体协调，公安局调交警负责疏通车队，维持秩序，宣传部派人写解说词。专题协调会上，庄义蕴也参加了，开完会后，他又召开园区管委会，对各项准备工作做布置。

推进会召开的那一天，先是参观龙山工业园，之后参观人员分乘五台大巴、一台中巴，还有两台小车，加上一台开道车和一台工作人员专乘车，车队从龙山工业园出发到三桥桥头，过了三桥就是银城区的地盘。经过十字路口的时候，银城区政府办主任坐的开道车停下来示意大家都停车，他想让坐在第二台车上的银城职业中专的学生分别到各辆车上去当解说员，介绍工业园的情况。这些女同学被培训三天，稿子背得滚瓜烂熟了。但是，开道车刚停下，后面的车队就被大街上奔驰而来的几台社会车辆插了队，银城市委副秘书长坐在第三台工作人员的车上，他们不知道开道车示意停车，所以就一直往长霞工业园区开，然后，市委牛书记乘坐的车就紧跟着副秘书长的车直接抵达了长霞工业园。到工业园一下车，市委牛书记看不见有迎接的人，只有工业园区飘扬的彩旗，和竖在门口的广告牌。

牛书记等了一阵见还是没人来，就皱起了眉头，其他人陆陆续续下车，互相递一根烟，有人还伸伸懒腰。这时园区里出来一个人，他是瀚鑫机械的老板，是银城本地人，他在电视里见过市委书记、市长，所以一下就认出来了。眼看来了这么多人，他赶紧就准备从旁边绕过去。牛书记看见有人出来，马上喊住他问，你们在搞什么名堂？这时孙书记和区长马上从后边跑过来，看这事闹大了，孙书记赶紧就打电话给区政府办主任，问他们在哪里，区政府办主任说，我们还在三桥这里等你们。孙书记勃然大怒，说，你不用来了，从现在起，你停止政府办主任职务。孙书记收起怒气跑到市委书记身边汇报说，书记，对不起，开道车在三桥那里等我们，市委书记一看，现场会的军心都散了，心里老大不快，说，我们进去看看吧！孙书记就陪着市委书记，区长陪着市长，朝工业园里面走。

牛书记本身情绪不佳，一路上批评孙书记，你们的工作没做好啊，你看，路都没扫干净。先不说，我们要创全国卫生城市，就说招商引资，你们这样的环境，能引来老板投资？招商引资，要靠良好的环境，良好的环境，首先就是卫生的环境。我在美国进修一年，不管是东海岸纽约的工业园还是西海岸洛杉矶的工业园，我都看过，像镜子一样啊，难怪人家那么发达。孙书记说，书记，您批评得非常对，我们的工作没做好，首先是我的工作没做好，您放心，我下一步首先就整顿作风，引以为戒，举一反三。大家来到顺舟低压电器厂，但此时车间里稀稀落落，上班的员工不多，原来这天是星期天，很多人都回去休假了。区政府只说要做好准备迎接参观，并没有说放假的都要来上班。牛书记看了就摇头。市委副秘书长说，下面还有一个工厂，牛书记摇头说不看了。说完，他不理孙书记，自己朝车走，所有参会的人也就朝车走，上了车都返回市委会议室开总结会。市委书记表扬了荷山工业园，根本没提长霞工业园，孙书记和区长都低着头，脸涨得通红。一散会，孙书记紧急赶回银城区，召集人开区委常委会。

孙书记勃然大怒，拳头朝桌子上狠狠一捶，说，今天我要发飙。有人丢我们银城的丑，影响我们发展的形象。于是，他就要区长介绍情况，区长说完以后，常委们也都很激动，纷纷说这次丑丢得太大了，必须处分。区委常委、区委办主任说，我们区委办要写检讨，区委办对这次会议没重视，不应该踢皮球放到政府办去搞。区委常委、常务副区长说，我们政府办要写检讨，我们接了任务又组织得很不得力。比如，连气球也没有，拱门也没有，当然主要是长霞工业园竟把这事当儿戏，长霞工业园没个人整体介绍情况；还有，园区的卫生太差，根本没把这次会议放在眼里，要严肃处理。当然，常务副区长不忘对政法委书记说，像这样重要的会议，你们公安局交警大队，应该安排交警在路口值班。政法委书记说，有人给公安局和交警大队布置或者衔接了吗？如果布置或者衔接了，那我明天就开会处分人，常务副区长就不说了。

区长说话，他的声气开始很细，他说实事求是地看待这个事，在这个接待过程中，虽然有方案，但整体感不强，存在着一个师公子一朵符、一处露水一兜草的现象。我作为区长要负责任。然后，他的声音提高八度，说，由于交通拥堵，导致政府办的接待流程被打乱，出现一系列差错，影响了会议的进程，更影响了银城的形象，教训是惨痛的。但是关键是工业园的形象差，没有亮点，特别是参观其他县区的工业园后，更感到差距很大。

于是焦点集中在工业园上，大家痛批工业园抓落实不够。区委常委、工业园的书记都做了检讨，说“我前一段到广东招商引资去了，但在我出差的这段时间，你们为什么不打电话告诉我?”常务副区长就说给庄义蕴重点讲过，纪委书记提议对工业园的相关责任人要采取一点组织措施。孙书记与区长耳语几句，就提议先免去庄义蕴长霞乡党委书记兼长霞工业园管委会主任的职务，他的工作另行安排，整个现场会的接待问题，请区纪委进行调查。大家就一个个表态同意。

孙书记找庄义蕴谈话。他对庄义蕴说，你那里有两百亩空坪，荒地推平了，地质勘探也搞完了，搭起三角架子也动了工，但钻机还没钻，推土机、挖机还摆在那里，只挖了十米，就给人家一种气势，好像工业园的项目如火如荼，你们还插起了彩旗。而且你们还花了几千块钱搭个门楼，上面还挂满牌子，写着文昌北路工程指挥部，上面还刷了对联，精益求精抓质量，工程再上新台阶，但结果怎么样？你们这是典型的形式主义！庄义蕴说，那条路是文昌北路，省国土厅还没批下来，征农民土地的钱还没付，工程队伍没招标，所以后续工作就谈不上。孙书记说，现在任何的辩解都是苍白的。你一定要痛定思痛，按照党员的标准严格要求自己，接受区委、区政府的安排，为银城的新崛起出力。庄义蕴表态说，拥护组织的决定，我给银城的发展抹了黑，是银城发展的罪人。反思这个事件，有这么几点：一是工作的主动性和积极性不够，总觉得是政府办在牵头搞，乡里和工业园只要做好自己的事就行了，没想到接待工作这么重要；第二是政府办主任是新人，对于工业园的事也不熟悉，自己应该积极主动地替他出主意，想办法；第三，如果组织认为我要背这个锅，我一句话都不讲，没问题。孙书记问，你还有什么想法没有？庄义蕴说，书记，你是要我讲真话还是假话？孙书记说，当然是讲真话。庄义蕴就说，要我讲真话，我是有想法的，我这次错有两点，第一是没有把假的搞得足够真，第二是没有把假的搞得足够大。孙书记一看庄义蕴还是这个态度，就说，真出乎我意料，你不但不认识错误，还这么消极对抗，你要对自己今天所说的话负责任。庄义蕴听完这话，沮丧地离开了孙书记办公室。

区纪委进行调查之后认为，整个现场会的接待活动领导不重视，政府办有责任，长霞工业园也有疏忽的地方，但主要还是工业园工作上没亮点，抓落实不够。区纪委研究报区委常委会批准，除免去庄义蕴的职务外，还责令政府办和长霞工业园做检讨，视检讨的深刻程度做出处分。

庄义蕴感到这个事情越来越严重了，经过两天的考虑，他给孙书记发了信息："书记，因为我的工作的失误，给银城带来如此坏的影响。我深感难辞其咎。我坚决服从组织对我的处理。希望您给我一次负荆请罪的机会。"孙书记回了短信："出差回来再联系。"

孙书记如果在银城，每晚必在办公室。过两天，庄义蕴又来到区委办公大楼，他看到孙书记司机站在车旁边吸烟，就问，书记回来了吗？司机说，刚刚回来，于是庄义蕴到孙书记的办公室门外敲门，书记打开门，满脸笑容，说，义蕴来了？庄义蕴说，上次我心里很矛盾，说了一些过激话，这一次，我痛定思痛，觉得自己太不成熟了。上次讲的话，是错误的，我感到自己成了个罪人一样。我是来向您认错的，我认了错，就解脱了，要不心里憋得慌。

孙书记说，义蕴，这个事情真的气人。你讲一下这个事情到底是哪个的责任？有些事情，我都叮嘱了你们，你们硬不落实。这次问题是政府办经验不够，没有把现场会组织好，但主要问题还是你们长霞工业园不落实。

孙书记进一步说，义蕴，很多同志向我推荐你。说你年轻，思路清晰，反应很快，工作能力很强，是银城年轻的老资格。但也不止一个人说你工作不务实。如果工作不落实，组织上怎么敢把一个事情给你做呢？

庄义蕴说，我犯了一个这么大的错，本来是挨骂的，您还肯定我的长处，我受宠若惊。

孙书记又说，你我都是年轻人，虎头蛇尾是年轻人的通病，要改，改了领导才放心交给你担子。

庄义蕴说，我是真心想承担责任，所以才主动向书记做检讨。

这些都是几年前庄义蕴到省城出差的时候给吕怀远讲的。庄义蕴说，我确实是委屈，我要担任长霞乡党委书记，现在一个乡五六万人，事无巨细，还要我兼任工业园区主任，领导对工业园事情很重视，工业园的事情我插不上手。那些老板并不买我的账。就像那天现场会，只说要我们准备迎接，根本就没人通知我参加。但一个事情是要人承担责任的，工业园的书记那一段也正好去广东出差了，不处分我又处分谁？因此我对于处分也必须认账。

自那以后，庄义蕴变得沉默寡言，他慢慢淡出了朋友圈，也没有跟吕怀远联系。后来听说他到了银城旧城改造指挥部，在那里他工作比较出色，也有人认为对他的处分重了，他是背锅。后来他到农业局当常务副局长、局长。前年他才调到市场监管局，这次为猪瘟的事来王家坪督查，并且听他那两句话讲得非常严厉，可见他的工作作风确实今非昔比了。

车子把吕怀远送到家，他看到白沙的女支书柳英正经过他家门口那条路，朝老九家走去。他知道老九堂客汉宝与柳英关系很好，她去汉宝家干什么呢？

晚上，邻舍们都到吕晖远家的地坪里来歇凉，稼妹又在说陈杨树上那美女，罗玉莲马上拉下脸，说现饭子炒三遍狗都不闻。稼妹就不作声了。老九就谈起西流湾那里一个老倌子死了以后，几个子女争财产的事情，介胡子说，一娘生九子，九子九条心。吕怀远就问汉宝，柳英到你家去干什么。汉宝说，是女人家的事。见汉宝不肯说柳英到她家到底干什么，大家就七嘴八舌谈起了柳英。

第三十八章 柳英

白沙村现任女支书柳英是从陈铁柱手里接班的，陈铁柱辞职后，白沙的村支书就成了问题。

柳英是云鸡公堂客，是离白沙十多里路的接龙堤人。接龙堤在银城闻名的鲁肃堤外，骑摩托十几分钟就可以到。柳英是老大，家里还有两个弟弟，她从小就参加集体劳动，十二三岁就跟着大人半夜起来扯秧，一直扯到天亮，初中毕业她就在家务农了。到了要谈对象的时候，她觉得云鸡公比较实在，翻泥拉古（翻泥拉古：资水下游方言为“作田”的意思）的各种功夫样样行。听说柳英与云鸡公是老表开亲，后来人家问此事，柳英否认了，她说这里面很复杂，不解释。柳英嫁到白沙来以后，新婚燕尔自然难舍难分，但柳英生了崽坐月子的时候，云鸡公说想去南方打工赚钱，柳英就说不行，你真的把老子当生崽的机器啊。云鸡公眼睛一瞪说，你咯能干，家里这点小事，还不是在你饭碗里，还是要去外面赚点活钱，我想把崽送去读大学呢。柳英说，第一，你去广东我不放心，那里尽是一些勾人的狐狸精，把你勾去了，我怎么办，我才不想再找第二个男人呢！第二，你动一下脑筋，你看现在很多人都跑去打工，好多田土都荒芜，我们不如承包一些田，在家扎扎实实种粮食，不会比外边差，也省了一些事。云鸡公听了柳英的，于是两口子就承包了别人的十几亩田。当时还基本上是手工劳动，两人累得半死种了几年田，家里并没发财。有一天，吕怀远回家，看到云鸡公两口子在家门口种承包的八队李正明家的田，他们歇气时就与吕怀远聊上了。吕怀远谈到外地一些种养大户的成功经验，除了科学种田还要依靠农业机械。吕怀远从行李袋中摸出两本《农民必读》杂志，说，建议你们订一份这刊物，里面对如何成为种养大户有全程指导。柳英就说好，第二年他们果真订了一本《农民必读》杂志。过几年后，柳英承包的田逐渐多起来，她家就买了旋耕机和收割机。她也学会了开这两种机器，像人民币上的女拖拉机手一样。

柳英还去学习驾驶，等把驾照考到了手就买了一台吉利的二手车，她开起车来一溜烟，真成了当地的女汉子。当白沙村前任妇女主任何建军三年期满，自己也不想继续担任的时候，村里的赤脚医生可嫩几就向乡里的驻村干部推荐了柳英。驻村干部找柳英谈话，柳英笑得很开心，说我从来没当过干部，我又不会讲话。驻村干部说，大家都说你不错，难道当干部是从娘肚子里生下来就会当的？都是边当边学，也是学出来的。当干部是要讲话，但你心里想说什么就讲什么。柳英连连摆手，我还是不当。驻村干部从多方面了解她的情况，第二天又来找她，说你先莫说不当，要先试试，试几个月，如果你不想当，我们同意。柳英看人家都讲到这个份上，再拒绝就有点拉不下面子，于是就说，好吧！那我试试！

不久她就作为妇女主任的唯一人选接受村民投票选举，当然也就选上了，而且得票很高。当上妇女主任就是白沙半边天的头，这个社会还是看得起当干部的，过去大家夸她，说她能干，会开几种机器，大家都是以一种平等的眼光看她，现在大家都有点仰视她，那眼光里就有点巴结讨好。毕竟全白沙几千人，只有几个村干部。柳英想，既然当上了，她就要把妇女主任的工作干好。

她对陈铁柱说，村里要拿出一点钱来，我准备给育龄妇女做全面的健康检查。陈铁柱说，可以。村里同意后，柳英就组织全村育龄妇女在银城人民医院做体检。定了日期后，有的是男人用单车或摩托驮着去的，有的是自己开电动车去的，对于怀了孕的，屋里男人在外地打工的妇女，柳英就开着车送她们。那个早晨她一共送了三趟，才把十二个妇女送去了医院体检。这事一下子传开了，都说这个柳主任真好，自己开车送我们去。她开自己的车，村里肯定不会报销油费。

柳英说，当这个妇女主任，我就要保护妇女儿童的合法权益。她真的竖起了“顺风耳”。有人说她像古书里所说的“包打听”，哪里两公婆打架，她先要了解女方吃亏没有，女方吃亏了，她保准跑去找女方的男人，说，你堂堂的男子汉大丈夫，怎么跟堂客过不去，堂客就是夜明珠，是衔在口里，捧在手心里的，你还骂你堂客，我都动员你堂客与你分床睡，看你怎么过，你还不去向你的亲爱的道个歉。男方就说，大主任啊，你又不是不了解当今的规矩，你这话放在土改前去说，还真的说准了。新中国成立后妇女地位提高了，现在的堂客们，哪个不是在家里称王称霸、作威作福？她打我三个耳光，我才还了一下手，我就错了？柳英说，宰相肚里能撑船，人家女人打一下你，就是爱嘛，你还手，性质就变了，你还是去道个歉，家和万事兴。男人说，柳主任，我真的佩服你，你这口才，正说反说都是理。这些对话传出去，柳英为妇女说话让村上的姐妹们都大为感动。

柳英还挑选二十四名长相俊美一点的、有乐感的、年轻一点的女同志成立白沙的军鼓队，婚丧喜庆就去敲军鼓。白沙村一下子有了活力，而把这个活力推向高潮的，是柳英在她家的地坪里办起了乡村广场舞。

吕怀远有一次回家就听说乡里的堂客们跳舞都上瘾了。老九说他堂客汉宝吃了晚饭后碗都不洗，就往柳英屋里跑，吕怀远就喊了老九说去看一看。其实，说叫乡村广场舞是夸大其词，乡村也没有广场。广场舞是从城市延伸来的，那些退休的大妈和下岗的大姐没有远大的人生目标，把减肥、健身和养生当作人生追求，早晨和晚上，只要不下雨或下雪，城里宽阔的广场上放起音乐就能跳起来。往往一个广场，有多个音响在放不同的曲子，各个舞蹈方阵跳的舞也不同，有的跳民族舞，有的跳扇子舞，有的跳吉特巴，有的跳交谊舞，偶尔有一些退休的大爷站在旁边看。她们把跳舞作为一种雷打不动的生活方式，也活得越来越精神焕发，越来越年轻。老九告诉吕怀远说，妇女主任一直倡导跳广场舞。有这个想法以后，她就喊了老九的堂客汉宝在晚饭以后，开车到银城街上去学了半个月。学得差不多了才在自家的地坪里开音响，带着她家附近的一二十个堂客们每天晚上跳。有时候，她要在村部开会，或者有临时公务要处理，就由汉宝组织跳，反正她家里有人开门，把音响从房子里提到地坪里就可以。放的曲子各个年代的都有，既有《打靶归来》，又有《十送红军》，还有《谁的眼泪在飞》。柳英听了一首由《红尘情歌》改编的网红歌曲，叫《戒赌之歌》，她觉得很好。白沙有一段时期赌博成风，不管是打麻将还是打“跑得快”，虽不打大的，也就是五角一元的，但也有输赢，还引发了不少家庭矛盾，柳英就把《戒赌之歌》下载到音响里播放。她对跳舞的堂客们说，你们要把这首歌学会唱，不但要自己会唱，要教你们的崽女唱，要唱给你们的老倌听，唱给你们的老兄听，唱给你们的老弟听，我们白沙一定要有文明之风，不要让赌博这个烂臭皮柑臭了我们白沙的声誉。吕怀远就问老九，你会唱这首歌不？会唱，于是，老九就轻轻地哼了起来：

赢钱时心里很欢喜
输钱时后悔又莫及
后悔是说好的不再去
为什么管不住自己
赢钱时大吃又大喝
输钱时就瞒着老婆
卡里的钱啊已经不多
输钱的人不止我一个
日日夜夜我离不开赌博
疯疯狂狂的迷失了自我
赌场里面中有你也有我
让我唱一首戒赌的歌
我一直想离开赌博
可是我又恋恋不舍
赌钱的日子怎么解脱
如何解脱谁能告诉我
日日夜夜我离不开赌博
在那赌桌上疯狂的挥霍
赌场里面中有你也有我
让我唱一首戒赌的歌
日日夜夜我离不开赌博
在那赌桌上疯狂的挥霍
赌场里面中有你也有我
让我离开那害人的赌博
大声说离开你，决定不再碰你
在心里永远没有你，这首歌我要送给你！

老九说，其实，唱……唱这首歌也是好玩，难道真的一首歌就能够制止赌……赌博，那些喜欢打牌的不照样打……打，在乡里的男人平常哪有精力打牌，白天在街上做工，晚上回到家，吃完饭，洗完脚，就往床上一倒……倒，睡得死猪子一样，一般是过年过节打一下牌，平常打牌的都是堂客们，过去一天……天黑，就三五成群邀伙打，只是跳这个广场舞以后，吸引了这些堂客们的注……注意力，汉宝说要活一百岁，现在，人精精瘦瘦的。老九还是有点结巴，不过，没有过去那么严重了。

到得柳英的地坪里，就见一盏白炽光的灯挂在屋门口的杨树上，是从屋里牵电线到树上的，柳英果然不在家，说是到银城街上开妇女主任会去了，是汉宝在组织跳舞。音响里放着《山不转水转》，因为吕怀远的出现，大家都朝他投来目光。柳英的公公是松友几，当年吕怀远十多岁在生产队出工的时候，松友几是生产队长，现在松友几也有七十多岁了，他烧一大桶开水放了茶叶，把一些塑料杯子放在桌子上，专给跳舞的女人们解渴。看到吕怀远，他说，稀客啊，吕怀远于是就与他寒暄了起来。松友几说，从不来的稀客，就到家里给吕怀远泡了一杯芝麻豆子茶，还搬了一条板凳让吕怀远坐。吕怀远看到这些堂客们都右手拿着一把红扇子，随着音乐做着各种各样的造型动作，虽然不像舞蹈演员一样跳得婀娜多姿，但也还得体，女人本身就擅长形体动作。坪里除了跳舞的以外，还有很多小孩子在追追打打，几只狗看到这里人多，也在四围奔腾。一只狗看到吕怀远就摇着尾巴过来，还用红色的鼻子挨近吕怀远的膝盖，在认真地嗅着什么，吕怀远生怕这狗咬他一口。几年前，父亲在世时被夏进雄家的狗咬一口，住了七天院，医药费都是两千多元，都是吕怀远送回来的。当时看到父亲在病床上瘦骨嶙峋，那样子真是好可怜的。现在狗一接近，他就有点儿害怕。狗不咬人，老九对吕怀远说，然后就把狗子赶开了。一曲跳完，就有谷癞子堂客拧着儿子的耳朵说，你还不回去做作业，儿子说，我要等你一起回去。谷癞子堂客说，我还要跳两个小时，你只晓得玩，快回去做作业。儿子说，你只晓得跳舞。大家就都笑，谷癞子堂客说，你倒还管起我来了，说着她自己也笑了。

一个穿着时髦、浓妆艳抹的年轻女子出现了。老九告诉吕怀远，说这是溃眼珠的女儿美美，她初中毕业去深圳打工，谈了一个香港朋友，香港朋友很有钱，给她在深圳买了房子。她平常都住在深圳，这次回家待了半个月。她对人说，男朋友到英国去了，她就回来住一下。大家看到溃眼珠堂客愁眉不展，就纷纷猜测是不是美美被香港男人甩了。大家悄悄议论美美这次回来，带回来的两个大箱子，光一些五颜六色的瓶子就是一大箱子，都是名贵的香水和化妆品。于是，湾里的黄路生就说，富贵二字，有各种各样的组合。有人既富且贵，有人不富不贵，有人不富只贵，有人只富不贵，溃眼珠的女是属于哪一种呢？人家就问他，你这到底是什么意思？黄路生说，仰天大笑出门去，吾辈且是蓬蒿人。人家就说黄路生是个脑膜炎，像个桐油罐一样只晓得讲些文绉绉的话。吕怀远当然知道黄路生说的是什么意思，现在一看美美，在月亮下确实出众，长得像明星一样，美美在旁边看了一下，也在旁边学起来，溃眼珠堂客就把红扇子递给她，说，你进去跳吧，美美说，我不去，我只在旁边看一下，溃眼珠堂客就自己又去跳舞了。

不一会儿，柳英回来，她看到吕怀远打了招呼，然后进房里拿扇子。柳英出来跳的时候，音响正在放《太阳最红，毛主席最亲》，跳舞的人都跳得大汗淋漓。老九说，她们要跳到十点，我们回去吧！吕怀远对老九说，你一定要鼓励汉宝跳，这是一个有益的活动，既有情趣，又锻炼了身体。肯……肯……肯定啦，老九说。

白沙的人都议论，柳英特别舍得帮忙。哪个的小孩要办证，要落户，肯定是她出马，到乡派出所，就像到自家灶门口一样。村里老老少少，乡里的上上下下，对她印象都不错。因此，当陈铁柱辞去支部书记和村主任职务的时候，大家就自觉地想到了她。作为一个女人，她风风火火，特别有实干精神。况且她自己也慢慢地对当干部有了兴趣，甚至还有点上瘾。乡党委的组织委员来征求她意见的时候，这次她根本没有拒绝，甚至有种非我莫属的自信。

但在选举村主任的头天，一些电线杆和树上，像过去贴“天皇皇，地皇皇，我家有个夜哭郎，过路的君子念一念，一夜睡到大天光”一样，有人把电脑上打出来的纸贴出来一张张小字报，说白沙村绝对不能出现武则天式的女人专政。虽然如此，第二天的投票，柳英还是以百分之九十五的得票当选了，但这张小字报确实让她倍感沮丧。这会是哪个呢？自己这些年当妇女主任栽了不少花，很少栽刺啊，哪个对自己这么刻骨仇恨呢？竟然把自己说成武则天？我能够与武则天相比吗？一个是历史上的大象，一个是现实中的蚂蚁。几天后，乡组织委员对她说，那张小字报是不是陈铁柱写的？如果是，我们要对他采取组织处理措施。柳英说，虽然老陈有这样那样的毛病，但他绝对不会写那样的小字报。我了解他，他一直对我很好，非常支持我的工作。另外，他也不是那种搞阴谋诡计的人。组织委员笑笑，说，当然我也没证据，只是怀疑。组织委员说，有乡政府为你撑腰，你大胆工作，乡党委支持你的工作，过几天乡里给你下文，任命你为支部书记，支部书记和村主任一肩挑。

柳英当上了白沙的新掌门人，就考虑要大兴水利。塘坝清淤是个艰巨的任务。白沙有黄伏塘、寺山塘、莲花塘、道龙坝、贺家塘、燕子湖，水面广阔，柳英就要本村的包工头齐学初回来承包这项工程。齐学初运来三台挖机，在这些塘坝火力全开，日出而作，日入而息，把这些年沉淀发酵的淤泥全部清上来，堆放在塘坝道路的两边做护坡，这样塘坝的容量大了，天一下雨，塘坝就不像发怒的恶龙，四处奔逃，冲毁田禾。然后，她又对白沙的全部沟渠进行清淤，接着进行衬砌硬化，长度达六千多米。

白沙村七十年代末建有一个比较气派的大队部，大队部里有一个礼堂，可以放电影，可以开社员大会，可以唱戏，那时，在整个银城都是呱呱叫的，那是陈天师和刘支书等人的功劳。后来实行承包制，就没人来大队部了，也不要开社员大会不放电影不唱戏了。村里干部开会一般在支书家里开。大队部就没人来，日复一日就尘封蛛网，一片荒芜，后来有人撬破后面的砖墙，把一块块红砖敲下来，用板车拖回去起猪栏屋。在王乐成那一届手里，大队部后墙捣了几个洞，如不及时处理，一旦房子塌垮，可能会危及生命。那一届村干部没想到去弥补它、修复它，干脆把大队部全部作价卖给了一个包工头，得的钱用来作村务开销。村里要选举，就借白沙小学的操坪，这样应付了二十来年。柳英觉得一个村，没有一个村部，就形不成合力和凝聚力。她说，我们要修个村部。于是，就动用村里这些年国家返回的一些资金，以及银城教育、水利、发改、卫生等部门的一些赞助款，以及村里砖窑、鱼塘的一些承包上交款，花了一百三十万元建起了一个占地面积三百六十平方米、总面积七百多个平方米的白沙村村部大楼。柳英在村部大楼落成仪式上说，村部大楼的兴建是一个标志，标志着白沙村的新农村建设迈上正轨。当时她要吕晖远给吕怀远打电话，说《农民必读》杂志能不能报道一下白沙村建村部大楼的事。吕怀远说，这有什么报道的，又不是新生事物，没有新闻性，村里建村部大楼就像人吃饭一样理所当然，原来白沙村没有村部大楼，是白沙村的缺失，现在建起来了，只能说是走上了正轨。当然吕晖远后来并没有把吕怀远的原话说出来，只说吕怀远这一向在外出差，以后专门抽空回来一趟报道，这让兴致勃勃的柳英没有丢面子。

最让柳英惦念的，是村里三十三户贫困户，这是当村支书要着力解决的头等大事。经过摸底，永新组杨立生的老弟江猪子家，就是尚未脱贫的贫困户。比如江猪子的堂客黄雨清，有间歇性精神病，每年吃药都不知要吃掉多少钱，江猪子经常要照顾堂客，也不能像其他人一样出去赚钱，因此村里评估贫困户的干部给他家反复算，每年人均无论如何达不到三千七百元，只能划为贫困户。江猪子堂客听说被划为贫困户了有救助，有补助，就要去大脑壳店子买挂鞭子庆祝。江猪子说，划为贫苦户是我们对人不起，你还庆祝？柳英来到江猪子家，给江猪子堂客说，人要有志气，就能发家致富。之后江猪子堂客再精神病发作便不摔东西了，而是反反复复高声念叨，人要有志气，就能发家致富。旁边的人看了，觉得她也怪可怜的。柳英帮这些贫困户申请低保，低保每月有两百元，全白沙有二十一户的四十八人办了低保。上面号召要激发这些贫困户的内生活力。柳英就介绍这些贫困户去外面做事。祝家垸有两家厂子，都是做小吃的，一家叫千岛山，一家叫缺牙齿，平常这里的车子停得满满的，在这里做事的，拿绩效工资，少的有三千多元一月，多的到四千多元，最高的有拿五千元一月的。柳英亲自去找两家厂的厂长，他们都是接龙堤人，与柳英是老乡，柳英介绍了十五人在这里做事，江猪子也在这里做事。对于有病痛不能出去务工的，柳英把他们组织起来，带他们去养鸡大户家参观，并请来王家坪卫生防疫站的兽医，给大家讲怎样防止鸡发瘟，她自己也经常往这些人家跑，与他们探讨怎样给抱鸡婆喂食，怎样给鸡崽几喂食，鸡长大以后，她专门联系一家销售商来一家家收购。柳英还坐镇要人家付现款。她说，我们这些养鸡的都是一身的病，好作孽的，老板可不许欠他们的钱。

柳英在村里有了威信，只是云鸡公有点失落。过去，堂客没在村里当干部的时候，他们家承包三十几亩田，柳英白天与他一起在田里干活，晚上回去，云鸡公到菜地去泼菜，柳英就煮饭，麻利的她做几样菜只要半个小时就好了，然后撮一碗粉丝煮肉送给云鸡公的父母，云鸡公的父母都笑得合不拢嘴。柳英就把电饭煲的插头拔掉，装好饭，喊云鸡公吃饭，饭后她就烧水，准备好换洗衣服让云鸡公去洗澡，等云鸡公洗完澡，她才把云鸡公的衣服洗掉。那时候，云鸡公感到生活真是好幸福好惬意。后来，柳英当上妇女主任，经常在外面跑，云鸡公就不能吃安乐茶饭了，经常饱一餐饿一餐，但云鸡公也没有多少怨言。再后来柳英当上村里的一把手，加上现在是机械化生产，国家对种养大户有补贴，云鸡公承包的田就更多了，他把整个八队的田全部承包下来，一共承包了三百多亩田，是白沙村第一号种田大户。收割机、旋耕机、水泵等都换了新的。

早几年都是抛秧，现在他也买了插秧机。云鸡公一天到晚都在田间地头搞田间管理，柳英很少来帮忙，只是双抢时节象征性地来帮几天忙。特别是到了傍晚，柳英一般都不在家，云鸡公都没有新鲜饭菜吃，只好买个微波炉，把剩菜热一热，凑合吃一顿。有时他想换一身干净衣服，但一看洗衣机上，脱下来的有泥巴和汗味的衣服已经堆积如山。这样，云鸡公就有点烦躁了。特别是柳英的手机电话不断，现在音频视频对话方便，大家都用这个与她通话，虽然能省些话费，但通话的内容在旁边也听得一清二楚，村里的大事小事，几千号人的吃喝拉撒睡，还有上面各个部门随时的问话与会议通知……这样一来，柳英在家里，也从来没有气歇。经常到半夜三更，两口子刚睡下，就有人打电话来，说某某脑出血要送医院，没有车。柳英就只能起床，开她的二手车把老人送到银城医院。云鸡公感到十分痛苦，第二天晚上就睡得客房里去了。

云鸡公忍了很久还是爆发了，他把柳英的衣服清理出来，对柳英说，你不要住在这个家里了，你干脆搬到村部去。柳英也火了，说，你以为我一个女人家容易吗？千斤的担子都压在我身上。云鸡公说，你搞一年乡里才给你三万多元，你划得来吗？柳英更加火冒三丈，她怒吼道，田青云，你不要老是说钱钱钱，人一辈子就只为了钱吧？既然你这么爱钱，你就与钱结婚，我住回娘屋里去。说着她就提起云鸡公为她准备的衣服，开车回娘家去了。

柳英几天没回家，她白天开车来白沙处理事情，晚上回接龙堤娘家。过了几天，云鸡公的两个舅子骑着两部摩托车来找云鸡公，说我姐姐这几天老是住在家里，爷娘问及你时她都不提到，不知发生了什么事。云鸡公也没好气，说，你去问你姐姐去。说着也不请他们坐，就走到菜地去浇菜去了。两个舅子走到他面前说，我姐姐要是有个三长两短，别怪我们对你不客气。云鸡公一看他们那阵势，就让他们坐下，把前因后果都说了。两个舅子说，我还以为你们家发生了什么大事，都是鸡毛蒜皮的小事。姐姐一心为公，我们碰到白沙的人谁不说她的好话，姐夫你也要谅解她一点。说着就开着摩托走了。

云鸡公思前想后就想通了，第二天晚上骑着摩托去接龙堤。他砍了十斤肉，又把自己田里养的龙虾提了十五斤送到岳父母家。柳英说，你来干什么，不准你进屋，云鸡公就说，我来看看爸爸妈妈。等吃完晚饭，云鸡公就说回去吧，柳英说，不回去，岳父岳母就劝柳英回去，柳英只好起身上她的二手车。于是云鸡公骑着摩托跟在柳英后面，两公婆就这样一人一台车一起回家了。

第三十九章 杨立生兄弟

这几个晚上，吕晖远家的地坪里格外热闹。一条条凳子、一把把椅子摆着，大家来了就乱七八糟地坐着。来的时候，不用打招呼，走的时候，也不打招呼。这两天，杨立生每天必到。他的其他几个弟兄倒是不见踪影。杨立生来，就嚼槟榔，大家提醒他吃槟榔会得癌症，杨立生说，死了嘎卵（嘎卵：资水下游方言为“拉倒”的意思）。大家就喊杨立生为立支书，是因为在王乐成当支书的时候，曾经对杨立生说过，你表现好就让你当支书，接我的班，当时大家都知道王乐成只是一句玩笑话，哪料杨立生当真了，自己家的事不热心，只要公家有事就去，当时对一些不结扎，生了二胎、三胎的人实行威慑手段，要拆人家的屋，拖走人家的猪，宝林癞子、陈树贵等退出历史舞台，杨立生就补上了。他还经常问村里的党员，入党申请书怎么写。后来王乐成没当支书，杨立生就不风光了，但大家见到杨立生还是喊他立支书，每次喊他的时候，他就说讲点别的喽。吕怀远在写的札记中详细写过杨立生童年的一些事情。杨立生是吕怀远的发小。那时，杨立生一家七口住在两间一么角（么角：资水下游方言为“偏房”的意思）里，吕怀远的父母走亲戚时，他经常喊杨立生来作伴。有一次，杨立生捉一瓶子萤火虫，绿莹莹的，他把瓶子放在床上，就讲红毛野人的白，讲老人咬猪的白，然后，讲着讲着瓶盖子松开，那些萤火虫都飞出来，一屋子都绿了。杨立生小学二年级就辍学，开始在队上出集体工，后来三天两头去银城街上做些小工赚钱，还买些酒来喝，买些猪脚、虾子、花生米来助兴，几十年下来，到现在还是打单身，不但杨立生打单身，现在满弟才鱼子也打单身。四兄弟中，只有老二复生因为当了兵，心里有盘算，复员回来没几年就盖了楼房，还把一个脸如杏枣的女子娶回了家。一九九六年发大水，洪水把杨立生家那两间一么角的屋冲垮了，政府给些补贴加上几弟兄也存了几个小钱，就在另一个屋场台子建了座楼房，房子是建起了，但没有钱粉刷装修，全家人就搬进去住。杨立生的父亲一觉醒来，睁眼一看，楼上的地面就是光秃秃的预制板，墙壁就是赤裸裸的红砖，但他还是忍不住笑。他卷一根旱烟，说，这样的屋儿，高高器亮，旧社会想都想不到。杨立生的父母考虑另外三个崽的婚姻大事，这一年，杨立生已经三十三岁，江猪子二十九岁，才鱼子二十六岁。

杨立生二十多岁的时候，家里条件依然差，四弟兄他是老大，屋没有像样的屋，又没有多少钱，有哪个四肢健全的妹儿会看上他呢？田福来的娘李玉珍就来做介绍，说她在沙坪有个堂老妹生了个跛子女，那个妹儿其他都好，就是走路一跛一点的，还到过李玉珍家里。杨立生的娘马桂英还看见过这个妹儿，听说是介绍这个妹儿给她做儿媳妇，她不同意，说这个妹儿插田打禾都搞不得，要不得，一口回绝了李玉珍。

后来，茅屋湾的吕翠军又来做介绍。翠军有个女同学叫肖伏元，高中毕业后一共复读了六七年都考不上，到了二十五六岁，要找同龄的条件好一点的小伙子找不到了，就转而拜托翠军，翠军扳着手指一算就想到了杨立生。天下有这等好事，杨立生真的求之不得。翠军带着肖伏元来看看，杨立生竟一下子喜欢上了，马桂英也喜得嘴都合不拢，给肖伏元和翠军每人煮了两个圆蛋，放了荔枝桂圆。当时，杨立生赶忙要江猪子骑着单车去窑山口砍肉，买鱼和虾子，自己扎脚勒手又是杀鸡，又是连鸭（连鸭：资水下游方言为“拔鸭毛”的意思），搞了一桌子菜。杨立生的厨艺在这一带小有名气，翠军连说好吃好吃，肖伏元只是笑。吕怀远那天正好从省城回家乡看父母，吕翠军吃完饭就与肖伏元来吕怀远家坐坐。吕翠军是吕怀远的堂妹，兄妹之间讲话就不拘泥了。肖伏元也红着脸问吕怀远，杨立生这个人到底怎么样？吕怀远也知道肖伏元是来看人家的，就想玉成这件事。吕怀远说，我在外面阅人多，我可以肯定杨立生是世界上良心最好的男人。在家他是孝子，有好东西，他自己不吃，都要给父母吃。他姐姐杨美兰去世，他一直挣钱给外甥女读书。女孩子找男人关键是要可靠。杨立生心疼人，肯定会对堂客好。另外，他虽没有读多少书，他讲话幽默，一开口就是笑话，生活中间肯定会有乐趣。还有他会做饭菜，一个男人下得了厨房，这是一个女人幸福感爆棚的标志，虽然他家里现在条件差点，但他人好，条件可以变好的。假如一个人不好，万贯家财毁于一个败家子手里的事多得去了。吕翠军顿时竖起大拇指，夸吕怀远总结得好，肖伏元也默默点头。当时吕怀远认定肖伏元会同意这门亲事，却不料杨立生家的那两间半泥砖屋还是没说服她，她最终选择了放弃。后来杨立生的心思一直在她上头。稼妹还出了个主意，是不是请一个八字先生到肖伏元家里去，给肖伏元看手相或者算命，就说她命中注定要嫁给什么人，把杨立生的所有条件与那什么人一一对应，可能能让她回心转意，杨立生没有同意。他经常骑二十多里单车去肖伏元家门口打转，希望碰到肖伏元，但每次去，都没有碰到过肖伏元。他也找过吕翠军，要她再去找肖伏元说说，我杨立生就是卖血，也要起个屋，不让肖伏元吃苦。但吕翠军无可奈何，说我也没有办法，心是长在她身上的。后来，听说肖伏元到广东打工遇见一个四十多岁离了婚的人，就嫁给了那人，但一直没有生育。后来，又有人来给杨立生介绍，杨立生心在肖伏元身上，就一直不予理睬。

这次家里盖屋，既然杨立生对这事不上心，就要着手考虑江猪子的事情了。

江猪子身体像牛一样，舍得做事情。家里起了屋，有人就来做媒，说的是万家河万金宝的女儿，但必须要招得江猪子去做上门女婿。杨立生的父亲不作声，杨立生的母亲马桂英不同意，说我江伢几又不跛脚瞎眼，何苦要招得别个屋里去做崽。这事就拉倒了。后来又有人做介绍，八队张正先有个红鼻子妹几，她看中了江猪子。这样两人就订了婚。订婚的那天，江猪子家还办了三四桌，晚上还吃了面，上了腊鸭、卤猪肝、皮蛋、盐鸭蛋之类的菜。马桂英说，彩礼等过一向再送过去。但过了一向，张正先看见没有动静，就知道杨家是个信货，加上有人就来做媒，就把红鼻子妹几提到沙头忠义去了。

江猪子认清了自己的现状，要找红花妹几是困难的，只能找一个结过婚的。这时湾里谢德华来做介绍，她姑妈的孙女子黄雨清离异，儿子判给了男方。江猪子做了了解。黄雨清的母亲死得早，黄雨清有两姊妹，还有一个哥哥，哥哥是大学生，在广东当老师，拿一万多元钱一月。黄雨清回娘家后，就拜托表叔给她做介绍。谢德华给江猪子说，江猪子就同意了，他与黄雨清一九九九年结婚。几年后黄雨清就生了一个女儿。当时村里动员黄雨清结扎，因为黄雨清一共生了两胎，不结扎，就违反计划生育条例，要被罚款，江猪子可实在拿不出罚款，只能动员黄雨清去结扎，黄雨清结扎完，间歇性神经病就发作了。加上在地方上她又不善于跟人打交道，平常默不作声，就是到外打工也讲不出一句话，外边人就有点欺负她，这次结扎就把她原来的病带发出来。不过，发作的时候，她一不唱，二不跳，三不在地上打滚，而是闷声闷气地跑到很远的地方去。家里人把她找回来，她就摔东西，尤其是江猪子要与她同房，她死活不肯，买了一把锁挂在裤腰上。每天晚上，江猪子都要去撕她的裤子，她就死命捍卫，不让江猪子近身，这让江猪子十分难堪和苦恼，想自己是个红花伢几找你个离婚的，你又有神经病，我图的是什么，无非是图能够享受一点男人的快乐。现在你连这个也满足不了，江猪子就灰心极了。他打工赚了一些钱，结完账第一次跑到酒吧，点了两听啤酒，有一个眼睛画得像猫眼的女子来陪他喝，喝到不知什么时候，那妹子说，我醉了，你送我回家。江猪子也喝醉了，就挽着她一起到出租屋，然后两人倒在一起。过了一向，黄雨清的病好了点。因为那天江猪子买了一只大猪脚回来，两人也吃得高兴，吃完晚饭就同房了。过不久黄雨清又发作了，但总是用手往裤子那个方位抓，江猪子也觉得自己下体奇痒难忍，以为得了什么绝症，就带着黄雨清到银城街上一家私人诊所去检查，男女医生分别为他们做了检查，说两人都得了性病，江猪子就晓得是喝酒的那个晚上被传染的。黄雨清不发作的时候是清醒的，她知道了是怎么回事，也没有哭闹，像原来一样沉默不语。两人在医院打了几针，又吃医生开的药，病很快就好了。但黄雨清从此更加不让江猪子近身。不过江猪子后来再也没有去过那种场所了。他有浑身使不完的力气，但做那事所带来的后果就像玩火一样，江猪子这次深深领会到了。

杨立生的父亲于二〇〇一年正月十一去世，杨立生的母亲成了这个家庭的主心骨。特别是老二和江猪子都结婚以后，马桂英就与杨立生和才鱼子生活在一起。杨立生与才鱼子赚的钱大部分都交给她。杨立生是个孝子，看到母亲得了多种病，就经常到银城医院给她买药。杨立生善于烹调，经常买些猪脚、鸡爪子、排骨、卤菜回家，所以马桂英晚年吃的不比其他人家差。天天有好东西吃，对于一个农村妇女来说，应该相当满足了，但马桂英心里总是不如意。她心里时刻惦记老大和老满的婚事。杨立生的事就不说了，满崽才鱼子到三十几岁，也没有讨到堂客。才鱼子二十几岁的时候由于几个哥哥都没有结婚，因此他也不急，想等哥哥都结婚了再考虑。开始也有人介绍，不是女方不满意，就是他不乐意，日复一日，随便十年就过去了，他也像江猪子一样感到今生找红花妹几无望，如果有机会随便找一个算了。有一天，艳遇终于来了。

那一向，他在银城街上刮 308（刮 308：资水下游方言为“墙壁粉刷”的意思），傍晚时，他没急着回家，而是跑到了娱乐室打麻将。前一向，他进娱乐室总赢钱，今天他输得一塌糊涂，袋子里的一叠十元票子很快就进了别人的袋子里，他倒吸一口凉气，从娱乐室里退出来，眼睛像油老鼠一样到处东张西望，慢慢吞吞走向他的摩托车。这时，他看到一个打扮得花枝招展的女人过来，那个女人边走边左顾右盼，走到他面前时就问，你是跑摩的吧？才鱼子说，不是，但才鱼子又盯了她一眼，发现她的眼睛里不住地向他发射一些什么，就有点把持不住了，就说，美女，你去哪里，我送你去。那女人说，你家是哪里？才鱼子说，我是白沙的。那女人说，我正好与你同路，我是四合庙的。才鱼子说，那好，我送你到家。女子就上了才鱼子的摩托后座，才鱼子故意不把车开快了，他说，为保证你的安全不开快了。女子就在背后说，随你开好慢都可以。才鱼子就听出了点弦外之音，于是就问，你老倌何解不来接你？女子说，老公死了两年，我一个人过。难怪，才鱼子就觉得这女人现在是春情难耐，就故意把车加快了速度，女子就用手紧紧抱住他的腰，女人身上洒了很多香水，那些味道就往才鱼子鼻孔钻。才鱼子说，我口里很干，下来歇口气吧！就在一个小店子前停下，买了两瓶冰红茶，递给女子一瓶。女子说，帅哥，你堂客好幸福呢，你这么体贴。才鱼子说，我还没找堂客呢，一直单身，没人看得上我啊。女子说，你骗人，你这样的帅哥肯定后面有好多人排队。摩托又发动了，才鱼子就把速度提得很快，女子就把他的后腰搂得更紧了，还把她的脸紧紧贴向他的后背。才鱼子问，你四合庙哪里？女子说，你就送到曹家湾吧！到了曹家湾，才鱼子停下摩托。女子说，我叫巧巧，本来想请你到我家去坐坐，但怕我家爷家娘（家爷家娘：资水下游方言为“公公婆婆”的意思）讲空话，以后我们找个地方再聊吧！你的电话是多少，我们就交个朋友吧！才鱼子把电话号码告诉她，女子就拨电话，才鱼子的手机来电显示了。女子说，你什么时候给我打电话都可以。才鱼子说，我半夜打呢。女子说，没问题。才鱼子说，我的微信号就是我的手机号。就骑着车回家了。回到家，他看到他的手机里显示了巧巧的头像，要求他通过一下加好友，才鱼子就通过了。才鱼子想这个女子肯定有目的，看她那姿色也还可以，不如自己试着与她交往一下，看缘分。他眉头一皱计上心来，就拿出有一天在别人家装修时从垃圾堆里捡到的一个茅台酒瓶子，灌一点五元钱一瓶的酒进去，然后拿出个杯子就饮起酒，还拍了个自拍发到了朋友圈，上面写了六个字，喝美酒，想美人。他想，那巧巧若有心，一定会在这条上点赞，他九点过十分上发到朋友圈里，过几分钟就去看一下，也有两人点赞，是表弟徐志明，还有一起刮308的春癞子，到了晚上十二点，巧巧都没有点赞，才鱼子就想，她同意让我半夜三更给他打电话，那我何不打电话过去问她一下。于是就拨电话，那头就接了。才鱼子说，你晓得我是谁吧？巧巧在那头说，当然晓得，我还看了你的朋友圈。才鱼子说，你何解不给我点赞？巧巧说，给你点赞的美人多的是，你想的美人又不是我，才鱼子就嘿嘿地笑。巧巧说，你还没睡啊。才鱼子说，睡不着。巧巧说，你明天早晨去银城街上不，我想搭你的摩托。才鱼子说，早晨六点多，我还是到曹家湾接你吧！好的，Ok。才鱼子与她道了晚安就睡下了，第二天早晨六点，他起床，六点一刻到曹家湾，一直等到六点半，还不见巧巧的踪影。他想也许巧巧昨晚睡得晚，还没有起床吧，就又等了十分钟，还是没见来，就拨打巧巧的电话，响了好多声都没有人接，于是他就觉得巧巧是个撮巴子。他刚发动摩托准备走，突然后面一个声音响起，老板等等，只见那巧巧提着包气喘吁吁地跑过来。今日的巧巧妆化得更浓，香水味也更浓。她上了摩托后座，才鱼子发动摩托一溜烟地跑。今天巧巧不像昨天那样热情，手没有搂紧他的腰，这让才鱼子有点不安。才鱼子麻起胆子说，不晓得的人，还以为我是你男朋友。巧巧说，人家爱怎么说就怎么说吧，才鱼子觉得巧巧应该回答，我本来就把你当男朋友了。如果巧巧是这么回答的，他就马上停车，不管有没有人看见，都要在巧巧的脸上打一个啵，但是巧巧没那么说，才鱼子有点失望，就问今天要送到哪里。巧巧说，昨天坐你的摩托车那里。才鱼子就在那里停下，他感到今天巧巧对他冷淡多了。才鱼子心想，女人的心就像六月的天，像小孩子的脸，说变就变。

才鱼子不抱希望了，半夜也懒得打电话，对女人不要过分热情，这是则矮子的崽乐八子告诉他的。但过了半个月，他接到巧巧的电话了。巧巧说，才总啊，在哪里调妹陀啊？才鱼子说，讲点别的喽。巧巧说，你怎么不理我了？才鱼子说，我还敢不理你啊，你说你有什么事？电话那头，就是巧巧嘻嘻嘻嘻的声音。才鱼子说，你到底有什么事？巧巧说，我想到你家玩，你欢迎不？才鱼子说，你不要哄我。巧巧说，我是说真的，到你家看看。才鱼子说，你现在哪里？巧巧说，我现在曹家湾。才鱼子说，那我来接你。巧巧说，那好吧！才鱼子就要妈妈打扫一下房子，说有个女的要来玩。才鱼子说，最好杀个鸡。才鱼子就骑着摩托车去了曹家湾，到了一打巧巧电话，巧巧就出来了。巧巧提着个包，说，我到你家里去，你欢迎不？才鱼子说，不欢迎我怎么会来接你。巧巧说，你这坏家伙，这么久不理我。才鱼子一听巧巧喊他坏家伙，心里就痒痒的，女人喊自己坏家伙，证明女人把自己当自己人了，就说，你也没理我啊。巧巧说，我在等你理我嘛。才鱼子就嘿嘿地笑。巧巧坐上了摩托，才鱼子心欢喜，一口气飚回了家。

巧巧到了才鱼子家里，拉着马桂英的手，问寒问暖，拿起扫把把房子又扫了一遍，马桂英把才鱼子喊到一边，偷偷问这个女的是你什么人，看她打扮，不像个正经女的，又这么热心。上个月，你说交给我两千元，一分都没交，是不是被她弄去了？才鱼子说，她是四合庙的，叫巧巧，死了老倌，没有小孩，说要来我家看看。马桂英就出去问老九的堂客汉宝，汉宝娘屋里是四合庙的。汉宝在远处看了一眼巧巧，说这是赵立连的堂客，前年赵立连死了，也没有听说过她在外面当什么小姐，只说她在街上一家饭馆洗碗吧！马桂英一听是正经女子也就放心了，回家烧茶，煮了两个圆蛋，然后到下午四点多钟的时候，马桂英就杀了鸡，做了晚饭吃。巧巧正与江猪子的小孩玩，告诉她唱一首儿歌：

麻雀几蛋几粒粒滚
又说哥哥不买粉
买得粉来又不搽
又说哥哥不买麻
买得麻来又不绩
又说哥哥不买笔
买得笔来又不写
又说哥哥不买马
买得马来又不骑
又说哥哥不买皮
买得皮来又不消
又说哥哥不买刀
买得刀来又不杀
又说哥哥不买鸭
买得鸭来又不连
又说哥哥不买田
……　……

马桂英说，你还记得啊，你记性好。巧巧说，小时候，我翁妈教我唱的，我还记得。等天快黑了，巧巧还没有走的意思，才鱼子就问她说，我送你回去。巧巧说，我不想回去，你妈妈一个人睡，我跟你妈妈睡吧。晚上，马桂英在楼上的房间里放上新垫背和新被窝，还有新枕头，对巧巧说，你睡这里。巧巧说，好，就洗了手脸，准备睡觉。马桂英给才鱼子努了努嘴，才鱼子就上楼了。他说，我陪你聊聊天吧。巧巧说，好，然后两人坐在床边讲话，讲着讲着两人就抱在一起了。激情过后，巧巧说，我的命好苦，昨天我家娘跟我说，我老倌的满老弟要结婚了，还没有起屋，就想要我住的房子给他们做新房，要我回娘家住一段，等盖了新屋再搬回来住，这不是要赶我走吗？我在她家做媳妇十几年，她儿子有病，没有生育，但他们怪我，我们到银城妇幼保健院检查过，是她儿子的问题，现在我的户口都落到了四合庙。所以昨天我给你打电话，你如果接纳我，我就住到你家里，我给你当牛做马，给你生儿育女。那天，第一次看见你，看见你东张西望，我就知道你也在找一个人，后来知道你从来没有结过婚，我觉得我配你不上。你半夜三更跟我打电话，我还是觉得我配你不上，这半个月我每天都在盼你的电话，昨天我家娘那么对我一说，我想也是我们的机缘来了，所以我主动提出要到你家来看看，你如果同意接纳我，我就给你做堂客。现在我是你的人了，你要对我负责。

巧巧很会说，像打机关枪一样说完了。才鱼子说，先睡觉吧，以后的事情以后说。巧巧说，你就是这个态度啊，不理你了，说着就睡到一边去。才鱼子说，不气不气，我是跟你开句玩笑，说着就嬉皮笑脸又要接近巧巧。巧巧说，无论如何不行了，你第一句话态度不好，看电视剧，古代的新郎说错话，是要跪槎板的。才鱼子说，我跪就是，于是，他就跪在床上。巧巧说，那还差不多，来吧！

第二天吃完早饭，才鱼子送巧巧回去。他返回家来，把巧巧要与他结婚的事给马桂英说，并说巧巧就要搬过来住，马桂英说，妹几谙事，就是结过婚。马桂英去问江猪子，江猪子说我不管，马桂英就要才鱼子给杨立生打电话，于是才鱼子给去了湖北的杨立生打电话告知情况。杨立生的意见是，江猪子找个离了婚的，你又找个死了老倌的，外边越来越看不起我家了，似乎不同意。马桂英说，我也是个糍粑心，人家妹几作孽，她没有地方住，先让她住得我屋里吧！才鱼子就给巧巧打电话，说，你什么时候住到我屋里来？巧巧说，我把我的东西都清到我娘家去，后天就过来。第三天的夜里，才鱼子去接巧巧，巧巧说，我先住到你屋里，结婚办酒的事以后再讲。

巧巧在才鱼子家住了几个月。她不大喜欢做事，但只要哪里热闹，她就往哪里跑，哪里有堂客们聊天，她保准出现在那里，哪家办红白喜事，她也保准出现在那里，哪家老了人，她也会去要一件孝服，跟着那些孝子孝孙一起哭，而且哭得很伤心，我的个嗲嗲呃，别人真的以为是死者的孙女，她还跟着送葬队伍去送葬，丧夫喊孝子磕头的时候，她也会跪下去磕头。后来人家问她，她说，我就是喜欢热闹，去添个人气，因此办事的家里也对她不反感，本来死了人就是白喜事，只要热闹就行。慢慢地马桂英看不惯她了，一个女人不去做事，专门凑热闹怎么行。开始马桂英还与她和才鱼子一起吃饭，后来就分开煮饭了。巧巧几次催才鱼子打结婚证，才鱼子说，我想我们结婚要像个样子，我要赚点钱，在银城街上的酒家去办婚礼。巧巧感到这是托词，主要是才鱼子太听娘的话，她感到她在这个家是个多余的人，就借口原来银城街上那个饭铺还要她去端盘子，离开了才鱼子的家。走的时候她就把自己的衣服都带走了，好几天都没回，才鱼子知道，他们的感情可能结束了。过了半年，果然传来巧巧结婚的消息，她嫁给一个做小菜生意的，对方死了老婆。才鱼子短暂的感情生活算是画上了一个句号。他天天在朋友圈里晒他喝酒的情景，面前放着一个茅台酒瓶子，还有花生米、猪耳朵、虾子之类的下酒菜，只是没有了那一句“喝美酒，想美人”的话了。

马桂英是前隔年（前隔年：资水下游方言为“前年”的意思）八月份死的。她死之前，霸蛮阻挡了一件事。南门桥夏婆子有个堂老兄叫良哑巴，其实他不是哑巴，主要是不喜欢讲话，所以人家就叫他哑巴。良哑巴春上用牛的时候，忽然天上乌云翻滚，一道闪电扯过来，就下起雨了，一个雷在头顶上炸开，这时他的手机响起来，是堂客打来的。堂客说，你瞎了眼啊，落咯大的雨，还不死回来吃饭，他就说马上回来，然后把手机放在裤口袋里，牵起田里的牛就回家。其实，整个银城一带，一般人家的田都被承包了，那些承包的田地都是耕田机犁田，只有少部分人自己种，良哑巴舍不得把牛卖掉，加上不愿出钱租旋耕机，所以还是自己用牛耕田。当他转上塘边的路时，突然一道火球直奔他而来，一声惊雷响过，他的头顶冒起一股青烟，他一头栽倒在地。半个小时后雨停了，他堂客跑过来，才发现他被雷打死了。良哑巴死不到半年，良哑巴堂客就想找一个男人，她屋里喂了几头猪，还喂了鸭子，养了鱼，一个人忙不过来，她家女儿出嫁了，两个崽都在外地打工，对种田根本没有兴趣。这时夏婆子的娘就想给这个侄媳妇做介绍，老人家想到了吕晖远的邻居杨立生一直没结婚。按说，良哑巴堂客比杨立生还大四岁，不知杨立生愿不愿意，老人家就让夏婆子给吕晖远打电话，吕晖远告诉了杨立生，杨立生现在也想找一个人安个家算了，人上了一定年纪特别容易孤独，有一个人做伴也好，就同意见面。第二天，杨立生就与江猪子、才鱼子一起，租了一部面的到南门桥，良哑巴堂客还给三弟兄每人煮了两个圆蛋。夏婆子的娘说，我侄媳妇家庭条件好，你看两层楼房有七八间，屋里收拾得熨帖，什么东西都有。杨立生脸上也起了笑容。夏婆子的娘说，只是她不能到白沙去，立后生你要过来。杨立生心里想，我都五十多岁了，她还像小时候喊我立后生。夏婆子娘说，你过来后，每天割点鱼草，搞一下田间管理，日子几好过。杨立生说，我回家跟我娘商量一下，过两天再给你老人家答复，于是三弟兄坐着面的回家。杨立生回家就跟母亲商量。马桂英一身是病，特别是风湿性关节炎，走路也是一跛一点。因为这些年狠狠病了几场，还住过几个月医院，瘦得皮包骨，眼圈全部是黑的，但她思路清楚。她说，女的大四岁也就算了，只是要招郎，你住得她屋里去我不同意。你如果去，我马上就死给你看。

邻舍也不好劝马桂英。马桂英有四个崽，只有杨立生对她最孝顺。这些年，杨立生给马桂英端茶端药，把伙食办得喷香的。马桂英有一点不舒服，他就去把可嫩几的崽接来看病，杨立生是做娘的精神依靠啊，现在杨立生要到二十几里以外的南门桥过日子，娘怎么办？换作任何一个人都不会同意。马桂英伤心伤意哭了起来，杨立生见此情景，就说，妈妈我不去了，然后跑到吕晖远家里说，你给夏婆子打电话，我妈妈要人照顾，她不同意我去南门桥。吕怀远打了电话，杨立生的亲事又黄了。

从此马桂英天天哭，这个屋场台子比她年龄大的人都死了。她就找路边上的人说，自己没有能力，还有两个崽没讨堂客，将来他们老了怎么办。她见了人就哭，就说自己没有能力。过了两个月，她就倒在了路边，死了。

杨立生几兄弟给她办了后事，也请了军鼓队，游丧经过人家门口，人家放了鞭子的，他们也回人家一条毛巾、一盒烟的小礼，后事一共花了三万元，四弟兄每个出了七千多元。

第四十章 大学生村官

天还没亮，吕怀远就起床了。万物生灵都在迎接太阳的君临。李贺有诗：羲和敲日玻璃声。吕怀远倒没听出玻璃的声音，玻璃是什么声音他也没感觉，倒是玻璃破碎的声音，很碎。早晨下一碗面，打个荷包蛋吃了，吕怀远就到处走走。白沙的夏天是一片绿的世界，一些树撑得比电线杆子还高，因此枝枝丫丫也比较多，洒下一片又一片的浓荫。其实，水里面更是绿意盎然，满塘都是荷。那一片片的荷叶此起彼伏，真的像舞蹈演员在排练似的，早晨的荷叶上还有一颗颗露珠滚动，在一面面你推我挤的荷叶中间，一个莲蓬举起来，那么一个小小的圆盘，镶嵌着碧绿的莲子。嫩莲子当然好吃，一种本色的清香，但是那些乌黑的莲蓬，虽然垂垂老矣，但用牙齿嚼起来，蹦脆甘甜，绝对是上天对白沙人的赐予。

在牛角滧围着一群人，大家看黑婆子和他请的几个人打着赤膊穿着短裤，在深水里踩藕根子。黑婆子的弟弟在北京一所名校毕业后，招聘到天津的摩托罗拉公司，他后来就要黑婆子在银城开一家摩托罗拉销售点，专门卖摩托罗拉正品手机，黑婆子几年时间就发了财。兄弟俩花一百多万元建了一栋漂亮的别墅。这几年手机更新换代，进口手机就是苹果当道，国内华为手机卖得很火，摩托罗拉已经淘汰了，黑婆子就关掉手机店，在银城开了一家餐馆。今天他是来采藕根子的。现在城里人就爱吃这玩意儿，并且菜市场这家伙贵得很。

黑婆子看见吕怀远，打了招呼，他对岸上的一个人说，陈助理，这是我们村在省城当记者的吕怀远。陈助理已经脱下鞋子、上衣和裤子，正准备下水跟黑婆子他们一起采藕根，一看到吕怀远赶忙过来握手，说，大家经常讲起你，说你小时赞土地的事。吕怀远笑了笑说，小时幼稚可笑，不值一提。陈助理说，我是所谓的大学生村官，来白沙半年多了。吕怀远说，知道，知道，年轻有为。陈平马上又穿好衣服和鞋子，两人就站在岸上聊了起来。

这个叫陈平的大学生村官，吕怀远从几个途径听说过他的一些事情。他听说柳英很赏识他，并且跟人说，我也只干得几年了，将来白沙的希望在陈平。这也是吕怀远对他很好奇的原因。这个五大三粗的小伙子从城市学院毕业的，主要是做村里的秘书，搞些文字材料，但村一级的汇报材料不多，有点无事可做，于是他就跟支书说，他来分管教育。上级教育主管部门前些年撤并学校，加上现在城里有了农民工子弟学校，还有就是人口出生率下降，原来几个村的片区学校，都没有什么生源，村里就没有学校，白沙村的小学生都要到七八里地外的王家坪乡中心小学读书，每天都有校车来接送；初中或到王家坪中学读，或到银城东门口的三中，好多学生读完小学就不想读初中，或者读完初中就不想读高中或职业中学，普及九年义务教育也是乡村干部的职责，陈平主动分管教育，实际上也就是承担劝学任务。

一般大学生毕业是二十二岁，或二十三岁，陈平大学毕业是二十六岁，每当有劝学任务，他必给孩子父母现身说法，讲起他从保安到大学生的命运逆袭史。

陈平职业高中毕业后就到了深圳。他看到一个酒店招保安就去面试。那次招聘考试说来有味，轮到面试的时候，题目是你喊一个同来参加面试的人打架，当时他看了一个个来应试的都身强体壮，心里就有点发麻，但他瞄中稍微矮小一点的面试者，三两下就把人打倒了，毫无犹豫和恐惧之色，面试官就觉得他是当保安的料子，于是把他留下来。让陈平感到不爽的是，当保安也像当服务员一样地位低下，主要表现在经理、主管和客人都可以乘电梯，而服务员和保安就不可以，乘电梯会被罚款，从当月工资中扣。尤其滑稽的是还把这个监督任务压给保安，如果有服务员乘电梯，保安没记载没报告，要加倍扣罚。有次，一个在八楼工作的服务员不舒服，她全身乏力，就想坐电梯。她向陈平请示，陈平说你坐一次吧，有什么事我来承担。后来，总经理查看电梯监控视频发现了这件事，就来问他，他说，是自己同意的，总经理既要罚服务员的款，又要罚他的款。他说，这不关服务员什么事，是我让她坐的，就罚我双倍的款吧！

后来酒店果然罚了他双倍的款，一个月的工资所剩无几。

过了不久，他生日。那天，他是值上午八点到晚上八点的班，他想等晚上八点以后喊两个老乡去店子里庆祝一下生日，炒两个菜，每人喝点啤酒，也算给青春留一点纪念。他看到那个额头上有块红斑的人又来了，后面跟着一个高挑的女人，从他们说话的口气来看，是刚从KTV包厢里出来，那就是唱完歌，谈好了价，开房来了。酒店里住有很多这样的人。到快下班的时候，突然风狂雨骤，起台风了，保安部经理从电梯上走下来对他说，今天晚上要加班，对于停车坪里下车要住酒店的客人，必须撑着伞去接进酒店。经理这样说了，他只好打电话给两个老乡说酒店要求加班，下次再请他们相聚和喝酒。等到轮班的保安来接班，他就打着伞开始来回奔波在停车场和酒店之间，一夜都没合眼。早晨七点雨停了，他在大堂碰到那个额头上有块红斑的家伙刚退完房，问他昨晚是不是下了点小雨。听完这句，他突然像被电击中了，感到无比痛苦，心想我一个晚上没日没夜地奔波，生日没过成，连饭都没吃着，你们这些人寻欢作乐，竟然轻描淡写地说下了点小雨，这保安我不干了。

陈平辞掉干了几个月的保安回到家乡，他进了一个补习学校复习，第二年就考上在银城的城市学院，毕业后他报考大学生村官考试，竟然考了第一名，银城区委组织部就把他分到王家坪乡，王家坪乡把他分到白沙村。

他刚来不久，就做了一件漂亮的事情。

陈家湾陈吉普堂客来找柳英，说要跟村部借几千元钱。原来妹子到广西南宁去了半个月，昨天给她打来电话说找到了工作，但介绍人说要感谢别个，她就请家里寄五千元来。女儿说马上把银行账号发过来，请父母赶快寄钱，然后电话就挂断了。陈吉普堂客就想问问到底是什么工作，为什么要五千元，要这么多去感谢别个，但她打过去时却电话占线。她不停地打，电话一直占线，就不知这个妹几到底搞什么鬼。陈吉普说，可能她在那里忙，到晚上女儿打来电话，问怎么还不寄钱，几千元钱就那么难吗？还不寄来，我工作就丢了，说着马上断了电话。陈吉普堂客马上拨过去却又是占线，但他家里实在拿不出五千元，只好到处去借。向孩子的舅几借，舅几说工地的钱一直没结账；向孩子的姨几借，姨几说，自家孩子这个月伙食费都还没给，我正准备找你去借呢。借了一圈没借到钱，所以她就想着找村部来借。她来到村部，正好柳英和陈平都在。她讲述要借的缘由，柳英对她说，你知道村里这些年从不与个人发生财务借贷关系，你妹子找个工作为什么要送五千元钱？这不正常吧。她对陈平说，陈助理，你看这正不正常？然后陈平就问，你妹子怎么到南宁去的？陈吉普堂客说，是她们四个女同学一起去的。你知道其余几个人的电话吧？陈平问。陈吉普堂客说知道一个，就在手机里调出那个号码，告诉陈平。陈平打过去问对方现在哪里，对方说她在银城，陈平说，你们四个不是去了广西南宁吗？对方说，我们四个是一起去找工作的，我们在那里六七天，跑断了腿，一家家去投简历，都没找到工作。我们就说要回来，但陈翠花有一个网友说可以帮她找工作，她就留下了。我们已经回来几天了。陈平问，你们有那个网友的电话号码吗？对方说，这是陈翠花的秘密，她没有告诉我们。于是陈平就挂了电话。陈平对陈吉普堂客说，找个普通工作不存在要送五千元钱，目前不知道到底发生了什么，你回去等你女儿电话，有什么情况找我们。柳英对陈吉普堂客说，我们陈助理是大学生，又在深圳见过世面，你们有什么事情找陈助理，他可以一起想想办法。陈吉普堂客回去了，到第三天又接到妹子的电话，但妹子只说了一句，你们还不寄钱来，就再也见不到我了。陈吉普堂客就再打过去，还是占线，这说明女儿遇到了重大问题，陈吉普夫妻俩吓得高一脚低一脚跑来村部找陈平。陈平说，既然她这么说，就可能真的有生命危险，你们马上坐飞机去南宁。陈吉普说，陈干部，我们到南宁也是两眼一抹黑。陈平想了想，说，那我陪你们去，你们准备自己的机票和住宿费，我的机票和住宿费我自己出。陈吉普说，不要你出，我们请你去，一切开销都包在我们身上。陈吉普堂客又哭天哭地地给几个亲戚打电话，亲戚们都愿意借几百给他们。这个时候，陈平在手机上点了几下，就说已经订好了到南宁的飞机票，今晚八点十五分起飞，十点左右可以到。他说，钱暂时我出，你们的机票和住宿费到时还给我。于是陈平又喊一台面的直接送他们去黄花机场，晚上十点就到了南宁。陈平带着他们夫妻俩直奔附近的派出所。陈平向派出所值班民警报告情况，民警说，女孩可能落入传销团体手里被控制了，最近传销团体很猖獗，我们正在大力打击，谢谢你们提供情况。民警对陈吉普夫妻说，你马上给你女儿手机发个短信，说：我们已来南宁，给你送钱来了，刚到南宁飞机场，现在有几个人跟踪我们，我们不敢出门，现在在飞机场出口处，请速来飞机场。按照民警的吩咐，他们给女儿发短信，不一会儿女儿就来电话了，问，你们真的到了南宁？陈吉普堂客说，你现在在哪里？急死我们了，我们坐飞机来的。等了一会儿，女儿才说，你们为什么不把钱打过来？陈吉普堂客说，你现在在哪里，你赶快过来，我们怕钱被扒手扒掉。又等了一会儿，女儿说，你们等着，我过会来，然后就挂断了电话。民警说，你们坐警车马上到飞机场去。于是，他们三人就坐上了警车。民警对陈吉普说，你们到了机场就站在出口处，你女儿后面肯定会有尾线，等我们确定尾线，捉拿以后，会主动与你们联系的。还有，这个小伙子，你是陪他们来的吧？你必须与他们离远点，不要讲话，不要商量。陈平也赶紧点头。陈吉普夫妇到了飞机场以后就在出口处站着，三个民警换了便装分散到不知什么地方去了。陈平也远远地站着。不一会儿，陈吉普夫妇又接到妹子电话，说，我到了，怎么出口处有警察？陈吉普马上说，我们没看到啊。等了一会儿，女儿说，你们跟警察联系了，我看到你们刚刚从派出所来的。陈吉普马上说，我们下飞机后大门都不敢出，你现在哪里？等了一下，妹子才说，真的只有你们两个人？陈吉普夫妇说，当然，妹子说，你们等着，我要上一趟厕所，然后，就放下了电话。刚放下电话一两分钟，妹子就来了，着急地对他们说，钱呢？快把钱给我，陈吉普就要从裤袋里掏钱。“不许动”，穿着便衣的几个警察把送妹子来的一个男人按倒在地。女儿这才哭着说，爸爸妈妈，你们太伟大了。

民警对妹子说，来，你们跟我们到机场警务室做个笔录。一个多小时之后，笔录做完，警察说，我们马上要采取行动了，我建议你们立即离开南宁。你们坐什么回去呢？陈平说，南宁有早晨六点的客运车直发银城，我们就坐这趟车。警察点了点头，表示赞成。陈平说，我们今晚没有觉睡了，我们现在叫辆的士，直接去客运站。

在返回银城的路上，女孩子还心有余悸。到上午九点左右，他们接到南宁警方的电话，电话说：你们放心，今天早晨四点，警方已经成功捣毁了传销窝点，抓捕涉案人员十一个，释放被诱骗人员二十五个。女孩子心上悬着的一块石头才落了地。她与陈平坐在后排，她就给陈平讲述这次被骗的经历。那个陪她一起来飞机场的人是她的网友。半年前他们在网上认识，那男网友还发来过照片，英俊潇洒，男网友说他是职业学院的大学毕业生，现在在一家公司做公关经理，月收入三万到五万元。是他劝女孩子来南宁，说南宁遍地都是工作机会，只要来了，钱肯定赚不完。但女孩邀约了三个要好的闺蜜一起到南宁后，他又不露面，据说他当时在海南三亚。于是几个女孩子就东奔西走到处找工作，但除了按摩院、洗脚城，其他单位一律不要人，几个姐妹发誓绝不做这些行当，所以就说要回去，她也准备一起回去。但她说了以后，男网友就说，他正在回南宁的路上，要她等两天，保证给她找个好工作，月收入万元以上。姐妹们都走了以后，她等了两天，男网友终于出现了，一看，比照片上还要帅，真像一个明星。男网友说，走，我带你去上班的地方。于是，她跟着他上了一辆车，车子七弯八拐来到一个偏僻的地方。但刚进一道铁门，她的手机就被人没收了。那个男孩对她说，我们都是兄弟姐妹，这里头都不准发展男女私情，在这里事业是第一位的，不能谈情说爱。说完他就走了，这时有两男两女围上来轮流与她聊天。她看到这里有很多房间，每个房间都摆一张地铺，所有人都睡在地铺上，三个人一个铺，她被安排睡中间，那两个陪她聊天的女孩睡两边。她们要求她一起去听课，她也去了，那个授课现场的老师声音高昂，说，英国小说家狄更斯说，这是一个最好的时代，也是一个最坏的时代。这是一个极简的时代，也是一个高效的时代，这是一个朋友简单、恋人实在、客户谨慎的时代，是各种伎俩不堪一击的时代。这已经不是那个靠甜言蜜语就可以骗女孩子上床的时代了，这已经不是那个靠吹牛皮就可以搞定客户的时代了，这已经不是那个靠忽悠就可以走四方的时代了。这个时代，人们越来越有火眼金睛，假的一下子可以揭穿，套路在理性和淡定面前土崩瓦解。这个时代，尽管你们像北岛的诗一样喊出，我不相信，但我要像歌唱家唱歌一样，请跟我来……老师讲得极有激情，极富煽动。她听了五次课，每次的开场白都是这几句话。那老师说，你要是想成为千万富翁，卖货的方式就是两个字，拉人，每个人一次性拿来五千元，每个人再拉十个人进来就能成功。三年以后你就会成为千万富翁。培训完后，那个男网友就要她交五千元，她说她来时只带了两千元，花得差不多了。男网友就让她问家里要钱。几次她给家里打电话，都是那个男网友拿着她的手机，要她按照规定的句子说话，如果她不按他的规矩说就要受惩罚。那些人拿着一个装满水的大木盆，会把她的头一次又一次往水里按。她那次电话里说了一句，你们还不打钱就见不到我了，就被认为她泄露了秘密，所以她的头就真的被按进水里十下。他还要她找同学借钱，特别是喜欢她的男同学借。她拿着手机按照他的话说了。男网友还说，如果过两天，你还不能拿来五千元，就要受更严重的惩罚。陈吉普的女儿说，你们说到了飞机场给我送钱来，那男网友很怀疑，一次又一次地要她在电话里套出真实情况。那窝点离飞机场不太远，开车一下子就到了，幸亏我爸爸聪明，没露出真实情况，要不，他们还不知道要害多少人。

就这件事，使陈平在白沙一下子就有了影响力。柳英还让陈平在村里的大喇叭里专门就如何防止传销诈骗讲过四十分钟的话。陈平说，天上不会掉下馅饼，一定不要相信传销组织，一定要相信，只有勤劳的双手才能够致富。怎样识别这些传销组织的阴谋呢？他们有各种各样的陷阱，有的是以介绍工作为名义，有的是以合伙开公司为名义，还有的是以资本运作为名义，更有的打着北部湾建设、政府融资等幌子，采用互联网拉人头、团队计酬，交纳或变相交纳入门费等手段，诱骗在校学生、毕业生、下岗职工、返乡农民工，非法聚集，并限制人身自由。这确实是当今社会的毒瘤，现在政府加大了打击力度，大家一定不要上当，如果发现了线索，一定要举报。

陈平在城市学院学的计算机专业，他也有个抱负，就是这次来当大学生村官，要想方设法建立一个互联网村。他把初步想法向女支书汇报，要求建立互联网平台白沙云，通过大数据链接生产，链接生活，链接服务，链接管理，村民足不出户通过平台察看农作物长势，了解养殖场禽畜活动情况，直播销售特色农产品；保洁员可以通过平台查看全村垃圾桶收纳情况。同时，他还建议建一个书吧，村里出钱买书，既有一些文学名著，又有怎样种树栽花、养鱼养鸭的书籍，鼓励大家都来看书，每月看书超过了五本的有奖品。

陈平的这些想法，跟柳英汇报过，柳英也支持，但柳英说，有些事情要慢慢来，太快了会适得其反。因为农民文化水平不一，不像你读了大学，接受新事物快。陈平觉得柳英说得对，像建立互联网村就可能操之过急。他的思维又转了向，打算抓几件实实在在的，农民又能够接受的事。昨天傍晚，他碰到黑婆子，黑婆子说起藕根子卖得很俏的事，说起他准备请几个人采藕根子。陈平就说，真的是英雄所见略同，我一直在想，发展藕根子的产业。你明天去采藕根子，我也参加。所以，当他看到吕怀远也来看黑婆子采藕根子，就想起吕怀远编了几十年的农业杂志，是见多识广，现在见面，也是机会来了，不如把自己的想法对前辈和盘托出，看看怎样。于是，他就给吕怀远说起发展藕根子产业的事。

谈到这个话题，吕怀远说，白沙人是有冲劲，出去闯的都发了财，但人的生命周期决定了不能时时刻刻都在外打拼。俗话说，靠山吃山，靠水吃水，白沙没有山，只有水，就要好好做水的文章。白沙一直是养鱼的，鱼的文章做够了。其实，白沙这么多塘，除了养鱼，还可以大面积种藕，可以打造荷花观光区，像江西婺源人打造油菜花一样。映日荷花别样红，可以吸引城里人来看荷花。也可以搞几个像样的农家乐，可以搞荷花宴，采集早晨荷花上的露珠来烹调，要搞几个品种的特色菜出来，像藕根子，泥鳅煮丝瓜，红菱角炒肉，还有擦菜子蒸腊肉，这样的农家菜肯定受欢迎。

陈平说，你是师傅啊，你看一说出来就很专业。我除了想做藕根子这个品牌外，我还想做擦菜子这个品牌。银城的擦菜子比省城的盐菜更香，现在广州深圳，甚至美国、澳大利亚的一些餐馆，都有擦菜子豆腐汤这个菜。我们白沙村可以做擦菜子和藕根子两个品牌。比如擦菜子，我们可以多种点芥菜。我问过王竹山的王翁妈，她八十多岁了，过去擦菜子做得好，喷香的，她家的擦菜坛子有四五口。她说芥菜采摘后要放在竹竿上晒几天，选择出太阳的天很重要，如果雨天挂在竹竿上就会糜溶的；做菜擦子关键要把菜坛子密封好，把盐的比例调好，还有不同味道的擦菜子，有不同的腌制时间。在水里面多散点藕种，夏天我们采藕根子，冬天我们挖藕。白沙再成立一个擦菜子合作社和藕根子合作社，实行采集、制作、收购、包装以及销售一条龙，这两个品牌一定会打响。

吕怀远说，你年轻，可以大展宏图，你去采藕根子吧！我不耽误你了。

陈平说，我今天特别高兴认识您。您退休了是好事。归来仍是少年，看到您，我想起了这句话。您这次能在屋里住多久，我要再来拜师。

吕怀远说，还住几天吧，你可以随时来玩。说着，吕怀远就走了。他走以后，陈平又脱下鞋子和衣裤，穿一条短裤跳进了牛角氹，加入到了黑婆子一行采藕根子的行列。

第四十一章 谢丹新之死

星光下，大家歇凉。老九说，何解家家户户都没有凉床了？大家就沉默，不但凉床没了，那些系在毛毛几胸口的抹兜子，老人系在腰上的腰围巾，小孩子身上的抱裙，还有木屐、草鞋、烘篮子，纺棉花的机子、冷布帐子等都进了博物馆，可能永远都不会再在乡村流行了。吕怀远提及湖里关菩萨死的那天，喝醉酒后所讲的话，大家跟着回忆原来日子的事情，哪个最爱教细伢子唱什么儿歌，比如吕怀远的祖母最爱唱：推谷几，磨谷几，推只粑粑几，吃一边，留一边，留得翁妈枕头边，猫几咬得踏板上，狗几拖得粪氹边，大风大雨吹得大河里，小风小雨吹得小河里，鸦雀子夹得树丫里……比如吕怀远的妈妈最爱唱：三岁伢几穿红鞋，摇摇摆摆上学来，先生莫打我，我回去吃口汁几又来。比如老九的妈妈最爱唱：大月亮，小月亮，哥哥起来学篾匠，嫂嫂起来煮茶饭，茶饭煮得喷喷香，翁妈起来补裤裆……他们的记性真好，信手拈来。吕怀远若有所思，就想起了一个人：谢丹新，他就提起了这个话题，大家也七嘴八舌地讲起谢丹新的故事，一人一段，一人讲，其他人补充。谢丹新就在这晚栩栩如生复活了。

二〇〇五年冬天，在一个大雪纷飞的日子里，谢丹新死了。

搞联产承包责任制那会，要分田到户，谢丹新在大队的会议上坚持不要分，他说难道辛辛苦苦几十年，一夜回到解放前吗？但大趋势是个人阻止不了的，不久田就真的承包给个人了。一九八一年谢丹新与几个五十岁以上的大队干部被公社免去大队干部的职务。原来，他在大队走上走下，现在他只能待在自家的屋前屋后，或田间地头；原来，他嗓门粗大中气十足，现在他沉默寡言。虽然年轻时干过割禾插田挑担子这类活，但后来一直当干部，下田不多。一免去职务又要重新干体力活，确实有些生疏。但不会干也要干。他又学会了如何用牛。有一次双抢，大崽在外地没回，他与堂客和大儿媳把禾首子都割了，然后请来两人扮禾，三元钱一天。他经常唉声叹气，反正一切都看不惯。尤其是夏尧阶的事。公社来了人说他的案子判错了，要给他平反。还有李佑桦，银城政协的人还来了几次，问李佑桦生前的情况，说要把他的情况整理出来，说李佑桦这个黄埔六期的，台湾还有他好多同学。还有春瞎子，有一天碰到他竟然问，请问谢主任，你吃不吃腊肉，你要吃腊肉，我给你送一挂来。这不是得意忘形，对革命干部的讽刺吗？另外，他为何专说腊肉，这不是含沙射影吗？还有照勋满老倌，在毛主席逝世那天竟然说，他死他的关我什么事，他碰到我时竟然头扭到一边，他在湖北桥梁公司工作的崽评上教授级高级工程师的那天，他竟然放了二十挂鞭子，他的孙子考上国防科大的那天，他竟然放了三十挂鞭子，醉翁之意不在酒啊。特别是夏尧阶的孙子夏进雄竟然还要竞选村干部，还到处请客送礼，尤其是我们的一些乡村干部，没有阶级觉悟和原则性，幸亏夏进雄没有当选，要不真是翻天了。

还有一点让谢丹新感到不舒服的是，他到四合庙那边去，那边的人说要打他。在过去的岁月里，我谢丹新作为治安主任，面对着随时有可能对新生政权产生威胁和颠覆的情况和苗头，我谢丹新怎么能做好好先生，只能做得罪人的恶人吧！现在，竟然有那么多贫下中农也恨我，到底我错在哪里？

谢丹新说，我老谢行得端走得正，我绝不做投机倒把的生意。他住在白沙村的堤上，堤上这一线的几个生产队都非常活络，都做些贩运生意，人人家里都起了八间十间的二层楼房，只有他一直住在那三间红砖瓦房里。两个崽已经分家，都起了楼房。他也不做贩运生意，每年就是种些粮食上交国家，再就是每年喂两头猪卖掉。他也不做人情，村里谁结婚，谁家人老了，谁过三十六岁，这些上份子喝酒的事他一概不去。他也不敬菩萨，不烧香磕头。他说，我入党宣誓了，共产党员要移风易俗反对迷信，我绝不做与共产党要求主张相背离的事。

他有时想找人聊聊天很难找到，老班子的人觉得前几十年听他讲话已经够多了，年轻后生子都不想听他讲话，因为在他们的孩提时候，当他们啼哭时，只要大人讲谢丹新来了，他们哭都不敢哭，谢丹新这个名字让他们心生恐惧。他有时到银城街上去，只要婆婆姥姥坐在一起喝茶聊天，他就站在一边听听。他们谈起现在的一些武高武大、眉清目秀的乡里后生子，从来不劳动，被哪些有钱的老堂客们给些钱包养；他们谈起哪里的一个男人，跑到外面给单身男人做介绍，把自己的老婆介绍给别人，得了介绍费又与老婆里应外合逃跑；他们谈起现在好多乡里的堂客们专门卖假药，三五成群互相打照应骗钱；他们谈起乡里的长得乖嫩嫩里的妹几待在深圳专门给香港老板生崽，然后又去与年轻的帅哥约会，谢丹新就使劲摇脑壳。自己几十年，全力以赴所打击的，所阻止的，所防止的，就是这些，现在都死灰复燃，一想到这些，他就痛苦不堪。

当然，原来几个退下来的大队干部偶尔碰到，会装根烟，寒暄几句，话不多，但彼此的心思都看得出来。那些过去跟着他的基干民兵也不在大队做事了，不免对他会有些怨意。他们说，跟着老谢干一点好处都没得。是啊，他对他们都是严格要求的。就说每年冬天的干塘，都是老谢带着基干民兵在张罗，到最后，有人提议每人分几条鱼他都不同意。寒冬腊月，上身穿棉衣，下身穿短裤，扑到塘里，把一条条鱼捉到箩筐里，然后又把一箩筐一箩筐鱼放在手扶拖拉机上，运到银城商业局，卖些钱都成了大队的集体资金，他们累死累活个人好处一点都没得，还充当打手，那些被打过的地主富农现在都摘帽了，与他们平起平坐，不都对他们恨得咬牙切齿吗？

在日复一日的日子里，谢丹新看着这个世界的变化，渐渐地他也习惯了。他习惯了自己是一个老农，过去戴斗笠披蓑衣用牛，后来就穿上了雨衣用牛，到后来，就打着伞牵着牛回家；他习惯了自己是个自由人，爱什么时候下田就什么时候下田，爱吃韭菜煎蛋，就到菜土里割一把韭菜，到鸡婆下蛋的箩筐里拿个鸡蛋，就放到煤炭炉子的铁锅上炒熟。有时候，从瓶子里倒一杯高粱大曲喝起来。晚上拧开黑白电视机，把按钮按来按去，一个频道一个频道地调，岁月悠悠，这么过不也挺好吗？尤其是，没有战争，没有瘟疫。一九九八年那场洪水，他家住在堤上没有多少损失。痛心的是，老伴在洪水第二年却过世了。那一年他已是古稀之年，自觉来日无多，就给崽说，田里的事我也做不动了，我就打点一下菜园，你们每人每年给我两百斤谷，两百元钱，崽也同意了。

谢丹新就喜欢上了看戏，只要哪里有人唱戏，他都跑去看。猪也不喂了，鸡也不管了，每天吃小菜为主。当然，有时崽屋里砍了肉，吃好的都会给他端一碗来，或者喊他去吃。他逐渐感到枯竭，逐渐感到气血不活，在二〇〇五年冬天，他死了。其时，两个儿子在外地打工，女儿回娘屋里看到家里关门闭户，总是敲门不应，就问邻居，邻居都说已经两天没看见他了。女儿请人砸开门，发现他僵硬地死在床上。

谢丹新的后事是白沙村花钱花得最少的。因为他在世时交代过，不要请和尚道士，不要做道场。别人家的红白喜事他一概不去，因此这方面没有什么人情，但儿子媳妇还是做出去过人情，所以也有几桌饭。棺材呢！他七十岁的那年就已经做好了，但儿子觉得还是不能草草埋了，于是请丧夫抬着棺材环白沙村走了一圈，抬抬停停，走了两个多小时，放了十桶花炮，才把他安葬，总算在白沙没有丢面子。

当大家谈完谢丹新，回去睡觉的时候，吕怀远突然有点不明白，为什么我会想到他？是不是我的潜意识里认为他是一个标志性的人物？当然，吕怀远想，我一贯有以偏概全的弱点，把他当白沙一个时期的标志性人物，白沙肯定很多人不会同意。但是，吕怀远又给自己打气，你们有你们的观点，我也会有我的观点，每一个人都有自己心目中的历史。

第四十二章 改厕风波

其实，吕怀远正月份回了一趟白沙，那是老九要嫁女接他吃酒，当时正好是周末，他就回来了。当时他还没有退休的打算，也就是上面对杂志社还没有形成改制方案，不料半年多过去，一下子就退休了。上次回来，大家议论得最多的就是发生在杨立生家的一桩新闻。

这起因于去年十二月白沙村改厕。这也是上面的号召。过去，家里的屋后搭一个瓦片或茅草做顶的小棚子，叫茅厕屋，在里面挖一个坑，再安上一个陶瓷做的缸，上面垫两块可以踩踏的木板，旁边放上尿桶和泼瓢。一般人家都还会在茅厕屋里放两刀稻草做成的黄草纸。后来，一些人家盖楼房就盖了卫生间，但楼外面的化粪池建得很不科学，化粪池的粪溢出来，照样臭气熏天，因此，柳英就考虑把改厕作为白沙村的一项重大任务。

银城爱卫办举办改厕培训班，白沙村有十五个人要去参加培训，永新组就派了才鱼子去。才鱼子学过几年泥工，加上他家的茅厕屋是永新组最脏最臭的，他去学至少可以甩掉落后的帽子，不拖永新组的后腿。

才鱼子不急不忙地吃完早饭，就骑着摩托到了银城疾控中心的大会议室，来参加培训的学员有三四百人，满满一大屋子。改厕这事，虽然是爱卫会负责，但实际牵头的却是疾控中心。疾控中心既管技术培训，又管技术指导，还管效果监测，当然主要是监测群众改厕防病知识的知晓率，卫生行为的改变率。授课老师谈技术规范，再三强调不得使用对农用土壤、居民环境和人体健康有影响的材料，老师还说粪便要无害化，改厕要注重肠道传染病的防治。

才鱼子从来没有参加过这么高大上的培训。培训三天，主要是讲化粪池的标准。老师说，一个五口之家要建的化粪池大小是长二米七，宽一米五，深度在一米三左右，呈现一个“目”字形。这个大小，哪怕是逢年过节家里亲戚往来也是够用的。在坑基挖好之后，将砖块建筑成池子形状，而这个池子的大小也不是三个池子一样大，一般来说从入水口开始计算，比例是2:1:3，每一个池子都装一根管子。第一个池子会将粪便按照清、浊和中间部分分隔开来，这也是细菌含量最多的地方，而到了第二层，会再经过一层过滤，第三层再过滤，将其进行科学、无污染和无异味的处理。老师说，水泥涂抹，厚度最好在两厘米，内部涂抹完水泥之后，再涂抹上防水粉，避免因为热胀冷缩导致化粪池出现质量问题，同时底部和化粪池每一个连接的节点，都需要再加固，避免开裂或是漏出。

才鱼子只读了小学。他小学毕业的时候白沙还未普及九年义务教育，也没有人劝学，因此细菌含量、热胀冷缩这样的词汇，他听不大懂，但老师把学员们带到附近一家农户的化粪池旁，他看看化粪池就基本明白老师所说的了。

夏进雄已经没有当永新组的组长了，是成婆的满崽强巴当组长。强巴是办厨的，他二十岁时专门去厨师培训学校学过炒菜，因此办一二十桌的长面（长面：资水下游方言为“酒席”的意思）不在话下。他牵头组成一个办厨的班子，由他牵头，加上三四个堂客，哪家有长面要办，跟他说一声，他的办厨班子马上就会到，切肉的切肉，杀鸡的杀鸡，剖鱼的剖鱼，切姜丝、大蒜、葱的，各就各位，有条不紊。而炒菜就靠他了，他穿一条绿色的军裤，头发虽然留得长，但梳得很亮，再加上他笑的时候，露出两个小酒窝，大家称他为白沙的刘德华。强巴显然不满足于只当一个厨师，他想大干一场。乡里的孩子会读书的，大都考出去了，剩下一些读书时不太认真、但非常聪明的，强巴就属于这种，他们一旦觉醒也会有所成就。后来，夏进雄当村干部无望，强巴的机会就来了。强巴当好些年的组长工作都没什么起色，正好村里布置改厕工作，他想把这事搞好。

强巴挨家挨户做工作，他反复讲“要想少得病，厕所要革命”。他说，改厕，上面会拿点钱，我们自己再出点。第一个改厕工程是在才鱼子家进行的。才鱼子家还是原来的老厕所，既不雅观，又有气味。他家虽然是二层楼房，但里面没有厕所，就要在后面搭个小棚子建厕所。才鱼子买了瓷砖和蹲便器，还有冲水设备，按照在培训中心学的，砌好化粪池。强巴就与永新组的人一起来看，大家都觉得厕所白晃晃的，耀眼得很，一扫才鱼子家的霉气。大家就夸才鱼子，有的还答应给才鱼子介绍一个对象。才鱼子志得意满，站在路口招呼路人到他家解手。因为快要过年了，所以强巴决定生产队的厕所要整体改建，等过年以后就要挨家挨户实施。过完年，才鱼子把化粪池盖子揭开，从里面舀了两桶粪水挑到菜园里，泼在红萝卜的秧子上。但他并没把化粪池的盖子盖上。正月初十，村里来了耍地花鼓的人，丑角摇着油纸扇在前，妹子戴着凤冠，穿着红色的裙子跟着，在一大群敲锣打鼓吹喇叭的簇拥下，来到了才鱼子家的地坪。才鱼子就放了一挂鞭子，妹子就轻移莲步，丑角搞着各种各样的搞笑动作。突然才鱼子家房子外侧一声巨响，气浪冲天，把才鱼子家的房子炸了一个洞，那红砖都纷纷飞出来，好在没打到人。一阵喧嚷和嘈杂之后才弄清楚了，是来八子来看热闹，抽完一根烟，就把烟蒂丢进了化粪池里。大家奇怪，化粪池怎么会发出这么大的爆炸声，好像天都要塌了。这时，黑婆子说，才鱼子，你怎么不把化粪池的盖子盖上？上次培训班老师不是说了吗，化粪池发酵，会产生沼气，它遇到火和热之后会发生爆炸。如果要打开化粪池清粪，一定不要在附近点灯，划火柴，或放爆竹。老师当时说这里时，还敲了黑板，说一定要注意，你忘记了？才鱼子哭丧着脸，说，我没有一点印象，可能是我上课时肚子痛出去了两次，没有听到，真的倒霉死了。江猪子气得打了才鱼子一个耳巴（耳巴：资水下游方言为“耳瓜子”的意思），杨立生说，楼房炸了一个洞，还不知道这堵墙会不会垮，真是背时。

杨立生一夜都没有睡。第二天早晨，杨立生就在晨光中反反复复看这个洞，琢磨要用红砖补上，买水泥沙子和红砖估计要花一千多元。江猪子说，这笔钱要来八子出，如果他不丢烟蒂，就不会爆炸。才鱼子也同意，并且说三弟兄一起到他家去要钱。杨立生说，不能要他出。人家好心好意来看热闹，抽了一根烟又不是故意的。只能我们三弟兄三一三十一。江猪子说，你们出吧，反正我不出。才鱼子说，我也不出。杨立生说，昨天我交了下半年的电费和水费没有告诉你们。这笔钱不要你们出，我一个人出，但下半年的电费和水费还是三一三十一。说完，杨立生就急匆匆地赶到银城血站去卖掉了一管子血，换了一千元，他砍了两斤肉，又花十五元租个慢慢游坐回到家。他说，钱有了。他把钱交给才鱼子说，我刚刚卖了血没有劲，要休息一下，你们去买红砖、沙婆子和水泥。杨立生说完就跑到床上睡下了。

才鱼子说，立鳖砍得肉回来，先吃了早饭再去。于是，才鱼子就烧火煮饭，江猪子也来帮忙切肉炒菜，不一会儿饭做好，还炒了一大蒸钵大蒜炒肉，一大碗冬苋菜，这才把杨立生喊醒。杨立生夹了一碗菜递给江猪子，说，你端给你堂客吃。然后三弟兄急急吃将起来，把饭菜吃得精光的。杨立生继续睡，江猪子和才鱼子拖着板车，到窑山口去了。

炸坏的墙洞第二天就补上了，但才鱼子一直闷闷不乐。强巴来过，说春头上永新组的改厕要开始了，他与才鱼子商量怎么搞。才鱼子说，我没想到还会发生爆炸，要是将来炸死了人我负责不起。强巴说，难道因为车子会出车祸就不开车了？现在买车的还不是相当多。只要把化粪池的盖板盖紧，就没问题。才鱼子说，我死都不会去搞。强巴没有办法，只好走了。

白沙村好多人都知道才鱼子家化粪池爆炸的事，就表示担心，七嘴八舌的意见柳英都听到了。也有人说，才鱼子砌的化粪池太粗糙，就是来八子不丢烟蒂，也可能会出事。柳英召开村务会议，除了村支两会成员参加，还有十五个村民小组组长参加。柳英说，改厕肯定是要搞的。到底是请上次参加过培训的泥水匠做，还是到银城街上请专业的改厕公司做，请大家发表意见。一个组长说，他组上的参加培训的泥水匠讲了，建化粪池标准蛮高，要求严格，白沙村的人技术肯定过不了关，只能请专业公司。另一个组长赞成请专业公司，但同时也表示担心。他说，我姨夫子在黄家洲那边，他说他们请镇上的专业公司，但发现那些人在挖排水沟时管子埋得特别浅，理由是挖深了工人的工资不合算。因此，一到冬天管道就上冻，水到不了楼上，水冲厕所就是聋子的耳朵，原来的茅厕屋和猪圈都拆了，旁边又没有公共厕所，小便还可以在桶子里解决，大便晚上就只能到外面去解决。他一讲完，会场就炸锅了。宝林癞子的侄儿是张家河村民小组组长，他站起来大声说，这就是新闻联播上说的形式主义。据我所知，不光是黄家洲，五眼塘那里也搞了，有的只草草安个坐便，并没有使用，特别是建了二层楼的，楼上的厕所抽不上水，抽不上水就冲不了水，那只是个摆设。另外，村里没有统一的排污管道，更没有污水处理设备，为什么你们硬要这么搞？柳英说，这是上面的号召，本意是好的。宝林癞子的侄儿说，你们每次做什么事，都说本意是好的，你们好多本意啊。柳英气得够呛，她站起来，说，难道我们的本意错了吗？我们每一个人都要吃喝拉撒。你想想，我们祖祖辈辈都是在茅厕屋里解手，不但不卫生，还容易得传染病，现在政府提出乡村振兴，我们先从厕所的改建开始，让每一个村民的家里都干净卫生，这个本意难道不好？到底要怎么搞，我们是开诸葛亮会，大家提意见。但我们不能因为别的地方改厕出现了些问题，就放弃这项工作。别的地方的做法，好的，我们要学习，不好的，我们要当作镜子，要改正。

大家看到柳英发了怒，且讲得有板有眼，就不吭声了。宝林癞子的侄子说，我没有别的意思。改厕，除了政府给补贴外，我们每个村民也都要出钱。每个人从袋子里拿钱出来难道不心痛？心痛了，就会配合搞好。既然搞，就要搞好，我只希望不要搞形式主义。

柳英说，好嘍，我向你保证，我们不搞形式主义。但我重申一下，今天我们会议上如果决定了，大家就都要执行，不要拖拖拉拉。

这次会议讨论的结果，如果家里盖了楼房，厕所要建在楼房里的，就只能建标准的化粪池。厕所没有建在楼房里的，在外面搭棚子的，都要拆掉棚子，建规范的厕所。大家觉得，化粪池太重要了，还是请专业的施工队来建，其他的自己负责，但也要注意规范和美观。一场风波总算过去。吕怀远那天感到，乡村改变正在加快脚步。

第四十三章 田杰安

这个晚上，谈到田杰安的时候，老九堂客汉宝就说，白沙就只有他这个龅牙膏。大家就说，那不止，那不止，竹脑壳也是龅牙膏；还有陈家湾的菜牛堂客，大家就一一算起，白沙竟然有十一个龅牙膏。杨立生就对吕怀远说，你是反关门啊（反关门：资水下游方言为“地包天牙”的意思），吕怀远没作声，他想起了田杰安的死。

二〇一五年八月，吕怀远回了一趟家。他从银城汽车东站下车后，坐3路公共汽车，穿过二桥到宝塔脚下，这里时常有摩托等着载客，他上次回白沙坐的田杰安的摩托。他想起上次田杰安还给他留了手机号码，就打开手机通信录，在三百多个号码中，打出“t”，果然看到田杰安的名字，就拨过去，但对方手机关机。上一次是两年前回家，也是在这里，他看到田杰安在这里跑摩托接送客人，他看到田杰安脸麻黑的，像枯树皮一样，眼睛凹陷，牙龅得更厉害了。田杰安说，只有你命好，当干部。吕怀远说，都一样的呢，都是生存。坐上田杰安的摩托，本来只要十元，吕怀远给他二十元，田杰安就给了吕怀远手机号码。第二天，他给田杰安打一个电话，田杰安就过来接他。他坐在摩托的后座上，手扶着田杰安的肩膀上，摩托车就在鹅卵石路上一拐一拐地颠簸着前进。田杰安直接把他送到银城东站，本来这一趟是二十元，吕怀远给了他五十元。当时，田杰安说，还是老同学好。现在想坐田杰安的摩托车回家，没想到田杰安居然关机了。

这时，正好看到茅屋湾的徐运奇，两人就寒暄了几句。吕怀远说，没看到田杰安啊，他手机又关机了。徐运奇告诉吕怀远，田杰安已经死了十几天了。吕怀远感觉像晴天霹雳，真不敢相信自己的耳朵，徐运奇说，现在这个时候，可能没有摩托车，我们走回去吧，边走边说说话。吕怀远说，要得。走路是他的强项，小时候从银城到街上都是走路，后来回去要不是坐王家坪到银城的中巴，要不就是坐摩托，其实也只有七八里路。于是他们就驱起了双脚边走边聊。徐运奇告诉他，十多天前田杰安骑着摩托车，后面驮了几百斤蔬菜。他是专门给桃花仑一个定点餐馆送菜，但摩托行驶到桃花仑十字路口，红灯亮了，他就刹住摩托车，与公交车、小车、大货车一起停住，当绿灯亮了的时候，他发动摩托车准备走，不凑巧，蔬菜筐子失去了平衡，一个筐子朝右边一倒，摩托车和田杰安也随之倒在路上，一辆加长的十几个轮子的大货车从他身上碾过去，好惨的，颈上血迹……

吕怀远不忍心徐运奇继续讲，就示意徐运奇不要再描述了。他叹息道，好作孽的。徐运奇说，是啊，好恐怖。吕怀远问，那大货车赔了多少钱？徐运奇说，只准备赔三万元！警察调解说，大货车并没有违章，责任是田杰安的。但村里人不服，这几天一直在大货车的单位吵，他们的理由是等红灯时，货车师傅应该注意到旁边有摩托车，绿灯亮了也应该看看旁边，不能开“英雄车”。大货车单位说，人死了，我们深表同情，但摩托车不应与机动车同道行驶，市政府早就发了通告。后来几经交涉，货车单位把赔偿款加到十五万元，田杰安家只好默认了。

吕怀远内心非常沉痛。他与田杰安、徐运奇都是小学和初中同学，只是不同生产队。读小学的时候，田杰安的书包里经常放着一个得螺，手里拿根竹棍子，上面系根麻绳，算是抽得螺的鞭子，他有时走在路上，都把得螺拿出来抽几下。有时，他们都背个粪扮子，在哪个屋里的地坪里相遇，尤其是在潘家嘴读初中的时候，他们每天早晨都约好在抽水机站相会，然后经过徐运奇家门口，喊了徐运奇一起去上学。寒冬腊月放学的时候，他们跑到学校附近的防空洞，与赵斌魁、赵子武一起，抓一些枯枝败叶用火柴点燃，烤得一身滚热的，然后才背着书包回家。后来，田杰安没有考上高中，就跟人学起泥水匠，他最终没有在泥水匠这个领域出人头地，也没有多少人来请他，他后来就没干泥工了，在家开了一个小南货店，结婚生子。听说他身体一直不大好，不知是支气管炎还是哮喘。最近些年，他买了一台摩托车，既载客，又送菜，虽然劳苦但也还算顺心，哪料会在这么年富力强的时候遇此惨祸，永别人世。

吕怀远与徐运奇边走边聊。吕怀远问徐运奇现在做什么事。徐运奇说，身体不大好，早几年发现血压高，就吃降压药，后来血压一直比较平稳，就停了吃药，结果去年突然一下左手臂抬不动了，赶紧到医院，诊断是脑梗塞，好在是轻微的，主要是停药以后血压上升引起的。医生告诉他，得了高血压要终生服药，不能停，停了就容易出状况。他在家休息三个月，每餐都吃两碗青菜，身体慢慢恢复了，现在每天要吃一粒降压药；但是，也不能够做重活了，像挑担子搬运那样的事干不得，起草贪黑、泥里水里的事也干不得。但生活还是要继续，徐运奇问吕怀远，你们单位要人守传达室不？我拜托你，看在老同学的份上帮我找一个守传达室的，随便多少钱一个月。吕怀远说，我们单位暂时不要守传达室的，我给你留意一下，如果哪里有要的，我再告诉你。

不知不觉走到资江大堤拐弯的地方。小时候这里有一个小棚子，有一个叫罗跛子的在这里卖些火柴、棒棒糖、汽水之类。小时候，从街上回来走到这里，从身上掏出一分钱的银毫子买一碗放糖精的凉开水，褪一些暑热。一九七六年九月九日下半日，罗跛子听说毛主席逝世，哭得死去活来。吕怀远感到，人一辈子，总有一些与自己不相关的人，以某一个场景，某一个动作，留在自己的记忆深处，一旦到了一个触碰点就会冒出来。罗跛子是何人，出生在哪里，他的人生际遇，他有几个崽女，他是喜欢吃黄瓜炒肉还是辣椒炒肉，他的生老病死，他也不会去关心，平常也不会想起他，但现在经过几十年前曾经走过的地方，他就想起了罗跛子。人生就是这样，一辈子要遇到过多少人，但大部分人与自己没有太多关系，就像银城街上有个卖刷把的婆婆，银城已经有一位著名女作家为她写了多篇回忆散文。小时候每次到银城街上去，也都会看到那个卖刷把的婆婆高声叫卖“卖刷把喽”。人活一辈子，像这样与自己的人生只有印象没有交集的人有多少呢？罗跛子是芸芸众生中的一个，卖刷把的婆婆也是芸芸众生中的一个，他们都作古了，田杰安是芸芸众生中的一个，也遭遇不幸离开了人世，现在徐运奇也是芸芸众生中的一个，他生活得如此艰难，还想去城里守传达室，吕怀远的心里有一些沉重。

从那里走过小洲垸，走过土林港，走到土窑马路上，他们还聊了很多，然后就分手了。

一年后的一天，吕怀远又回到白沙，村里人说，当过村主任的徐学步死了。吕怀远经过徐学步家门口的时候，看到在一个漆黑的棺材边，村里的管乐队正在吹奏《为了谁》。一台大风扇在一旁转动，吹小号、双簧管、单簧管、圆号的一些男女，都鼓起腮帮，左手托着金光闪闪的乐器，右手在乐器的下方按着键。徐运奇坐在一条板凳上，嘴里叼根烟，跟着那些吹乐器的人的节奏，不时地在蒙着兽皮的定音鼓上敲一下。徐运奇没有看见他，他也没去打招呼。回到家，他就问吕晖远，徐运奇怎么敲起了鼓？吕晖远说，徐运奇是高中毕业生，那也是一个人物，过去提些篮子做些小生意能维持生计。后来病一场差点中风，生意做不了，就要求加入村里的管乐队，但吹喇叭也要有乐感，要技术，一时半会他也学不会，但徐运奇口才好，做这个生意有时也要会讲，乐队牵头的就接纳了他，让他专门敲鼓。有时候，让他代表乐队在一些仪式上讲几句话。乡里的管乐队，都是草台班子，敲鼓的只需要掌握节奏感，徐运奇经常开玩笑说自己是一个南郭先生。每出场一次也可以赚八十元，一年下来也搞得一二十场，一年也有得一千多元收入。好在徐运奇的堂客和女儿都能干，他吃药的钱都是女儿给。

第四十四章 人居环境

白天，吕怀远到处去耍。八月的乡村，天空蓝莹莹的，突然有一朵云飘到头顶上，接着更多的云飘过来，瞬间像锅底一样黑了，突然一滴雨落下来，一阵雨落下来，万箭齐发，射在地上，而前面不远的地方，还挂着金晃晃的太阳。这个时候，总会有个人不经意说出一句：又出太阳又落雨，皇帝老子嫁满女。小时候，白沙人遇到这种天气都是这么说的，现在还是这么说，但除了语言上还保持着基本的稳定外，吕怀远觉得白沙确实变了，那个几千年里基本一个模样的乡村，在承受着外界的强烈冲击，它就像孙悟空一样，在不断地变变变。

早几个月前的一天，柳英从乡里开会回来，说这次会议很重要，乡村要振兴，就要改善人居环境，要向生态宜居、产业兴旺、乡风文明蜕变。这次会议也有一些新名词，要打造清洁乡村 1.0 版，美丽乡村 2.0 版，生态乡村 3.0 版，银城市委号召创新“投劳+投资+投智”的模式。柳英琢磨，改善人居环境，是一项公益事业，目前面临三个问题，一是，每家每户要分摊一些任务，家家户户都要出力，在外地打工不能回来参加的，就出钱请人完成任务。第二，从这片土地上出去工作的，也出一点钱，这个出钱的工作，由他们的亲属去做。第三，由政府购买，引入第三方，采用污水处理设备治污。王家坪乡这次力度蛮大，购买智能垃圾桶一千五百个，分类垃圾桶五千个，垃圾运转车八台，还有洒水车三台，新建十五个生活污水集中处理点，架设路灯五百盏，安装灯箱一百五十个。乡政府还要建雕塑，建门楼，建交通绿岛，还做了绿化美化的规划。

新任书记说不能够老种一些传统的杨树、柳树，要种红叶石楠，种桂花树，要利用空坪隙地，栽种波斯菊、向日葵、格桑花，标准和要求都蛮高。

柳英就要陈平发通知开村支两委会。有人就问，讲得像天堂一样，有样板没？有。柳英就说了银城树立的样板——二十里外的紫晖村，大家都说要去看看。第二天，柳英开车，没有坐车的就骑摩托车，大家一起到了紫晖村。不看不知道，一看就觉得自己矮了一截。入口是叫生态景观走廊，除了中央绿化带外，还有小车道、自行车道和人行道，有一条像带子一样飘来飘去的环村公路。房子都是青的顶白的墙，村子里好多八多（好多八多：资水下游方言为“很多”的意思）树，房子都在树林里。村中间有个湖，像电视里放的云南的湖一样，水是清蓝清蓝的，古戏里面的楼台亭阁也出现了。这些人真的会想，文化博览园都想出来了，陈平走到一个地方就大声念出来：诗词文化园，苗木园、童趣园、花卉园。陈平说，真的是一步一景。治安主任就说，大学生啊，你莫拽文喽。陈平就笑，他指着薰衣草观光园说，你们看，新疆人办的。他们看到一户人家有个三岁的小女孩正端着一杯瓜子壳放到一个垃圾桶里。柳英告诉大家说，你看人家家门前有几个垃圾桶，可以回收的放一个桶子，不能够回收的放一个桶子，这个三岁的小孩子都会了。大家好奇他们用厨房里的果蔬垃圾制作环保酵素，作为土地肥料种植有机蔬菜，发展绿色农业，柳英说，格桑花开的时候，这里每天有几千人来。

柳英说，今天我个人请客吃餐便饭，于是找了一家农家乐。农家乐的老板说是从珠海打工回来的，他说，在外面打工，还不如家里好。大家围了一桌，柳英把两百元放到老板手里，你给我搞两百元菜。老板说，两百元，那就只有一些普通菜啊。柳英说，我们是吃便餐，随便什么菜都行。有个村干部说，支书出菜钱，我出酒钱。柳英说，不能喝酒，我们是来工作的。建议喝酒的就不做声了。柳英说，现在我们主要是找差距。我们白沙在哪些方面与紫晖有差距。大家就说了，首先是村部，我们就只用做村干部值班和开会，人家紫晖根本就不叫村部，而是叫作紫晖村公共服务中心，服务中心面积是我们村部的五六倍大。服务中心还分为旅游服务接待中心、政务中心和村民文体活动中心。政务中心还有办事厅、党代表活动室、村民议事室。我们白沙只有广场舞队，人家除了广场舞队，还有快板队、腰鼓队、篮球队，还有书吧。陈平说，这里确实是高大上的。你看道路两侧的民居，还搞了艺术彩绘，我注意到了，取名也有吸引力。什么红粉食家，紫晖驿站，不知是什么人想出来的。柳英就问，为什么人家能够做到？第一，这里先人一步，花卉苗木赚了钱，有底子；第二，他们与平安旅行社、飞羽农场等本土企业合作。

从紫晖村参观回来以后，自惭形秽的村干部们都有了压力，村支两委会连开几场会，大家觉得最起码先把气势造起来。村里就请老九等木匠师傅做了六个宣传栏，给每个小组做一个公示栏，给每户做一个“门前三包”公示牌。那一阵子，这些木匠师傅都集中在孙发初屋旁边，搭一个很大的工棚，把那些现代化的电锯等用起来，不到两个星期就完成了村里指定的任务。

大家又觉得要把沟沟渠渠全面清理硬化。柳英说，我们集中马力，加油干，不歇气。于是各村民小组分任务，对残墙断壁、废弃院落、路面墙面进行全面修缮整理清洗，对主干道排水渠和污水横流的池塘进行整修，清理水面漂浮物，你完不成任务的就拿钱出来，组上请人来做，这样，在外做事的就只能请假回来，完成指定任务后再出去。

你看人家紫晖村，房前屋后都那么美，我们也要让房前屋后靓起来。柳英召开村支两委会议，村干部每人负责几个村民小组，小组长召集各户开会，拆除乱搭乱建的建筑，每家的猪栏和鸡笼子要标准化，猪鸡家畜都要圈养，每家都设置了几个垃圾箱，分类处理。

村干部这次被洗了脑壳，觉得这几个月做的事比平常几年做的事还多。村里聘请了十个保洁员，每人一千元一月，每天负责清扫村里所有的交通干道。村里成立人居环境整治先锋队，由七人组成，徐运奇也参加了，每月要对全村各户的庭院环境卫生进行检查评比，评选出最美庭院，村里对整洁农户进行奖励。那些不爱干净的堂客们也把衣服穿得整洁了，也开始教育崽女不要到处扔垃圾了。明显的，白沙村在搞真的。几个七老八十的大队老干部又活跃了。他们说，这就是一个搞事的样子，如果农村不适当集中，还是各吹各的调，各划各的船，农村真的会死气沉沉，现在农村又出现了光明。

田福来又去收垃圾了。他已听说了湿垃圾，就是蔬菜、水果的残余，可以制作环保酵素，所以决定在屋场台子后面种满有机果蔬。他在摩托车后座驮两个箩筐，每天下午飙到银城的桥南，在那里的菜市场拣别人丢掉的菜叶子，还到果摊前，把一堆堆的苹果皮和梨子核，用手捧到摩托的箩筐里，他说，这些都是上好的肥料啊，不要农药化肥，菜一样长得好。

移风易俗的要求也辐射了下来。村支委上布置，陈平也在村里的广播上讲。他说，有两个陋习要根除。一个是滥办酒席。过去村里除了婚丧嫁娶办酒外，毛毛几出生，到满月，到周岁，从考上高中、大学，到做生，不但整岁要做，而且男人满三十六岁，也要做；有人起屋，起一层，要办一次酒，有的搭一个厨房，建一个厕所也要办；有的买一辆摩托车也要办，这是变相逼迫人家送礼。办酒席，越来越不靠谱了。过去只一个炊炉子，里面有一个肉枣子或者鸡煮红枣，现在三四个炊炉子，不但鸡鸭鱼肉，而且海鲜野味都要上。你说，一个农民一年能有多少收入，这是不是滥办酒席？二是天价彩礼。现在都说农村生崽是建设银行，生女是招商银行，有女的人动不动就问人家要几万十几万的彩礼。除了现金外，还要“三金一踹一窝机”，你们知道不？“三金”就是金项链、金耳环和金戒指，“一踹”就是摩托车，“一窝机”指的是电视机、冰箱、洗衣机等家用电器。你说农村的小伙子，要举全家之力到处找亲朋戚友借钱才能够结成婚，否则只能够打单身。陈平说，都是这样的攀比之风，都是这样的排场，都把来客的多少，礼金的厚薄，酒席的规模，作为衡量面子的尺度，我们乡里人还有什么奔头？我们辛辛苦苦赚的血汗钱都被吸干了，你说我们该不该改？大学生就是大学生，讲得深入浅出，从反馈的结果看，大多数村民赞成他说的。不久村里就召开村民代表大会，通过了陈平起草的《村规民约》，村里成立了红白喜事会，对办红白喜事进行审批。

第四十五章 敬老院

这些天，吕怀远一直想去王家坪乡敬老院去看看。他知道白沙有三个人住过敬老院，早几年哑巴在敬老院去世，前两年胜结巴也死了，现在还有黄路生住在敬老院。这三个人，都是一辈子没结过婚的，这样的人老了在乡里被叫作孤老。吕怀远在札记中写过的守河土的华友几也是孤老，但华友几已经死去三十多年了。在相当长一段时期，吕怀远没想过敬老院与养老院的区别。在我们的认知体系里，养老和敬老差不多，都是古人所讲的老有所养的意思。后来，吕怀远弄清楚了，敬老院是专门接收没有子女的老人，政府全部出钱供养；而养老院接收的是有经济能力的老人，按市场模式收费。吕怀远到省城郊区一家养老院去看过，有一位大学里面的老师，她八十二岁了，因为儿子是一家科研单位的骨干，经常要加班攻关，所以她与老伴住在养老院的一个房间里，两口子每人交四千元一月。那天，吕怀远还看到一个赫赫有名的诗人，他担任过十几年本省作协主席，现在快九十岁了，也住在这里。养老院的条件是不错。但敬老院呢？尤其是乡村敬老院，到底怎么样？吕怀远想看看。

王家坪乡敬老院用的是原来乡卫生院的房子，吕怀远知道那个地方，但从来没有进去过。他起了个大早，想走路过去。他想试试自己的脚力。十几岁的时候，五七高中就在那一块，每天也是清早就起床，发煤炭炉子热半碗剩的辣椒粉子，再把现饭炒一下，狼吞虎咽吃完，就背起书包赶路，一个多小时可以到学校。下午放学后也是走路回来，当时的年纪，走路都是前倾的，往往都是边走边跑。四十来年过去，吕怀远都奔六了，但脚力还不错，他下载了微信运动软件，每天走的步子都记录在案，每天一般都是走一万多步，有一个月他每天走两万步。兴致来了有时候发宝气，走过两次五万步的，还有四五次四万步，十几次三万多步。他听说教育杂志有一个家伙某天走了八万多步，硬是走了十七个小时，结果走完就睡在床上两天不能动弹。很多朋友都劝吕怀远，人不能走多了，否则腿部的骨关节受损伤，会有严重的后遗症。所以后来他就走得少了，一天差不多就是五六千步。

早晨还是比较凉爽，这些天暑热之气一点点褪去，但白天还是有一定的热度。其实，乡里人起得早，一般五点多就起床了，因此土窑马路上还是有行人，特别是各种车子一辆一辆地从身边驶过，绝尘而去，狗也摇着尾巴在跑。狗是这个早晨的逗号，灯是这个早晨的句号，人是这个早晨的惊叹号。吕怀远忽发奇想。吕怀远一个劲地赶路，他看到路边上有各种各样的广告牌，他看到一辆垃圾车停在路边，听说王家坪乡的垃圾都在先锋村那里集中处理。人类面临的问题都有专门的对策，当然现在还有些问题暂时找不出对策，但人类那么聪明，那么多化学脑壳成了科学家，迟早会想出对策来的。

他在窑山口一家米粉店吃了碗米粉。这里的米粉比较便宜，才五元钱一碗，省城现在的肉丝米粉已经到了十元，票子贬值厉害。昨晚介胡子还对他说，老弟，你住回来啊，你拿几千元的退休金到乡里住，划得来。但到底住不住回来，他还没有决定。

吃了米粉，他就赶到敬老院。敬老院还是一个好地方，在一个小山坡下，四周绿树成荫。敬老院的铁门上了锁，吕怀远站在铁门外，看着阶基上有一些椅子，坪里摆着一些麻鬼凳几，一些七老八十的人坐着或站着，有的在伸腿，有的在弯腰，他看到一个哑巴在朝人打手势，还叫个不停。这时有个人走到铁门边，吕怀远问，白沙的黄路生在吗？那人说，在。吕怀远说，请你喊他出来一下。我来看看他。不一会儿黄路生出来了，他一跛一点地走到铁门口，吕怀远看到他苍老多了，确切地说，他不知道黄路生的年龄，在他的印象中，黄路生不太讲话，有点木讷，但他一讲话就是惊世之句。过去，他穿着蓝布上衣，黑色的裤子，脚上穿着深桶子套鞋，腰上还系条腰围裙，牵着一条牛，就是这个印象。大家都叫黄路生为大学生。据说他复读了很多年，是个书憨子，至于黄路生读了多少书，过去他没有印证过。黄路生站在铁门前，显然不认识他了，说，你找我？吕怀远说，是的，我来看看你。你记得不？我是白沙永新队的吕怀远。黄路生用眼睛仔细打量吕怀远，说，记起来了。吕怀远说，能够进去吗？黄路生说，这几天银城街上发生一起凶杀案，犯人跑出来了，上面规定养老院和敬老院都不能随便开大门。吕怀远说，这里哪里有店子吗？我去给你去买点水果。黄路生说，不要了，我不喜欢吃水果，吕怀远就从袋子里摸出一百元钱递给黄路生说，我专门来看看你，一点小意思，请收下。黄路生不肯要，吕怀远说，一定要收下，黄路生就收下了。这时很多的老人都聚集过来，黄路生脸通红，像喝了酒一样，说我村里的大学生来看我来了，还给我一百元钱。大家就用羡慕的眼光望着他。这时一个干部模样的人过来，他问吕怀远，请问你在哪里工作？吕怀远说，我在省城做事，黄路生就介绍，这是我们敬老院的何院长。何院长对吕怀远说，进来坐一下，吕怀远说，我正好想进去看看。

进到院子里，吕怀远对黄路生说，你先在房里休息，我先与何院长聊一下。黄路生就一跛一点回自己的房里去了。何院长陪吕怀远边走边看，他对吕怀远说，敬老院一共有五十个老人，你们白沙原来有三个住在这里，现在就黄路生一个了。这些老人都没有子女，基本上是单身。他们来到餐厅，吕怀远看到摆着五张圆桌，每张圆桌下摆着十条四方凳，餐厅的地面也没有肉骨头、鱼刺以及掉下的汤汤水水的痕迹，而是纤尘不染。何院长说，刚吃完早饭不久，保洁员就把餐厅打扫干净了。这些老人的伙食还是可以的。政府规定，每人三百七十元一月的伙食。老人们一日三餐，原定早晨吃面，很多老人说早晨吃惯了饭，就改为中午吃面，吃饭时我们保证每餐有五菜一汤。五菜是两个荤菜，不是肉就是鸡或者鱼，餐餐还有三素，都是时令蔬菜，有的是老人们自己种的，有些菜是到窑山口菜市场去买。何院长说，老人每月还有一百二十元的零用钱，买件衣服啊，买双鞋子啊，或者买几个橘子啊，一般老人都用不完。

吕怀远跟着何院长到了黄路生住的房子，黄路生正坐在椅子上，在剥手指甲。房子里并排摆着两个床铺，都是红漆昂昂的高低铺，床上用品都是宾馆式的纯白色。吕怀远一看屋内，房子的装配标准不低，两个大立柜也红漆昂昂地并立，放电视的柜子也是市面上买的矮柜，抽屉雕龙画凤。吕怀远走到卫生间，墙面是镶嵌的白色的马赛克，一个热水器挂在墙上，马桶档次也不低。何院长说，两人一间，每个房子里都安了暖气，但我们没安空调，主要是老人对空调里吹出来的冷空气很敏感，所以我们就改为夏天吹风扇。

从黄路生的房子出来，吕怀远就问，何院长多少岁了？何院长说，我六十三。吕怀远连说，看不出，看不出，看上去只有五十岁。吕怀远又问何院长是哪里人，何院长说是曙光村的，吕怀远问他认得龙经堂不，龙经堂是银城六中的校长，何院长说，认得认得，前年他爷老子去世，还请我去主事。龙经堂是吕怀远的中学同学。因为有共同的熟人，他们相互亲近了些。何院长说，自己原来是曙光村的支书，后来就调到乡民政所当会计，虽然一直没解决编制，但乡政府为自己买了社保。乡里办敬老院时就调来当院长，在这里也搞了七八年。三年前才满六十岁，每个月可以在社保领两千元钱，银城民政局给的报酬是三千多元一月，每月能拿五千多元，在乡里面算高的了。本来自己退休了，要有新院长来接，但目前找不到合适的人。服侍老人首先要有服务精神，嘿嘿嘿，领导让我继续干，我就继续干吧，要真新来一个院长，每天看着老人拉屎拉尿，可能还真的受不了！

何院长把吕怀远带到另外一个区域，这里是不能自理的老人住的区间，医生和护理人员就在旁边的一个小房间坐着。何院长说，这个区间里目前有三个老人，最大年龄是九十二岁，早几年侄女把她送到这里，还银发飘飘，眼睛尖得很，还能穿针呢。她记性好，说起当年日本鬼子坐洋船过来，到处打枪，说起共产党的军队，晚上就睡在地上，在河边用泥砖叠着撑锅煮饭，根本不惊动老百姓，肃然清净。可她毕竟年纪到了，你看她去年中风，我们几个给她喂饭喂菜，操屎操尿，擦澡抹脸。她侄女来过一次，对我们说，我要到南岳为你们烧高香。吕怀远看到那个九十岁的老人，面无血色，脸上没有任何动静。女医生说，钟家翁妈的血管针都扎不进了。何院长说，就是这几天的事，你们把她的东西都要清理好。一个护理说，钟家翁妈那只手镯，已给擦得干干净净，用红布包好了，还有她那罐子里还有四千零六角七分，有百块的票子，好多十元五元还有老票子贰元一元的，有好多角票，有好多银毫子，到底给敬老院还是给她侄女，请领导决定。钟家翁妈自己说过，这些钱等她百年之后都留给敬老院。何院长说，这个我们要请示民政局。何院长说，我这八年，这个房间就送走了十二位老人，每当老人去世，大家心里都不好受，护理人员把遗体清理好，何院长就给老人的村上和相关联的亲戚打电话，告知老人去世的消息，他再给殡仪馆打电话来运遗体，遗体运走的时候，大家都失声痛哭，何院长会放一挂万子长鞭，然后自己就坐在副驾驶室，一起把遗体送到殡仪馆，并与死者的村上代表和亲戚一起向遗体做最后的告别，直到火化后，有亲戚领着骨灰盒下葬为止。

吕怀远眼睛不知不觉湿润了，他觉得何院长与敬老院的护理人员真的不容易，这需要一颗至善之心。何院长说，我们每年还要给老人们做两套衣服，冬天一套，夏天一套，说着何院长就带着他到了二楼。二楼有好几个房间，有棋牌室，棋牌室摆着好几张桌子，还摆着一台麻将机。何院长说，我主张老人打打麻将，老了打麻将，可以有效降低老年痴呆症。二楼还有一个图书室，图书室有一面放了几个大书架，上面摆着一些书，吕怀远一看，有《马克思恩格斯选集》，有《少年时代》和《前后汉故事》《李自成》《创业史》，还有《法制知识1000题》之类的书。何院长说，这些书，有的是农家书屋转来的，有的是乡干部和乡中学的老师捐的。何院长说，我们还给老人订了报刊，吕怀远顺着他指的方向，他看到了《银城日报》《老年人》摆在桌子上。

"你们白沙的哑巴在这里住了十五年，前年才过世。"何院长说，哑巴七十五岁生日的前几天，我就在想他为人一世不但好多人生乐趣没享受过，连话都没讲过一句，我就想给他作个生日，所以我想要请银城花鼓戏剧团来唱花鼓戏。我把这个打算给民政局戴局长讲了，戴局长当过王家坪乡的党委书记。我知道一九九六年发洪水那一年，戴书记骑着单车来指挥村民撤退，当大家都撤走后，戴书记正要撤走，结果洪水把他冲进了黄金坝。戴书记不会水性，被卷进一个旋涡，这时哑巴正牵着牛往堤上走，他不时张望后面的戴书记，看到戴书记落水后，他就跳进水里把戴书记拖到了岸上，然后拽着戴书记的手向堤上跑。戴书记的单车被洪水淹了两个月，水退后，白沙支书王乐成去找哑巴，哑巴还在水里找到了单车。不过单车已经被水泡得散架，根本骑不得了，只好卖给废品收购站，卖了十五元钱。戴书记过年的时候都要来给哑巴拜年的。后来，戴书记调到民政局当局长。刚办敬老院的时候，戴局长就给我交代，一定要动员白沙村的哑巴来。这次哑巴生日，我向戴局长建议请银城花鼓戏剧团来为哑巴做寿，他说他去联系，第二天就给我回信，说银城花鼓戏剧团准备无偿来敬老院演出。哑巴生日的那天，戴局长也来了，花鼓戏剧团演了两本戏。那一天，哑巴起得很早，他知道自己这天生日，就换上了蓝色的新衣服，还跑到菜地摘了一朵花佩在衣服上，他不停地叫，不停地做手势。后来民政局派一台大卡车把唱戏的人送过来，唱戏前，还让哑巴站在舞台上，戴局长把局里给的生日慰问金两百元红包放在哑巴手上，大家拼命鼓掌。看戏的时候，哑巴坐在最前面，他的左边是戴局长，右边是我，后来民政局办公室的小李子拍了一张照片，照片还登在银城日报上。你看，这张挂在锦旗旁边的照片就是哑巴和戴局长与花鼓戏剧团演员的合影。

何院长说起这件事，掩饰不住得意。他说，我们请花鼓戏剧团为哑巴作生的事见报以后，我们敬老院就成了整个银城市的典型，你看我们的锦旗和奖状还是比较多。

吕怀远频频点头，同时他也想把心中的一个疑问挑明。他说，我们白沙的那个胜结巴在敬老院住了多久？

胜结巴是吕怀远在札记中写的那个被雷打死的训满的哥哥。训满死后，他的两个哥哥定矮子和胜结巴过得也并不好。定矮子是六十年代初的老高中毕业生，数学特别好，如果按正常的考试，进个大学没有问题，他自己也志在进哈工大，说特别想当军工技术人员，但高考前他在政审时被拉下来，不能参加考试，原因是他的家里出身不好，所以他就回家里务农。由于个子比较矮小，他一直讨不到堂客，后来当了民办老师。九十年代初，银城所有的民办教师转成国家教师，定矮子也在五十多岁搭上了这趟车。他在白沙小学教书时对李喜莲特别好。李喜莲是王家坪乡教育系统的一枝花，脸上红肉丹青，但特别不幸，她三十多岁时，在部队当连长的老公出车祸身亡。李喜莲遭遇新丧，万念俱灰，定矮子就围着她，帮她做这做那，白沙小学的老师就有了感觉，说定矮子在追求李喜莲。这事一传出去，大家就觉得要是李喜莲答应了，就是鲜花插在牛屎上。李喜莲开始觉得与定矮子是同事，同事帮她忙做点事，是正常的。直到有一天，她母亲来了，说你是不是与定矮子谈恋爱？李喜莲说，没有，没有。母亲说，你怎么都不要找一个又老又丑的人啊，李喜莲才慢慢想起定矮子对自己所有的好，都是有目的的，就说，我根本没在意他，这是谣言。从那以后，李喜莲就有意回避定矮子，并在一个暑假请求王家坪乡联校，把她调到了间堤上小学。一次有人问定矮子，他是不是喜欢李喜莲，定矮子说，喜欢有错吗？你去看看《巴黎圣母院》，那个又老又丑的敲钟人喜欢的是谁？

从此定矮子一直没有再谈婚事。至于胜结巴，也是终身未娶。有人说他宝里宝气，有人说他其实有小聪明。他提着篮子卖面，从来没有算错过数，人家少给了一分钱他都霸蛮地要回来。他到处给人看手相，说这个遭雷打那个遭雷打，有人信以为真，整日恐慌不安，有人不以为然，说他本来有点半傻不傻。他弟弟训满遭雷打之后，给他的刺激太大。据白沙的人说，胜结巴进敬老院后到处搬弄是非，还讲院长的坏话。有一次，院长家一个女亲戚来找他，胜结巴到处乱说，说是院长的亲家母（亲家母：资水下游方言为“相好”的意思）来了。胜结巴在养老院不到一年，就被养老院劝退回去了。

一听吕怀远问到胜结巴，何院长说，他是你们白沙的，被我们劝回去了。他进来后不久，他哥哥定矮子也退休了，也要进来，说两兄弟有个照应。我们当时不了解政策，就让他住进来了，但必须按养老院的标准交一千五百元一月。我们让定矮子与其他人一起吃饭，定矮子不干，说他交了一千五百元，敬老院老人的伙食标准是三百五十五元，让他与其他人一起吃围席不公平。定矮子入住的事后来让民政局知道了。民政局说他就是交再多的钱也不行，敬老院是为没有人赡养的孤寡老人设置的，他可以去养老院嘛！他要进敬老院，每月的退休金就扣除，你问问他，看他怎么办？定矮子住了两天，只好选择回去。你们村那胜同志，确实有点不守规矩。晚上，他上厕所把响声弄得很大，同房间的睡不好觉，人家都去菜地劳动他又不去。吃饭的时候他还抢菜，把肉啊鱼啊都夹到自己的碗里，一碗荤菜人家有的还没动筷子，就被他夹光了。本来老人要吃得清淡一点，可他只吃那些高脂肪食物，这样容易得三高，是不是。我们找他谈过几次，他不听，还跟这个吵那个吵，动不动就说人家会遭雷打，所以大家一致说要开除他，我们也没有办法，就把他劝退了。国家给他的钱，我们全部都给他。前年他死，我还去了。我们敬老院办了八年，就只劝退了他一个。

这时，有人来找何院长有事，吕怀远就说，院长，您先去忙，我再去看看黄路生。吕怀远原来从来没有与黄路生说过多少话，他也想与黄路生聊聊。黄路生嘿嘿地笑着，没有倒茶，也没有让座，吕怀远自己坐下，就问黄路生，你是哪一年生的，黄路生说，我是一九四〇年生的，今年满七十八岁，明年就吃进八十岁的饭了。政府好呢，我有一个好晚景。吕怀远就问，你还有一些什么亲戚吗？黄路生说，我爷老子叫三胖子，你晓得不，我有三弟兄，老大叫应皮货，应皮货死十几年了；我是老二，我还有一个老弟范清伢几，今年二月份死的。应皮货的崽牛几今年正月收媳妇都没请我喝酒，侄儿子们从来没有人来看过我。你对我这么好，我想出去给你去买包烟、买瓶酒去喝。吕怀远说，我不抽烟也不喝酒，我再问你一个问题，白沙的人都喊你大学生，你真的读了大学吗？黄路生说，我是一九六六年初中毕业，炒了几年现饭子，相当于读了高中吧。吕怀远说，那也不对啊，一九六六年，你二十六岁了，还在读初中吗？是不是一九五六年初中毕业？黄路生说，是一九六六年还是一九五六年，我不记得了。我初中毕业后一直在家务农，我家花八百元钱买了五庭子七柱五角的屋，我老兄和老弟结婚时占了，我娘老子好古板，不让我谈对象，说家里没有屋住，要不然我现在也是崽男崽女一大路。我种田几十年，得了风湿，现在脚一跛起，一辈子劳碌奔破，真的作孽。现在住在这里，是政府包吃包住包零用钱包医疗包死了安葬，真的搭帮政策好，要不我会无依无靠，饿了没人管，死了没人埋啊。

我还喜欢看书呢！黄路生说，说着就到红漆的柜子里拿出几本旧杂志，说我喜欢看美女的书。吕怀远一看，有一本杂志封面上印着如下标题《去相亲最后却被色狼骗上了床》《我用身体羞辱了青春》《30万私房钱》《让幸福与我擦肩而过》。吕怀远就说，你这些书都是几十年前的了。黄路生说，我不记得是哪一年买的。黄路生说，我喜欢看生活常识的书，他拿出一本《中老年保健》的杂志，翻出一篇《夏天少喝水，小心肾结石》，说，政府好呢，出的书都告诉我们注意身体。吕怀远就问，胜结巴在这里表现不好吧？黄路生说，胜结巴也不是表现不好，他这人讲话不经过脑子，讲什么都梗直的，有人欺负他。吕怀远就寻思，对胜结巴的评价，白沙人的说法、何院长的说法与黄路生的说法，截然不同，哪一个评价更接近事情的真相呢？

白沙人对黄路生的评价是个书憨子，什么农活都做不好，当年他在生产队出工时，从来没有拿过正劳力的工分，他一般不是跟堂客们一起做事，就是看牛。当时社队办老是要从白沙调非包工去社办企业做事，一个生产队调一人，队长实在不想让正劳动力去，每次都是让黄路生去。有一次，他在社办砖厂做事的时候就出事了。这是今年二月份他老弟黄范清死的时候，黄路生从敬老院回来送终时对挖坟墓的劳动力讲的。当时已经出殡，死者的棺材被抬着游丧去了，七八个劳动力在挖墓穴，黄路生因为脚跛走不那么远，就守在菜园里与人聊天。这些三四十岁的人真没一个好家伙，就说黄路生，你这一世人什么用都冇得，从来都冇碰过女人。黄路生说，你们命好，都是吃耶耶饭，穿妈妈衣，你们有崽有女，我黄路生是个孤老，但我这一世还不至于那么可怜，我给你们讲个故事吧！大家一听他讲故事，就来神了。黄路生就讲起那年他去公社砖厂的一件事。公社砖厂在曙光大队。有一次他碰到一个二十多岁的女人，那人听说他是白沙的，就说自己也是白沙的，是木桥兰桂跛子的老妹，叫张玉军，她要黄路生只管到她家去耍。黄路生当时在砖厂做完事，就真的来到张玉军家，正好吃晚饭的时候，张玉军就留他吃饭。吃完饭，张玉军说男人不在家，小家伙病了没有钱去就诊，能够借十元钱不？黄路生就借给了她，过两天黄路生又去她里家耍的时候，张玉军说，实在不好意思，小家伙的病还没好，还要再借十元钱，黄路生只好又借给她十元。过了半个月，黄路生觉得张玉军应该还钱了，他去张玉军家，张玉军就说你来了正好，灶里没有草把子生火了，你帮我来纠(纠：资水下游方言为“揪”的意思）一下草把子。黄路生说要得，张玉军就坐在灶糠子下，抱着稻草，黄路生就拿着纠篙子，来来回回纠着草把子。不知不觉就到了天黑，纠的草把子有二十几个，张玉军把它们码在灶糠子里。黄路生要回去的时候，他就开口问，你有钱了吗？张玉军装作没听见，只说，这天墨黑的，不如你睡得我屋里吧。黄路生说，你男人到哪里去了？张玉军说，他到肥料公司守粪去了。黄路生说，我还是回去，要不你男人回来会讲不清。张玉军说，他不会回来。黄路生就留下来了。睡屋只一间屋，开了两张铺，张玉军带小孩睡一张，黄路生睡一张，张玉军吹灭了煤油灯，两人都翻来覆去睡不着。黄路生还是个红花伢儿，就麻起胆子开玩笑说，你喜欢看电影《地道战》吗？张玉军说，你想钻地道？黄路生说，是的，就跳下床，朝另一张床猛扑过去。张玉军说，轻点，我到你那张床去，两人一直折腾到大半夜。有了第一次就会有第二次，张玉军说，你在外边，看到我家阶基上放一只竹篮子，你就进来，那是他守粪去了。黄路生就经常在张玉军男人守粪的日子里到张玉军家去睡，张玉军找他借的钱他也没有催了。张玉军的家娘怀疑儿媳妇偷人，就告诉了儿子，有一天张玉军的男人假装去守粪，早早离开了家，单等到黄路生进了他家，张玉军吹灭煤油灯之后，张玉军的男人才在外面紧急敲门。他俩刚搂在一起，只得紧急分开，张玉军打开后门，黄路生倒穿起凉鞋就朝山坑子跑，张玉军男人就在后面追，还拿着一个酒瓶子朝黄路生扔，黄路生被打中了，倒在地上。张玉军的男人拖着黄路生到了不远处的公社院子里，交给特派员王新田，王新田审了两个小时，黄路生坚持说是张玉军找他借了二十元钱，他是来要钱的，后来起风不小心把灯吹灭，正好张玉军男人回来了，自己是怕他怀疑才开后门跑，我对天发誓，真的什么也没有发生。王新田说，那你们为什么要关门？黄路生说，是张玉军关的，我怎么知道，王新田又把张玉军的男人喊来协商，说你们自己商量着办法，两人经过几轮协商才达成一致意见，黄路生以后不准再到张玉军家来，张玉军借的那二十元钱抵消张玉军男人的精神损失费。黄路生还写了保证书，放在王新田手里。

这是从黄路生的口里说出来的故事，是不是他编造或者加了工，那七八个挖墓穴的人不会去深究。黄路生也许只是希望大家不要小瞧他，不要认为他没本事，一辈子讨堂客不到，他想向大家说，他黄路生也是有本事的，也能征服女人，他这一辈子还是尝过女人味的，也没有白过。此时吕怀远想再向黄路生求证一下，这事是不是真的，但一想，此一时彼一时，没有必要再去追问他个人的私事。

他对黄路生说，我以后还会来看你。黄路生说，我以后就老死在这里了，谢谢你啊，你还给我一百元钱。我的亲戚都从来没有给过。吕怀远就握着黄路生的手，说以后再来看你。离开黄路生的房子，吕怀远走到门口时，看到几个老人在踮起脚听壁脚。他笑了笑，再去找何院长告辞，何院长不在院子里，他只好走出了敬老院。太阳升得老高，再走回去会汗巴水滴，他走到一个摩托车司机面前，说去白沙，多少钱？十五元，司机说，吕怀远就上了摩托车，不到一刻钟就到家了。

第四十六章 演讲稿

在白沙转悠的时候，他几次碰到陈平。下午，陈平到吕怀远家来了，他拿了一把藕根子，对吕怀远说，你做两餐菜吃。吕怀远收下了，他对陈平说，我正好买了两条鱼，你在这里吃饭。陈平说，在乡村工作，我基本也是走到哪，吃到哪，到了吃饭的时候，我就不客气，有什么吃什么。不过，我一般要给人家十元钱，人家说什么不肯收，说我见外了。不过，我都用笔记下了，过一段时间，就买相应的东西去，我不想在别人的眼里，说我陈平是个爱占便宜的人物。吕怀远就说，我哥哥当年当兵的时候，部队来了两个首长，他在我家吃了一顿饭，后来也留下粮票和钱。陈平说，那些作风都是好的。

陈平说，吕编辑，我这次是专门来请教的，银城市委组织部举办大学生村官演讲比赛，主题是《我为乡村振兴献青春》。我报名了，现在是先要审演讲稿，从演讲稿写得好的里面选出三十人参加决赛，明天要把演讲稿发过去，我想请您看看，说着就从裤袋子里摸出几张纸递给吕怀远。题目是《美丽乡村要有美丽乡愁》，吕怀远就接过纸看了起来。

“乡愁是一枚小小的邮票。我在这头，母亲在那头”。台湾诗人余光中的乡愁诗，之所以令人难以忘怀，是因为他写出了乡愁令人神往的缠绵气，写出了中华民族几千年来乡土文化的大美。“夜深思梦少年事，挑灯剪烛叙乡愁”，在当今乡村振兴的时代格局中，如何谱写美丽乡愁的神韵，确实是一个值得深思的问题。

乡愁，是一种情感，也是一种美学趣味，背井离乡的读书人往往感触尤深。但与故乡密切相关的，却是“足蒸暑土气、背灼炎天光”的农民。在中国漫长的农业社会中，他们面朝黄土背朝天，守住一分耕耘一分收获的至理箴言，创造了一个个村落，守住了一方方山水，培育了中国的农业文明。改革开放后，他们挥一挥手，作别故乡的云彩，踏上了南下的打工潮，在自己“农民”后加个“工”字，站在中国高大的脚手架上，升起了中国现代化的一个个黎明。君不见，各种建筑工地，农民工是主流；各地环卫工人，农民占多数；至于保安大叔、保洁阿姨、快递小哥，大多数都是从乡村来。而一到春节期间，他们回家乡过年，城市的功能大打折扣，好多功能像钟一样停摆，这充分说明，他们是中国城市化进程中的弄潮儿，是中国改革开放的功臣。

然而，一个不争的事实是，在我们的乡村，搁荒现象普遍，麻将赌博泛滥，基础教育水平低，文化生活贫乏，留守儿童数量庞大，这与我们城市的蒸蒸日上，日益繁荣，形成鲜明的对照，我们心中的乡愁也渐行渐远。党中央明察秋毫，深刻洞察中国现代化进程中的问题，提出了乡村振兴战略，描画了“生产发展，生活宽裕，乡风文明，乡容整洁，管理民主”的美丽乡村远景，这也是我们心中的乡愁情感的升级版。这也充分说明，美丽乡村，要有美丽乡愁。

美丽乡村，要有美丽乡愁，需要我们土地的主人继续加持对故乡，对土地的深情。“这世界上唯一值得你为之流汗流血的，就是脚下的这片土地”，在《飘》中郝思嘉的父亲曾对她如是说。在中国，这种根深叶茂的情感更加浓烈，关键是我们需要不断加温，加浓，不要让它变淡了。

美丽乡村，要有美丽乡愁，需要我们土地的主人继续保持勤奋劳动、埋头苦干的本色。古语云，“心无物欲”“坐有琴书”，说明耕耘与收获的道理：埋头精耕细作，收获自有把握。经过我们的辛勤劳动和创造性的劳动，我们的乡村会越来越美丽。

美丽乡村，要有美丽乡愁，需要我们土地的主人摒弃浮躁气息，杜绝不良恶习。那种弃耕荒田、麻将赌博，都是与美丽乡村格格不入的，一种文明的生活方式，比如乡村广场舞，乡村书吧，这应该大力提倡。

田埂上的奔跑嬉戏、池塘边看蝌蚪的记忆，构成了“千里共婵娟”的缠绵乡愁。“生固欣然，死亦无憾；花落还开，水流不断；我兮何有，谁欤安息？明月清风，不劳寻觅”，说明了人类与乡土的永恒关系。当今中国，扶贫攻坚战正如火如荼，乡村振兴指日可待。我们在生活中融合理想，升华兼顾本心，在“到哪里去的路上”，不忘从哪里来，我们定能守住土地、守住乡愁、守住民族的根。

稿子很有文艺气息，还真是中学生大学生议论文的套路，但吕怀远觉得，这应该是一篇比较好的作文，但不是优秀的演讲稿，于是就直话直说了，我认为演讲稿不一定非要有文采，主要是要有内容，你的内容比较空，你应该具体写几件事，写你当大学生村官怎样为乡村振兴贡献力量的几件具体事，这样才有说服力。陈平的脸上始终带着笑。他听了以后就说，你确实是专家，意见很中肯，很老到，我的水平有限，还是不参加了。吕怀远说，你一定要参加，你在白沙做的几件事很得人心，你就写那几件事。陈平说，那也不是什么大不了的事，我刚学步，如果就吹那几件事，不免有为我自己评功摆好之嫌，所以我不准备参加了。

陈平接着谈起了农村的种种问题，当今坑农骗农的比较多。那些卖狗皮膏药的，推销产品的一拨拨地来了，都是推销天麻啊，当归啊，还有治疗头痛发烧的什么补药，治疗跌打损伤的什么神药，推销过滤杂质的净水器，地坪里围满了婆婆姥姥，你如果买他的东西，他就送给你几个鸡蛋，送给你装垃圾桶的篓子和塑料盆子。但这些东西质量低劣，大部分是骗老年人的，有时候村干部就过来赶他们走，他们对村干部说，你也太管闲事了吧！这地，是共产党的地，这天是共产党的天，又不是你的私人领地，我做生意都做不得吗？村干部就说，你做生意可以，但你骗人就不行。我怎么骗人了呢？那些人不依不饶，但那些婆婆姥姥看到村干部这么说，就要求退货，那些人不肯，村干部就说，你不退，我们就打 110 报警，那些人就只好退货了。

他谈起了农村现在的问题是教育的问题。当今青壮年大都到外面打工去了，现在留守儿童多，都是爷爷奶奶、外公外婆带，这些小孩子们最爱玩的就是游戏。街上的小孩一般在网吧玩，农村的孩子在手机上玩，他们玩王者荣耀，玩吃鸡，手机屏幕上都是打仗和刀砍妖怪，打不赢了就要在网上买装备，买法器，充卡，要不过不了关。升级是需要钱的，就问爷爷奶奶要，就问外公外婆要。昨天我到张润林家里时，他正好回来了，小孩不背“谁知盘中餐，粒粒皆辛苦”，还在玩游戏，他就责备自己的父母对孙子惯着了，拿起楠竹丫子对孩子一顿暴打。上次一个孩子也是因为玩游戏被家长打了，躲到街上一家超市，晚上超市关门都没有发现他，待人走后，他吃超市里面的鸡翅膀鸭翅膀，骨头吐了一地，把橘子汁喝了好多瓶。第二天老板来开卷闸门，待老板不注意他就跑出来了。孩子们一放学就拿个手机按按按，晚上假装睡着了，其实躲在被窝里玩游戏，现在孩子眼睛近视得厉害。

吕怀远说，确实，去年泗湖山一个留守儿童就为了这些而把母亲杀死了。

陈平说，现在白沙最大的问题是教育的问题。今后怎样加强对留守儿童的教育，确实是一个问题。另外，早些年农村学校布局调整，当时把所有的村小都撤了，现在白沙的孩子读小学都要到十几里外的地方去读，或者要到窑山口去，或者就到银城街上的东门口，虽然有校车接送，小孩上学路途太远还是不好。我们还是想重建白沙小学，运用民间资金办一所学校，这肯定对白沙孩子是有利的，而且学校是乡村文明的桥头堡，是乡村文明的灯塔。灯塔的灯熄灭了，乡村的文化怎么能提升呢？没有了学校，学生没有归属感，没有了学校，村里总觉得少了什么。

吕怀远说，教育部门费了很多力气进行布局调整，你们又要建小学，会不会批准？

陈平说，我们找了教育局，教育局说，欢迎社会力量支持办学。学校建成后，教育部门要加强行业管理。

陈平又问吕怀远，听说你们前些年去找过薛长清？吕怀远说是的。吕怀远又说，村里现在想找他？陈平说，大家都谈起了薛长清，他为白沙做了很多贡献，村里开过会，说薛老板曾经说过想出资重建白沙小学，他们说当时铁柱书记喊你一起去找过他，你能否把当时的情况给我说一下。吕怀远就说好的。

那次，正好是国庆节，吕怀远回家来看父亲，被徐运奇知道，就告诉了陈铁柱，陈铁柱当时还是支书。陈铁柱与徐运奇就来请吕怀远一起去拜访薛长清，看薛长清能否出点钱支持白沙的教育。那晚，陈铁柱喊了两台摩托车，分别载着吕怀远与徐运奇，他自己也骑着一台摩托车，飙到了银城城市学院旁边学府花园的一栋楼里。这是薛长清在银城开办的房地产公司的总部。他们进去时，薛长清正坐在沙发上看《银城日报》，他脸微黑，一副宽大的茶色眼镜架在他的鼻梁上，他左手戴着欧米拉手表，右手戴着一串念珠。看到他们，薛长清点了一下头，说，银城人事格局变化，老江调任省发改委主任，老牛任书记，银城的官员们又一阵忙了。陈铁柱就说，牛书记喝过洋墨水，银城有把来。薛长清说，事情不是你们想象的那样，人不能被表面功夫绑架了。陈铁柱就连连点头称是，薛长清好像有了新发现，说，我们四人都是同学。徐运奇就说，同学命不同啊，你是戏里面的包文拯，是坐大轿子的，我是打赤脚抬轿子的。薛长清说，都是混饭吃，我们不谈这些，我们谈友情。吕怀远就说，长清，你还记得小时候我们班分成两派，我们几个都是你这一派的，后来许百贱叛变的事不？薛长清说，吕怀远，你每次都爱说小时候那些事，为什么呢？吕怀远一看薛长清不高兴，就不说了。薛长清的大哥从一间房子里走出来，给大家拱手打了个招呼，又给每人泡了一杯茶，就退回到另一间房子去了。薛长清对吕怀远说，我这一向又在读《资本论》，好几年没读了。感到《资本论》可以给做生意的人一个总的观察经济现象的视角。读大学时我学的经济管理，一遍遍读《资本论》，后来下海做生意，感到商业逻辑时时刻刻在变，就像一艘汪洋中的船，四面八方都是风暴，谁能拍胸脯说哪种商业模式永恒？哪种竞争力长存？哪种资产稳如泰山？没有人敢说吧！怀远，我说销售就是一门艺术，也是一种创造性的活动，源于消费者，又超乎消费者所想。销售更是一门服务于消费者和市场的艺术，它是有灵魂有活力的。

薛长清没有停止的意图，他继续滔滔不绝。为什么说销售是一门艺术？因为艺术是没有止境的，不是一个物质的量化概念。有人说，在制定销售目标后，实现目标就是成功，没实现目标就是不成功。这是不对的，作为销售人，我们要把握，无论目标有没有实现，有没有成功，我们都要把消费者的需求及问题解决好。这源于人们对销售的欣赏，主要着眼点放在“价值”上，一个销售活动是否创造了价值，这种价值是否与众不同，是否能带给消费者更好的利益。当然，销售不仅要懂得如何把更好的利益带给顾客，在销售时更要懂得变通。有这样一个案例：豪华地铁站旁坐着一个乞丐，前面放着一只碗。地上用粉笔字写着我是一个盲人，需要好心人的帮助。虽然来往的人很多，但给钱的很少。一位戴眼镜的长发美女路过，蹲下来帮他写一行字，不一会儿路人纷纷往碗里投钱。原来美女把字擦掉给他重新写上一句：今天真是美好的一天啊，而我却什么也看不见。这个故事告诉我们一个道理，在销售的过程中我们不仅要懂得如何去销售，更要懂得变通，只要了解人性，那你就是一个好的销售人，这个销售就是成功的。做销售，就像做艺术一样，被欣赏的同时，更要让消费者觉得你值得信赖。作为一个销售人员，要做的就是了解消费者的需求，分析消费者的需求，然后满足消费者的需求！现在跟原来不一样了，原来，中国的市场规则没有建立，各项经济和商业制度都有不完善的地方，苍蝇可以盯有缝的蛋，现在一切都公开，投机越来越难以伸展了。

吕怀远说，我不懂经济。薛长清脸一下子暗淡下来。陈铁柱忙说，虽然是同学，确实千差万别，我在薛董这里又上了一课。吕怀远觉得自己还是不合时宜的人，陈铁柱他们都在交际场上游刃有余。薛长清说，你还在农业厅下面的那家杂志吗？吕怀远说，是的。薛长清说，你还干几年就提前退休算了，我想请你来当白沙小学的校长。

吕怀远说，长清还是想办学校？陈铁柱强调说，是呢，薛董一直情系白沙，是绝对的正能量。不但支持村里的水利、国土项目，而且每年对村里的条件差的人和孤老搞慰问，而且一直支持村里的教育，他设置了长清奖学金，每年奖励白沙小学成绩好的学生。

薛长清说，白沙小学有老师不务正业，在学校里打牌的事，我听了很气愤，你们听说了吗？

吕怀远点点头，他确实听说了。薛长清说，你听说了，你为什么不打电话给银城区教育局，给他们处分？老师教书育人，就该给学生一个堂堂正正的形象。我办学校，这几个打牌的老师，我就不会聘用。

吕怀远就说，听说与属实是两码事。陈铁柱说，这是我的不对，我也听说了，但考虑到他们都是公办老师，自己虽然是白沙的支书，但管他们不到。薛长清就来火了，你管不到他们，他们贻误的是白沙子弟的学业，贻误的是白沙的未来，你为什么不管？我现在对于在白沙投资办学校没有信心了，你这样的好好先生，我投钱也是打了水漂。

陈铁柱万分尴尬，一时语塞无词。薛长清的大哥出来说，董事长，财政厅的曾处长还在华天大酒店等，你们约定八点半见面的，只差二十分钟了。

于是，吕怀远等四人就告辞。薛长清的脸上恢复了平静，对他大哥说，给他们每人一包槟榔。吕怀远说，我们都不吃槟榔，说着就一起退出了房子。陈铁柱喊了一辆的士回白沙。一路上，陈铁柱说，薛长清可能今天心里有什么事，平常从来不发脾气的。陈铁柱说，这几年，他公司有些什么重要的客人来，他都给我打电话，要我准备野生脚鱼、乌龟，乡里正宗的土猪肉，或者红菱角，藕把子，朴芋头窝子等等。他一般不在外面的饭店请客，都是在自己公司的食堂搞。吕怀远就说，他的心情可以理解。不一会儿，车子到了木桥，陈铁柱本可以下车，但他坚持跟着车把吕怀远和徐运奇送到家，再要司机把他送回家。此后，薛长清办学校的事就没了下文。

吕怀远与陈平谈了上次的情景，陈平说，薛老板也是一个正直的人。

吕怀远说，是的，他小时候受过很多苦。小学三年级我与他同桌，他有几天没来，后来才知道是他妈妈去世，几年之内，他的二哥、四哥、爷爷、奶奶、父亲相继去世，这些经历给他的苦难太沉重了，所以，他不愿提及儿时。高中时，他住在姑妈家，姑妈对他比母亲还好，每次他从学校回来，做裁缝的表姐把他的衣服熨得工工整整。

陈平说，听说他厦门大学经济系研究生毕业后，本来可以分到北京国家部委的，但他选择经商。在厦门做了几年后就回银城来发展了，银城比较高端的楼盘好多都是他搞的，你看教育的威力大不。他的大哥、侄儿、弟弟，都跟着他发大财了，都是几千万的富翁。他们木桥那一块的人都跟着他致富了，现在白沙最威武的房子是他侄儿的，据说花了三百万，白沙最富的地方，就是他家那个村民组。

听到这里，吕怀远感到自惭形秽。自己也读了大学，几十年下来，确实没有给自己的亲人多少好处，也没有给家乡带来任何实惠。他也听到过议论，说自己没用。有时候，自己阿Q式地安慰自己，每天晚上，不管发生了什么，自己能安心睡好觉，也只能这样安慰自己了。其实，古代很多清流都是这样安慰自己的，当然也有人说会是一种坚守。

吕怀远问陈平，你们准备找薛老板来投资？

陈平说，是的。支书虽然读书不多，但对教育是十分重视的，村里已经开过两次会，叮嘱我重点考虑这个事情。我已经与薛长清的大哥谈过一次，他说他弟弟一直想办学校，他现在在厦门，下次回银城，村里会与他见一次面，希望把这件事情办成。

陈平说，吕老师，如果要办学校，还是按薛长清上次给你说的，你来当校长。

吕怀远说，我对教育不熟悉。要当校长，我给你推荐一个人，四合村的曹万钧教过书，又当过教育电视台记者，很有教育理念。他一定能当好，加上他有时间。

陈平说，我一直在想，我们要把白沙打造成一片温暖的土地，让从白沙走出去的人都回来，我们欢迎考大学考出去的、当兵出去的，老了都能回来住，落叶归根，都回来做乡贤。

吕怀远说，好。他现在很喜欢陈平这个年轻人了。

陈平说，包括对董世杰，我们也欢迎他回来。

董世杰。吕怀远听到这个名字，心情一下子变得很沉重。

董世杰也是自己小学的同学，比自己大一岁，当时也与自己同桌过。他家境较好，家里就他一个独子，有人说他是带来的。冬天，他把自己的脚伸到吕怀远的肚子上取暖，两节作文课，吕怀远一节课就写完了作文。董世杰不会写作文，看吕怀远的钢笔没墨水了，就挤几滴到吕怀远的钢笔里，又拿出一张纸，要吕怀远帮他写，吕怀远边写，他便在旁边抄在自己的作文本上。董世杰也读到了高中毕业，但吕怀远注意到，每次考试的时候，董世杰的眼睛总瞟别人的试卷。有人说他的视力是2.0。后来董世杰走向了社会。有人说，董世杰做过一段时间的扒手，吕怀远不清楚。但后来，董世杰混得越来越好，他结了婚，堂客老实巴交，生了一双儿女，堂客就在家侍奉公婆，抚养儿女。董世杰飞天蜈蚣一样全国各地到处做生意。据说，他在银城利达公司当科长，专门做粮油贸易生意。他们联系中山厨具厂，说银城需要厨具，谈妥了货到银城付款。货到的时候，他们一方面把押车的人请到酒店，好酒好菜侍候，另一方面请人赶快卸货，并通过渠道紧急销出去，待押货的人喝好了酒、吃好了饭，上一趟厕所出来，才发现招待他的人已经不见了，待押车员赶到卸货点，货物已无影无踪，只剩下空空的大货车。此外，他还在各地搞类似的诈骗，比如木材啊，水泥啊，等等。反正他一搞完，团伙成员就作鸟兽散，公安一下子还破不了案。东窗事发是河南许昌的面粉诈骗。他们在许昌搞了一火车皮面粉，交了百分之十的定金，也是货到付款，但面粉运到省城，他们就租几十台卡车把面粉运到全省各地，待坐火车赶来的卖方要提取应付款时，根本就找不到接车的人，打他们的手机，都是“您拨的用户已关机”。对方报警，公安到电信查，这些人都是用假身份证登记的手机号码，再去查他们的公司登记，也是用假身份证登记的。许昌公安经过一番侦查，还是把诈骗团伙抓到了，董世杰被判刑十八年。坐到第十二年的时候，他得了一场大病，家里只好把他取保候审出来，并且他也由河南许昌监狱转到了沅江赤山监狱。由于他无脸面回白沙居住，就在银城租了一间房子在那里养病。待病好了，再返监继续服刑。

陈平说，《论语》里面讲到羞耻之心，这董世杰还是有羞耻之心的，他犯了罪怕回家乡。但浪子回头金不换，只要他配合政府做好改造，以后老老实实做人，不再犯罪，我们白沙还是欢迎他回来住。我把我的想法给支书说了，支书支持我，我准备过几天到赤山监狱进一步了解他的情况，如果他还是取保候审养病期间，我们建议他回白沙自己家里来养病。他家里有什么困难，村部也可以帮助解决，村里协助监狱把他改造好。

吕怀远一下子对陈平肃然起敬，这小伙子真的前程远大。他对陈平说，你还是要参加演讲比赛，为了白沙的美好明天，你都要参加，你就把你将怎样协助解决白沙的种种问题讲一下，演讲比赛肯定会在银城电视台直播，白沙人收看了，都会有信心的。

陈平说，好，我今晚再按您的指点重写演讲稿。

吕怀远留陈平吃饭，陈平说不了，现在就回去赶演讲稿去。

第四十七章 我们都是过客

从八月一日到现在，吕怀远回到故乡，已经是十九天了，明天是二十天，吕怀远决定明天返回省城。一同退休的老刘在微信里说，一起玩去不，他说可以啊。他们已在电话中商定，到东北和内蒙古去玩一趟，首先到天津，去看看中国的航母，然后到秦皇岛、北戴河住两天，再从山海关到东北三省，想到中国的最北端漠河去，然后转道去内蒙古，从内蒙古到山西太原，看看乔家大院和晋祠，估计可能需要二十天。在上班的几十年间，吕怀远很少旅游，这些地方都还没有去过。老刘说，他女儿会在微信里订票，这一趟大约需要八千元，吕怀远在微信里把账转给老刘，他对老刘说，麻烦你费心，我明天就回来了。

吕怀远看了一早晨的微信，很随意地到处走走。他看到两只洋鸭也低着头在走，也像是低头族一样，是不是它们也在阅读微信？只不过它们的微信人眼看不到。在哥哥的菜地摘了一根菜瓜，吕怀远不想吃早饭了，他一口口咬着菜瓜，瓜汁盈满腮边，到了肚子里沁人心脾的甜。还是故乡的东西好吃，吕怀远感叹道。可惜菜瓜藤已发黄，不久就要被锄掉。菜走过一季，人走过百年。上天对天下万物都是有厚薄的。齐物论在哲学上成立，在生物学上是站不住脚的。古人又说，仁者寿。难道千年的老乌龟就是仁者？这些菜瓜就不是仁者？

他来到父母的坟墓前。前一阵，他也来过几趟，但只是打个转，现在他认认真真凝视着父母的墓碑。父亲是一位乡村干部。六十年代初，他在邻村当支部书记，每天掌握着食堂一千多人的吃饭的粮食，钥匙就在他的手里，但他没有抓一把米回来过，如果抓几把米回来，吕怀远的祖父和曾祖父、曾祖母就不会饿死。父亲后来对吕怀远说，如果我当时抓米私自带回家给我的亲人，其他的人都可以抓米回去，那怎么行呢，米抓完了就没有了，更多的人都会饿死。吕怀远对父亲说，父亲你做得对，在当时那种情况下，你大公无私，体现了与广大群众共渡难关的决心。每每想起父亲当时的坚定，吕怀远就流泪。母亲，是一位普通的乡村妇女，她一辈子撑持这个家，精打细算，把几个子女送到大学，自己积劳成疾。母亲教导我们怎样做人。她常说，人畜一般同，人死如灯灭，这是教我们要善良，要珍爱生命；她常说娘亲舅大，爷亲叔大，这是教我们要尊敬长辈；她常说尿桶箕，不要两边搭，这是教我们正直。她先于父亲十一年离世。吕怀远尤其歉疚的是，父母离世的时候，他都不在身边。

吕怀远还想看看杨浩光的墓地。他问哥哥吕晖远，杨浩光的墓地在哪？哥哥说，在他家的后面。吕怀远就来到杨浩光的家后面，看到了“杨浩光之墓”几个字的墓碑。他伫立在墓碑前，良久无语。杨浩光是当时白沙的化学脑壳。责任制以后，他认为自己的才华有了用武之地。按照白沙人的讲法，他是满天的麻雀想捉尽。九十年代，他开了一家照相馆赚钱，满腔热血想发大财，又跟着街上的老兄经商，带一帮人到处包工程，一个大包头包了，大包头就包给小包头，他就到小包头那里包一部分活，喊白沙的一些劳动力去做事，这个工程冇赚到钱，就转向那个工程，这就像银城俗话，上不得梨树上栗树。他把足迹延伸到了广东、山东，钱的诱惑太大了，热饭恶（恶：资水下游方言为“烫”的意思）不住嘴巴，于是到处借资。借资是要高额利息的，借一万元，每年要还两千元利息。不像当年借稻谷，借人家胀谷，可以还人家抑谷，人家没多少话讲，年景不同，收成不同。现在的人是娘只顾娘，爷只顾爷，就算是亲戚，你借钱也要按约定的还啊。特别是年关岁末，催债的人就多，他算是血本无归。二〇一三年，他得了肺癌。开始他一直关在屋里不出门，亲戚家有什么事，比如娶媳妇之类的，他也不去，他说，天干无露水，老来无人情。但死前他就到处走，到处说。他说，我还是冇听得我耶的话，他常教导我，三月三，九月九，无事莫到江边走。他这是告诉我江湖的凶险啊。我这一世人是划烂船子，划冇底船，如果我不去做生意，不乱搞三千（乱搞三千：资水下游方言为“乱搞一通”的意思），我也不会这么快得病，少吃咸鱼少口干，这就是自作孽不可活。说着就伤心伤意地哭，一幅可怜样子。他死时只有六十四岁。死的时候，他还是壮心未酬吧？大浪淘沙，有的人成功了，有的人失败了。杨浩光肯定是那种失败了还在凝望的人。

现在，杨浩光既不是白沙的参与者，也不是旁观者，没有热血沸腾，没有插言旁白，没有柴米油盐，没有喜怒哀乐，不看静水深流，不担心阴谋诡计，不考虑拜神求佛，不计较儿女情长，天塌下来也不管，海枯石烂也不问，真正是无欲无求无根无性融入泥土的无机物了！

吕怀远向杨浩光的墓碑鞠了一躬。他想，每个人都在这里跑一程，几十年后就撒手而去，留下毕生从事的功业，留下多年经营的财产，把农具，把房子，把存款也通通拱手交给后人，这就是人生，这就是大幕落下，这就是一个人演出的剧终！

吕怀远的手机响了，是曹万钧打来的，曹万钧问他在哪，吕怀远说，还在白沙，准备明天回省城。曹万钧就说，我过来一下，与你聊聊天。

吕怀远就回去搬两条凳子放在地坪里，等待曹万钧。

不一会儿，曹万钧骑着摩托车到了，吕怀远递给他一碗冷茶。

曹万钧说，这几天，在拍《农耕巨变》的专题片，感到这个时代变化太快了。像农耕，几千年都是那么一种模式，这几十年一下子切换成了另外一种模式。而且时代还在迅猛变化，马云推销刷脸支付，马化腾推广公交车上刷二维码，还没几天，又一个平台——快手，颠覆人们的想象。人的手掌脉络密密麻麻，每一个人的手独一无二，这独特的信息，不会丢失，也不会被复制，可以代替身份证、公交卡、社保卡、银行卡，所有的身份信息都变成“一指通”，以后，你坐车刷手，看病刷手，吃饭刷手，购物刷手，连你是不是无证驾驶，警察刷你的手就可知道，快吧，这技术将怎样影响我们的乡村，你想过没有？

吕怀远笑了笑，他不是属于那种善辩型的人，他听曹万钧展开他的语言的翅膀，海阔天空地飞翔。曹万钧说，有人预言，机器人要取代蓝领，人工智能要取代白领，乡村怎样迎接这个时代的到来？是静观其变，还是主动应对，怎么应对？像农耕文明进化为科技文明，分配更精细了，但我们望得见乡土，还有那样一种乡愁吗？现在的“80 后”“90 后”，有几个待在农村的。有几个会干农活的。这几十年来，我们的故乡，我们的乡土，传统的农耕社会是发生了巨变的。我们从十几岁到现在五十多岁，我的感觉是四个字：大浪淘沙。开始是胆大的淘汰胆小的，哪个胆子大敢闯敢干，哪个就成功了；后来是机灵的淘汰木讷的，谁反应快抓住机遇，谁就取胜了；后来我感觉到有知识的淘汰没知识的，这个时代要成功，必须有知识。所以我把两个崽女送到了大学，他们现在一个在省国土厅，一个在银城中心医院。

吕怀远对曹万钧说，你的专题片《农耕巨变》一定要写上这么一段：农村并不是贫穷的代名词，发展不均衡最后导致经济和财富的两极分化，不管什么时候，大力发展农村经济，完全可以让农民过上好日子的。

曹万钧说，你说到了点上，要想乡村有一个好的前景，有两个前提条件，一是发展乡村的教育，二是发展乡村的经济。

曹万钧对吕怀远说，我最近有一个好消息。在银城皇冠茶楼举行的皇冠杯征诗竞赛中，我竟得了唯一的一等奖，奖金就发了一千元。皇冠茶楼老板还请一个书法家把我的诗书写成条幅，挂在茶楼进门的地方，我把诗给你念一念。曹万钧就用银城话，抑扬顿挫地念起了他的诗：

不管是丽人，还是达人
不管是先生，还是后生
都爱推你的门
高朋满座，灯光璀璨
谁在这里朗诵诗篇
谁在这里宣讲霍去病和杨贵妃
谁在这里物我两忘
什么也不说，只静静地饮茶
谁爱先舒服地抿一口
谁大碗饮茶，一碗又一碗
谁在这里等一个人
只想告诉她当年想说的两个字
谁拳头一擂，说，爽，谈成
不管是皓月当空，还是寒风呼啸
这里都是一个驿站，一个朋友圈
有老朋友，有新朋友
有空调，有壁炉
有浪漫，有情调
在这里，你爱上了一个妹妹
在这里，我猜中了明年的高考作文

在这里，他酝酿车间主任的竞聘演说
我们都是来自五湖四海，四面八方
来到这里，兴之所至
把神州的好茶饮尽
急得老板打爆了手机
让全国的经销商开着卡车
送——茶——来

吕怀远听完，就笑笑，你这家伙，无孔不入啊。曹万钧说，我是一个农民，我要生活啊，只要能正当赚到钱，凭自己的脑瓜子，我为什么不赚？我写这首打油诗才一个小时，就得了一千元，你说划得来不？

吕怀远说，你这个诗好像是专门写给我的，我现在成了个专门喝茶的闲人。

曹万钧说，人生一台戏，看了我的看你的。羡慕你啊，不要上班，工资月月有。

吕怀远说，白沙村还在鼓动薛长清投资建白沙学校，我推荐你当这个学校校长。

如果有这个可能，我愿意，曹万钧说，有一份固定的工资，我就不要东奔西走了。

吕怀远说，万钧，看到你，我想起了一样东西。

什么东西？曹万钧问。

燕子花。吕怀远说。曹万钧就问为什么。

吕怀远说，春天里漫山遍野的紫云英，就是燕子花，它有那么一种倔强的生命力，难道不是吗？

曹万钧说，你这是写杨朔的散文了。不过燕子花，我也很喜欢。它不甘屈服，默默地顽强地生存。

吕怀远说，当然燕子花也是资江两岸人的象征。这是一个群体的象征。每一个人都只是在历史中负责一小段，太阳把人一天天晒老了，房子被风一次次吹破烂了，所有的人都是土地的主人，但也都是历史的过客，就好像单一株燕子花，姹紫嫣红一小段时间。它发枝发叶，按照土地的命令，一岁一枯荣，春风吹又生！我们也是历史的过客，资江会千百年地奔腾，所有的湖塘沟坝按照季节展现它的吐纳之功！乡土会一直在这里。再过十年二十年，白沙会不会被银城市区吞没？吞没了，发生在这片土地上几十年的事就会被淹没。

这几十年来的事要记录保存，你就当这段历史的记录者吧！曹万钧说。

曹万钧与吕怀远又寒暄了几句，就骑着摩托车走了。送走曹万钧，吕怀远抬头望了望天空。一道天际线从夕阳西下的地方横贯长空。吕怀远想，天空的高度我们不能企及，就让我们亲近土地吧！不一会儿，夜幕降临。已经是七月半了。七月半，看牛伢几伴堤坑。今晚是农历七月初九，乡村到处都在烧包，包就是纸钱。活着的人，钱在袋子里跳，想想阴间的先人是否有钱用，是否衣食无忧，就买些纸钱在七月半烧过去。传说七月半的时候鬼门开，死去的人可以接到阳世上送给他的钱。现在烧包已经升级了。吕怀远小时节烧包，当时很简单，纸钱上什么也没有，写明先人在世时的名字就行。他记得有一年烧包时，父亲要他用毛笔写名字，他除了写祖辈的名字，还写了周恩来、雷锋等人的名字，父亲望着他。他说，他们没有后人，我们就为他们烧些过去。现在烧包，黄纸上写着十万、百万之类的繁体字，还有彩电冰箱轿车别墅的图案，先人们在他乡还好吗？望着乡村星星点点的烧包的光亮，闻着那种烟味，吕怀远想到，这就是继往开来的乡村啊。吕怀远回想着这二十天的经历，感觉到好有收获，他真的要好好整理一下，把他们写成一个故事。他想起了一句歌词，故事里的事，说不是就不是，是也不是；故事里的事，说是就是，不是也是。真的是不是呢？

明天，明天，就要回省城了。

2019 年 12 月 1 日——2020 年 6 月 29 日一稿

2020 年 7 月 1 日——2020 年 8 月 2 日修改

2020 年 9 月 26 日——10 月 8 日校订